Melanie Metzenthin
Wer ins Licht treten will

TINTE
&
FEDER

Das Buch

Hamburg 1959: Die junge Psychiaterin Renate Schwarz steht am Beginn einer vielversprechenden Karriere. Sie muss sich in der männerdominierten Medizinwelt zwar täglich behaupten, doch mit ihrem Verlobten Matthias, einem talentierten Profifußballer, scheint ihr privates Glück perfekt. Bis eine Knieverletzung seine Karriere abrupt beendet und beide vor neue Herausforderungen stellt.

Während Renate zwischen schwierigen Patientenfällen und Familiendramen navigiert, weckt eine ihrer Patientinnen ihr Interesse: Sie behauptet, die Industrieabwässer einer Hamburger Fabrik würden die Elbe vergiften. Doch in der Wirtschaftswunderzeit will niemand von Umweltproblemen hören, und wer zu laut protestiert, landet schnell in der Psychiatrie. Kann Renate ihr helfen?

Die Autorin

Melanie Metzenthin lebt in Hamburg, wo sie als Fachärztin für Psychiatrie und Psychotherapie arbeitet. Sie hat bereits zahlreiche Romane veröffentlicht, in denen psychische Erkrankungen oft eine wichtige Rolle spielen, darunter die beiden Bestseller »Im Lautlosen« und »Die Stimmlosen«. Für »Mehr als die Erinnerung«, den Auftakt zu ihrer »Gut Mohlenberg«-Reihe, wurde Melanie Metzenthin mit dem DELIA-Literaturpreis ausgezeichnet.

Beim Schreiben greift die Autorin gern auf ihre berufliche Erfahrung zurück, um aus ihren fiktiven Charakteren glaubhafte Figuren vor einem realistischen Hintergrund zu machen.

Melanie Metzenthin

WER INS LICHT TRETEN WILL

Roman

TINTE & FEDER

Deutsche Erstveröffentlichung bei
Tinte & Feder, Amazon Media EU S.à r.l.
38, avenue John F. Kennedy, L-1855 Luxembourg
August 2025

Umschlaggestaltung: bürosüd° München, www.buerosued.de
Umschlagmotiv: © Lauren Rautenbach / ArcAngel Images; © 1000 Words
© Stokkete © alb2018 © Eleseus / Shutterstock
1. Lektorat: Marketa Görgen
2. Lektorat und Korrektorat: Media-Agentur Gaby Hoffmann,
www.profi-lektorat.com
Gedruckt durch:
Amazon Distribution GmbH, Amazonstraße 1, 04347 Leipzig /
CPI Druckdienstleistungen GmbH, Ferdinand-Jühlke-Straße 7,
99095 Erfurt /
CPI books GmbH, Birkstraße 10, 25917 Leck /
Libri Plureos GmbH, Friedensallee 273, 22763 Hamburg

Verantwortliche Person für Produktsicherheit in der EU:
Amazon Publishing, Amazon Media EU S.à r.l.
38, avenue John F. Kennedy, L-1855 Luxembourg
amazonpublishing-gpsr@amazon.com

ISBN 978-2-49671-663-4
e-ISBN 978-2-49671-664-1

www.tinte-feder.de

Kapitel 1

Hamburg, April 1959

»Ja, los, nun schieß doch!«, hörte Renate einen der Zuschauer brüllen.

Onkel Heinrich schüttelte amüsiert den Kopf. Dieses laute Rufen von den gut gekleideten Leuten auf der Tribüne irritierte ihn noch immer. Auf den billigen Stehplätzen erwartete er nichts anderes, aber der Mann trug einen teuren Anzug. »Wie die kleinen Kinder im Kino«, raunte er Renate zu. »Wenn sie dem Helden Warnungen vor einem Hinterhalt zurufen, als könnte er sie wirklich hören.«

»Allerdings können die Spieler uns tatsächlich hören, das ist der Unterschied«, gab Renate zurück.

Noch vor einem Jahr hätte sie jeden für verrückt erklärt, der behauptet hätte, sie würde eines Tages ein begeisterter Fußballfan sein. Und nicht nur sie. Auch ihr Onkel, der nie viel für diesen Sport übriggehabt hatte, begleitete sie häufig ins HSV-Stadion am Rothenbaum. Um Freude am Fußball zu haben, brauchte es eine Mannschaft zum Mitfiebern. Und wie konnte man besser mitfiebern, als wenn der eigene Verlobte einer der erfolgreichsten Stürmer der Mannschaft war?

Renates Verlobter Matthias Studt und sein Freund und Vereinskamerad Uwe Seeler dominierten das Spiel. Sie seien bereit, ihre Magie zu entfalten, rief der Stadionsprecher euphorisch. Er schwärmte lautstark, die beiden seien ein eingespieltes Duo, ihre Bewegungen harmonisch und präzise, als ob sie die Gedanken des anderen lesen könnten. Onkel Heinrich lachte jedes Mal über die Begeisterung des Stadionsprechers. Aber es war ein gutmütiges Lachen, denn insgeheim, das wusste Renate, dachte er genau das Gleiche.

Die ersten Minuten des Spiels verflogen in rasantem Tempo. Der HSV übernahm die Kontrolle über das Spiel. Uwe dribbelte mit seiner unnachahmlichen Eleganz durch die Abwehrreihen der Gegner, während Matthias sich geschickt in Position brachte, als Uwe aufs Tor zuhielt.

Uwe Seeler schoss. Pfosten! Der Ball prallte in hohem Bogen ab, direkt zu ihm zurück. Die Zuschauer hielten den Atem an, als Uwe den Ball mit einem feinen Pass zu Matthias spielte.

»Und da ist der Pass! Matthias Studt nimmt den Ball an, er hat Platz!«, brüllte der Stadionsprecher, dessen Kabine direkt über den Tribünenplätzen lag, mit aufgeregter Stimme. »Er zieht in den Strafraum, die Abwehrspieler versuchen, ihn zu stellen!«

Matthias sprintete auf das Tor zu. Die Menge tobte, als er den Ball mit einem kraftvollen Schuss ins Netz befördern wollte. Doch in diesem entscheidenden Moment geschah das Unvorhergesehene. Ein gegnerischer Verteidiger stürzte sich in dem verzweifelten Versuch, den Schuss abzublocken, auf Matthias.

»O nein! Was für ein brutales Foul! Studt wird niedergestreckt!«, schrie der Sprecher, während Renate vor Schreck beinahe das Herz stehen blieb. Matthias fiel zu Boden, sein Gesicht verzog sich vor Schmerz. Die Freude des Spiels verwandelte sich in besorgte Stille.

Während sich der Gegner schnell erneut aufrappelte, blieb Matthias mit schmerzverzerrtem Gesicht am Boden liegen.

Erst auf den zweiten Blick erkannte Renate den Grund. »O mein Gott!«, rief sie. Sein linkes Knie war verdreht und schwoll so schnell an, dass man ihm dabei regelrecht zuschauen konnte. Sofort war Onkel Heinrich auf den Beinen und drängte sich von der Tribüne nach unten. »Lassen Sie mich durch, ich bin Arzt«, sagte er dabei. Das Spiel war kurzzeitig unterbrochen worden, der Trainer war bereits bei Matthias, als Onkel Heinrich den Rasen betreten durfte. Renate sah, wie er sich zu Matthias herunterbeugte, ein paar Worte an ihn richtete und dann vorsichtig das Knie untersuchte.

Kurz darauf wurde Matthias vom Spielfeld getragen und ein Krankenwagen gerufen.

Renate war ebenfalls aufgestanden und eilte Onkel Heinrich entgegen. »Wie schlimm ist es?«

»Ziemlich schlimm«, sagte er. »Die Patella ist rausgesprungen, er hat schreckliche Schmerzen.«

»Ich muss zu ihm.«

»Nein, bleib hier.« Onkel Heinrich hielt seine Adoptivtochter sanft an der Schulter zurück. »Gleich wird er ins Krankenhaus gebracht, besuchen wir ihn lieber dort.«

»Aber … aber ich will ihm zeigen, dass ich für ihn da bin.«

»Ja, das verstehe ich. Allerdings … Er hat so große Schmerzen, dass ihm die Tränen in die Augen schießen. Und kein Mann will vor der Frau weinen, die er liebt. Also lass ihm die Würde. Sie bringen ihn wohl ins Universitätskrankenhaus Eppendorf. Das ist gut, es ist nicht nur das nächstgelegene, sondern hat auch eine sehr gute Orthopädie und Chirurgie.«

Renate nickte widerwillig; sie verstand Onkel Heinrichs Beweggründe. Matthias war ein stolzer Mann, der sich nur ungern Schwäche anmerken ließ. Er hätte sich mit Sicherheit verpflichtet gefühlt, Renate zu beruhigen, was ihm dann nur doppelte Qualen bereitet hätte.

Der Rest des Fußballspiels interessierte sie nicht mehr. Stattdessen fuhren sie in Onkel Heinrichs Opel Kapitän zum Krankenhaus.

Während der Fahrt schweiften Renates Gedanken zurück zum letzten Sonntag, als sie und Matthias Uwe und seine Frau Ilka besucht hatten. Der erste Besuch im neuen gemeinsamen Haushalt der Seelers, denn die beiden hatten erst im Februar geheiratet. Ilka war genauso fußballbegeistert wie ihr Mann, und natürlich war das Gespräch irgendwann auf die Weltmeisterschaft gekommen, die letztes Jahr in Schweden stattgefunden hatte.

»Du hast uns echt gefehlt«, hatte Uwe bedauert. »Zu dumm, dass du bei den Auswahlspielen ausgefallen bist. Mit dir hätten wir Schweden im Halbfinale geschlagen. Und falls nicht, auf jeden Fall die Franzosen im Spiel um Platz drei. So blieb nur der undankbare vierte Platz für den Titelverteidiger.« Uwe hatte tief geseufzt.

»Nächstes Mal bin ich dabei«, hatte Matthias versprochen und seinem Freund auf die Schulter geklopft, denn der litt immer noch unter der doppelten Niederlage – erst im Halbfinale und anschließend auch noch im Spiel um Platz drei. »Und dann rollen wir das Feld auf und holen uns den Pokal zurück.«

»Das macht ihr so«, hatte Ilka frohlockt und ihren wunderbaren Butterkuchen aufgetragen, der wirklich jeden düsteren Gedanken vertreiben konnte. Jedenfalls düstere Gedanken an vergangene Niederlagen.

Matthias war so glücklich gewesen, als er sich mit seinem Freund Uwe ausmalte, wie sie das nächste Mal gemeinsam an der Weltmeisterschaft teilnehmen würden. Und jetzt war ihm erneut sein Knie dazwischengekommen. Renate hoffte inbrünstig, dass es nicht so schlimm wäre, wie es auf den ersten Blick aussah.

Vor dem großen Haupttor des Universitätsklinikums, das Renate schon während ihrer Studienzeit an ein Burgtor erinnert hatte, parkte ihr Onkel ein. Dann gingen sie zur Notaufnahme und fragten dort nach Matthias Studt.

»Sie sind zu früh«, erwiderte die Krankenschwester an der Information. »Er wird noch vom Arzt untersucht.«

»Wissen Sie schon, auf welche Station er kommt?«

»Nein, das kann ich Ihnen erst sagen, wenn die Untersuchungen abgeschlossen sind. Fragen Sie am besten in zwei Stunden noch einmal nach.«

Renates Augen füllten sich mit Tränen und ihr Onkel legte ihr beruhigend die Hand auf die Schulter. »Immerhin ist es nichts Lebensbedrohliches, sonst wäre diese Warterei nicht auszuhalten. Komm, lass uns zum Eppendorfer Baum gehen, dort gibt es viele gute Cafés, wo das Warten wesentlich angenehmer ist.«

Renate nickte. Sie mochte das Ambiente am Eppendorfer Baum, wo wie durch ein Wunder viele der schönen Altbauten den Krieg überstanden hatten, auch wenn man dennoch überall noch die Lücken in der Bausubstanz erkannte, die der Bombenkrieg geschlagen hatte und die erst langsam wieder mit neuem Leben gefüllt wurden. Noch war der Wiederaufbau Hamburgs nicht offiziell abgeschlossen, obwohl der Krieg bereits vierzehn Jahre zurücklag.

Nach einem kurzen Fußmarsch steuerte ihr Onkel zielsicher auf ein Café in der Nähe der Hochbahnbrücke zu, von wo man einen direkten Blick auf den Isebekkanal hatte. Ein wenig bedauerte Renate es, dass der Isemarkt heute nicht stattfand, denn sie hätte die seltene Gelegenheit gern genutzt, um über diesen außergewöhnlichen Markt zu schlendern und sich abzulenken. Er fand jeden Dienstag und Freitag unter der Hochbahnbrücke statt und verband die Stationen Eppendorfer Baum und Hoheluft. Doch heute parkten hier nur Autos, sodass der Blick auf den Isebekkanal weitaus interessanter war, wo man Ruderboote oder Sommergäste in Tretbooten bewundern konnte.

Renates Gedanken schweiften zurück zu den Tagen, als sie hier mit Matthias zusammen Boot gefahren war. Sie waren allerdings nur einmal ganz bis zum Isebekkanal gerudert, meist waren sie nur bis in den Osterbekkanal gelangt, wo es ein Eiscafé gab, das direkt aus dem Fenster heraus Eis an die Bootsfahrer verkaufte.

Sofort waren die drängenden Sorgen wieder da. Es war sein schwaches Knie, damit war er schon einmal mehrere Wochen ausgefallen. Das war jedoch noch passiert, bevor sie sich kennengelernt hatten.

Als das Serviermädchen kam, orderte Onkel Heinrich zwei Tassen Kaffee und fragte Renate nach ihrem Kuchenwunsch.

»Verzeih, aber ich habe im Augenblick keinen Appetit«, antwortete sie.

Ihr Onkel nickte verständnisvoll und bestellte sich selbst ein Stück Käsekuchen.

»Glaubst du, das Knie wird wieder?«, fragte Renate, nachdem das Serviermädchen gegangen war.

»Ganz sicher. Aber ob das Knie stabil genug bleibt, um weiterhin auf seinem hohen Niveau Fußball spielen zu können, ist fraglich.«

»Fußball ist sein Leben«, sagte Renate leise.

»Zumindest hat er sein Leben vollständig auf den Fußball ausgerichtet.« Onkel Heinrichs Stirn legte sich in Falten. »Wenn er wenigstens einen richtigen Beruf gelernt hätte, wäre jetzt alles viel leichter.«

Renate seufzte. Das war der Punkt, um den sie Matthias auf der einen Seite beneidet hatte, weil er sein Leben genoss und neben seiner gering bezahlten Tätigkeit als Fußballspieler dreimal in der Woche für fünf Stunden als Rausschmeißer im Club Pirol arbeitete, anstatt sich in einer normalen Achtundvierzigstundenwoche zu plagen. Andererseits war das kein richtiger Beruf und es war klar, dass Matthias irgendwann, wenn seine Zeit als aktiver HSV-Spieler vorbei sein würde, doch noch einen echten Beruf ergreifen musste. Er hatte sich überlegt, als Quereinsteiger Sportlehrer zu werden, aber wirkliche Gedanken hatte er sich bislang nie gemacht. Allerdings hatte er immer mal wieder am Rande erwähnt, wie sehr er seinen Onkel Rudi bewunderte, der als Jurist in den USA lebte. Jura hätte ihm auch gefallen, sagte er manchmal, wenn er nicht ein ganz anderes Leben führen würde, in dem es keinen Platz für ein Studium gäbe. Matthias lebte im Augenblick, er plante nicht sonderlich viel für die Zukunft. Und deshalb war das, was Renate einerseits bewunderte, ebenfalls das, worüber sie am meisten den Kopf schüttelte. Ein Leben in den Tag hinein, mit Planungen von Fußballspiel zu Fußballspiel, aber ohne größere Ziele für die Zukunft. Solange er jung und gesund war, konnte sie mit ihm gemeinsam träumen, falls er jedoch schon jetzt mit siebenundzwanzig nicht mehr als Fußballspieler mithalten könnte, würde das seine gesamte Lebenseinstellung auf den Kopf stellen. Und ganz tief in ihrem Innersten hatte Renate ein wenig Angst davor, wie sich das auf ihre Beziehung auswirken würde. Gewiss, sie verdiente gut als Ärztin am Allgemeinen Krankenhaus Ochsenzoll, aber vielleicht würde er befürchten, andere könnten sagen, er lasse sich aushalten. Sie arbeitete gern als Ärztin, das wusste Matthias. Ihre Arbeit war ihr genauso wichtig wie ihm sein Fußball. Von »sich aushalten lassen« konnte also keine Rede sein.

»Du bist so still«, bemerkte ihr Onkel, als der Kaffee und sein Kuchen gebracht wurden.

»Mir fehlen im Moment einfach die Worte«, erwiderte sie leise. »Ich mache mir Sorgen, wie es mit Matthias weitergehen wird.«

»Und mit eurer Beziehung?«, hakte ihr Onkel nach. Renate nickte stumm. Er war ein sehr feinfühliger Beobachter, aber das musste er als Hausarzt auch sein.

»Was befürchtest du denn?«, fragte er weiter.

»Ich weiß es nicht«, gab Renate zu. »Es ist nur so ein Gefühl. Fußball ist sein Leben, er dachte, er hätte noch viel Zeit, bis er sich auf ein Leben danach einstellen müsse. Und ich habe die Art und Weise, wie er die Gegenwart genossen hat, ohne sich viele Gedanken um die Zukunft zu machen, immer bewundert. Aber was wird bleiben, wenn er unvorbereitet mit dem normalen Alltag konfrontiert wird?«

»Warten wir es ab«, beruhigte sie Onkel Heinrich. »Erst einmal müssen wir hören, was die Ärzte sagen, und dann wird sich zeigen, was noch in Matthias steckt. Vielleicht unterschätzt du ihn ja. Ein Mann, der mutig genug ist, seinen Traum zu leben, findet mit Sicherheit auch die Kraft, das Leben anzupacken, wenn der Traum zerplatzt.«

Renate nickte und hoffte von ganzem Herzen, dass ihr Onkel recht hatte.

Nachdem der Kuchen gegessen war und beide ihren Kaffee getrunken hatten, machten sie sich auf den Rückweg zum Universitätskrankenhaus.

Matthias war inzwischen untersucht und ärztlich versorgt worden. Er lag mit einem bandagierten, hochgelagerten Bein in einem der Bettensäle zusammen mit einem Dutzend anderer Männer. Eigentlich war keine Besuchszeit, aber da Renate hier studiert hatte und den Stationsarzt kannte, wurde für sie und ihren Onkel eine Ausnahme gemacht und sie durften Matthias kurz sehen.

»Wie geht es dir?«, fragte Renate als Erstes. Matthias sah blass aus und die letzten beiden Stunden hatten dunkle Augenringe auf sein Gesicht gelegt.

»Na ja, es heißt, Geduld zu haben«, antwortete er und bemühte sich um ein Lächeln. »Wenn ich das Bein nicht bewege, tut es fast nicht mehr weh.«

»Hat der Arzt sich schon zu deiner weiteren Fußballkarriere geäußert?«

»Dazu ist es noch zu früh. Die Kniescheibe wurde wieder eingerenkt. Sie wollen das Knie eine Zeit lang ruhigstellen und dann noch mal röntgen. Wenn ich in ein paar Tagen schmerzfrei bin, könnte ich wohl wieder anfangen, langsam zu trainieren.«

Renate nickte, aber sie hatte das Gefühl, dass Matthias sich gerade selbst etwas vormachte. Eine Patellaluxation war nicht in ein paar Tagen ausgestanden. Wenn die Kniescheibe erst einmal aus ihrer Halterung gesprungen war, konnte das bei starken Belastungen jederzeit wieder passieren. Aber sie hütete sich, etwas zu sagen, denn sie wusste zugleich, wie wichtig Hoffnung war. Und ganz sicher konnte sie sich natürlich auch nicht sein. Vielleicht besaß Matthias ja besonderes »Heilfleisch«, sodass alles wieder gut werden würde.

Kapitel 2

Auch wenn Renate Oberpfleger Karlsson von ihrer alten Männerstation vermisste, genoss sie es doch, dass sie inzwischen die Frauenaufnahmestation als Stationsärztin führte.

Nachdem sie im vergangenen Jahr erste Erfahrungen auf der Männerstation gesammelt hatte, hatte der Chefarzt ihr nun die Frauenaufnahme anvertraut. Ein neues, spannendes Gebiet, das ihre Kenntnisse der Psychiatrie weiter vertiefte. Vor allem genoss sie es, dass nicht mehr der widerliche Oberarzt Kleinschmidt für sie zuständig war, der ihr im letzten Jahr so viel Ärger gemacht hatte, sondern Doktor Walter, der ihr mit seinen fünfunddreißig Jahren im Alter und in den Ansichten wesentlich näherstand. Andererseits fehlte ihrem Verhältnis zu Oberschwester Edith, die mit ihren siebenundvierzig Jahren genau zwanzig Jahre älter war als Renate, die Wärme. Schwester Edith hatte sehr genaue Vorstellungen vom Ablauf in der Klinik und stand allen neuen Regelungen erst einmal äußerst kritisch gegenüber. Anfangs hatte Renate noch versucht, mit Edith zu diskutieren, allerdings hatte sie schnell festgestellt, dass die Lieblingswortkombination der Oberschwester in diesen Fällen »Ja, aber …« lautete. Also hatte Renate die Strategie gewechselt und einmal kurz erklärt, warum sie bestimmte Dinge anders als ihr Vorgänger machte, und dann auf das »Ja, aber …« stets geantwortet: »Wir machen das jetzt erst einmal so und dann sehen wir weiter.« Inzwischen hatte Edith erkannt, dass Renate nicht das kleine, leicht beeinflussbare Küken war, das nur Glück gehabt hatte, Medizin studieren zu dürfen, sondern eine selbstbewusste junge Frau, die sich nicht die Butter vom Brot nehmen ließ.

An diesem Montag war Renate mit ihren Gedanken mehr bei Matthias als bei ihrer Arbeit, doch das änderte sich schnell, als eine neue Patientin zur Aufnahme kam. Renate schätzte es, dass sie hier täglich neue Patientinnen sah und dann selbst entschied, welche auf die weiteren Stationen verlegt wurden. Einige bedurften des dauerhaften Schutzes der Aufnahmestation, da sie zu eigen- oder fremdgefährdendem Verhalten neigten. Die Aufnahme war zugleich die sicherste geschlossene Station, wenn man mal von der Abteilung für forensische Psychiatrie absah, die verurteilten Straftätern vorbehalten war und fast ausschließlich Männer beherbergte.

»Das ist ja ein schönes Früchtchen«, meinte Oberschwester Edith, als sie Renate den Polizeibericht über den Neuzugang reichte.

»Und wo ist die Patientin?«, fragte Renate.

»Die haben wir erst mal ins Bad gebracht, damit Sie sie ohne Ekelgefühle untersuchen können«, gab Edith nüchtern zurück.

»So verdreckt?«

»Schauen Sie sich den Polizeibericht an, während dieses Wesen noch geschrubbt wird.«

Die Art und Weise, wie Edith sich über die Patientin äußerte, missfiel Renate, aber sie sagte nichts, sondern zog sich mit dem Polizeibericht in ihr Büro zurück. Die Patientin hieß Irmgard Köhler, war einunddreißig Jahre alt und ledig. Sie war von der Polizei aufgegriffen worden, als sie auf dem Rathausmarkt ihre Kleidung abgelegt und lautstark verkündet hatte, die

Welt stünde kurz vor dem Untergang, wenn man jetzt nicht umdenke. Man vergifte die Flüsse und die Luft und nehme den Menschen die Lebensgrundlage. Man solle lernen, wieder mit der Natur im Einklang zu leben. Als die Polizei eingegriffen und sie hatte bedecken wollen, hatte sie versucht, die Verhüllung ihres nackten Körpers zu verhindern, und geschrien, dass man als Frau nur dann wahrgenommen werde, wenn man sich nackt zeige. Sie nutze ihre Nacktheit nun, um Aufmerksamkeit zu erhalten, damit ihre lebenswichtige Botschaft verbreitet werde. Daraufhin hatte man sie in die Psychiatrie verbracht, da man erhebliche Zweifel an ihrer psychischen Gesundheit hegte.

Abgesehen davon, dass sie ihre Botschaft nackt vorgebracht hatte, dachte Renate bei sich, dass die Aussagen über die Verunreinigung von Luft und Flüssen gar nicht so weit hergeholt waren. Andererseits war es typisch für Schizophrene, sich in der Öffentlichkeit zu entblößen und seltsame Handlungen auszuführen.

Renate legte den Polizeibericht beiseite und schaute auf die Uhr. Vermutlich waren die Schwestern inzwischen fertig mit den Reinigungsmaßnahmen, sodass sie Fräulein Köhler in Augenschein nehmen konnte.

Sie fand die Patientin im großen Wachsaal, wo sie im Schneidersitz auf ihrem Bett saß und an einen meditierenden Buddha erinnerte. Nur das gestreifte Krankenhausnachthemd passte nicht dazu und verlieh dem Anblick etwas ungewollt Komisches. So schienen es auch einige der anderen Patientinnen zu erleben, die tuschelnd und kichernd in einer Ecke standen und auf die Neue deuteten. Immerhin genügte ein strenger Blick von Renate und die drei jungen Frauen verschwanden schnell aus dem Wachsaal in Richtung Aufenthaltsraum.

»Guten Tag, mein Name ist Doktor Schwarz«, stellte Renate sich vor. »Und Sie sind Fräulein Köhler?«

Die Patientin öffnete die Augen und sah Renate an. »Sie sind Ärztin?«

»Ja.«

»Dann sollten Sie sich nicht um mich kümmern, sondern um die Politiker im Rathaus, die unsere Welt ins Elend stürzen.«

»Das werde ich tun, sofern die Politiker mich hier im Krankenhaus aufsuchen«, entgegnete Renate. »Aber heute sind Sie gekommen.«

»Ich bin nicht gekommen, ich wurde von den uniformierten Schergen entführt und gegen meinen Willen hergebracht, weil ich die Wahrheit verkündet habe.«

»Nun, hätten Sie Ihre Wahrheit nicht nackt verkündet, sondern in bekleidetem Zustand, hätte die Polizei nicht eingreifen müssen.«

»Aber dann hätte mir niemand zugehört.«

»Jetzt hört Ihnen auch keiner zu, stattdessen hat man Sie in die Psychiatrie gebracht«, widersprach Renate.

»Halten Sie mich denn für verrückt?« Irmgard Köhler sah Renate durchdringend an.

»Dazu weiß ich noch zu wenig über Sie«, erwiderte Renate. »Ihr Verhalten auf dem Rathausmarkt war zumindest nicht normal.«

»Normal bedeutet ›der Norm entsprechend‹. Aber wir sind hier ja nicht im Kommunismus, wo man eine Norm erfüllen muss oder einen Fünfjahresplan, oder?«

»Wie kommen Sie jetzt auf den Kommunismus?«

»Hätte ich lieber von den Nazis reden sollen? Von Polizisten, die mich fortschleifen, wie es früher die SA oder SS getan hätte? Die allen Menschen das selbstständige Denken verbieten?«

»Sie könnten erst einmal damit anfangen, mir zu erzählen, was Sie wirklich erreichen wollten. Ihnen muss doch klar gewesen sein, dass ein solcher Auftritt Konsequenzen hat.«

»Alles im Leben hat Konsequenzen. Wenn man für das Recht eintreten will, muss man Risiken eingehen.«

»Aber sinnvolle Risiken.« Renate wunderte sich, dass dieses Gespräch sich gar nicht so anfühlte wie ihre normalen Aufnahmegespräche. Irmgard Köhler war sicher nicht normal im Sinne der Norm, aber trotzdem konnte man auf eine interessante Weise mit ihr diskutieren. Sie verlor nicht den Faden, hatte passende Antworten, obwohl sie manchmal etwas ideenflüchtig erschien, doch ihr formaler Gedankengang war geordnet.

»Es war der einzige Weg, Gehör zu finden«, beharrte Irmgard Köhler. »Wir Frauen werden doch nur auf unseren Körper reduziert. Also müssen wir den Körper nutzen, damit wir Aufmerksamkeit erregen und unsere wichtigen Botschaften durchdringen.«

»Anstatt nackt auf dem Rathausmarkt aufzutreten, hätten Sie sich einer politischen Partei anschließen können, um dort für Ihre Ziele einzutreten.«

»Dort werden Frauen untergebuttert von Männern, die Karriere machen wollen. Und so viel Zeit haben wir nicht mehr. Inzwischen ist die Elbe verdreckt, weil die Fabriken ihre Abwässer dort einfach hineinfließen lassen. Niemand kann dort mehr mit gutem Gewissen baden und die Fische sterben.«

»Glauben Sie wirklich, dass man dieses Problem ernster nimmt, wenn Sie sich verrückt verhalten?«, gab Renate zu bedenken. »Ich befürchte vielmehr, dass man Ihr durchaus richtiges Anliegen für ebenso verrückt erklären wird wie die Art und Weise, wie Sie dafür eintreten.«

»Besser für verrückt gehalten werden, als stumm zu bleiben. Dann bin ich eben eine Kassandra, die die Wahrheit sagt, die keiner glauben will, bis die Welt untergeht.«

Da sie diese Diskussion nicht weiterbrachte, fragte Renate nun die übrigen Punkte der klassischen Anamnese ab. Irmgard Köhler war bislang immer gesund gewesen. Sie war ledig, hatte einen Volksschulabschluss und eine Lehre als Schneiderin beendet. Ihre Tante führte eine kleine Schneiderei, in der sie nach ihrer dort absolvierten Lehre auch gearbeitet hatte. Doch in den letzten Monaten war es zum Konflikt mit der Tante gekommen, die sich gern aufs Altenteil verabschiedet und ihrer Nichte die Schneiderei übergeben hätte.

»Warum soll man in der heutigen Zeit noch Kleidung für reiche Fatzken nähen oder ändern?«, entgegnete Irmgard auf Renates Frage, weswegen sie diese Chance nicht ergreifen wollte. »Es gibt Wichtigeres, wenn die Welt am Abgrund steht.«

»Und warum haben Sie dann einen solchen Weg gewählt, der dazu geführt hat, Sie in die Psychiatrie zu bringen, anstatt Ihrem wichtigen Anliegen Gehör zu verschaffen?«

»Man hat Kritiker schon immer mundtot gemacht und in Irrenanstalten eingewiesen. Das ist nichts Neues. Das wäre jederzeit passiert.«

»Wenn Sie sich einer politischen Partei angeschlossen hätten, die Ihre Ziele unterstützt, nicht.«

»Es gibt keine politische Partei, die sich um die Umwelt kümmert«, konterte Irmgard. »Ich hatte keine andere Wahl, als auf diese Weise aufzutreten.«

»Und was soll ich jetzt hier mit Ihnen anfangen?«

»Schicken Sie mich nach Hause.«

»Und dann?«

»Was, und dann?« Irmgard sah Renate mit großen Augen an. Sie war eine ausnehmend hübsche Frau mit ausdrucksvollen blauen Augen und langem blondem Haar, das von der Haarwäsche noch feucht um ihre Schultern wehte. Vermutlich hatten sich einige der Passanten über ihren nackten Anblick weniger echauffiert als amüsiert.

»Werden Sie dann wieder nackt auf dem Rathausmarkt Ihre Thesen verbreiten?«

»Mir bleibt nichts anderes übrig.«

»In dem Fall kann ich Sie leider nicht gehen lassen.«

»Weil Sie von denen da oben Ihre Befehle erhalten?«

»Wen meinen Sie mit ›die da oben‹?«

»Na, die Regierung, wen denn sonst?«

»Keine Sorge, die Regierung erteilt mir keine Befehle.«

»Und warum wollen Sie mich dann nicht gehen lassen?« Irmgard beugte sich ein Stück weiter vor und schaute Renate tief in die Augen. Auch wenn sie noch ein ganzes Stück von ihr entfernt war, erlebte Renate diese Körperhaltung und diesen Blick als distanzlos, ja beinahe schon körperlich unangenehm. Und genau diese Empfindung verriet ihr, dass ihr Gegenüber nicht einfach nur absurde Ideen hatte, sondern dass etwas mehr dahintersteckte. Vielleicht eine manische Erkrankung, die die Patientin im Augenblick noch einigermaßen gut kontrollieren konnte. Es war für Renate anfangs schwierig gewesen, ihre eigenen Gefühle nicht sofort wegzuwischen, sondern als diagnostisches Hilfsmittel in der Psychiatrie zu verwenden. Aber seit sie sich ganz darauf eingelassen hatte, war sie in den letzten Monaten eine sehr gute Diagnostikerin geworden.

»Weil ich Ihr Verhalten nicht einschätzen kann«, erwiderte Renate. »Ich muss Sie dazu erst näher kennenlernen. Sofern Sie lediglich durch Ihr spezielles Demonstrationsverhalten ein öffentliches Ärgernis sind, ist das etwas anderes, als wenn eine psychische Erkrankung dahintersteckt.«

»Sie halten mich also für verrückt?«

»Ich kann derzeit noch nicht ausschließen, ob Ihrem Verhalten eine psychische Erkrankung zugrunde liegt, die behandelbar ist.«

»Das können Sie doch zu jedem sagen. Woher soll ich wissen, dass Sie nicht selbst verrückt sind?«

»Man kann es nicht zu jedem sagen«, gab Renate zurück. »Wenn jemand in seinem Verhalten von der Norm abweicht und sich selbst oder andere damit gefährdet, gilt es stets, eine psychiatrische Krankheit auszuschließen.«

»Und wen gefährde ich bitte?« Der gereizte Unterton in Irmgards Stimme war deutlich hörbar.

»Sich selbst«, antwortete Renate. »Durch Ihr Verhalten erregen Sie Aufsehen und schaden Ihrem Ruf, außerdem könnte es zu einer Anzeige kommen.«

»Mein Ruf und eine etwaige Anzeige sind meine Privatangelegenheit. Beides geht Sie nichts an.«

»Nur dann, wenn ich mir sicher sein kann, dass es aus freien Stücken geschieht und nicht Ausdruck einer Erkrankung ist.«

»Verdammt, und wie soll ich Ihnen nun beweisen, dass ich normal bin und mein Anliegen für die Welt von großer Bedeutung ist?«

»Sie bleiben heute Nacht erst einmal hier und morgen unterhalten wir uns weiter.« Renate wandte sich ab und verließ den Wachsaal. Sie hätte fast erwartet, dass Irmgard ihr etwas Aggressives hinterherschrie, aber zu ihrem Erstaunen blieb die Patientin völlig ruhig.

»Ein ganz schönes Früchtchen, was?«, wiederholte Oberschwester Edith ihre Einschätzung, als sie sah, dass Renate das Gespräch beendet hatte.

»Ich bin mir noch nicht sicher. Sie hat keinerlei formale Denkstörungen. Sie ist von ihrer Idee überzeugt, aber sie schweift nicht ab, wie es für Psychotiker oder Maniker üblich ist. Sie könnte auch einfach nur eine von ihrer Mission überzeugte Fanatikerin sein.«

»Wäre sie ein Mann, wäre es einfacher«, meinte Edith kopfschüttelnd. »Dann wäre sie ein Exhibitionist, der sich jetzt rausreden will.«

»Ist Ihnen schon mal ein weiblicher Exhibitionist untergekommen?«

»Nein, natürlich nicht«, lautete die Antwort der Oberschwester. »Der weibliche Exhibitionismus wird von der Gesellschaft ja gefördert. Warum sollte eine Exhibitionistin sich kostenlos auf der Straße entblößen, wenn sie damit gutes Geld auf der Reeperbahn verdienen könnte?«

Renate lachte. So viel Humor hatte sie der strengen Oberschwester gar nicht zugetraut. »Allerdings zeichnet es männliche Exhibitionisten aus, dass sie Frauen erschrecken wollen.«

»Das sollte mal einer bei mir probieren«, knurrte Schwester Edith. »Wenn das Pimmelchen zu klein ist, würde ich ihn auslachen, und wenn die Größe stimmt, würde ich testen, ob das auch echt ist, und einmal kräftig daran ziehen.« Dabei machte sie eine so ernste Miene, dass Renate sich vor Lachen gar nicht mehr beruhigen konnte, denn sie war sich vollkommen sicher, dass die Oberschwester genau das tun würde.

Nach Feierabend wäre Renate gern zu Matthias ins UKE gefahren, aber die Besuchszeiten waren nur am Sonntag und Mittwoch. Möglicherweise hätte sie als Ärztin die Kollegen erweichen können, aber das wäre Matthias gewiss nicht recht gewesen, denn er wollte nicht auffallen. So gern und erfolgreich er Fußball spielte und begeisterten kleinen Jungen Autogramme gab, so sehr hasste er es, wenn er auf der Straße von Erwachsenen erkannt und »im Schnack aufgehalten wurde«, wie er es nannte.

»Das bringt der Ruhm so mit sich«, hatte Renate damals scherzhaft erwidert. Nun, hoffentlich waren diese Zeiten noch nicht vorbei. Sie wünschte sich sehr, dass Matthias sich rasch und vollständig erholen würde. Vielleicht sollte sie einfach zu Hause abwarten, denn sobald man ihm gestattete, das Bett zu verlassen, würde ihn sein erster Weg mit Sicherheit zum Münzfernsprecher im Foyer führen.

Normalerweise aß sie abends gemeinsam mit ihrem Onkel in seiner Wohnung. Ihm gehörte das Haus in der Papenhuder

Straße mit vier Wohnungen und seiner Hausarztpraxis im Erdgeschoss. Die kleine Wohnung im Souterrain bewohnte der Hausmeister. Onkel Heinrich selbst lebte in der einzigen großen Wohnung im ersten Stock, wo Renate als Kind ebenfalls ihr Zimmer gehabt hatte. Aber als sie mit dem Studium begonnen hatte, war eine der beiden kleineren Wohnungen im zweiten Stock frei geworden, und anstatt sie neu zu vermieten, hatte Onkel Heinrich sie ihr überlassen. Die zweite Wohnung bewohnte schon seit Jahren eine Oberstudienrätin, die im nächsten Jahr in Pension gehen würde.

Allerdings würde Onkel Heinrich heute unterwegs sein, nachdem er seine Praxis geschlossen hatte. Nach dem Tod seiner Frau bei der Geburt ihres einzigen Kindes in den Dreißigerjahren hatte er nicht wieder geheiratet, aber sich einen großen Bekanntenkreis zugelegt. Er traf sich mehrmals in der Woche mit Freunden, um unterschiedlichen Aktivitäten wie Kegeln oder Theaterbesuchen nachzugehen.

Renate überlegte kurz, dann rief sie auf der Station an, wo Matthias lag. Die Schwester am Telefon war kurz angebunden und sagte, er müsse noch Bettruhe halten, aber es gehe ihm den Umständen entsprechend gut, weitere Auskünfte könne ihr nur der Arzt geben.

Renate seufzte. Das war bestimmt die Oberschwester gewesen; manche waren echte Drachen, die ihre Macht ständig demonstrieren mussten. Im Studium hatte sie einige davon kennengelernt. Zum Glück war sie mit Oberpfleger Karlsson, der sie auf ihrer ersten Station unterstützt hatte, gut bedient gewesen, und auch Oberschwester Edith zeigte in letzter Zeit immer mehr von ihrem Humor.

Vielleicht wussten Matthias' Eltern mehr. Matthias' fünf Jahre jüngere Schwester Helga studierte am Universitätskrankenhaus Medizin und hatte möglicherweise ihren Status als Studentin genutzt, um den großen Bruder zu besuchen.

Also rief sie dort an und hatte kurz darauf seine Mutter Henny am Apparat.

»Renate, das ist ja schön, dass du dich meldest. Wie geht es dir?«, erkundigte sich ihre künftige Schwiegermutter. Renate hatte ein sehr gutes Verhältnis zu Henny. Sie war eine patente Frau, die selbst stets in ihrer Rolle als Ehefrau und Mutter aufgegangen war, aber ihren Töchtern alle Möglichkeiten offengehalten hatte. Henny war der Inbegriff einer guten Mutter, und Renate, die ihre eigene Mutter schon so früh verloren hatte, hatte sich bei ihr von Anfang an auf eine Weise geborgen gefühlt, als wäre sie ihre eigene Mutter.

»Mir geht es bestens, abgesehen von den Sorgen um Matthias«, erwiderte sie. »Ich habe eben im Krankenhaus angerufen, die Schwester war allerdings nicht besonders auskunftsfreudig. Da dachte ich, vielleicht weiß Helga ja mehr.«

»Ja, sie war heute um die Mittagszeit kurz bei ihm«, bestätigte Henny. »Aber es gibt bisher keine klaren Aussagen. Matthias schimpft über die Ärzte, die nur mit ernstem Blick auf sein Knie schauen, sich aber noch zu keiner Prognose aufraffen wollen.«

»Oh, Ärzte, die eine Prognose verweigern, sind immer ein schlechtes Zeichen.«

»Ja, das befürchte ich auch.« Henny seufzte. »Möglicherweise muss er sich dann doch früher als geplant mit seiner weiteren Zukunft auseinandersetzen.«

»Dann glaubst du, er kann nicht mehr Fußball spielen?« Renate war erschrocken und erstaunt zugleich über die Abgeklärtheit, mit der Henny die größten Sorgen ihres Sohnes einfach so aussprach.

»Nun ja, die Zeit als Fußballspieler war ohnehin begrenzt. Fünf Jahre mehr oder weniger mögen ihm jetzt grausam erscheinen, aber irgendwann kommt der Punkt auf jeden Fall. Und wenn ich ehrlich bin, denke ich, es ist gut, wenn er sich bereits vor seinem dreißigsten Geburtstag Gedanken macht, wie es in seinem Leben weitergehen soll.«

»Oh«, entfuhr es Renate nur. Sie hatte Henny bislang immer dafür bewundert, wie viel Freiheit sie ihren Kindern bei den teilweise exotischen Berufswahlen gelassen hatte, aber in diesem Augenblick hörte sie zum ersten Mal die mütterliche Sorge um die Zukunft in ihrer Stimme.

»Hast du mit ihm schon einmal darüber gesprochen?«, wollte sie deshalb wissen.

»Das haben wir oft getan, seit er vor drei Jahren schon einmal länger wegen seines Knies ausgefallen ist. Aber damals wollte Matthias noch nichts davon wissen. Ich weiß ja, wie sehr er sein Leben genießt, und ich habe auch nichts dagegen, wenn er sich in seiner Jugend ausprobieren will. Aber man sollte trotzdem an die Zukunft denken. Vielleicht könntest du ja ein wenig auf ihn einwirken. Vor allem im Hinblick auf eure gemeinsame Zukunft.«

Renate räusperte sich. »Es liegt mir eigentlich nicht, ihn in irgendeine Richtung zu drängen. Er ist ein erwachsener Mann und soll selbst entscheiden.«

»Einwirken heißt ja nicht, dass du ihm etwas vorschreibst. Es bedeutet lediglich, mit ihm über Alternativen zu sprechen.« Noch ein leiser Seufzer drang durch den Telefonhörer. »Vor allem, weil sich für den nächsten Monat ein nicht ganz einfacher Besuch bei uns angekündigt hat.«

»Was für ein Besuch? Deine Stimme klingt, als wäre es der Gerichtsvollzieher.«

Henny lachte leise. »Nein, im Gegenteil, mein Schwager Rudi und seine Frau Goldie kommen aus Amerika. Goldie heißt eigentlich Leonore, aber sie wurde bereits von ihren Eltern Goldie genannt, und genauso benimmt sie sich.« Renate glaubte, ein leicht verächtliches Schnauben durch das Telefon zu hören. »Die beiden sind 1934 mit unserer Hilfe aus

Deutschland nach New York geflohen, weil Rudi als Anwalt Leute verteidigt hat, die auf der schwarzen Liste der Nazis standen, und Goldies Vater wurde als Jude geboren, auch wenn er schon vor ihrer Geburt zum Christentum konvertiert ist«, fuhr Henny fort. »Inzwischen ist Rudi ein erfolgreicher Anwalt in New York, der Geld wie Heu scheffelt, und seine Frau Goldie, die schon als junge Frau UFA-Schauspielerin war, hat in ein paar Hollywood-Filmen mitgespielt. Sie war früher bereits arrogant, aber inzwischen ist sie unerträglich. Wir sind alle froh, dass sie in Amerika lebt. Doch demnächst müssen wir sie vier Wochen lang ertragen.«

»Werden sie bei euch wohnen?«

»Gott bewahre, nein. Das wäre doch unter Goldies Niveau. Das Geld reicht, um standesgemäß im Vier Jahreszeiten zu residieren. Aber sie werden uns natürlich täglich besuchen und dann müssen wir uns wieder Goldies kleine Gehässigkeiten anhören. Wenn sie von Matthias' Unfall hört, kann ich mir vorstellen, dass sie ihn gleich als Taugenichts darstellt. Und das möchte ich ihm ersparen.«

»Sie klingt anstrengend«, bestätigte Renate. »Andererseits juckt es mir ja in den Fingern, diese Goldie-Leonore kennenzulernen.«

»Das wirst du mit Sicherheit, du gehörst schließlich zur Familie. Und wer weiß, vielleicht bist du als angehende Psychiaterin ja genau die Richtige, um mit ihr fertigzuwerden.«

Das gemeinsame Lachen war befreiend – trotz der Sorgen um Matthias.

Kapitel 3

Am Mittwoch fieberte Renate den ganzen Tag dem Feierabend entgegen, um Matthias endlich im Krankenhaus besuchen zu können. Immerhin wurde sie durch ihre Patientinnen gut abgelenkt. Irmgard Köhler war nach wie vor eine schillernde Person, aus der Renate nicht klug wurde. Sie passte in keines der klassischen Krankheitsbilder, auch wenn vieles an ihrem Gebaren an eine Manie erinnerte. Allerdings erschien sie dafür viel zu geordnet. Man konnte mit ihr noch gezielt diskutieren, sie war nicht sprunghaft, sondern konnte bei einem Thema bleiben.

Auch bei der Oberarztvisite mit Doktor Walter verhielt sie sich einerseits angemessen, andererseits konnte sie sich nicht von ihrem unangebrachten Verhalten auf dem Rathausmarkt distanzieren und gab an, es wieder zu tun, wenn es nötig wäre.

»Insofern können wir Sie nicht entlassen«, kommentierte Doktor Walter ihre Ansage.

»Weil Sie die Sittenpolizei sind?« Irmgard legte den Kopf schief wie ein keckes Schulmädchen, was sie auf eine seltsame Art jünger erscheinen ließ, als sie war, aber für eine Frau von einunddreißig Jahren nun wirklich nicht mehr angemessen war.

»Nein, weil Sie sich selbst gefährden, wenn Sie nackt in der Öffentlichkeit rumlaufen.«

»Haben Sie Angst, ich könnte mich erkälten?«

Doktor Walter räusperte sich. »Sie wissen, was ich meine.«

»Nein, das weiß ich nicht«, konterte Irmgard Köhler. »Wir haben Mai. Wenn wir Januar hätten, könnte ich Ihre Bedenken verstehen, aber dann würde ich ja auch nicht auf eine solche Weise demonstrieren.«

»Und wie würden Sie im Januar demonstrieren?«, fragte der Oberarzt.

»Das überlege ich mir dann im Januar. Kann ich nun nach Hause?«

»Nur, wenn Sie versprechen, dass Sie nicht mehr öffentlich nackt auftreten.«

»Ich bin ein ehrlicher Mensch und gebe keine Versprechen, die ich nicht halten kann.«

»Dann bleiben Sie hier.«

»Das ist Freiheitsberaubung.«

»Nein, das dient Ihrem Schutz.«

»Das haben die Nazis auch immer gesagt, wenn sie Leute ins KZ gesteckt haben. Schutzhaft.«

»Derartige Vergleiche sind unangebracht. Ich beende das Gespräch hiermit.«

»Weil ich Sie durchschaut habe. Sie mögen nicht hören, dass Sie sich wie ein Nazi benehmen.«

Doktor Walter ignorierte diesen Einwurf und ging gemeinsam mit Renate und Schwester Edith zum nächsten Bett. Dort lag Resi Hochstätter, die eigentlich in Bayern lebte, aber eines Tages einfach in den Zug nach Hamburg gestiegen war, weil sie mal Amerika sehen wollte. Sie glaubte, dass man von Hamburg aus schnell mit dem Schiff nach Amerika käme. Resi war Mitte dreißig und schon mit Anfang zwanzig an einer Schizophrenie erkrankt. Sie hatte Glück gehabt, dass ihre Erkrankung erst nach dem Ende des Dritten Reiches ausgebrochen war, aber das Pech, dass es damals noch keine Medikamente gab. Und so hatte sie als Spätfolge ihrer Schizophrenie das entwickelt, was die Ärzte Dementia praecox nannten, ein Zustandsbild, das an einen Menschen mit geistiger Behinderung erinnerte. Sie war sehr konkretistisch und auf sofortige Bedürfniserfüllung fixiert. Ihre Familie hatte sich bislang um sie gekümmert und sie hatte sich trotz ihrer Krankheit auf dem elterlichen Bauernhof einigermaßen nützlich gemacht. Aber sie weigerte sich, zurück nach Bayern zu reisen, und die Familie weigerte sich wiederum, sie abzuholen, weshalb Resi nach wie vor in Ochsenzoll »residierte«, wie Schwester Edith es nannte.

»Und, haben Sie es sich inzwischen überlegt?«, erkundigte sich Doktor Walter. »Wollen Sie nach Hause zurückkehren?«

»Nein, ich will nach Amerika«, lautete Resis Antwort. »Kann ich zum Hafen?«

»Nein, das können Sie nicht«, beschied sie der Oberarzt.

»Warum kann sie das nicht?«, mischte sich nun Irmgard Köhler ein, die das Gespräch im Bett nebenan interessiert verfolgt hatte. Das war einer der Punkte, den Renate an den Wachsälen hasste. Nicht nur, dass es keine Privatsphäre für die Patienten bei ihren alltäglichen Verrichtungen gab, auch die ärztliche Schweigepflicht wurde hier ad absurdum geführt.

»Mischen Sie sich nicht in fremde Gespräche ein«, gab der Oberarzt streng zurück.

»Warum nicht?«

Doktor Walter beachtete Irmgard nicht weiter, um sie damit zur Ruhe zu bringen, doch er hätte wissen können, dass das nichts nützte.

»Einzuschreiten ist nicht nur das Recht, sondern auch die Pflicht eines jeden Menschen, wenn er ein Unrecht sieht. Und Sie begehen hier ein Unrecht, indem Sie eine unschuldige Frau daran hindern, ihre Träume zu verwirklichen.«

»Sie reden Unsinn«, stieg Doktor Walter jetzt doch auf Irmgard Köhler ein. Dann wandte er sich wieder Resi

Hochstätter zu. »Haben Sie denn genügend Geld, um ein Schiff oder gar einen Flug nach Amerika zu bezahlen?«

»Wie teuer ist das denn?«

»Etliche Hundert Mark.«

»So teuer?« Resi zog ein langes Gesicht.

»Wie viel Geld haben Sie?«, fragte Doktor Walter zurück.

»Zwei Mark und dreiundvierzig Pfennige.«

»Damit können Sie ja nicht mal die Fahrkarte nach Hause bezahlen.«

»Ich will ja auch gar nicht weg. Ich will hierbleiben. Und ich will mir Arbeit suchen, damit ich dann nach Amerika fahren kann.«

Doktor Walter seufzte, sagte aber nichts weiter, denn Resis Bett war das letzte der Visite. Gemeinsam mit Renate verließ er den Wachsaal. »Mit Fräulein Hochstätter müssen wir noch klären, wie wir sie am besten entlassen können«, sagte er. »Im Prinzip gehört sie ja gar nicht mehr in ein Krankenhaus, und für ihre persönlichen Wünsche sind wir nicht zuständig.«

»Aber wir können sie auch nicht einfach auf die Straße setzen«, meinte Renate. »Sie würde nicht zurechtkommen und wäre ein leichtes Opfer für Betrüger.«

»Ich weiß. Wenn sie sich nicht entscheidet, freiwillig nach Hause zu gehen, werden wir sie auf die Station für chronische Langlieger verlegen, sobald dort ein Bett frei wird.«

Renate nickte. Es gab solche Stationen sowohl für Frauen als auch für Männer. Als sie im vergangenen Jahr in Ochsenzoll als Ärztin angefangen hatte, war sie auf einer solchen Männerstation gewesen, wo allerdings auch ein gewisses Kontingent an Betten für Patienten vorhanden war, die nach kürzerer Zeit wieder entlassen werden konnten. Dort hatte Renate damals Henning Jahnke aufgenommen und behandelt. Ihren ersten Patienten, den sie durch Selbstmord verloren hatte … Hastig wischte sie die Erinnerungen daran fort.

»Ja, das wird wohl das Beste sein«, bestätigte sie den Oberarzt. »Und was halten Sie von Fräulein Köhler? Ich bin mir nach wie vor nicht sicher, was die Ursache ihres Verhaltens ist. Ist es eine Manie oder ist sie einfach renitent gegenüber Obrigkeiten?«

»Manchmal hat man Läuse und Flöhe«, erwiderte Doktor Walter. »Es gibt etwas, das maniform anmutet, aber sie ist zu geordnet. Ihre Renitenz ist unverkennbar, aber es wäre für die Diagnostik hilfreich, etwas mehr über ihre Vorgeschichte zu erfahren. War sie schon immer so oder hat sich dieses seltsame Verhalten erst kürzlich entwickelt?«

»Ich werde versuchen, mit ihr darüber ins Gespräch zu kommen«, versprach Renate.

Sie machte diesen Vorsatz gleich am Nachmittag wahr, indem sie Fräulein Köhler zu einem Gespräch in ihr Büro lud.

»Wollen Sie mir jetzt Vorhaltungen machen, weil ich nicht nett zum Oberarzt war?«, beschwerte sich die Patientin.

»Nein. Ich möchte mehr von Ihrer Vorstellungswelt erfahren, damit ich Sie besser verstehen kann.«

»Ach, was wollen Sie denn besser verstehen?«

»Seit wann kämpfen Sie schon gegen die Verschmutzung der Luft und der Flüsse? Wann haben Sie für sich entschieden, dass Sie zu solch drastischen Mitteln greifen müssen, die Sie letztendlich in die Psychiatrie gebracht haben?«

»Na, als alles andere nichts nützte.«

»Und was haben Sie vorher probiert?«

»Keine Ahnung.«

»Das ist eine seltsame Antwort. Können Sie mir erzählen, wann Ihnen die Umweltverschmutzung zum ersten Mal bewusst wurde?«

»Wann wurde Ihnen das erste Mal bewusst, dass Sie Ärztin werden wollen?«

»Sie weichen mir mit einer Gegenfrage aus?«

»Genau wie Sie jetzt auch.« Irmgard grinste überlegen. »Wenn Sie mit mir Spielchen spielen wollen, sind Sie bei mir an die Falsche geraten. Ich lasse mich von diesem System nicht unterkriegen, indem man mich für verrückt erklärt.«

»Und warum verhalten Sie sich dann so?«

»Tue ich das?«

»Nun, Sie nutzen keine der Brücken, die wir Ihnen bauen. Als der Oberarzt Sie fragte, ob Sie sich im Fall einer Entlassung noch mal so verhalten würden, hätten Sie einfach Nein sagen können. Dann hätten wir Sie entlassen.«

»Aber ich hätte meine Integrität verloren und gelogen.«

»Wenn Sie glauben, wir würden im Auftrag eines Systems handeln, das man ablehnen muss, wäre es doch nur recht und billig, uns zu belügen. Verbrecherischen Regimen gegenüber muss man nicht ehrlich sein.«

»Also geben Sie zu, dass Sie für ein Regime arbeiten?«

»Nein, ich versuche, mich in Ihre Denkweise einzufühlen, Fräulein Köhler.«

»Gute Ausrede.«

Renate atmete tief durch. Irmgard Köhler war ein härterer Brocken, als sie ursprünglich gedacht hatte. Die Eloquenz, mit der sie auf ihre Fragen reagierte, sprach gegen eine klassische psychische Erkrankung. Zwar erschien ihr Verhalten nicht normal im Sinne einer Anpassung an die übliche Norm, aber vielleicht war sie auch einfach nur eine Exzentrikerin. Allerdings stellte sich dann die Frage, warum sie in der Psychiatrie bleiben wollte und nicht die Möglichkeit nutzte, das zu sagen, was man hören wollte, um entlassen zu werden.

»Warum möchten Sie in der Psychiatrie bleiben?«, sprach Renate deshalb ihren Gedanken direkt an.

»Wie kommen Sie darauf, dass ich hierbleiben möchte?«

»Weil Sie alles tun, um zu verhindern, dass wir Sie entlassen können. Ist Ihr alltägliches Leben so unerträglich, dass Sie sich lieber in einer Psychiatrie verkriechen?«

Zum ersten Mal sah Renate Unsicherheit in den Augen ihrer Patientin aufblitzen. Hatte sie tatsächlich einen wunden Punkt getroffen?

Doch Irmgard überspielte die kurze Schwäche sofort mit einem Lachen. »Das denken Sie von mir?«

»Ja«, antwortete Renate mit ruhiger Stimme, und anscheinend war der Tonfall ernst genug, dass Irmgard das Lachen verging.

»Das bringt doch nichts«, sagte sie und stand von ihrem Stuhl auf. »Ich möchte auf die Station zurück.«

»Wie Sie wollen.« Auch Renate erhob sich, aber in diesem Moment hatte sie das Gefühl, erfolgreich das erste Mörtelstückchen aus Irmgards Abwehr gekratzt zu haben.

Nach Feierabend fuhr Renate in ihrer Isetta direkt zum Universitätskrankenhaus Eppendorf, um Matthias zu besuchen. Als sie dort ankam, war eine Menge Betrieb im Bettensaal. Ein Großteil derer, die wie Matthias nicht aufstehen konnten, hatte Besuch, der sich direkt bei den Betten aufhielt. Es war gar nicht so einfach, in all dem Unterhaltungsgemurmel ein vernünftiges Gespräch zu führen.

Renate fielen als Erstes ein großer Blumenstrauß und eine ebenso große Schachtel Konfekt auf. »Hast du eine heimliche Verehrerin?«, neckte sie ihren Verlobten.

»Nein, das hat Uwe vorhin im Namen der Vereinskameraden vorbeigebracht. Sieh mal, sie haben alle auf der Karte unterschrieben.« Er zog die Genesungskarte hervor und zeigte sie Renate. »Uwe ist schon eine Marke, er meinte, er hätte mir ja lieber einen Kasten Bier mitgebracht, davon hätte ich mehr gehabt, aber den hätte er nicht reinschmuggeln können. Selbst in diesem riesigen Strauß konnte er keine einzige Flasche verstecken.«

Trotz der traurigen Situation konnten sie beide über diesen Scherz lachen.

»Und weißt du schon etwas Neues von den Ärzten?«, kam Renate auf das wesentliche Thema zurück.

»Ab morgen soll ich versuchen, mit Krücken aufzustehen. Aber das Knie muss mindestens sechs Wochen bandagiert bleiben und erst danach kann ich langsam wieder mit Belastungsübungen beginnen. Der Arzt meint, laut Röntgenbild könnte auch die Patellasehne angerissen sein, genau lässt sich das nicht erkennen. Sollte sich das bestätigen, könnte ich bei stärkeren Belastungen auch künftig immer wieder unter einer herausspringenden Kniescheibe leiden.« Er atmete schwer und ihnen war beiden bewusst, was er damit sagen wollte. Die Gefahr, dass er nicht mehr Fußball spielen konnte, war groß. Größer als die Möglichkeit einer vollständigen Heilung.

»Und wann hast du Gewissheit?«

Matthias zuckte die Schultern. »Keine Ahnung. Die Ärzte wissen es wohl selbst noch nicht.«

Renate nickte. »Und …« Sie zögerte. Sollte sie die schlimmste Möglichkeit gleich ansprechen oder sich noch auf das Verbreiten von Hoffnung beschränken? Sie entschied sich für das Erste. »Hast du dir schon überlegt, welche Möglichkeiten es gäbe, falls der schlimmste Fall eintritt?«

»Du meinst, wenn ich nicht mehr spielen kann?«

Renate nickte.

»Daran will ich im Moment noch nicht denken. Ich bin schon einmal ein paar Wochen mit dem Knie ausgefallen und danach ging es wieder.«

»Wie du meinst. Ich dachte bloß, es könnte nicht schaden, einen Plan B zu haben.«

»Wir sind hier ja nicht beim Militär, wo es um Angriffsstrategien geht«, sagte Matthias. »Im Krankenhaus soll man doch stets das Beste hoffen.«

»Aber wenn man sich auf alles vorbereitet, ist der Fall nicht so tief, dann kann man nur positiv überrascht werden.«

»Oder man grübelt und macht sich unnötige Sorgen«, gab er unwirsch zurück.

Renate nickte, denn sie wollte ihn nicht aufregen. Das war der Unterschied zwischen ihnen beiden. Matthias lebte den Tag und den Augenblick, über die Zukunft machte er sich wenig Gedanken. Das machte das Leben mit ihm sehr angenehm und er war in gewisser Weise ein idealer Gegenpart zu ihr, denn sie grübelte immer viel zu viel, plante gern und wollte stets genügend Sicherheit haben. Sie hatte über diese Unterschiede einmal mit ihrem Onkel gesprochen, und er hatte gemeint, es liege vielleicht daran, wie sie in der Vergangenheit mit Verlusten umgegangen seien. Beide teilten sie das Schicksal, als Kinder ausgebombt worden zu sein, doch Matthias hatte niemanden verloren, lediglich die Wohnung war zerstört worden. Sie hingegen war zur Vollwaise geworden. Matthias hatte gelernt, dass man die Zukunft nicht beeinflussen konnte. Niemand wusste, was das Morgen brachte, also sollte man jeden Tag genießen. Sie hingegen hatte die Erfahrung gemacht, dass man plötzlich beinahe allein dastehen konnte und dass es wichtig war, irgendwo einen zweiten sicheren Hafen zu haben. So einen, wie ihr Onkel ihn ihr geboten hatte.

»Haben deine Eltern dich schon besucht?«, wechselte Renate das Thema.

»Meine Mutter. Mein Vater arbeitet noch, sie haben eine Tote in der Elbe gefunden und es ist unklar, ob es ein Unfall oder Mord war.«

Renate nickte erneut. Matthias' Vater war Hauptkommissar bei der Mordkommission und durch diesen Beruf hatte sie ihn überhaupt erst kennengelernt. Seine Schwester Ella Thiessen, die Vorsitzende des Vereins »Die Akademikerin«, in dem Renate Mitglied war, hatte ihr seinen Rat empfohlen, als sie darüber sinniert hatte, ob der Tod eines ihrer Patienten wirklich ein Suizid gewesen war. Das Gespräch mit einem erfahrenen Mordermittler hatte sie beruhigt. Schon seltsam, überlegte sie, als sie daran zurückdachte. Wenn Henning Jahnke sich nicht umgebracht und ich mir das nicht so zu Herzen genommen hätte, dann wäre ich Matthias niemals begegnet. Das Leben geht seltsame Wege.

»Was denkst du gerade?« Matthias war ihre kurze Geistesabwesenheit aufgefallen.

»Dass wir unser Glück dem Selbstmord eines anderen verdanken.«

»Wie bitte?« Er starrte sie so irritiert an, dass sie lachen musste. Dann erklärte sie es ihm.

»Ja, wenn du es so siehst.« Er stimmte in ihr Lachen ein, und auf einmal war die Schwere zwischen ihnen verschwunden, die durch ihre Frage nach der Zukunft entstanden war. Egal, was die Zukunft bringen würde, Renate war sich sicher, dass sie gemeinsam alles schaffen konnten.

Kapitel 4

Am Sonnabend war Renate froh, dass sie etwas Ablenkung hatte, denn es stand das monatliche Treffen des Vereins »Die Akademikerin« an, zu dessen Gründungsmitgliedern sie vor rund einem Jahr gehört hatte. Die Treffen fanden immer in der Villa der Familie Kellermann an der Elbchaussee statt. Sophia Kellermann, die Nichte und Erbin von Joseph Kellermann, der sich aus einer armen Kindheit zu einem der einflussreichsten Männer der Stadt hochgearbeitet hatte, führte zusammen mit der Kinderärztin Ella Thiessen, Matthias' Tante, den Vorsitz.

Der Verein hatte es sich zur Aufgabe gemacht, Netzwerke von Akademikerinnen zu vertiefen, um es ihnen leichter zu machen, sich in den von Männern dominierten Bereichen zu behaupten. Sie waren häufig Ärztinnen, Juristinnen oder Architektinnen, es gab eine Oberstudienrätin, eine Chemikerin. Renates beste Freundin Hannelore, die sie hier kennengelernt hatte, war Apothekerin. Höhepunkt der Vereinsarbeit war das monatliche Treffen, wo in der Kellermann'schen Villa stets erlesene Speisen aufgetragen wurden. Es hatte etwas Elitäres, dessen waren die Frauen sich bewusst. Eine Zeit lang hatte es eine Diskussion gegeben, ob man auch Frauen aus nicht akademischen Berufen aufnehmen sollte, schließlich war man aber zu dem Schluss gekommen, dass dies nur dann sinnvoll wäre, wenn eine Frau nicht in einem klassischen Frauenberuf tätig war, sondern versuchte, sich in der Männerwelt durchzusetzen.

»Wir würden unser Anliegen verwässern, wenn wir Friseurinnen oder Verkäuferinnen aufnehmen, weil die in ihrem Bereich vollständig anerkannt sind«, hatte Sophia Kellermann gesagt. Hannelore hatte damals entgegengehalten, dass man dann ja auch keine Oberstudienrätinnen aufnehmen bräuchte, denn Lehrerin sei ebenfalls schon seit Ewigkeiten ein anerkannter Beruf für Frauen.

»Aber immerhin hat eine Oberstudienrätin ein Studium abgeschlossen«, hatte Sophia gekontert. »Und nicht einfach nur ein Lehrerinnenseminar, wie es früher üblich war, als Frauen lediglich Mädchen unterrichteten und die Qualität der Mädchenschulen geringer war als die der Jungenschulen.«

»Ungeachtet dessen verdienen Friseurinnen und Verkäuferinnen weniger als ihre männlichen Kollegen«, war Hannelore hart geblieben. »Wäre es nicht auch im Sinne der Gerechtigkeit notwendig, dass wir den Frauen für solche Belange eine Plattform bieten?«

»Nein«, hatte Sophia widersprochen. »Dass es eine derartige Ungerechtigkeit gibt, ist mir klar, aber wir können nicht alle Dinge für Frauen regeln. Unser Anliegen ist die Vernetzung von Akademikerinnen. Wenn wir es erst einmal schaffen, dass Frauen in allen Bereichen, auch in den von Männern bislang eifersüchtig bewachten, Fuß fassen können, dann können wir über die Politik ebenfalls Einfluss auf weitere Felder nehmen. Aber wenn wir zu viel auf einmal wollen, verzetteln wir uns.«

Dem Argument hatte Hannelore ebenso wie alle anderen folgen können.

Renate war gespannt, was heute wohl für interessante Themen auf der Tagesordnung standen. Und natürlich freute sie sich auch auf das gemeinsame Essen, das jedes Mal ein großes Geheimnis war, bevor es aufgetragen wurde.

»Ich tippe auf Scholle«, flüsterte Hannelore Renate zu, als sie an der großen Tafel Platz genommen hatten, die üblicherweise im großen Tanzsaal der Villa aufgebaut wurde. »Mai ist die Zeit der Scholle.«

»Oder Spargel.«

»Das stimmt. Nun, mir soll es recht sein, ich mag beides.«

Kurz darauf wurden zunächst die Getränke serviert, es gab wie stets eine Auswahl an Mineralwasser, Säften, Limonaden und erlesenen Weinen. Renate und Hannelore entschieden sich für einen Merlot und zudem ein Glas Wasser.

»Von Weinen verstehen die Kellermanns was«, flüsterte Hannelore. »Danach müssten sie eigentlich Kellermeister heißen.«

Renate lachte leise und sah sich in der Runde der Frauen um, die überall mit ihren Nachbarinnen in Gespräche vertieft waren. Sie sah Emilia Hellmer, eine angehende Chirurgin, die wie sie selbst Jahrgang 1932 war. Daneben Elfriede Koch, eine der wenigen Richterinnen in Hamburg. Nach wie vor wurden Frauen Hindernisse in den Weg gelegt, an Gerichten Fuß zu fassen. Wenn sie eigene Anwaltskanzleien führten, hatten sie es schwerer als Männer, Klienten zu finden, weil viele davon ausgingen, Frauen wären in ihrem Urteil nicht konsequent genug. Die angeblich zu unberechenbarem Verhalten führenden weiblichen Hormone wurden gern von konservativen Männern ins Feld geführt, um die Eignung von Frauen infrage zu stellen. Wie könnte eine launische Frau infolgedessen über einen Mann urteilen? Genau die gleiche Argumentation hatte Frauen schon unter den Nazis das Richteramt verwehrt. Aber wenn man das einem dieser Männer sagte, bekam man oft genug zu hören, es sei ja nicht alles unter Hitler schlecht gewesen. Dem Gesicht nach, das Elfriede gerade zog, war Renate sich sicher, dass sie

Emilia eine wenig erbauliche Geschichte erzählte. Nun ja, um sich hier gegenseitig Stärke zu holen, war der Club gegründet worden.

»Meine Damen«, hörte sie plötzlich die Stimme von Ella Thiessen, die regelmäßig vor Beginn des gemeinsamen Sitzungsessens eine kurze Rede hielt. »Ich will Sie heute nicht lange mit meinem Gerede aufhalten, denn der Koch des Hauses Kellermann hat sich selbst übertroffen und wartet darauf, seine neueste Kreation vorzuführen. Deshalb nur so viel: Ich bin dankbar, dass wir uns seit einem Jahr regelmäßig treffen und bereits so viele Freundschaften entstanden sind, die uns gemeinsam auch in schwierigen Zeiten vorangebracht haben. Und ich hoffe, dass das neue Vereinsjahr ebenso erfolgreich wird.«

Alle klatschten Beifall, was das Dienstpersonal zum Anlass nahm, das Essen aufzutragen.

»Meine Damen«, begrüßte sie auch der Küchenchef, »ich freue mich, Ihnen der Saison angemessen meine neueste Kreation ›Scholle trifft Spargel‹ zu servieren. Anstelle des üblichen Schinkens gibt es eine Maischolle und dazu eine Sauce hollandaise sowie zarte Kartoffeln.«

Hannelore klatschte begeistert in die Hände. »Hätten wir beide gewettet, hätten wir nun beide recht gehabt. Was für eine ausgezeichnete Idee! Scholle trifft Spargel.«

»Ja, das finde ich auch.« Renate sog den angenehmen Geruch ein, der sich im ganzen Saal verbreitete, als die Teller vom Personal auf vier Servierwagen hereingefahren wurden.

Das Essen war so ausgezeichnet, wie es duftete. Allerdings fragte Renate sich natürlich, ob nicht vielleicht ein Weißwein angemessener gewesen wäre, aber sie mochte roten Merlot einfach lieber.

»Die Scholle ist wunderbar zart«, lobte Hannelore. »Das spricht doch für einen gesunden Fisch. So schlimm kann es mit der Verschmutzung der Flüsse und Meere also noch nicht sein.«

Sofort musste Renate an Irmgard Köhler denken. »Wie kommst du jetzt darauf?«

»Ich habe einen interessanten Bericht von Reinhard Demoll gelesen; er ist Zoologe und Präsident des Deutschen Fischereiverbandes. Er hat etwas über die Folgen unzureichender Gewässerreinigung geschrieben und Parasiten in Fischen. Zurzeit scheint es modern zu sein, sich in Aufsätzen oder Büchern über die Reinhaltung der Umwelt und der Gewässer auszulassen.«

»So, wie du das sagst, klingt es, als wäre es etwas Schlechtes.«

»Oh, dann missverstehst du mich. Natürlich ist es gut, sich um den Schutz der Natur und Gewässer zu kümmern. Aber ich habe ein wenig den Eindruck, es wird Panik geschürt, um den Menschen Angst zu machen.«

Renate nickte, war mit ihren Gedanken jedoch ganz woanders. Hatte Irmgard Köhler vielleicht eines dieser Bücher gelesen? Sie musste sie bei ihrem nächsten Gespräch unbedingt fragen und sich dann selbst schlaumachen. Vielleicht war das seltsame Verhalten ja auch Ausdruck einer Angsterkrankung oder Panikstörung, ausgelöst durch ein wissenschaftliches Buch, das sie möglicherweise zu ernst genommen hatte.

Nach dem Hauptgang gab es zum Nachtisch Eis mit Sahne. Keine so imposante, illuminierte Eisbombe wie beim Gründungstreffen, aber nicht weniger köstlich.

Nachdem sie gegessen hatten, löste sich die Sitzordnung langsam auf. Man tauschte sich mit Frauen aus, die man lange nicht gesehen hatte, erfuhr Neuigkeiten oder konnte selbst welche loswerden. Renate nutzte die Zeit, um vor allem zuzuhören, denn sie hatte das Gefühl, ihr eigenes Leben wäre nicht so interessant. Natürlich hätte sie Anekdoten aus der Psychiatrie streuen können, aber sie hatte immer die Befürchtung, die Menschen könnten es falsch verstehen, über ihre Patientinnen lachen, anstatt Verständnis zu zeigen. Und so schwieg sie lieber und hörte zu, wie Elfriede Koch einen komplizierten Fall im Jugendstrafrecht schilderte.

»Manchmal frage ich mich, ob die Verwilderung der Jugend mit der Kriegszeit zusammenhängt«, schloss sie seufzend ihren Bericht über einen notorischen Dieb.

»Wieso?«, hakte Hannelore nach. »Der Junge ist sechzehn. Als der Krieg vorbei war, war er doch erst zwei Jahre alt.«

»Ja, aber er lebt nach wie vor mit seiner Familie in einer Nissenhütte. Sein Vater ist gefallen, als seine Mutter mit ihm schwanger war. Er hat nie ein ordentliches Familienleben gehabt. Seine Mutter selbst hat auch nicht das anständigste Leben geführt, hat nach ihm noch zwei weitere Kinder bekommen, von denen keiner weiß, wer ihr Vater ist. Ich nehme an, sie hat sich prostituiert. Der Junge hat vor Gericht geschwiegen, als ich ihn nach den Gründen für die ständigen Diebstähle befragte. Ich denke, er wollte nicht länger mit ansehen, wie seine Mutter dieses Lotterleben führt. Da er schon mehrfach auffällig geworden ist, blieb mir nichts anderes übrig, als ihn in ein Erziehungsheim zu schicken, in der Hoffnung, dass er dort lernt, ein anständiges Leben zu führen.«

»Falls er wirklich gestohlen hat, um seine Familie zu unterstützen, kann er sich im Heim doch gar nicht bessern«, warf Renate nun ein. »Im Gegenteil, wenn er sich für die jüngeren Geschwister verantwortlich fühlt, wird er versuchen, von dort abzuhauen.«

»Das mag sein, aber letztlich sind das alles bloß Vermutungen, denn er hat die Möglichkeit, mir seine Motive zu nennen, nicht genutzt«, sagte Elfriede. »Und in so einem Fall muss ich handeln. Sonst wird mir von den männlichen Kollegen wieder vorgeworfen, ich wäre zu nachgiebig.«

»Ist es nicht im Grunde egal, was die Männer uns vorwerfen, solange wir unser Handeln vor uns selbst rechtfertigen können?«, mischte sich Emilia Hellmer ein. »Man muss für seine

Handlungen einstehen, weil man davon überzeugt ist, nicht, weil die Gesellschaft es erwartet. Nur dann kann man etwas bewirken.«

»Aber wenn man befürchten muss, seinen Job durch eine Intrige zu verlieren, weil man Schwächen offenbart, kann man gar nichts mehr bewirken«, gab Elfriede energisch zurück.

»Ist es denn wirklich schon so weit gediehen mit dem Ärger?«, wollte Hannelore wissen.

»Nein, noch nicht, aber ich muss auf der Hut sein. Ich habe mir schon ein paar Gegner gemacht, die meinen, eine Frau passe nicht als Richterin zum Jugendstrafrecht, weil sie zu weich sei. Schließlich sei es in einer Familie ja auch immer der Vater, der die Strafen verhängt.«

»Was für ein Blödsinn«, entfuhr es Renate. »Interessant wäre es, sich diese Gegner genauer anzusehen. Was ist ihre Geschichte? Wie alt sind sie? Sind sie verheiratet oder nicht? Haben sie selbst Kinder?«

»Und wozu wäre das gut?«, fragte Elfriede.

»Um sie einschätzen zu können. Und um ihre Motive zu ergründen. Wer andere kleinmachen will, tut das nur, um sich selbst zu erhöhen, weil ihm die eigene Autorität und Größe fehlen. Und wenn man den wunden Punkt herausgefunden hat, hat man eine Waffe gegen den Intriganten in der Hand.«

»Das klingt, als hätten Sie bereits Erfahrung damit?«

»Ja«, sagte Renate und musste unwillkürlich an ihren Kollegen Lehmann denken, der ihr im vergangenen Jahr unentwegt Knüppel zwischen die Beine geworfen und ihre Überlegungen als seine eigenen ausgegeben hatte, um vor dem Oberarzt besser dazustehen. »Ich hatte einen Kollegen, der sich sehr unkollegial verhalten hat. Aber als ich herausgefunden hatte, worin seine große Schwäche besteht, habe ich ihn damit konfrontiert.«

»Und wie?«

»Ich habe ihm die Wahl gelassen: Entweder ich handle wie er, verwende die Information gegen ihn und mache ihm das Leben zur Hölle, oder ich handle wie eine anständige Frau und schweige, aber dafür erwarte ich, dass er sich ab sofort kollegial verhält.«

»Klingt ein bisschen wie Erpressung«, meinte Emilia.

»Ich würde es lieber als Warnung bezeichnen. Ich wollte ja keine Vorteile haben, wie sie sich ein Erpresser wünscht, sondern ein friedliches kollegiales Miteinander. Wer den Frieden will, muss zum Krieg bereit sein. Ich habe ihm meine Waffen gezeigt. Und die waren seinen überlegen.«

»Das klingt einleuchtend«, fand Elfriede. »Also bedeutet das Sammeln von Informationen, dass man sich bewaffnet?«

»Ja«, bestätigte Renate.

»Darf ich Sie zu dem Thema noch einmal anrufen, Fräulein Schwarz? Sie scheinen mir gerade durch Ihre Profession als Psychiaterin sehr geeignet, entsprechende Waffen zu sammeln und zu schärfen.« Elfriede lächelte Renate freundlich an.

Renate nickte. »Sehr gern, meine Telefonnummer steht auf unserer Mitgliederliste.«

»Da hast du ja mächtig Eindruck gemacht«, raunte Hannelore Renate zu, als sie später wieder unter sich waren. »Daran sieht man, wozu Psychiater gut sein können, auch wenn sonst immer die Chirurgen mit ihren schnellen Erfolgen im Mittelpunkt stehen.«

»Ja«, bestätigte Renate und hatte zum ersten Mal das Gefühl, dass sie vielleicht doch nicht so uninteressant im Kreis dieser gebildeten Frauen war, wie sie befürchtet hatte.

Kapitel 5

Am Sonntag besuchte Renate Matthias wieder im Krankenhaus. Er war heute immerhin in der Lage, das Bett mit seinen beiden Krücken zu verlassen, um mit ihr in den Krankenhauspark zu gehen, sodass sie sich in einer etwas privateren Atmosphäre unterhalten konnten. Renate fiel sofort auf, dass Matthias keine klassischen Achselkrücken, die man sich unter die Achselhöhle klemmte, bekommen hatte, sondern moderne Unterarmgehstützen, wo der Unterarm in einer Manschette gestützt wurde und man die Krücke mit den Händen stabil führen konnte.

»Du bist schon recht geschickt damit«, lobte Renate ihn, als sie beobachtete, wie flink er sich bewegen konnte.

»Ja, deshalb haben sie mir dieses Modell gegeben.« Er zwang sich zu einem Lächeln, allerdings fehlte die wahre Fröhlichkeit. »Der Arzt meint, ich soll versuchen, wie weit sich die Kniescheibe stabilisiert. Allerdings ist er sich nach wiederholten Röntgenuntersuchungen sehr sicher, dass die Sehne angerissen ist. Er meinte, dass ich trotzdem probieren soll, wie gut ich mich bewegen kann. Ich bin ja jung und sportlich, vielleicht komme ich um eine Operation herum, falls der Sehnenanriss von selbst wieder heilt. Es gibt aber die Gefahr, dass es sich durch diese Bewegungen verschlimmert. Wir sind im Moment in der Phase des Abwartens. Entweder wird es besser, dann kann ich vielleicht irgendwann wieder spielen, oder ich muss operiert werden.«

Inzwischen hatten sie die Station verlassen und waren nach draußen gegangen. Der Krankenhauspark war sehr dürftig und bestand aus kleinen Rasenflächen vor den Pavillons. Immerhin gab es Bänke, sodass Matthias nicht allzu weit humpeln musste. Sie sahen von ihrer Bank aus viele Reste von zerstörten Gebäuden, die an schadhafte Zähne in einem ansonsten makellosen Gebiss erinnerten. Die meisten Menschen nahmen die Ruinen kaum noch bewusst wahr. Sie hatten sich daran gewöhnt. Vielleicht so, wie sich die Italiener an die Relikte des römischen Altertums mitten in ihrer modernen Stadt gewöhnt hatten. Allerdings bezweifelte Renate, dass jemals Touristen vorbeikommen würden, um die Ruinen Hamburgs zu fotografieren.

»Und warum operiert er dich nicht sofort?«, fragte Renate. »Es ist ja ein Risiko, falls der Anriss noch mehr reißt.«

»Er hat es mir folgendermaßen erklärt: Wenn mein Körper stark genug ist, dass der Riss durch Schonung und vorsichtige Übungen selbst heilt, bleibt die Kniescheibe vielleicht stabil. Dann könnte ich möglicherweise irgendwann wieder spielen. Aber wenn er operiert, bleibt Narbengewebe im Operationsbereich, und man weiß vorher nicht, wie es sich entwickelt. Die Beweglichkeit des Knies kann eingeschränkt sein und es kann auch immer wieder zu einer Luxation kommen.«

»Wie lange wirst du warten müssen, bis sich Gewissheit einstellt?«

»Das kann bis zu sechs Wochen dauern. Auch danach werde ich wohl zumindest diese Saison nicht mehr spielen können. Meine Tätigkeit im Pirol kann ich mit dem Knie natürlich auch nicht ausüben. Vermutlich werden alle meine Ersparnisse in der Zeit draufgehen – für Miete und die Raten meines Autos.

Ich kann ungefähr fünf Monate überbrücken, danach wird es schwierig.«

»Und wenn du jetzt schon überlegst, was du in Zukunft machen willst?«

»Im Augenblick fühle ich mich nur leer und in einer unerträglichen Warteposition. Da kann ich mir keine Gedanken machen. Und solange ich mit diesem Knie noch Probleme habe, kann ich mir ja auch keine Arbeit suchen.«

»Vielleicht im Büro.«

»Und was soll ich da tun? Ich bin kein Bürohengst.«

»Also eher ein Handwerk?«

»Ich weiß es nicht.«

»Wozu hättest du denn Lust, außer zum Fußballspielen?«

»Du stellst mir vielleicht Fragen.«

»Na ja, irgendwann in den nächsten fünf Jahren hättest du dir diese Frage ohnehin stellen müssen. Also sollten wir jetzt das Beste daraus machen und die Planungen einfach vorziehen. Dann bist du in jedem Fall auf der sicheren Seite.«

»Das klingt so, als glaubst du nicht daran, dass ich wieder spielen könnte.«

»Nein, das klingt so, dass ich mich mit dir lieber auf den schlimmsten Fall vorbereiten würde, damit wir dann nur angenehm überrascht werden können.«

Matthias atmete schwer, sagte aber nichts.

Bevor das Schweigen bleiern werden konnte, wechselte Renate das Thema. »Deine Mutter hat mir erzählt, dass dein Onkel Rudi und seine Frau demnächst aus Amerika zu Besuch erwartet werden. Freust du dich?«

Matthias' Gesicht hellte sich etwas auf. »Onkel Rudi ist großartig. Seine Frau Goldie, die sich immer verbeten hat, dass wir sie ›Tante‹ nennen, ist etwas … speziell.«

»Deine Mutter hat so etwas angedeutet. Sie ist Schauspielerin, nicht wahr?«

»Ja, in Deutschland bei der UFA, aber da hatte sie nur kleine Rollen. In Amerika hat sie sich in Hollywood in die Riege der erfolgreichen B-Movies hochgearbeitet.«

»Was genau versteht man unter B-Movies?«

»Das sind billigere Produktionen von Spielfilmen, die keine eigenen teuren Kulissen brauchen, sondern die Studios von großen Firmen mieten. Die Filme sind nicht schlecht, aber sie haben natürlich keine Chance, jemals einen Oscar zu gewinnen. Sie sind reine Unterhaltung ohne großen Anspruch. Ich glaube, Goldie ist zerrissen zwischen dem Stolz auf ihre Leistung, dass man ihren Namen kennt, und der Kränkung, dass sie niemals von den ganz großen Studios unter Vertrag genommen wurde. Es hat immerhin für ein kleines Haus in Los Angeles gereicht, wo sie während der Drehzeiten lebt, während Onkel Rudi mit meiner Cousine Margot in New York bei seiner Anwaltskanzlei bleibt.«

»Ist er nie eifersüchtig geworden, wenn sie wochenlang in einer anderen Stadt voller Filmstars lebt?«

»Keine Ahnung, auf mich machten die beiden immer einen glücklichen Eindruck, auch wenn er der Einzige aus der Familie ist, der Goldie mag. Na ja, von ihrer gemeinsamen Tochter Margot mal abgesehen.« Matthias lachte und setzte an, noch etwas zu sagen, als er plötzlich rief: »Oma, was machst du denn hier?«

Eine weißhaarige Frau, die bereits einundachtzig Jahre alt war, aber deutlich jünger wirkte, kam mit erstaunlich festem Schritt auf ihre Bank zu.

»Na, was wohl? Dich besuchen«, lautete die Antwort. »Renate, schön, dich auch hier zu treffen. Seit eurer Verlobungsfeier habe ich dich ja nicht mehr gesehen.«

»Ja, das stimmt«, erwiderte Renate und reichte Martha Studt die Hand. Sie mochte Matthias' Oma, obgleich sie der alten Dame bislang nur selten begegnet war. Das lag auch daran, dass ihr Ehemann Paul seit ein paar Wochen bettlägerig war und alle sich sicher waren, dass er vermutlich nicht mehr lange leben würde. Unwillkürlich fragte Renate sich, ob das wohl der wahre Grund war, warum Matthias' Onkel, Marthas und Pauls ältester Sohn, aus Amerika zu Besuch kam – um seinen Vater noch einmal zu sehen. Immerhin hatte Paul Studt mit fünfundachtzig Jahren ein stolzes Alter erreicht. Wenn sein Lebenslicht verlöschen sollte, so würde es außer dem schmerzlichen Verlust für die Hinterbliebenen nichts zu bedauern geben.

»Wie geht es Opa?«, fragte Matthias auch sofort als Erstes.

»Nun ja, er will immer aufstehen, obwohl er kaum noch stehen kann. Ich bin froh, dass wir unseren Schrebergarten inzwischen mit einer anständigen Heizung ausgestattet und ein Badezimmer eingebaut haben. Das Plumpsklo im Garten wäre ihm nicht mehr zuzumuten.«

»Also ist sein Wille noch da?«

»Der war und ist immer da«, bestätigte Oma Martha, doch das leichte Seufzen war nicht zu überhören. Seit der Ausbombung 1943 lebte sie mit ihrem Mann in ihrem Schrebergarten in Moorfleet und hatte nach dem Krieg die Möglichkeit bekommen, den Schrebergarten wie ein kleines Haus auszubauen und ihn als feste Meldeadresse zu nutzen. Jetzt hatte sie tatsächlich die weite Fahrt mit der Kleinbahn und der Straßenbahn auf sich genommen, um nach Eppendorf zu kommen und ihren Enkel zu besuchen. Renate kannte Oma Marthas Geschichte, die als Vierzehnjährige die Cholera hatte miterleben müssen. Sie hatte damals ihre Mutter und die kleine Schwester an die Seuche verloren und dann gegen alle Widrigkeiten als Kind aus dem verarmten Gängeviertel eine Ausbildung als Krankenschwester begonnen. Ihr Vater war noch ein einfacher Hafenarbeiter gewesen, aber sie selbst hatte es gemeinsam mit ihrem Mann geschafft, ihren Kindern alles zu ermöglichen, sodass Rudi Anwalt und Ella Ärztin geworden war. Nur Matthias' Vater hatte kein Interesse an einem Studium gehabt und war lieber zur Polizei gegangen.

»Und – seid ihr schon dabei, Pläne zu schmieden?« Die alte Frau sah erst ihren Enkel, dann Renate an.

»Was meinst du damit?«, fragte Matthias zurück, obwohl sein Gesicht verriet, dass er es sehr gut wusste.

»Nun, wir wollen uns doch nichts vormachen«, sagte seine Oma unverblümt. »Wir wissen alle drei, dass du nicht dein Leben lang Fußballer sein kannst, und wie es scheint, hat sich deine Karriere schneller ihrem Ende genähert, als du es dir gewünscht hast.«

»Das ist noch nicht raus«, widersprach Matthias heftig.

»Mag sein, aber die Wahrscheinlichkeit, dass wieder alles gut wird, ist verschwindend gering. Und selbst wenn, in fünf Jahren bist du dann wieder an diesem Punkt. Es wird Zeit, realistisch zu sein und an die Zukunft zu denken. Jeder andere Vater hätte dir das von Anfang an klargemacht.«

»Nun fang bloß nicht an, schlecht von meinem Vater zu reden.«

»Das tue ich nicht. Ich schätze Fredi sehr dafür, dass er all seinen Kindern die Möglichkeit gegeben hat, das zu tun, was sie glücklich macht, anstatt sich in einem Beruf zu quälen, der sie verbittert. Die meiste Zeit seines Lebens verbringt man auf der Arbeit, also sollte die auch Spaß machen. Aber du neigst dazu, immer alles Unangenehme aufzuschieben, Matthias. Es ist ja richtig, in der Gegenwart zu leben, die Zukunft zu planen ist jedoch ebenso wichtig.«

»Bist du deshalb gekommen, um mir eine Moralpredigt zu halten?«

»Nein, ich bin gekommen, um zu sehen, wie es dir geht. Und was ich sehe, erschüttert mich, denn es geht dir ganz und gar nicht gut. Und damit meine ich nicht dein Knie.«

»Sondern?«

»Du erinnerst mich an einen verbitterten, alten Mann, dessen beste Jahre vorbei sind und der nicht bereit ist, sich den neuen Gegebenheiten anzupassen.«

»Ich bin siebenundzwanzig.«

»Eben. Für eine klassische Lehre bist du viel zu alt. Aber das wäre bei deinem guten Abitur ohnehin Verschwendung. Du solltest jetzt die Zeit nutzen, ein Studium zu beginnen.«

»Und so stringent, wie du auftrittst, hast du bestimmt schon eines für mich ausgesucht. Allerdings habe ich keine Neigung zur Medizin.«

»Das ist mir klar, und nein, ich habe nichts für dich ausgesucht. Aber selbst, wenn du weiterspielen kannst, wäre es gut, jetzt schon mit einem Studium zu beginnen. Dann bist du mit dem Studium fertig, wenn deine Fußballkarriere endet. Ich habe ohnehin nie verstanden, warum du das nicht getan hast. Du hättest mit deinem Geld als Fußballer doch mehr in der Tasche als die meisten Studenten mit Hilfsarbeiten.«

»Dann hätte ich aber nicht drei Tage die Woche noch im Pirol gut verdienen können.«

»Als Rausschmeißer in einem Lokal auf St. Pauli – das ist doch unter deinem Niveau.«

»Und wie soll ich mein Auto weiter abzahlen?«

»Es gibt immer pragmatische Wege. Du wolltest doch Renate heiraten. Heiratet, dann könnt ihr zusammen in Renates Wohnung leben, du kannst deine überteuerte Bruchbude auf St. Pauli kündigen und von der gesparten Miete die Raten für dein Auto zahlen.«

»Das klingt alles sehr vernünftig«, sagte Renate nun vorsichtig, denn sie merkte, dass Matthias eine heftige Erwiderung auf der Zunge lag.

»Es ist nicht meine Art, meiner Frau auf der Tasche zu liegen«, grummelte Matthias unwirsch.

»Das tust du ja auch nicht. Es ist eine Investition in meine eigene Zukunft, wenn ich meinen Mann dabei unterstütze, ein Studium abzuschließen. Ich verdiene gut genug für uns beide. Wäre ich der Mann und du die Frau, wäre das überhaupt kein Thema.«

»Aber du bist nun mal die Frau und ich will nicht, dass die Leute sagen: ›Der lässt sich von seiner Frau aushalten.‹«

»Was die Leute sagen, war dir bislang doch herzlich egal«, mischte seine Oma sich nun ein. »Sonst hättest du dein Taschengeld als Fußballer nicht durch eine Tätigkeit als Rausschmeißer aufgebessert. Nein, mein Junge, du musst endlich anfangen, dir Gedanken zu machen. Was interessiert dich? Mit welcher Tätigkeit willst du den Rest deines Lebens verbringen? Unsere Universität bietet viele Möglichkeiten. Medizin willst du nicht, das verstehe ich, das liegt ja auch nicht jedem. Und der Bereich Theologie fällt auch weg, du willst ja nicht Pastor werden. Also bleiben Geisteswissenschaften, Naturwissenschaften oder Jura. Als Philosoph oder Germanisten kann ich mir dich nicht vorstellen. Ob dir Mathematik, Chemie oder Biologie liegen, weiß ich nicht. Aber du kannst gut reden und dich für andere einsetzen, wenn es sein muss. Also könnte Jura doch gut zu dir passen.«

»Um irgendwelche Verbrecher rauszuhauen?«

»Du musst ja nicht Rechtsanwalt werden wie Onkel Rudi. Du könntest auch Richter oder Staatsanwalt werden. Dann hättest du immerhin eine gesicherte Tätigkeit als Beamter, so wie dein Vater und dein Bruder Wolfgang.«

»Mir scheint, du hast mein Leben schon genau durchgeplant.«

»Unsinn«, widersprach seine Oma. »Wenn es so wäre, würde ich hier nicht stehen und mit dir diskutieren. Aber ich möchte, dass du weiter denkst als bisher. Das Leben besteht aus mehr als Fußball.«

Matthias sagte nichts mehr, aber Renate hatte den Eindruck, dass es nicht deswegen war, weil seine Oma ihn überzeugt hatte, sondern weil er zu höflich war, ihr weiter zu widersprechen. Und das wiederum machte sie selbst unsicher. Oma Martha hatte ihr aus der Seele gesprochen. Alles, was sie vorgebracht hatte, war vernünftig. Warum also widersetzte Matthias sich diesen klugen Worten, mit denen er sein Leben zurückgewinnen konnte – ganz gleich, was die weiteren ärztlichen Untersuchungen ergaben? Manchmal war ihr der Mann, den sie liebte, ein großes Rätsel.

Kapitel 6

»Wie kommen Sie darauf, dass ich Bücher zu dem Thema gelesen habe? Das weiß doch jeder mit gesundem Menschenverstand von selbst!«

Irmgard Köhler starrte Renate an, als hätte sie irgendetwas Unhöfliches von ihr verlangt. Dabei hatte sie sie in ihrem therapeutischen Einzelgespräch nur nach den Autoren gefragt, die Hannelore bei ihrem Vereinstreffen erwähnt hatte.

»Wenn es jeder mit gesundem Menschenverstand selbst sehen würde, warum wissen dann so wenige Menschen davon?«, fragte Renate zurück.

»Vielleicht, weil es in dieser Welt zu wenig gesunden Menschenverstand gibt?« Irmgard beugte sich ein Stück vor und sah Renate lauernd an.

Sie will provozieren, dachte Renate. Warum? Verfolgt sie damit einen besonderen Zweck oder kann sie nicht anders? »Sie glauben also, es gibt zu wenige Menschen mit gesundem Menschenverstand«, spielte Renate den Ball zurück. »Aber Bücher zu dem Thema haben Sie nicht gelesen, obwohl Sie unter den Autoren doch Gleichgesinnte hätten finden können.«

»Sie tun so, als wären diese Leute greifbare Menschen. Das sind irgendwelche Gelehrten, die in ihrem Elfenbeinturm sitzen und an den Bedürfnissen des Volkes vorbei schreiben.«

»Immerhin versuchen sie, das Volk aufzuklären. Das ist vermutlich sinnvoller, als nackt auf dem Rathausmarkt zu stehen.«

Zu Renates größter Überraschung hatte Irmgard diesmal keine schnelle Antwort parat, sondern schwieg. Bedeutete das, dass sie möglicherweise anfing, logisch über ihre Tat nachzudenken?

Doch diese Hoffnung hielt nicht lange.

»Sie sehen aus, als hätten Sie Sorgen«, sagte Irmgard ganz unvermittelt.

»Wie kommen Sie denn darauf?«

»Ich kann in den Augen der Menschen erkennen, was in ihnen vorgeht. Und Sie sorgen sich um jemanden.«

Einen Moment lang war Renate überrascht. Konnte man ihr wirklich ansehen, dass sie sich Gedanken um Matthias machte? Oder war das einfach nur ein Schuss ins Blaue, zumal jeder Mensch sich meist um irgendetwas sorgte?

»Dann sollten Sie vielleicht Wahrsagerin werden«, sagte Renate.

»Ich meine es ernst«, beharrte die Patientin. »Wahrsager sind Quacksalber, die den Leuten das Geld aus der Tasche ziehen. Aber ich habe wirklich die Gabe.«

»Aha. Und warum erzählen Sie mir das jetzt?«

»Um Ihnen zu helfen. Ich kann Ihnen helfen, wenn Sie Sorgen haben.« Irmgard schaute sie vollkommen ernst an und Renate fühlte sich auf einmal sehr unwohl, weil die Patientin ihre Grenzen überschritt. Sie stellte durch diese einfache Bemerkung die klassische Arzt-Patienten-Beziehung auf den Kopf und versuchte, die therapeutische Abstinenz zu untergraben, laut der Patienten nichts aus dem Privatleben ihrer Ärzte erfahren sollten.

»Nun, in unserer Beziehung sind die Aufgaben klar verteilt«, sagte Renate. »Und die werden wir auch nicht tauschen.«

»Warum nicht? Haben Sie Angst?«

»Nein.«

»Warum dann nicht? Ich kann Ihnen wirklich helfen.«

»Woher rührt Ihr Bedürfnis, mir so unbedingt helfen zu wollen?«, versuchte Renate, sich mit einem klassischen therapeutischen Kniff elegant aus der Affäre zu ziehen.

»Weil Sie traurig aussehen.«

»Aha.«

»Sie bestreiten es nicht?« Irmgards Blick war beinahe lauernd.

»Es ist nicht meine Aufgabe, irgendetwas, was nichts mit Ihnen zu tun hat, zu bestätigen oder zu bestreiten. Wir sollten bei Ihnen bleiben, Fräulein Köhler.«

»Finden Sie es eigentlich gerecht, dass man unverheiratete Frauen ›Fräulein‹ nennt, obwohl sie auch vollwertige Frauen sind? Warum nennt man unverheiratete Männer nicht ›Herrlein‹ oder ›Männlein‹?«

»Das ist so Tradition, es zeigt, ob die Frau noch ihren Mädchennamen oder den Namen ihres Mannes trägt.«

»Glauben Sie, man würde unverheiratete Männer mit ›Herrlein‹ ansprechen, wenn die Frauen ihren Namen bei der Eheschließung weitergeben würden?«

»Vielleicht.«

»Warum geben Männer ihren Namen überhaupt weiter?«, fuhr Irmgard fort. »Eigentlich wäre es doch sinnvoller, wenn die Kinder den Namen der Mutter haben, denn jeder weiß, wer die Mutter ist. Beim Vater kann es immer wieder Zweifel geben.«

»Vermutlich, weil es so Tradition ist. In der Antike und im Mittelalter mussten die Männer kämpfen, um ihren Besitz zu behalten, also gaben sie allem, was unter ihrem Schutz stand, ihren Namen. Das Land war vom Vater, also hieß es Vaterland.

Aber die Mutter lehrte die Kinder das Sprechen, also heißt es Muttersprache.«

»Glauben Sie nicht, dass es an der Zeit ist, mit dieser Tradition zu brechen? Können Väter ihren Kindern nicht auch das Sprechen beibringen? Oder Mütter Land erwerben und vererben?«

»Ich denke, Sie sollten die Sprache nicht zu konkretistisch betrachten. Sprache bildet sich im Verlauf aus menschlichen Gewohnheiten. Wenn sich die Zeiten ändern, wird sich vermutlich auch die Sprache verändern.«

»Zum Mutterland und der Vatersprache?«

»Oder zur Heimatsprache und zum Heimatland. Vielleicht erleben wir es ja noch, wie die Zukunft sich auf die Sprache auswirkt. Aber es gibt Wichtigeres im Leben.«

»Was denn?«

»Sagen Sie es mir, Fräulein Köhler.«

»Die Gleichberechtigung der Frau in allen Lebenslagen. Wäre ich auch als Mann in die Psychiatrie gekommen?«

»Ja, mit Sicherheit. Außerdem hätten Sie als Mann noch dazu eine Anzeige wegen Exhibitionismus bekommen.«

»Und als Frau nicht?«

»Höchstens wegen Erregung öffentlichen Ärgernisses. Aber da Sie in die Psychiatrie gekommen sind, ging man davon aus, dass Sie schuldunfähig sind.«

»Und ein Mann wäre nicht für schuldunfähig gehalten worden?«

»Doch, aber da hätte man überprüft, ob er auch eine Gefahr für die Öffentlichkeit ist.«

»Warum?«

»Was glauben Sie?«

»Weil Männer im Penis eine Waffe sehen? Weil er dann öffentlich ohne Waffenschein eine Waffe gezogen hätte?«

Renate musste sich auf die Lippen beißen, um nicht laut loszulachen. »Vielleicht«, brachte sie glucksend hervor.

»Das finden Sie lustig?«

»Ihr Vergleich mit dem Waffenschein ist originell.«

»Dabei ist die Vagina mächtiger. Sie verschlingt ihn schließlich. Das Sahnebonbon schmilzt ja auch hilflos im Mund.«

Renate räusperte sich. »Was wollen Sie jetzt damit sagen?«

»Das wissen Sie doch, Fräulein Doktor.«

Die Art, wie sie »Fräulein Doktor« betonte, hatte etwas Provokatives. Renate war sich nicht sicher, ob es sich auf das Wort »Fräulein« oder ihren Titel bezog.

»Ich kann höchstens Vermutungen anstellen. Eine davon lautet, dass Sie versuchen, mich zu provozieren.«

»Fühlen Sie sich davon provoziert?«

»Glauben Sie das?«

»Glauben Sie, dass ich das glaube?« Irmgard grinste.

»Sie beherrschen die Kunst, auf eine Frage mit einer Gegenfrage zu antworten.«

»Ja, das können nicht nur Ärzte.«

Renate warf einen Blick auf die Uhr an der Wand ihres Büros. »Auch wenn es sehr unterhaltsam ist, mit Ihnen zu sprechen, ist unsere Zeit für heute leider abgelaufen.«

»Tja, das scheint wohl so«, bedauerte Irmgard und erhob sich. »Ich finde es auch sehr unterhaltsam mit Ihnen, Fräulein Doktor. Sie können meinen Gedankengängen wenigstens folgen.«

»Und andere können das nicht?«, fragte Renate im Rausgehen.

»Darüber können wir ja das nächste Mal sprechen.«

Interessant, dachte Renate bei sich. Sie versucht bis zum Schluss, die Kontrolle zu bewahren und sich um ein Gespräch auf gleicher Ebene zu bemühen. Und zugleich verstärkte sich das Gefühl, dass Irmgard Köhler womöglich gar keine psychiatrische Erkrankung hatte, sondern einfach nur eine skurrile Persönlichkeit war. Aber warum versuchte sie dann nicht alles, um sich aus der Psychiatrie entlassen zu lassen?

Als Renate an diesem Abend nach Hause kam, klingelte ihr Telefon, während sie noch im Mantel war. Hastig rannte sie los und hob den Hörer ab.

»Schwarz«, meldete sie sich, in der Hoffnung, Neues von Matthias zu hören.

Doch es war Elfriede Koch. »Störe ich Sie?«, fragte die Jugendrichterin. »Sie hatten mir ja angeboten, dass ich Sie anrufen könnte.«

»Nein, ich bin nur gerade nach Hause gekommen und noch im Mantel. Warten Sie kurz, bis ich ihn abgelegt habe.«

Sie legte den Hörer neben das Telefon, zog den Mantel aus und hängte ihn an die Garderobe. »So, jetzt bin ich ganz für Sie da«, sagte sie, nachdem sie den Telefonhörer wieder aufgenommen hatte. »Also, worum geht es?«

»Ich weiß nicht so recht, wie ich anfangen soll, und eigentlich ist mir die Sache auch ein bisschen peinlich, weil es so kindisch ist. Aber ich dachte, vielleicht könnten Sie mir doch den einen oder anderen Tipp geben.«

»Sie müssen sich nicht rechtfertigen. Nichts, das uns Sorgen bereitet, ist zu kindisch, als dass man sich nicht darum kümmern könnte.«

Sie hörte das erleichterte Aufatmen am anderen Ende der Leitung. »Vielen Dank, Fräulein Schwarz.«

»Sagen Sie doch bitte Renate, das klingt nicht so förmlich.«

»Gern, ich duze mich auch viel lieber, Renate. Aber ich bin wohl noch von der alten Schule, es fällt mir schwer, den ersten Schritt zu machen. Und vielleicht macht mir das Verhalten meiner Kollegen deshalb auch so zu schaffen.«

»Das ist doch ein guter Einstieg. Erzähl mir, was los ist.«

»Wie ich schon sagte, es ist eigentlich kindisch, aber …« Elfriede zögerte.

»Komm zur Sache, es muss dir nicht peinlich sein.«

»Weißt du, wenn sie meine Arbeit direkt kritisieren würden, könnte ich damit umgehen. Aber in letzter Zeit erzählen sich meine Richterkollegen und auch die Staatsanwälte in meinem Beisein vor allem in der Kantine gern frauenfeindliche Witze. Und dabei achten sie ständig darauf, wie ich reagiere. Als ich einmal sagte, sie mögen das bitte unterlassen, das sei doch unter ihrem Niveau, meinte Richter Petersen nur, ich solle etwas mehr Humor zeigen, unser Job sei schon schwer genug. Ich fragte, warum es immer bösartige Witze über Frauen sein müssten, woraufhin er meinte, weil sie einfach lustig seien. Und ich könne ja auch etwas beitragen.«

»Und, hast du es versucht?«

»Ich bin nicht gut im Witzeerzählen und das scheint er gemerkt zu haben. Außerdem möchte ich mich nicht auf dieses Niveau begeben. Sie haben gemerkt, dass mir diese Witze nicht gefallen, also erzählen sie ständig mehr davon, um mich zu verletzen.«

»War das schon immer so?«

»Wie meinst du das?«

»Als du dort angefangen hast, zum Beispiel. Haben sie dich schon immer mit diesen Witzen drangsaliert?«

»Nein, das ist erst vor ein paar Wochen losgegangen, als Richter Petersen dazukam. Der hat sich sehr schnell zum Witzekönig aufgeschwungen, wenn man es so ausdrücken darf. Vorher bin ich mit den Kollegen gut klargekommen.«

»Wie steht er in der Hierarchie zu dir?«

»Wir sind auf gleicher Ebene.«

»Ah ja, dann ist alles klar. Er ist der Neue, der sich profilieren möchte. Da er es fachlich vermutlich nicht kann, versucht er es mit Witzen auf deine Kosten – auf Kosten der einzigen

Frau. Du solltest dein Augenmerk also nicht auf die anderen Kollegen legen, die sind nur Beiwerk, sondern auf Petersen.«

»Und was rätst du mir?«

»An einem offenen Gespräch scheint er nicht interessiert zu sein, sonst hätte er nicht mit der Floskel gekontert, du hättest wohl keinen Humor. Also musst du es ihm mit gleicher Münze heimzahlen. Da Witze sein Metier sind, musst du etwas finden, wo du ihn treffen kannst. So sehr, dass er in deiner Gegenwart lieber schweigt, weil er Angst hat, bloßgestellt zu werden, anstatt weiter auf deine Kosten den großen Macker zu spielen.«

»Und wie soll ich seine wunden Punkte finden?«

»Da musst du ein wenig Detektivarbeit leisten. Sprich allein mit anderen Kollegen, streue immer mal ein paar unverdächtige Fragen über den Mann ein, ohne dass es auffällt. Beobachte sein Äußeres. Habt ihr Sekretärinnen?«

»Ja.«

»Dann freunde dich mit der an, die für ihn zuständig ist. Sekretärinnen sind wahre Goldgruben, was Informationen angeht. Versuch, so viel wie möglich über ihn in Erfahrung zu bringen. Ruf mich gern wieder an, dann können wir das Material bewerten und überlegen, wie du es am besten verwenden kannst. Du kannst auch mit einem kleinen Trick arbeiten. Wenn er das nächste Mal wieder einen fiesen Witz erzählt, kannst du ihn für sein humoristisches Talent loben und ihn zugleich fragen, ob er noch andere Hobbys hat. Möglicherweise kommt er dir dann von oben herab und macht deine Frage lächerlich, fragt dich vielleicht sogar, ob du das nur wissen willst, weil du Interesse an ihm hast. Davon darfst du dich nicht irritieren lassen. Die beste Antwort wäre dann etwas wie: ›Als Jugendrichterin interessiere ich mich sehr dafür, wie aus ungezogenen Kindern noch erfolgreiche Erwachsene werden. Da Sie dafür ein gutes Beispiel sind, wüsste ich gern mehr.‹ Du kannst dir sicher sein, dass die anderen dann lachen und das Gelächter diesmal auf deiner Seite ist. Spiegle auf humorvolle Weise, was du von ihm denkst.«

»Ich weiß nicht, ob ich so schlagfertig bin wie du.«

»Das kann man üben, indem man die Gespräche Revue passieren lässt und viel darüber nachdenkt. Geh die Situationen vorher im Geiste durch und überlege dir, welche Reaktion dich am meisten ärgern würde, wenn du an seiner Stelle wärst. Und genauso verhältst du dich dann.«

»Vielen Dank, du hast mir sehr geholfen! Ich halte dich sehr gern auf dem Laufenden.«

»Gern geschehen. Dafür ist unser Verein doch da, dass wir Frauen uns gegenseitig unterstützen.«

Das Gespräch mit Elfriede hatte Renates Laune deutlich gehoben. Als sie zu ihrem Onkel hinunter in seine Wohnung ging, um mit ihm gemeinsam zu Abend zu essen, summte sie versonnen eine Melodie vor sich hin, ohne das bewusst wahrzunehmen.

Erst als ihr Onkel sie darauf ansprach und fragte, warum sie so glücklich sei, merkte sie es. »Ich habe einer Kollegin aus dem Verein geholfen.« Sie fasste das Gespräch kurz zusammen.

»Das ist sehr gut. Du hast im letzten Jahr wirklich viel Lebenserfahrung dazugewonnen«, freute sich ihr Onkel.

Ihr fiel auf, dass er selbst etwas blass und müde aussah. »Ist mit dir alles in Ordnung?«

»Ja, es war nur ein anstrengender Tag«, wehrte er leichthin ab. »Zum Glück hat Frau Wilke für uns vorgekocht und wir müssen es nur aufwärmen.«

»Dann war es wirklich ein harter Tag, wenn du deiner Haushälterin erlaubst, für dich zu kochen«, scherzte Renate, denn ihr Onkel war ein leidenschaftlicher Koch.

Doch seinem Lachen fehlte die übliche Kraft und das beunruhigte Renate. Irgendetwas war geschehen. Aber als sie noch einmal nachfragte, wehrte er erneut ab, was sie noch mehr beunruhigte. Seit er sie nach dem Tod ihrer Eltern nach dem Feuersturm adoptiert hatte, hatte sie nie das Gefühl gehabt, er würde ihr etwas verheimlichen. Und ausgerechnet jetzt, da sie eine erwachsene Frau war, die mit jeder noch so schlimmen Wahrheit umgehen konnte, fing er an, Geheimnisse zu haben? Oder hatte er sich von jeher so verhalten, wenn er Sorgen hatte, aber sie war noch nicht so geschult gewesen, in Menschen und vor allem ihrem Onkel zu lesen? Nein, dieses Verhalten war ganz anders, aber sie wusste, dass ein weiteres Insistieren nur erneute Ausflüchte zur Folge gehabt hätten; insofern ließ sie es dabei bewenden. Vielleicht würde er ihr beim gemeinsamen Essen etwas erzählen.

Diese Hoffnung erfüllte sich nicht. Onkel Heinrich nutzte eine andere Strategie, indem er sie nach ihrem Tag fragte, in der Absicht, wenn er viel fragte und sie bereitwillig erzählte, bliebe keine Zeit, ihn selbst auszufragen. Noch ein Hinweis, der Renate hellhörig machte. Irgendetwas stimmte nicht. Nun gut, das würde sie im Auge behalten müssen. Irgendwann würde er sich ihr gewiss öffnen.

Kapitel 7

Am folgenden Tag erhielt Renate am frühen Nachmittag einen Anruf in ihrem Büro. Es war Matthias' Schwester Helga.

»Ich stehe gerade in der Telefonzelle bei der Chirurgie«, sagte sie. »Matthias ist heute früh mit den Gehhilfen ausgerutscht und dabei ist die Patella erneut rausgesprungen. Er wird gerade für die OP vorbereitet. Ich habe es eben erfahren, als ich ihn wie üblich als Studentin außerhalb der Besuchszeit besuchen wollte.«

»Wie schrecklich! Damit ist seine Fußballkarriere endgültig vorbei«, entfuhr es Renate.

»Ja«, bestätigte Helga. »Und so, wie ich ihn kenne, wird er jetzt vermutlich eine ganze Weile unleidlich sein. Ich wollte dich nur vorwarnen. Matthias ist ein ganz lieber Mensch, aber er kann nicht gut mit persönlichen Rückschlägen umgehen, dann zieht er sich zurück und beißt um sich. Und er hatte noch nie einen solch drastischen Rückschlag in seinem Leben. Hab ein bisschen Nachsicht mit ihm, wenn er biestig wird.«

»Vielen Dank für die Warnung, aber was meinst du mit ›biestig‹?«

Renate hörte, wie Helga am anderen Ende der Leitung die Luft einsog. »Er neigt dazu, in schwierigen Phasen seine

Selbstachtung zu verlieren, und hält sich schnell für einen Versager. Und da er glaubt, die anderen sehen es ebenso, zieht er sich zurück. So war es auch vor zwei Jahren. Du weißt, dass er damals ebenfalls eine Knieverletzung hatte und mehrere Wochen ausfiel, sodass er sich beim Bundestrainer nicht als Nationalspieler für die WM empfehlen konnte. Er und Uwe Seeler waren die Spieler mit den größten Chancen, vermutlich wären sie beide ausgewählt worden, so war es dann nur Uwe. Obwohl Matthias es Uwe von Herzen gegönnt hat, war er zugleich am Boden zerstört, dass er nicht dabei war. Damals ist auch die Beziehung zu seiner letzten Freundin in die Brüche gegangen. Und die waren immerhin schon sechs Monate zusammen.«

»Das hat er mir nie erzählt.«

Helga lachte. »Welcher Mann erzählt schon gern von seiner Vorgeschichte? Sie hieß Beate und arbeitete als Verkäuferin in dem kleinen Elektroladen ihres Vaters. Als es auf der Kippe stand, wie es mit Matthias weitergehen soll, hat Beate ihn zusammen mit ihrem Vater bearbeitet, er solle die Zeit nutzen und ebenfalls im Laden arbeiten. Das wäre doch ein Beruf mit Zukunft und er könne sich das Reparieren von Geräten sicher auch ohne Lehre aneignen, er sei ja ein plietscher Junge. Gleichzeitig schlug Beate vor zu heiraten, dann könnte ihr Vater ihn offiziell mit ins Geschäft aufnehmen. Die beiden waren total rührend, aber Matthias hat das enorm abgeschreckt. Daraufhin hat Beates Vater ihm vorgeworfen, er sei ein Hallodri, der nur an sich selbst denke und nie an seine Zukunft, und wenn er länger mit seiner Tochter zusammenbleiben wolle, müsse sich das ändern. Daraufhin hat Matthias Schluss gemacht. Er hat alle Versuche von Beate und ihrem Vater abgeblockt, sich mit ihm zu versöhnen. Meine Mutter hat versucht, auf ihn einzuwirken, aber wenn Matthias sich einmal gekränkt fühlt, dann verzeiht er nur schwer. Und in Beates Familie, wo Vater und Tochter eine unverbrüchliche Einheit gegen ihn zu bilden schienen, fühlte er sich zu sehr in die Ecke gedrängt.« Helga machte eine kurze Pause. »Ich erzähle dir das nur, weil ich Angst habe, dass ihn deine Versuche, ihm neue Perspektiven aufzuzeigen, während er vor sich hin leiden will, genauso in die Flucht treiben könnten wie damals die von Beate. Obwohl ich sagen muss, dass du viel besser zu ihm passt. Du bist ebenso tiefgründig wie er selbst. Beate war, was das anging, eher einfach gestrickt. Für sie gab es nur den Elektroladen ihres Vaters und die gemeinsame Freizeit mit Matthias. War eine Zeit lang für ihn wohl ausreichend, aber an intensiven Gesprächen über Gott und die Welt war Beate nicht interessiert. Ich habe mich auch immer gefragt, was er wohl an ihr fand. Aber gut, ich weiß auch nicht alles.«

Renate nickte, obwohl Helga sie am anderen Ende der Leitung nicht sehen konnte. »Was würdest du mir raten? Wie sollte ich jetzt am besten mit ihm umgehen?«

»Das kann ich dir nicht sagen. Ich kann dir bloß die Fallstricke nennen. Aber du bist ja Psychiaterin, du kannst in die Seelen der Leute blicken oder dich zumindest einfühlen. Wenn du weißt, was passieren kann, wirst du damit schon zurechtkommen.«

Helgas Ehrlichkeit und Zuversichtlichkeit rührten Renate, aber zugleich verunsicherte sie diese Geschichte. Sie hatte Matthias bislang als jemanden kennengelernt, der ein offenes Wort vertrug, mit dem man Konflikte durch Diskussionen lösen konnte. Dass er tief in sich eine Mimose sein sollte, konnte und wollte sie sich nicht vorstellen. Aber dann dachte sie wieder daran, wie er reagiert hatte, als seine Oma zu Besuch gewesen war. An Oma Marthas vernünftige Gedanken und die Art, wie er sich beinahe wie ein quengeliges Kleinkind der Diskussion entzogen hatte. Sie hatte es auf seine ungewisse Situation geschoben. Aber wenn Helga recht hatte, würde es jetzt, nach dieser Operation und mit der Gewissheit, dass der Profisport für immer vorbei war, noch schlimmer werden.

Nun gut, sie würde auch damit fertigwerden. Sie raffte sich auf und ging auf die Station, um nach der residierenden Resi zu sehen.

Sie fand Resi zusammen mit Irmgard Köhler im Aufenthaltsraum, der zu den Mahlzeiten auch als Speisesaal diente. Die beiden waren anscheinend sitzen geblieben, nachdem das Mittagessen längst abgeräumt worden war, denn Renate sah, dass vor Resi noch eine Serviette lag, die sie gedankenverloren faltete, während sie Irmgard zuhörte.

Als Renate sich den beiden Frauen näherte, verstummte Irmgard schlagartig.

»Oh, wenn zwei Personen sofort das Gespräch einstellen, sobald eine dritte hinzukommt, ist das nie ein gutes Zeichen«, versuchte Renate zu scherzen.

»Denken Sie, wir reden schlecht über Sie?« Resi schaute Renate mit großen Augen an.

»Sagen Sie es mir«, erwiderte Renate.

»Nein, natürlich nicht, Fräulein Doktor, wir haben nur …« Sie verstummte, nachdem Renate eine Bewegung von Irmgards Bein wahrgenommen hatte und sich sicher war, dass diese Resi unter dem Tisch gegen das Schienbein getreten hatte.

»Also doch Geheimnisse, Fräulein Köhler?«, fragte sie deshalb direkt. »Oder warum haben Sie Fräulein Hochstätter eben durch einen Tritt zum Schweigen gebracht?«

»Sagen Sie es mir«, wiederholte Irmgard mit einem provokanten Augenaufschlag die Worte, die Renate selbst gerade Resi gegenüber verwendet hatte.

»Ich weiß es nicht, deshalb frage ich.« Renate ließ sich nicht aus der Ruhe bringen. »Allerdings vermute ich, dass es etwas ist, das nicht zum Vorteil von Fräulein Hochstätter ist.«

»Doch, das ist es«, rief Resi energisch und erntete dafür noch einen Tritt unter dem Tisch, aber diesmal ließ sie sich davon nicht zum Schweigen bringen. »Irmgard will mir helfen, nach Amerika zu kommen.«

»Aha. Und wie soll das gehen, Fräulein Köhler?«

»Das braucht Sie nicht zu kümmern. Sie wollen es ja sowieso verhindern.«

»Vielleicht ja auch nicht, wenn es ein sinnvoller Plan ist. Allerdings glaube ich nicht, dass Sie in der Lage sind, eine Überfahrt nach Amerika zu organisieren, Fräulein Köhler. Die ist sehr teuer.«

»Es gibt andere Wege.« Irmgard grinste verschmitzt und Renate war sich nicht sicher, ob sie sie weiter provozieren wollte oder sich bei ihrer Ehre gepackt fühlte, ihren Plan offenzulegen. Sie hoffte auf Letzteres.

»Das glaube ich nicht«, sagte sie deshalb ruhig, um Irmgard ihrerseits dazu zu provozieren, mehr zu erzählen. Zugleich wandte sie sich Resi zu: »Sie sollten Ihre Zeit nicht mit den Geschichten von Fräulein Köhler verschwenden. Hat Sie Ihnen eigentlich erzählt, warum sie hier ist?«

»Weil sie die Umwelt retten muss, aber keiner hört auf sie, deshalb hat man sie in die Psychiatrie gesteckt. Sie ist eine kluge Frau.«

»Sie ist nicht hier, weil sie die Umwelt retten will, sondern weil die Mittel, derer sie sich bedient hat, verrückt sind«, gab Renate gerade so viel preis, wie möglich war, ohne die Schweigepflicht zu verletzen, aber Irmgard ihrerseits zu provozieren, damit die mehr erzählte.

»Was hast du denn gemacht?«, fragte Resi Irmgard nun direkt in ihrer naiven Art.

»Was nötig war«, lautete die Antwort, und Renate musste der Art, wie kontrolliert Irmgard angesichts ihrer Provokation blieb, Respekt zollen. Sie hatte ihre Gefühle im Griff und arbeitete an einem Ziel, auch wenn Renate nicht wusste, was dieses Ziel wirklich war. Stattdessen wuchs ihr Verdacht, dass Irmgard Köhler gar keine psychische Erkrankung hatte, oder zumindest keine, die ihr bislang untergekommen war, weder in der Klinik noch im Studium. Wo verschwamm die Grenze zwischen Irrsinn und Normalität? Irmgard hatte sich kulturell unangemessen verhalten, um für ihre Belange zu kämpfen. Sie hatte es mit Bedacht getan, um maximale Aufmerksamkeit zu erregen, aber nicht berücksichtigt, dass sie dann zwar Aufmerksamkeit bekäme, aber nur oberflächlich für ihr seltsames Gebaren und nicht für das, was dahintersteckte. Und warum wollte sie allem Anschein nach in der Psychiatrie bleiben und versuchte nun, Resi Flausen in den Kopf zu setzen?

»Warum so zurückhaltend, Fräulein Köhler? Warum wollen Sie Ihrer Mitpatientin nicht erzählen, was Sie für nötig erachteten, um für Ihre Ziele zu kämpfen? Schämen Sie sich etwa inzwischen dafür?«

Ein unwirscher Zug legte sich über Irmgards Gesicht.

»Ja, sag doch, was du gemacht hast«, drängte Resi.

»Das ist nicht wichtig.«

»Oh, ich finde schon«, widersprach Renate. »Es erlaubt Fräulein Hochstätter, die Art Ihrer Hilfeleistung besser einschätzen zu können, wenn sie alles über Sie weiß. Und wenn Sie der Meinung sind, dass es richtig war, warum sind Sie dann jetzt so zögerlich, es offen zu sagen?«

Statt zu antworten, stand Irmgard Köhler auf und verließ den Raum.

Resi starrte ihr entgeistert nach. »Was hat sie getan?«, wandte sich die junge Bayerin mit großen Augen an Renate.

»Fragen Sie sie selbst. Aber denken Sie mal darüber nach, warum sie jetzt lieber gegangen ist, anstatt es zu sagen.«

»Ist es ihr peinlich?«

»Wie ich schon sagte, fragen Sie sie selbst. Und wenn sie Ihnen weitere Tipps gibt, was Sie tun sollen oder was nicht, kommen Sie lieber zu mir und besprechen das mit mir. Ich will nicht, dass Sie unangenehme Überraschungen erleben.«

Resi nickte.

»Warum wollen Sie eigentlich so unbedingt nach Amerika? Warum nicht nach Afrika oder China?«

»Was soll ich denn in Afrika oder China?« Resi blickte Renate irritiert an.

»Und was wollen Sie in Amerika?«

»Ich möchte die Wolkenkratzer sehen. Und die Indianer besuchen. Ich will die Freiheit dort spüren, wo alles möglich ist.«

»Gut, hier gibt es keine Wolkenkratzer und Indianer können Sie hier auch nicht besuchen. Aber warum glauben Sie, dass Sie in Amerika mehr Freiheit hätten?«

»Na, weil da jeder frei ist. Hier doch nicht, hier muss man ja immer das machen, was andere wollen.«

»Und wovon würden Sie in Amerika leben?«

»Ich würde putzen und abwaschen, bis ich Millionär bin. Das geht da ganz schnell, da ist bald jeder Millionär. Und dann kaufe ich mir ein großes Haus mit Tieren und lebe da immer glücklich.«

»Ich fürchte, Sie haben eine ganz falsche Vorstellung von Amerika. Die meisten Leute, die dort putzen und abwaschen, werden nie Millionär, sondern machen das bis zum Lebensende. Sie leben in kleinen, stickigen Zimmern, aber da sie nicht das Geld für eine Rückfahrt haben, erfährt das kaum einer.«

»Woher wollen Sie das dann wissen?« Resi zog eine kritische Stirnfalte.

»Weil ich darüber Berichte in der Zeitung gelesen habe.«

»Und woher wissen Sie, dass die Zeitung nicht lügt?«

»Warum sollte die Zeitung lügen?«

»Um andere davon abzuhalten, nach Amerika zu gehen. So, wie Sie mich abhalten wollen.«

»Oder um andere zu schützen, so wie ich Sie schützen will. Wie wollen Sie denn überhaupt die Überfahrt bezahlen?«

Resi senkte den Blick.

»Was hat Fräulein Köhler Ihnen vorgeschnackt?«

»Was heißt ›vorschnacken‹?«

»Das ist ein hamburgischer Ausdruck und bedeutet, jemandem einen zweifelhaften Rat zu geben.«

»Ach so. Sie hat mir nichts vorgeschnackt, ihr Rat war gut.«

»Und was hat sie gesagt?«

»Ich soll mich einfach an Bord eines Schiffs schleichen, das nach Amerika fährt. Dann käme ich ganz umsonst an.«

»Das ist ein blödsinniger Rat. Das nennt man ›blinder Passagier‹, weil Sie nicht bezahlen. Und die Überfahrt dauert mehr als eine Woche. Sie brauchen also Nahrung und Wasser. Man wird Sie finden und dann wird man Sie in Amerika gar nicht an Land lassen, weil Sie keine Papiere haben, sondern Sie mit dem nächsten Schiff nach Deutschland zurückschicken, ohne dass Sie Amerika überhaupt betreten durften. Außerdem kann die Reederei Sie verklagen, dass Sie die Fahrtkosten nachzahlen müssen, und eine Strafe gibt es obendrauf. Sie landen am Ende nur doch wieder in einer psychiatrischen Anstalt. Aber dann bleiben Sie wesentlich länger. Wenn es Ihnen lediglich um Ihre persönliche Freiheit geht, sollten wir uns lieber überlegen, wie Sie die auch bei sich zu Hause haben können.«

»Da muss ich immer so viel arbeiten und kann trotzdem nicht Millionär werden. Und dann ist keine Zeit mehr.«

Resi senkte betrübt den Blick, und auf einmal begriff Renate, was wirklich mit ihr los war. Sie wurde vermutlich wegen ihrer Geisteskrankheit von der Familie wie ein billiges Dienstmädchen ausgebeutet. Da sie nicht allein leben konnte, hatte man ihre Arbeitskraft ausgenutzt. Deshalb war sie davongelaufen, einem Traum hinterher, der Freiheit von Amerika. Nun ergab es auch Sinn, dass sich die Familie nicht um ihre Rückkehr scherte und sie selbst nicht dorthin zurückkehren wollte. Auf einmal hatte Renate das Gefühl, dass Resi vermutlich wirklich in einer der Wohnstationen, wo Patienten dauerhaft wohnen und auf dem Krankenhausgelände arbeiten konnten, am besten aufgehoben wäre. Sie beschloss, darüber bei der nächsten Visite mit dem Oberarzt zu reden.

Kapitel 8

»Das hat doch alles keinen Sinn mehr.« Matthias lag niedergeschlagen in seinem Krankenhausbett, das operierte Bein hochgelagert, und wich Renates Blick aus, während sie auf dem Besucherstuhl an seiner Seite am Bett saß.

»Was meinst du damit?«, gab Renate leicht genervt zurück. Seit einer halben Stunde versuchte sie nun schon, ihren Verlobten aufzumuntern, aber die Tatsache, dass der Arzt ihm nach der Operation jede Hoffnung auf weiteres Fußballspielen in der Oberliga genommen hatte, schien ihn in eine tiefe Depression gestoßen zu haben.

»Das weißt du ganz genau, ohne Fußball ist mein Leben sinnlos!«

Die Art, wie er ihr diese Worte entgegenschleuderte, in einer Mischung aus Verzweiflung, Trotz und Aggression, machte Renate wütend. Schon während der letzten halben Stunde hatte sie gemerkt, wie sie sein kaum verhohlenes Selbstmitleid immer mehr geärgert hatte. Er wollte weder Trost noch mit ihr gemeinsam Pläne machen, nein, er wollte jammern und klagen.

»Du redest, als wärst du ein lahmes Rennpferd, das man am besten erschießen sollte«, sagte sie etwas harscher, als sie eigentlich beabsichtigt hatte. Aber irgendwann war es ja auch mal gut.

Wenn er sie mit seinem Gejammer von sich stieß und alles, was sie ihm vorschlug, ablehnte, konnte sie ihm auch nicht helfen. »Aber du bist ein Mensch und du definierst dich über viel mehr Dinge als nur durch dein Talent auf dem Fußballplatz. Ich liebe dich und ich bin bereit, alles mit dir durchzustehen. Aber wenn du nur jammern und vor Selbstmitleid zerfließen willst, ist meine Kraft bald aufgebraucht. Ich bin da anders als du. Ich habe schon früh gelernt, dass Jammern nichts bringt. Egal, wie schwer der Schicksalsschlag ist, man darf sich nicht gehen lassen, sonst zerbricht man.«

»Du hast gut reden, du hast ja so etwas noch nie erlebt.«

»Ich habe meine Eltern im Feuersturm 1943 verloren. Da war ich gerade elf Jahre alt. Das war damals meine ganze Welt. Wenn das kein Schicksalsschlag ist, was dann?«

»Aber du hattest noch immer dein Leben. Mir bleibt nichts mehr.«

»So ein Unfug!« Renate konnte ihre Verärgerung nun nicht mehr zurückhalten. »Du hättest sowieso nicht länger als bis Mitte dreißig professionell Fußball spielen können. Nun ist das Ende deiner Karriere eben ein paar Jahre früher als erwartet gekommen. Also ist es an der Zeit, sich mit den Dingen zu befassen, mit denen du dich sonst in fünf Jahren befasst hättest. Abgesehen davon, dass du nicht mehr professionell Fußball spielen kannst, bist du ein gesunder junger Mann, dem die Welt offensteht. Du hast dir jahrelang den Traum vom Fußball erfüllt. Sei doch dankbar für das, was dir gegeben war, und komm mit mir zu neuen Ufern. Das Leben hat dir noch immer so viel zu bieten.«

Matthias atmete schwer. »Vielleicht ist es besser, wenn du jetzt gehst, damit ich dir mit meinem Gejammer nicht mehr auf die Nerven gehe.«

»Nun bist du beleidigt«, spielte Renate den Ball zurück. »Nur weil ich ausgesprochen habe, was in mir vorgeht.«

»Nein, weil du mir deine Sicht der Dinge aufzwingen willst. Natürlich ist es schlimm, dass du deine Eltern verloren hast, aber das ist was ganz anderes. Stell dir mal vor, du könntest plötzlich nicht mehr als Ärztin arbeiten. Was würde das mit dir machen?«

»Es käme auf die Umstände an, warum ich es nicht mehr könnte. Und dann würde ich mir entsprechende Alternativen suchen.«

»Das sagt sich so leicht.«

»Ja, es sagt sich leichter, als es ist. Aber es ist möglich. Und genau deshalb möchte ich mit dir Alternativen suchen. Bitte, Matthias.« Sie griff nach seiner Hand. »Lass uns Pläne machen, lass uns aus dem Unglück noch das Beste herausholen. Und wenn du es nicht kannst, vielleicht …« Sie zögerte. Sollte sie das wirklich aussprechen?

»Vielleicht was?«, hakte er nach.

»Vielleicht ist deine gegenwärtige Hoffnungslosigkeit ja auch Ausdruck einer reaktiven Depression. Dagegen kann man etwas tun, das ist keine Schande, denn …«

»Du meinst, ich bin verrückt?«, brauste er auf und entzog ihr abrupt seine Hand.

»Nein, natürlich nicht. Aber in schweren Zeiten können Menschen depressiv werden. Das bedeutet nicht, dass sie verrückt sind, sondern …«

»Hör auf, mich zu diagnostizieren!«, brüllte er nun so laut, dass sich die Bettnachbarn erschrocken zu ihnen umdrehten. »Ich will, dass du jetzt gehst, wenn du mich für verrückt hältst!«

»Ich halte dich nicht für verrückt, ich …«

»Geh einfach!«, schrie er. »Ich will dich hier nicht mehr sehen!«

Sein emotionaler Ausbruch erschreckte Renate mehr, als dass er sie verärgerte. Wäre er wirklich ein Patient, hätte sie sich einfach zurückgezogen, um eine weitere Eskalation zu vermeiden.

Aber das hier war kein Patient, das war der Mann, den sie liebte. Doch zugleich sah sie, wie sehr er um seine Selbstbeherrschung rang, und so erhob sie sich. »Ich komme Sonntag zur Besuchszeit wieder, wenn wir uns beide beruhigt haben.«

»Von mir aus kannst du auch wegbleiben!« Seine Worte trafen sie bis ins Mark, so kalt waren sie. Es ist nur seine Verzweiflung, er meint das nicht so, versuchte sie, sich zu beruhigen, als sie ihren Mantel anzog.

»Ich liebe dich«, sagte sie zum Abschied, doch von ihm kam nichts mehr.

Zum Glück war Onkel Heinrich am Abend zu Hause und sie hatten sich zum gemeinsamen Essen verabredet. Renate wartete, bis sie am Tisch saßen, dann erzählte sie ihrem Onkel von ihrem Besuch bei Matthias und dem Streit, aber auch von Helgas Anruf am Vormittag.

»Tja, das ist nicht so einfach.« Onkel Heinrich kratzte sich nachdenklich am Hinterkopf. »Weißt du, Männer sind manchmal rechte Mimosen, wenn es ihnen nicht gut geht. Da sind sie ganz anders als Frauen. Denk nur daran, wie sehr manch starker Kerl unter einem banalen Schnupfen leidet.«

»Es geht ja nicht darum, dass Matthias wehleidig ist«, sagte Renate. »Das ist er nicht. Aber er wirkt auf mich fast depressiv, so wie jemand, dem sein Lebenstraum zerstört wurde.«

»Aber es war doch immer klar, dass er nicht sein ganzes Leben lang Fußball spielen kann«, warf Onkel Heinrich ein.

»Ja, das stimmt. Je länger ich allerdings darüber nachdenke, umso mehr glaube ich, dass er so verzweifelt ist, weil er in der kurzen Zeit, die einem Mann als Profi bleibt, keinen nachhaltigen Eindruck hinterlassen konnte. Er wäre so gern für die Nationalmannschaft ausgewählt worden, um eine Fußballlegende zu werden, von der man noch lange nach seinem Karriereende spricht. Doch jetzt wird man ihn vergessen.

In fünf Jahren weiß kaum noch einer, dass er jemals für den HSV gespielt hat.«

»Hat er das gesagt?«

»Nein, das vermute ich nur. Warum sollte er sonst so verzweifelt sein? Vom reinen Verstand her ist es ja unsinnig, etwas hinterherzutrauern, was ohnehin zeitlich begrenzt war. Das macht nur dann Sinn, wenn er ein Ziel noch nicht erreicht hat. Und das wäre das einzige Ziel, das mir einfällt. Fußball ist sein Leben, er hat immer im Hier und Jetzt gelebt, ohne die ferne Zukunft im Blick zu haben. Plötzlich ist das weg; nun muss er über den Rest seines Lebens nachdenken, aber da ist nichts, was die Lücke ausfüllt.«

»Also weißt du ja schon, was ihm fehlt«, sagte Onkel Heinrich.

»Ja, aber es bringt mir nichts, weil ich den Eindruck habe, dass wir aneinander vorbeireden. Er ist noch nicht bereit dazu, sich wirklich mit dem Verlust auseinanderzusetzen.«

»Dann lass ihn trauern, Renate. Gib ihm Zeit. Vielleicht sieht die Welt am Sonntag, wenn du ihn wieder besuchst, schon ganz anders aus. Wenn du willst, kann ich ja mitkommen. Meist nimmt man sich zusammen, wenn eine dritte Person dabei ist, dann kommt es nicht so leicht zum erneuten Streit.«

»Das klingt sehr gut, vielen Dank, Onkel Heinrich.«

»Dafür sind Onkel doch da, nicht wahr?«

Er zwinkerte ihr liebevoll zu und Renate fühlte sich auf einmal sehr getröstet. Es würde ihr schon gelingen, den Konflikt mit Matthias zu beenden und mit ihm gemeinsam eine neue Zukunftsvision zu erschaffen.

Kapitel 9

Auf der einen Seite fieberte Renate dem nächsten Sonntag entgegen, weil sie den Konflikt mit Matthias klären wollte, auf der anderen gab es auch ein Stimmchen in ihr, das sich davor fürchtete. Sie konnte nicht einmal genau sagen, warum das so war. Vielleicht, weil Helga ihr diese Geschichte erzählt hatte. War Matthias tatsächlich so gestrickt, dass er sich in Krisen lieber zurückzog und alles wegschmiss? Aber die Beziehung zwischen ihnen war anders als die mit Beate. Renate warf einen Blick auf ihren Verlobungsring. Zwischen ihnen existierte ein Versprechen, das es mit Beate nicht gegeben hatte. Und doch blieb die Unsicherheit. Sie wollte ihn nicht verlieren, gleichzeitig wollte sie sich auch nicht ständig auf die Zunge beißen müssen, um ihn nicht zu vertreiben. Sie brauchte die Möglichkeit des offenen Gesprächs mit ihrem Partner wie die Luft zum Atmen. Ansonsten würde sie an all ihren Gedanken, die sie nicht mehr auszusprechen wagte, ersticken. Ob sie sich auch so unwohl gefühlt hätte, wenn Helga ihr nichts von Beate erzählt hätte?

Umso wichtiger war Renate in dieser Zeit ihre Arbeit, wo sie sich zumindest stundenweise von ihren privaten Sorgen ablenken konnte. Das Gespräch mit dem Oberarzt über Resi verlief erfolgreich und Resi wurde schon kurz darauf auf eine andere Station verlegt, wo sie dauerhaft bleiben konnte, sofern sie nicht nach Bayern zurückkehren wollte. Resi war anfangs unsicher, erklärte sich dann aber bereit, es zu versuchen.

Irmgard Köhler, die ja das Bett neben ihr hatte und sehr interessiert zuhörte, mischte sich natürlich wieder ein. »Jetzt wird einer Frau also ihr Lebenstraum genommen, damit sie dauerhaft in der Psychiatrie bleibt.«

»Niemand hat Sie gefragt, Fräulein Köhler«, wies sie Doktor Walter zurecht.

»Nein, deshalb muss ich mir ja selbst Gehör verschaffen. Die Welt wäre wesentlich besser dran, wenn man mich regelmäßig fragen würde.«

»Ach, tatsächlich?«

»Ja, denn der gesunde Menschenverstand kommt doch immer wieder zu kurz.«

»Ja, vor allem bei Ihnen«, seufzte Doktor Walter und ging dann mit Renate und Schwester Edith weiter zur nächsten Bettenreihe.

»Nur Feiglinge ziehen sich mit solchen Sprüchen zurück!«, rief Irmgard ihm hinterher.

Doktor Walter zuckte zusammen, dann drehte er sich um und kehrte zurück zu Irmgards Bett. »Fräulein Köhler, ich habe den Eindruck, wir können hier für Sie rein gar nichts mehr tun. Sie erwecken nicht den Eindruck, an einer Geisteskrankheit zu leiden, sondern rebellieren lediglich gegen alle gesellschaftlichen Normen, obwohl Sie längst aus dem Backfischalter heraus sind. Sie sind entlassen. Schwester Edith, sorgen Sie dafür, dass Fräulein Köhler ihre Habseligkeiten zusammenpackt und die Station verlässt.«

Irmgard sah Doktor Walter erstaunt an, aber sie war nicht halb so erstaunt wie Renate. Damit, dass der Oberarzt die Patientin einfach so entlassen würde, hätte sie nie gerechnet. Natürlich gab es das Instrument der disziplinarischen

Entlassung – wenn sich jemand partout nicht an die Regeln halten wollte, aber weder für sich selbst noch für andere eine Gefahr darstellte, konnte man ihn entlassen. Andererseits fragte Renate sich, ob Irmgard eine Gefahr für sich selbst darstellen könnte, da sie sich bislang nicht von ihrem Verhalten distanziert hatte. Doch sie hütete sich, dem Oberarzt diese Frage in Gegenwart der Patientin zu stellen.

Erst nachdem sie die Visite beendet hatten, fragte sie ihn, warum er sich so plötzlich entschieden hätte, Fräulein Köhler auf die Straße zu setzen.

»Sie hat keine klassische Geisteskrankheit. Sie zeigt ein unangepasstes Verhalten, aber sie kann sich sehr gut steuern. Sie provoziert und will irgendetwas erreichen. Ich hatte den Eindruck, sie wollte mich durch ihr seltsames Gebaren dazu bringen, mit aggressiven Behandlungsmethoden zu reagieren. Warum auch immer! Also habe ich das Gegenteil dessen gemacht, was sie erwartet. Ich frage mich, ob sie versucht, Grenzen auszutesten und dabei unbewusst Bestrafungen einfordern will.«

»Warum sollte sie das tun?« Renate war skeptisch.

»Das weiß ich nicht. Aber falls meine Vermutung stimmt, wird sie uns bestimmt bald wieder von der Polizei zugeführt, weil sie sich auffällig und unangemessen verhalten hat.«

»Schaden wir ihr damit nicht, wenn sie immer wieder mit solchem Verhalten aktenkundig wird, während wir es hätten verhindern können, wenn wir sie nicht entlassen hätten?«

»Nein, die Entscheidung liegt bei ihr. Ich hatte im Kontakt mit ihr ständig den Eindruck, dass sie uns als Handlanger eines Unrechtsstaats definieren möchte, der unliebsame Kritiker ruhigstellen und für verrückt erklären will. Durch diese Entlassung habe ich das Gegenteil dessen getan, was sie erwartet. Das könnte wiederum andere Denkmuster hervorrufen. Gegen die Erwartung eines Patienten zu handeln, kann mitunter heilsam sein.«

Renate nickte. »Soll ich noch ein Abschlussgespräch mit ihr führen?«

»Nein, sie geht so. Das gehört dazu. Wir haben sie rausgeworfen, weil sie sich nicht gut benommen hat. Wer rechnet schon damit, dass man wegen ungebührlichen Verhaltens aus der Psychiatrie hinausgeworfen werden kann? Die meisten glauben doch noch immer, dass man dann zu harten, disziplinarischen Mitteln greift.«

Renate nickte abermals und dachte bei sich, dass Doktor Kleinschmidt, der ältere Oberarzt, unter dem sie im letzten Jahr so gelitten hatte, genau das getan hätte. Aber Doktor Kleinschmidt war auch noch ein Relikt aus der Nazizeit, sozialisiert im Dritten Reich, als man psychisch Kranke allein nach ihrer Leistungsfähigkeit und Arbeitskraft bewertet und alle, die die Normen nicht erfüllten, umgebracht hatte. Umso mehr freute Renate sich, dass sie in Doktor Walter einen jungen Vertreter einer neuen Psychiatrie vor sich sah, der Hoffnung für die Zukunft gab. Aber ob er Irmgard mit dieser disziplinarischen Entlassung wirklich einen Gefallen getan hatte, bezweifelte sie.

Als sie am Abend nach Hause kam, sah sie, dass in der Wohnung ihres Onkels Licht brannte. Das wunderte sie, denn normalerweise traf er sich freitags immer mit einem Freund, den er aus gemeinsamen Studientagen kannte.

Er hörte nicht, als sie den Schlüssel im Schloss umdrehte, denn sonst wäre er ihr mit Sicherheit entgegengekommen und hätte sie gefragt, ob sie mit ihm essen wolle. Also ging sie ins Wohnzimmer und sah ihn dort über einigen Papieren vertieft sitzen.

»Onkel Heinrich«, sprach sie ihn an, und er zuckte zusammen.

»Renate, ich habe dich gar nicht kommen hören.«

»Und ich habe mich gewundert, dass bei dir Licht brennt. Normalerweise bist du doch freitags immer mit Thomas unterwegs.«

»Ja, allerdings …« Er schob hastig die Papiere zusammen. »Ihm ist etwas dazwischengekommen.«

Renate hatte einen schnellen Blick auf die Papiere geworfen, die wie amtliche Dokumente aussahen. »Woran arbeitest du gerade?«

»Nichts Besonderes«, wich er aus und nahm die zusammengeschobenen Papiere, um sie in einer Schublade zu verstauen. »Ich habe nichts zu essen vorbereitet. Wir können aber in der Alsterperle essen gehen.«

»Das klingt gut«, frohlockte Renate. Die Alsterperle lag direkt an der Außenalster und war für ihre Fischspezialitäten bekannt. Von der Papenhuder Straße, in der sie wohnten, war es nur ein kurzer Fußweg.

Onkel Heinrich schlüpfte in Hut und Mantel, dann machten sie sich auf den Weg. Normalerweise war er auf Spaziergängen ein guter Unterhalter, aber heute wirkte er recht einsilbig.

»Ist alles in Ordnung?« Renate erinnerte sich daran, dass ihr ein ähnliches Verhalten bei ihm kürzlich schon einmal aufgefallen war.

»Jaja«, sagte er geistesabwesend.

»Das kommt mir aber nicht so vor. Hat es etwas mit den Papieren zu tun, die du gerade angeschaut hast?«

»Nein, ich habe nur geprüft, ob alles seine Ordnung hat.«

Renate runzelte die Stirn. »Bitte sag mir die Wahrheit, Onkel Heinrich. Fehlt dir etwas? Du wirkst auf mich wie jemand, der seinen Nachlass regelt.«

»Was?« Er blickte sie aufrichtig erstaunt an. »Nein, meine Süße, da musst du dir gar keine Sorgen machen, ich bin kerngesund.« Er lachte und fragte sie nach ihrem Tag. Und als sie ihm von Irmgard Köhlers disziplinarischer Entlassung erzählte, nahm er daran so regen Anteil wie stets, sodass Renate ihre Sorgen für einen Moment vergaß.

Das Essen in der Alsterperle war wie immer ausgezeichnet und Renate liebte den Blick über die Außenalster, den sie früher auch so gern vom Uhlenhorster Fährhaus aus genossen hatte – damals, als ihre Eltern noch gelebt und es oft zum Ziel von Sonntagsausflügen gemacht hatten. Welch bittere Ironie des Schicksals, dass das Uhlenhorster Fährhaus dem gleichen Bombenhagel zum Opfer gefallen war wie ihre Eltern. In ihrer Kindheit gab es zwei Zeitrechnungen. Die Zeit vor der Ausbombung und die Zeit danach. Die Zeit, seit sie bei Onkel Heinrich lebte und er sie adoptiert hatte. Meist dachte sie nicht mehr daran, aber manchmal, wenn sie gar nicht damit rechnete, kehrten die Erinnerungen zurück. Oft auch in Momenten des tiefsten Friedens und Glücks, so wie jetzt, da sie hier mit ihrem geliebten Onkel saß. Vielleicht, weil solche Momente ihr in Erinnerung riefen, wie vergänglich sie waren. Sie hatte das einmal zu Onkel Heinrich gesagt, als sie noch jünger gewesen war. Damals hatte er geantwortet: »Ja, nichts währt ewig. Aber das gilt genauso für die schlechten Zeiten. Ebenso wenig, wie wir gute Zeiten festhalten können, werden die schlechten Zeiten andauern. Die Kunst besteht darin, in guten Zeiten den Augenblick zu genießen und sich in schlechten Zeiten zu sagen, dass nichts ewig währt. Die Unbeständigkeit des Lebens kann auch ein großer Trost für die Beladenen sein, denn nur durch die Unbeständigkeit des Lebens gibt es Hoffnung. Bliebe alles immer so, wie es ist, würden wir erstarren und selbst der schönste Moment im Leben, festgebannt auf Ewigkeit, würde zur Höllenqual werden.«

Darüber hatte sie damals lange nachgedacht und Onkel Heinrich recht gegeben. Es hatte etwas Beruhigendes, das

Positive an der Unbeständigkeit des Lebens zu sehen. Vor dem Hintergrund erhielt ihr Streit mit Matthias eine andere Bedeutung. Es konnte nicht immer alles eitel Sonnenschein sein. Und wenn sie diese Krise bewältigen wollten, musste sie sich dem Streit stellen und durfte ihren Ängsten nicht ausweichen.

Während sie beim Essen so ihren Gedanken nachhing, hörte sie, wie Onkel Heinrich ebenfalls gedankenversunken seufzte. Sofort waren ihre Sorgen um ihn wieder da.

»Ist alles in Ordnung mit dir?«, fragte sie ihn.

»Mach dir bitte keine Sorgen um mich«, antwortete er abwehrend. »Ich denke nur an einen Freund, der Probleme hat.«

»Magst du mir davon erzählen?«, hakte Renate nach. »Vielleicht kann ich helfen.«

Onkel Heinrich räusperte sich. »Ich denke nicht.«

»Nicht, dass ich helfen kann, oder nicht, dass du davon erzählen willst?«

»Eigentlich beides.«

»Sind seine Probleme so ein Geheimnis?«

Onkel Heinrich nahm einen Bissen von seiner Gabel. Renate konnte ihm deutlich ansehen, dass er intensiv über seine nächsten Worte nachdachte, bevor er sie nach dem Kauen und Schlucken aussprach. »Es geht um meinen Freund Willy. Gegen ihn läuft eine Anzeige und er könnte seine Approbation verlieren.«

»Was hat er denn getan?«

»Er wurde wegen Homosexualität angezeigt. Man hat ihn in einem einschlägigen Lokal bei einer Razzia erwischt.«

Renate starrte ihren Onkel entsetzt an. Sie hatte seinen besten Freund Willy Harms immer als warmherzigen, freundlichen Mann erlebt, wenn er zu Besuch gekommen war. Er war von Haus aus Kinderarzt, verheiratet und hatte zwei erwachsene Töchter.

»Aber das ist doch unmöglich«, rief sie. »Wie kann man denn einem verheirateten Familienvater so etwas unterstellen, nur weil er vielleicht in einem anrüchigen Lokal war?«

»Das ist kompliziert«, erwiderte Onkel Heinrich nur.

»Wie meinst du das?«

»So, wie ich es sage. Es ist kompliziert. Man wirft ihm vor, dort unsittliche Handlungen mit einem jungen Mann begangen zu haben, der sich als Polizeispitzel erwiesen hat. Die Polizei scheint nichts Besseres zu tun zu haben, als harmlosen Männern nachzustellen, nur weil ihre Vorlieben vielleicht nicht dem entsprechen, was die Mehrheit mag.«

Renate sah Onkel Heinrich irritiert an. »Dann … dann stimmt der Vorwurf?«

»Ich möchte das Thema hier nicht näher vertiefen, Renate. Bitte hab Verständnis dafür.«

Sie nickte. »Ist das der Grund, warum du in letzter Zeit so in dich gekehrt warst? Weil dein bester Freund sich mit solchen Anschuldigungen herumschlagen muss?«

»Ja.«

»Darf ich dir noch eine Frage zu dem Thema stellen?«

Onkel Heinrich lächelte nachsichtig. »Du wirst es ja sowieso tun, wenn nicht jetzt, dann später.«

Sie erwiderte sein Lächeln. Er kannte sie zu gut. »Was schockiert dich mehr? Dass man ihn angezeigt hat oder dass etwas an den Vorwürfen dran sein könnte?«

»Dass man ihn angezeigt hat. Ich halte den Paragrafen 175 für überholt. Was zwei erwachsene Männer im Einvernehmen miteinander tun, geht niemand anderen etwas an. Unser Staat mischt sich noch immer in zu viele Dinge im alltäglichen Leben ein. Hinter der scheinbaren neuen Freiheit, die wir seit dem Ende der Hitlerzeit genießen dürfen, stecken nach wie vor die gleichen Spießbürger.«

»Dann würde es deiner Freundschaft zu Willy keinen Abbruch tun, wenn er wirklich homosexuell wäre?«

»Nein, nicht im Geringsten«, beteuerte Onkel Heinrich, und die Art, wie er dabei den Blick aus dem Fenster schweifen ließ, ein wenig versonnen, trotz all der Sorgen, ließ in Renate einen ungeheuren Verdacht aufsteigen. War ihr Onkel Heinrich, den sie so gut wie niemanden sonst zu kennen glaubte, vielleicht selbst homosexuell? Hatte er deshalb nicht wieder geheiratet? Nein, das konnte nicht sein, er war doch völlig normal. Genau wie Willy. Alles, was sie über Homosexuelle gehört und im Studium gelernt hatte, besagte, dass sie als weibisch galten, mit Fistelstimme sprachen und überhaupt nichts Maskulines an sich hatten. Also das komplette Gegenteil von Onkel Heinrich und Willy Harms. Aber stimmten diese Beschreibungen? Wenn Homosexuelle so leicht zu erkennen waren, warum setzte die Polizei dann Spitzel ein? Außerdem hatte Onkel Heinrich recht, es ging niemanden etwas an, was zwei erwachsene Männer in gegenseitigem Einvernehmen miteinander taten.

Aber der Staat mischte sich ja auch in das Leben von Frauen und Männern ein, die nicht zusammen ein Hotelzimmer buchen durften, wenn sie nicht verheiratet waren. Zwar drückten viele Hotels ein Auge zu, wenn nur der Mann seinen Ausweis vorlegte und seine Begleiterin als seine Ehefrau ausgab, aber in den großen, noblen Häusern, die noch einen Ruf zu verlieren hatten, wurde auch der Ausweis der Frau verlangt, damit sie sich nicht der Kuppelei schuldig machten. Und wenn eine Frau schwanger und in einer Notlage war, in der sie kein Kind bekommen konnte, mischte der Staat sich ebenfalls ein und verbot ihr die Abtreibung. Es würde vermutlich noch sehr lange dauern, bis die Menschen endlich das Recht hatten, in jeder Hinsicht selbst über ihren Körper zu verfügen.

Dennoch beschäftigte es Renate mehr, als sie sich eingestehen wollte, ob Onkel Heinrich selbst betroffen war. Sie wusste, dass manche Männer heirateten, um ihre Homosexualität zu tarnen. Onkel Heinrich war kurz vor ihrer Geburt verwitwet. Sie hatte ihn niemals mit einer Frau gesehen, er hatte stets gesagt, er wolle nicht mehr heiraten, weil er nach dem Tod seiner Frau und seines Kindes nie mehr diesen Schmerz spüren wollte. Alle hatten das respektiert, ohne es jemals zu hinterfragen. Aber konnte so ein Schmerz wirklich groß genug sein, um einen Mann mehr als ein Vierteljahrhundert zum Einzelgänger zu machen? Wobei er das ja nicht wirklich war. Er hatte sie und er hatte seine Freunde, allen voran Willy Harms, den Kinderarzt, mit dem er sich vor dieser Anschuldigung mindestens einmal in der Woche getroffen hatte.

Irgendwann würde sie Onkel Heinrich fragen, irgendwann, aber nicht heute und nicht morgen. Denn wenn ihr Verdacht stimmte, wäre es ihm mit Sicherheit ausgesprochen unangenehm, es vor seiner Nichte, die seit sechzehn Jahren zudem seine Adoptivtochter war, zu offenbaren. Nein, im Moment musste sie weitermachen wie bisher. Es gab auch Dringlicheres. Sie musste sich mit Matthias aussprechen.

Kapitel 10

Matthias' Laune war immer noch ausgesprochen schlecht, als Renate ihn zusammen mit Onkel Heinrich besuchte. Allerdings riss er sich zusammen. Ob es daran lag, dass sie nicht allein gekommen war? Oder hatte er erkannt, dass hemmungsloses Leiden und Klagen nicht zielführend waren? Dennoch vermisste sie die Wärme in seinen Worten.

Sie sprachen über allgemeine Themen. Alle drei vermieden sie es, über die Zukunft zu reden. Es war belangloser Small Talk, um eine bleierne Stille zu umgehen und dem, was eigentlich dringend ausgesprochen werden musste, erfolgreich auszuweichen.

Immerhin verabschiedete Matthias Renate mit einem Kuss, und diesmal flüsterte er ihr auch ins Ohr, wie sehr er sie liebte. Das wiederum ließ ihr Herz schmelzen. Diese kleine Geste, die ihr zeigte, wie groß seine Verzweiflung wirklich war, dass er es nicht laut auszusprechen vermochte und auch nicht die Kraft hatte, über das zu reden, was wirklich wichtig war. Aber er ließ sie dennoch wissen, dass er sie nach wie vor liebte, nachdem ihm diese Erwiderung beim letzten Besuch nicht über die Lippen gekommen war. Renate hoffte inständig, dass alles wieder gut werden würde.

Als sie später mit ihrem Onkel im Auto saß und sie gemeinsam nach Hause fuhren, fragte sie ihn, was er von Matthias' Verhalten hielt.

»Du weißt doch, er leidet sehr darunter, dass sein Lebenstraum zerplatzt ist«, erwiderte ihr Onkel. »Wir haben darüber ja schon mal gesprochen. Aber zugleich hatte ich den Eindruck, dass er sich für dieses Leiden schämt, weil er sich nicht verstanden fühlt.«

»Wie meinst du das? Wir haben doch alle Verständnis für seine Lage und wollen ihm helfen, neue Wege zu beschreiten.«

»Ja, aber ich glaube, weder dir noch seiner Oma ist bewusst, was er gerade wirklich verloren hat.«

»Und was hat er verloren, das wir nicht anerkennen?«

»Seine Träume. Siehst du, er hat immer davon geträumt, mal ein großer Star im Fußball zu werden. Ebenso wie sein Vereinskollege Uwe Seeler für die Nationalmannschaft eine Weltmeisterschaft zu spielen und vielleicht sogar den Titel zu holen. Dieser Traum ist nun für immer vorbei. Das Schicksal hat ihm fünf Jahre geraubt, in denen er noch die Chance gehabt hätte, sich den Traum zu erfüllen. Und damit hadert er. Zugleich hat er den Eindruck, dass niemand seinen Verlust wirklich versteht. Es war doch nur ein Traum, ohne Garantie, ob er es wirklich irgendwann erreicht hätte. Es ist unvernünftig, sich an solchen Träumen festzuhalten, aber es ist alles, was ihm von seiner bisherigen Lebensplanung bleibt.«

Renate nickte langsam. Daran hatte sie noch gar nicht gedacht. Stattdessen hatte sie immer nur an die entfernte Zukunft gedacht, wenn er ohnehin nicht mehr Fußball spielen könnte. Aber nie an das, was er in dieser Zeit zu erreichen gehofft hatte. Aus genau dem Grund, den ihr Onkel genannt hatte. Weil es keine Garantie dafür gab. Keine Garantie, dass er es wirklich jemals schaffen würde. Aber für Matthias waren diese Träume ein wichtiger Teil seines Lebens gewesen. Und noch gab es keine neuen Träume, die die alten ersetzen konnten. Deshalb wirkte er so depressiv und in sich gekehrt.

»Danke, Onkel Heinrich. Du hast mir die Augen geöffnet. Ich weiß jetzt, wie ich das nächste Mal mit Matthias reden werde.«

»Das freut mich sehr. Dafür bin ich doch da.« Er zwinkerte ihr liebevoll zu.

***

Der Montagmorgen in der Klinik begann mit einer Überraschung. Irmgard Köhler war wieder da. Die Polizei hatte sie am Sonntagnachmittag erneut auf dem Rathausmarkt aufgegriffen, wo sie diesmal nicht nackt aufgetreten war, aber eine Obstkiste als Podest genutzt und die Politik des Hamburger Senats angeprangert hatte.

»Und für ihre freie Meinungsäußerung kommt sie in die Psychiatrie?«, fragte Renate Schwester Edith irritiert.

»Nun ja«, sagte die Oberschwester und rollte mit den Augen. »Lesen Sie sich mal den Polizeibericht in der Akte durch.«

Das ließ Renate sich nicht zweimal sagen. Noch bevor sie mit Irmgard Köhler das Gespräch suchte, verschwand sie mit der Akte in ihr Büro.

Laut Polizeibericht hatte Irmgard Köhler zunächst stimmgewaltig über die Umweltverschmutzung lamentiert, was von den meisten Passanten nur mit einem Kopfschütteln oder gar nicht beachtet worden war. Später kam jedoch ein Mann hinzu, laut Polizeibericht ein gewisser W., der Irmgard aufforderte, sich lieber um ihre Familie zu kümmern, statt hier lautstark Unsinn zu verkünden. Inzwischen hatte sich schon eine größere Gruppe Menschen um sie und den Mann versammelt. Auch einer der Polizisten, die immer in der Nähe des Rathauses postiert waren, wurde Zeuge der weiteren Ereignisse, die er im Bericht akribisch festgehalten hatte. So hatte sich zwischen Irmgard und dem W., wie er fortlaufend im Polizeibericht genannt wurde, ein heftiger Disput entwickelt, der darin gipfelte, dass der W. Irmgard eine »verrückte Schlampe« genannt hatte, woraufhin sie von ihrer Obstkiste stieg und ihm unvermittelt einen kräftigen Tritt in die Männlichkeit verpasst hatte, sodass er jaulend in die Knie ging. Dazu hatte sie gerufen, dass es höchste Zeit sei, dem unverschämten Patriarchat Manieren beizubringen, anstatt sich ihm weiterhin unterzuordnen und beim Untergang der Welt zuzuschauen. Erst jetzt war der Polizist eingeschritten, woraufhin er von dem W., der noch immer fluchend am Boden lag, als »unfähiger Hornochse in Uniform« beschimpft wurde. Am Ende wurde Irmgard mit Verstärkung in die Psychiatrie verbracht, während der W. eine Anzeige wegen Beamtenbeleidigung erhielt, ihm aber freigestellt wurde, Anzeige gegen die K., wie Irmgard im Polizeibericht hieß, zu erstatten. Ob der W. gegen die K. tatsächlich Anzeige erstattet hatte, ließ der Bericht offen.

Renate konnte sich ein Lächeln nicht verkneifen. Der Bericht war in seiner Sprache so nüchtern, dass er schon wieder komisch war. Sie konnte sich sehr gut vorstellen, wie Irmgard aus der Haut gefahren war und den schmerzhaften Tritt an besagten W. verteilt hatte.

Auch wenn Irmgard wieder auf der Station war, empfand Renate es als Fortschritt, dass sie ihre Ansichten diesmal auf angemessenere Art vorgetragen hatte. An ihrem Umgang mit Kritikern musste sie allerdings noch arbeiten.

Irmgard saß mit sauertöpfischer Miene auf ihrem Bett im Wachsaal.

»Guten Morgen«, begrüßte Renate sie. »Ich hätte nicht gedacht, Sie so schnell wiederzusehen.«

»Das Regime ist schuld daran«, lautete die Antwort. »Das ewige Patriarchat, das es sich anscheinend in den Kopf gesetzt hat, die Welt dem Untergang zu weihen. Lieber sterben sie, als auf die Weisheit einer Frau zu hören.«

»Ich habe den Polizeibericht gelesen. Ich glaube nicht, dass Sie jetzt hier wären, wenn Sie dem Vertreter des Patriarchats nicht in die Männlichkeit getreten hätten.«

»Ein Tritt in die Eier ist immer noch die beste Art, verstockte Patriarchen in die Schranken zu weisen«, gab Irmgard gleichmütig zurück, beinahe so, als erwartete sie Lob dafür.

»Und was soll ich jetzt mit Ihnen machen, Fräulein Köhler?«

»Keine Ahnung, Sie sind die Ärztin. Biegen Sie meinen Verstand zurecht, sodass er sich dem Patriarchat wieder unterordnet und der Zerstörung der Erde willenlos zusieht.«

»Ich glaube nicht, dass man Ihren Verstand zurechtbiegen muss. Mich würde viel mehr interessieren, woher Sie so viel über die Zerstörung der Umwelt wissen, dass Sie dagegen auf die Straße gehen.«

»Gucken Sie sich doch die Elbe an. Als wir Kinder waren, konnte man darin noch baden. Aber heute …« Auf einmal wurde Irmgards Stimme deutlich ernster, der trotzige, kämpferische Ausdruck war verschwunden.

»Was haben Sie erlebt?« Unwillkürlich passte Renate ihre Stimme an Irmgards Tonfall an, wurde ebenfalls leiser und einfühlsamer.

Irmgard schien zu merken, dass Renate nicht nur aus rein ärztlichem Interesse fragte, sondern sich auch menschlich für sie interessierte. »Sie wissen doch, dass ich früher bei meiner Tante in der Schneiderei gearbeitet habe. Sie wollte, dass ich sie übernehme, und lange Zeit wollte ich das auch, aber dann …«

»Was ist dann passiert?«

»Wissen Sie, ich wollte nie so ein Leben führen wie andere Frauen, die sich einem Mann unterordnen und ihr eigenes Leben vergessen. Ich habe schon als Kind meine Tante bewundert, die sich ihr Leben ganz allein aufgebaut und sich als

Blaustrumpf einen Namen gemacht hatte, nicht nur im negativen Sinne, sondern die auch Bewunderung dafür erhielt, was sie alles geleistet hat. Das machte meinen Eltern Mut, dass ich doch gut im Leben zurechtkommen könnte, als sie sahen, dass ich mich wohl genauso entwickle und kein Interesse an einer Heirat habe. Also war allen klar, dass ich der Tochterersatz für die Tante würde – ihre Nachfolgerin in allen Dingen. Wir hätten auf das Ladenschild auch ›Köhler & Nichte‹ setzen können, so wie andere bei ihren Handwerksbetrieben beispielsweise ›Hinrichs & Sohn‹ schreiben. Nur ist es ja bislang nicht üblich, dass Frauen so etwas machen, schon gar nicht, wenn sie in den Augen der Gesellschaft verrückt sind.« Irmgard atmete tief durch. Obwohl sie vom eigentlichen Thema abgeschweift schien, unterbrach Renate sie nicht, denn sie hatte zum ersten Mal den Eindruck, dass ihre Patientin etwas von ihrem wahren Ich preisgab.

»Auch wenn ich selbst nie eine Familie gründen wollte, so liebe ich doch meine Nichten und Neffen. Lesen Sie Comics?«

Renate war irritiert über diesen Gedankensprung. »Nein«, antwortete sie wahrheitsgemäß.

»Sie sollten mal Micky Maus lesen«, sagte Irmgard. »Dort haben die Figuren keine Kinder, sondern immer nur Neffen. Keiner weiß, wer die Mütter sind, aber es gibt Onkel und Neffen. Manchmal auch Nichten, aber meist Neffen. Die Veronkelung eines Universums aus Mäusen und Enten.«

Renate machte ein so verblüfftes Gesicht, dass Irmgard laut lachte.

»Ich nehme Sie nicht auf den Arm, kaufen Sie sich ein ›Micky Maus‹-Heft, dann wissen Sie, was ich meine.«

Es lag Renate auf der Zunge, danach zu fragen, was diese Geschichte mit Irmgards Kampf für die Umwelt zu tun hatte, aber sie beherrschte sich weiterhin und hörte einfach nur zu.

»Ich bin so eine Figur, die selbst als Nichte ihre Identität findet, aber auch ihre Nichten und Neffen liebt und sie quasi als eigene Kinder betrachtet. Mit dem Unterschied, dass sie anders als in Entenhausen nicht bei mir wohnen und man ihre Eltern kennt.«

Plötzlich begriff Renate, worauf Irmgard hinauswollte, aber sie beschränkte sich weiterhin aufs Nicken und Zuhören.

»Ein paar Tage, bevor ich das erste Mal auf dem Rathausmarkt protestiert habe, war mein Neffe Bernd mit ein paar Freunden in der Elbe baden. Sie wollten sich gegenseitig zeigen, wie mutig sie sind, dass sie in den ersten Apriltagen schon baden gehen, um den Frühling zu begrüßen. Jungs eben.«

»Wie alt ist Bernd?«

»Zwölf. Ein richtiger Racker, aber herzensgut. Sie sind mit der Kleinbahn an einen der Elbstrände in der Nähe von Moorfleet gefahren. Da, wo Boehringer steht.«

»Und dann?«

»Sie gingen baden, hatten danach aber einen komischen Hautausschlag, alle drei, die dabei waren. Der ging nach ein paar Tagen wieder weg. Bernds Mutter hat das nicht ernst genommen, sie meinte, das käme wohl vom kalten Wasser. Sie wären ja auch dumm, so früh baden zu gehen. Aber mir war klar, dass es von den Abwässern aus der Fabrik kam. Allerdings wollte mir keiner glauben, und ich bin ja nur die Tante. Keiner will Ärger und sich mit den Mächtigen anlegen. Da wollte ich ein Zeichen setzen.«

»Und gelten seither als verrückt und haben der Sache Ihres Neffen somit einen Bärendienst erwiesen.«

»Ja«, bestätigte Irmgard leise. »So ist es wohl. Und deshalb war ich auf dem Rathausmarkt auch so wütend auf den blöden Kerl, dem ich in die Eier getreten habe. Es ist leichter, sich hinter Wut und Trotz zu verstecken, anstatt sein Scheitern einzugestehen und zuzugeben, dass man eine Dummheit gemacht hat.«

»Wissen Sie, ich kann hier in der Psychiatrie nichts für Sie tun. Sie haben keine Geisteskrankheit, die wir behandeln können. Sie sind verzweifelt, weil Sie versuchen, das Richtige zu tun, um auf ein Unrecht aufmerksam zu machen, aber nicht wissen, wie Sie sich Gehör verschaffen können. Ich …« Renate zögerte, denn sie wusste, dass sie gerade dabei war, eine Grenze zu überschreiten, die eine professionelle Psychiaterin nicht übertreten sollte. Aber hier ging es um etwas Größeres. Irmgard war nicht verrückt, sie wollte den Menschen die Augen öffnen. Und Renate hatte das Gefühl, dass Irmgard das bei ihr gelungen war. »… ich habe eine Freundin, die ist Kinderärztin«, fuhr sie also fort. »Ich werde sie fragen, ob ihr derartige Vorfälle auch schon bekannt geworden sind. Und ich würde mir gern die Stelle ansehen, wo Ihr Neffe mit seinen Freunden gebadet hat. Wenn es dort wirklich schädliche Fabrikabwässer gibt, die zu diesem Ausschlag geführt haben, müsste man sie in Proben nachweisen können. Dann hätte man handfeste Beweise, mit denen man sich an die Behörden oder die Presse wenden kann.«

»Das wollen Sie wirklich tun?«

»Ja. Manchmal genügt es, einfach zu sagen, was wirklich passiert ist, anstatt gleich die ganz schweren Geschütze aufzufahren, damit einem Hilfe zuteilwird. Und jetzt werde ich Doktor Walter darüber informieren, dass ich Sie entlassen möchte. Er muss als Oberarzt sein Einverständnis geben, aber ich denke nicht, dass er etwas dagegen hat.«

»Nicht, nachdem er mich sogar schon mal rausgeworfen hat.« Ein Lächeln huschte über Irmgards Gesicht. »Das hat mich irritiert, ich dachte, hier sollen Leute mundtot gemacht werden, die der Regierung unbequem sind.«

»Nein, wir leben ja nicht im Ostblock, wo das angeblich ständig passiert«, sagte Renate. »Hier wollen wir den Menschen tatsächlich helfen.«

Irmgard nickte. »Es tut mir leid, dass ich Resi aufgehetzt habe«, entschuldigte sie sich dann. »Aber sie hat mir so leidgetan. Und ich dachte, manchmal müsse man seinen Traum mit allen Mitteln durchsetzen.«

»Manchmal sind die Träume, die wir in Worte fassen, gar nicht die Träume, die wir wirklich haben«, sagte Renate ebenfalls lächelnd. »In meinem Beruf lernt man schnell, hinter die Metaphern und Bilder zu schauen. Und Amerika ist oft einfach ein Symbol für ein freies, glückliches Leben. Dabei können wir es auch hier haben, ebenso, wie man in Amerika unglücklich werden kann, wenn man dort ankommt und erkennt, dass es überhaupt nicht so ist, wie man dachte.«

Doktor Walter hatte tatsächlich nichts dagegen, Irmgard Köhler gleich wieder zu entlassen. Er amüsierte sich vielmehr über den Polizeibericht und meinte grinsend: »Da habe ich ja noch Glück gehabt, dass sie mich nur einen Feigling genannt hat.«

»Ja, das stimmt«, bestätigte Renate. »Ich glaube, wir werden sie hier nicht mehr als Patientin sehen. Und da stellt sich für mich die Frage, welche Diagnose wir ihr geben. Eigentlich ist sie doch gesund.«

»Schreiben Sie einfach in den Brief, es war eine vorübergehende psychische Ausnahmesituation mit Fehlhandlungen aufgrund einer schweren psychosozialen Belastung. Und schreiben Sie noch rein, dass die Patientin aufgrund dieser Ausnahmesituation nicht in der Lage war, ihr Verhalten zu steuern und entsprechend zu handeln, wie es sozial angemessen gewesen wäre, aber dass diese Ausnahmesituation jetzt vorüber ist. Falls der Mann mit dem unschönen Tritt sie wirklich angezeigt hat, wird das Verfahren dann vermutlich wegen ihrer Schuldunfähigkeit eingestellt.«

»Vielen Dank, so werde ich es machen«, sagte Renate erfreut. Was sie Doktor Walter allerdings nicht verriet, war die Tatsache, dass sie Irmgard Köhler ihre Telefonnummer gegeben hatte, denn sie wollte mit der nun ehemaligen Patientin in Kontakt bleiben, um zu klären, ob tatsächlich schädliche Abwasser in die Elbe geleitet wurden. Der therapeutischen Abstinenz widersprach ein solches Verhalten, aber manchmal war es in Renates Augen wichtig, Regeln zu brechen, wenn es um die gute Sache ging. In gewisser Weise war sie Irmgard Köhler da tatsächlich ein wenig ähnlich, auch wenn ihre Art des Regelbruchs wesentlich subtiler und unschädlicher war.

Kapitel 11

Irmgards Geschichte beschäftigte Renate so stark, dass sie am Abend nach Feierabend Matthias' Tante Ella anrief, um sie zu fragen, ob sie in ihrer Kinderarztpraxis in Blankenese ähnliche Auffälligkeiten bei Kindern nach dem Baden in der Elbe beobachtet hätte. Immerhin gab es am Elbstrand in Blankenese sogar Strandkörbe, auch wenn es noch zu früh war, um dort regelmäßig zu baden, und nicht alle Kinder dermaßen wagemutig waren, schon im April ins Wasser zu gehen.

Ella hörte Renate aufmerksam zu. »Nein, bislang ist mir kein Ausschlag vorgestellt worden. Aber das hat nicht viel zu bedeuten. Ich halte die Aussagen deiner Patientin für glaubwürdig. Und ich kann mir gut vorstellen, dass die Fabriken an der Elbe ihre Abwässer einfach dort hineinlaufen lassen. Die Jungs haben noch in der Nähe von Boehringer bei der Norderelbe gebadet, aber bis die Giftstoffe bei uns sind, hat sich alles bereits verwässert. Und bis in die Nordsee verdünnt es sich dann komplett. In der Industriegegend selbst badet ja keiner und die Kinder, die nur etwas weiter entfernt in die Elbe steigen, stammen meist aus einfachen Arbeiterfamilien, die so einen Ausschlag häufig nicht unbedingt ernst nehmen. So was kommt und geht wieder.«

»Dann kann man also nichts tun, um diesen Fabriken das Handwerk zu legen?«

»Was willst du tun? Es ist nicht verboten, Abwasser in die Elbe zu leiten. Es gibt keine Gesetze dagegen, keine Behörde, die sich um so etwas kümmert. Man könnte höchstens fordern, dass man Schilder aufstellt, um Badegäste zu warnen, aber selbst das würde auf freiwilliger Basis beruhen. Um etwas zu ändern, müssten Gesetze verschärft werden.«

Auf einmal konnte Renate Irmgards Verzweiflung nachvollziehen. Das, was sie zuvor mit dem Verstand zwar begriffen hatte, was aber noch nicht in ihr Herz Einzug gehalten hatte, traf sie nun mit voller Wucht. Die Hilflosigkeit, die man erfuhr, wenn man ein Unrecht sah, es vom Gesetz aber noch gar nicht als Unrecht erkannt worden war. Sie dachte an ihren Vater, der für Boehringer gearbeitet hatte, allerdings als Pharmazeut, nicht als Chemiker. Er hatte nie von solchen Dingen erzählt. Aber ihr Vater war mittlerweile seit sechzehn Jahren tot. Die chemische Industrie blühte derzeit auf, war eines der zahlreichen Standbeine des Wirtschaftswunders, von dem die Menschen nach dem Krieg profitierten. Niemand wollte auf diese Errungenschaften verzichten. Anscheinend war jedoch vielen nicht bewusst, wie hoch der Preis war, den sie zu zahlen hatten.

»Glaubst du, wir könnten irgendetwas dafür tun, um diese Dinge etwas transparenter zu machen?«, fragte Renate schließlich.

»Mir fällt auf Anhieb nichts ein, aber ich könnte es auf die Agenda unseres nächsten Vereinstreffens setzen.«

»Ja, tu das bitte. Es muss doch eine Möglichkeit geben, solche Dinge aufzuklären. Noch ist es ja bloß ein Verdacht, aber Gewissheit wäre wichtig – nicht nur für uns, sondern auch für alle Kinder, die in der Elbe baden wollen.«

»Ich werde es tun. Ach, und wusstest du schon, dass mein Bruder Rudi und seine Frau nächsten Sonnabend in Hamburg landen? Ich hoffe, Matthias kann dann aus dem Krankenhaus entlassen werden. Es wäre ja schade, wenn er beim Familienessen nicht dabei wäre, das Henny vorbereiten möchte. Und du solltest Rudi und Goldie auch unbedingt kennenlernen.«

»Ich habe von Goldie schon einiges gehört.«

»Ich nehme an, es war wenig schmeichelhaft?« Renate konnte Ella regelrecht durch das Telefon grinsen sehen.

»So kann man es ausdrücken.«

»Ach, Goldie ist schon ein Original. Wir haben alle nie verstanden, warum Rudi sie geheiratet hat, aber man muss sie selbst kennenlernen, um sich ein Bild von ihr zu machen.«

»Magst du sie?«, erkundigte sich Renate nun ganz direkt.

»Sagen wir mal so, ich finde sie durchaus unterhaltsam.«

»Also magst du sie nicht?«

»Nein«, lautete die ehrliche Antwort. »Sie hat mir in unserer Jugend einige Knüppel zwischen die Beine geworfen und war schuld daran, dass ich beinahe keinen Medizinstudienplatz mehr bekommen hätte. Wegen Rudis Eskapaden konnte ich nicht sofort studieren, dann heiratete er auch noch Goldie und die hat einen gewaltigen Keil in unsere Familie getrieben. Aber ich will jetzt nicht zu viel am Telefon tratschen. Du wirst das gewiss alles nach und nach erfahren.«

Renate nickte, obwohl Ella es am anderen Ende der Leitung gar nicht sehen konnte.

»Ich muss nun leider Schluss machen«, sagte Ella dann. »Wir essen gleich zu Abend.«

»Ja, wir auch«, erwiderte Renate. »Auf Wiederhören und vielen Dank.« Sie wartete noch Ellas »Auf Wiederhören« ab, dann legte sie auf.

Als sie kurz darauf zu ihrem Onkel nach unten ging, um mit ihm gemeinsam zu essen, fand sie ihn erneut vor einigen Unterlagen sitzend vor, die er rasch zusammenraffte, als sie das Zimmer betrat.

»Kann ich dir mit den Papieren helfen?«, bot sie an. »Geht es um Abrechnungen?«

»Nein, das regle ich am besten allein.«

»Geht es um deinen Freund, den sie wegen Homosexualität angezeigt haben?«, fragte sie aus einer inneren Eingebung heraus.

Onkel Heinrich zuckte zusammen. Volltreffer.

»Können wir ihm irgendwie helfen?«, bohrte Renate weiter.

Onkel Heinrich holte tief Luft. »Die Ermittlungsbehörden haben nichts Besseres zu tun, als sein ganzes Privatleben zu durchleuchten, obwohl er ein verheirateter Familienvater ist. Jetzt wurde ich sogar als Zeuge berufen und soll mich bei der Polizei melden, um eine Aussage zu machen.«

»Aber das ist doch gut, dann kannst du ihn entlasten.«

»Ach, mein Kind«, seufzte er. »Es geht weniger darum, meinen Freund zu entlasten, als mir auf den Zahn zu fühlen. Die wittern doch hinter jeder Ecke Homosexuelle und denken, die sind der Untergang des Abendlandes.«

»Das heißt, sie haben dich auch im Verdacht?« Renate starrte ihn erschrocken an.

»Ich habe keine Ahnung«, kam es resigniert von ihm zurück. »Warten wir es ab. Immerhin waren sie so freundlich, mich für Mittwochnachmittag einzubestellen, wenn meine Praxis ohnehin geschlossen ist.«

»Wie wäre es, wenn du vorher noch mal mit Matthias' Vater telefonierst? Seine Cousine ist doch Oberkommissarin bei der Sitte. Vielleicht können sie dir Tipps geben, worauf du zu achten hast, wenn du deinen Freund und auch dich selbst entlasten willst.«

Onkel Heinrich sah sie ernst an. »Das klingt ja so, als würdest du mir zutrauen, ich hätte etwas zu verbergen.«

»Nein, aber ich merke, dass du Sorgen hast.«

»Und wenn Matthias' Vater dann glaubt, ich wäre homosexuell?«

»Das denke ich nicht. Und selbst wenn, ich glaube, es wäre ihm egal. Die Studts sind viel toleranter als andere Familien.«

»Ich werde es mir überlegen«, sagte Onkel Heinrich. »Magst du heute Bratkartoffeln mit Spiegelei essen?«

»Sehr gern.«

»Na, dann lass uns ans Werk gehen. Frau Wilke hat heute Mittag schon die Pellkartoffeln für die Bratkartoffeln vorbereitet.«

»Wie gut, dass du so eine tüchtige Haushälterin hast«, lobte Renate. Doch auch wenn sie das Thema gewechselt hatten, ging ihr Onkel Heinrichs sorgenvoller Blick, als sie über die Homosexualität gesprochen hatten, nicht mehr aus dem Kopf. Der leise Verdacht, der schon zuvor in ihr aufgekeimt war, verfestigte sich immer mehr. Denn warum machte er sich solche Sorgen, anstatt über einen derartigen Verdacht empört zu sein? Und wieso befürchtete er überhaupt, dass man ihn selbst verdächtigte? Jemand, der sich nichts zuschulden kommen lassen hatte, wäre doch entrüstet und würde zum Gegenangriff ansetzen. Außerdem passte es nicht zu Onkel Heinrich, sich so kleinlaut zurückzuziehen. Aber gut, er wollte nicht darüber sprechen und sie würde nicht weiter in ihn dringen. Er war erwachsen, er hatte lang genug gelebt und auch die Hitlerzeit überstanden, da würde ihm jetzt wohl kaum noch etwas passieren können.

Nachdem das Essen fertig war, war Onkel Heinrichs Laune deutlich besser und er fragte Renate nach ihrem Tag. Sie erzählte ihm von ihrem Durchbruch bei Irmgard und ihrem Telefonat mit Ella.

»Dann ist deine Nackte vom Rathausmarkt also gar nicht verrückt, sondern wollte nur verzweifelt Aufmerksamkeit für ein ihr wichtiges Thema erzielen?«

»Ja, es scheint so.«

»Aber ganz normal kann sie trotzdem nicht sein. Egal, wie verzweifelt man ist, es hätte ihr doch klar sein müssen, dass ein nackter Auftritt in der Öffentlichkeit nur die Polizei auf den Plan ruft und man sie für verrückt erklären wird.«

»Ja«, bestätigte Renate. »Aber ich denke, manche Menschen neigen zu seltsamen Ausbrüchen, wenn sie glauben, sonst kein Gehör mehr zu finden. Es gibt ja sogar Beispiele, wo Menschen Suizid begangen haben, um mit ihrem Tod gegen etwas zu demonstrieren. Denk nur an Štefan Lux, der sich 1936 in Genf erschossen hat, um gegen das Leid der Juden zu demonstrieren.«

»Woher hast du denn diese Geschichte?«, wollte ihr Onkel erstaunt wissen. »Davon habe ich ja noch nie gehört.«

»Er wurde mal in einer psychiatrischen Vorlesung als Beispiel für einen Protestsuizid benannt. Ist aber nicht so gut angekommen, etliche Kommilitonen haben darüber nach der Vorlesung nur ihre Witze gemacht, wie blöd jemand sein kann, sich selbst zu erschießen anstatt die Leute, auf die er wirklich sauer ist. Aber gerade deshalb habe ich mir den Namen gemerkt. Lux hatte sich mit einer Presseakkreditierung Zutritt zu einer Generalversammlung des Völkerbundes in Genf verschafft, hielt dann im Plenarsaal eine kurze Rede, in der er das Leid der deutschen Juden beklagte, und schoss sich mit einem Revolver in die Brust, ehe man ihn hinauskomplimentieren konnte. Er wurde noch in ein Krankenhaus gebracht, erlag dort aber seiner schweren Verletzung und wurde auf dem jüdischen Friedhof in Genf beigesetzt.«

»Was ihr nicht so alles lernt.« Onkel Heinrich schüttelte den Kopf. »Protestsuizid. Auf die Idee muss man erst mal kommen.«

»Ist doch so ähnlich wie Gandhis Hungerstreiks, oder?«

»Ja, aber es wirkt nicht bei Diktaturen, die ihre Gegner beseitigen. Die freuen sich dann ja nur, wenn ihnen jemand die Drecksarbeit abnimmt.«

»Vielleicht hat Irmgard gedacht, wenn sie etwas Auffälliges tut, kommt sie ins Gerede und dann wollen die Leute wissen, warum sie so gehandelt hat«, kam Renate wieder auf das ursprüngliche Thema zurück. »Manchmal ist Aufmerksamkeit das Wichtigste, was man erreichen kann. Und wir sind ja keine Diktatur mehr.«

»Nein, aber wir leben in einem Land, in dem die Leute all die Übel des Krieges vergessen möchten und nie mehr darüber reden wollen. Und sie wollen auch nicht über die aktuellen Probleme unseres Landes philosophieren, sondern in ihrer Wohlfühlblase bleiben. Also werden Leute, die unangenehme Wahrheiten aussprechen, entweder überhört oder für verrückt erklärt, wenn sie etwas Unerhörtes tun.«

»Und was würdest du vorschlagen, was man tun soll, um Aufmerksamkeit zu bekommen?«

»Auf jeden Fall nicht nackt auf dem Rathausmarkt tanzen. Dadurch kriegt man die falsche Aufmerksamkeit.« Onkel Heinrich sagte das mit einem so drolligen Gesichtsausdruck, dass Renate laut lachen musste.

»Ich bin schon sehr gespannt auf Matthias' Onkel aus Amerika«, wechselte sie das Thema und erzählte kurz, was sie von Matthias' Verwandtschaft wusste.

»Ein erfolgreicher New Yorker Anwalt und eine Schauspielerin«, wiederholte ihr Onkel. »Eine interessante Kombination. Vor allem eine bemerkenswerte Karriere für zwei Emigranten der Dreißigerjahre. Ganz gleich, was die Familie über diese Goldie oder Leonore sagt, sie muss eine bemerkenswerte Schauspielerin sein, wenn sie Hauptrollen bekommen hat, obwohl Englisch nicht ihre Muttersprache ist. Vor allem im Krieg war der deutsche Akzent in Amerika ein großes Hindernis. Manchmal sind Leute mit großen Begabungen etwas skurril im Umgang mit anderen Menschen.«

»Das klingt ja ganz so, als wolltest du sie vor mir in Schutz nehmen, weil ich mir das weniger Schmeichelhafte über sie gemerkt habe.«

»Nein, ich möchte, dass du sie ganz offen und vorurteilsfrei betrachtest. Ich für meinen Teil würde mich sehr freuen, diese interessanten Menschen kennenzulernen.«

Die Art, wie ihr Onkel den kommenden Besuch betrachtete, schenkte Renate eine neue Sichtweise. Er hatte sich noch nicht in dem Maße mit Matthias' Familie identifiziert wie sie. Schon seltsam, wie selbstverständlich es ihr vorgekommen war, die Urteile von Ella und Henny sofort als Tatsachen zu übernehmen. Vielleicht, weil sie beide als sehr integre Personen betrachtete, die in der Regel sachlich an ein Problem herangingen und beide nicht dem Tratsch anhingen. Nun, wie auch immer, es war gewiss von Vorteil, Goldie und Rudi ohne Vorurteile und Erwartungen jeder Art entgegenzutreten.

Kapitel 12

Am Mittwoch wartete Renate ungeduldig auf den Feierabend, schließlich war Besuchstag und sie wollte sich mit Matthias aussprechen. Doch zuvor hatte sie auf ihrer Station noch einiges zu erledigen. Sie hatte eine Neuaufnahme bekommen, eine junge Frau namens Hedwig Zierrauh, die von der Polizei gebracht wurde, nachdem sie in ihrer Wohnung massiv randaliert hatte. So sehr, dass der Ehemann sie nicht mehr hatte bändigen können und verzweifelt die Polizei gerufen hatte. Laut Polizeibericht hatte sie angefangen, Geschirr und kleinere Möbelteile aus dem Fenster zu werfen und ihren Mann fürchterlich zu beschimpfen, woraufhin er sich aus lauter Furcht vor ihr verbarrikadiert hatte.

Als Renate Frau Zierrauh freundlich ansprach, kauerte die sich auf ihrem Stuhl zusammen, zog die Beine an, sodass die Fersen auch auf dem Sitz standen, schlang die Arme um die Beine und sagte kein Wort.

»Mögen Sie mir nicht erzählen, was passiert ist?«

Die Patientin summte leise vor sich hin und wiegte ihren Körper, wie Renate es sonst nur bei geistig behinderten Kindern erlebt hatte. Sie versuchte noch eine Weile, mit Frau Zierrauh in Kontakt zu treten, aber ihre Versuche blieben erfolglos. Also tat sie das, was sie im Studium im Umgang mit geistig behinderten

Kindern gelernt hatte. Sie ließ die Patientin in Ruhe und bat die Schwestern, sie zu ihrem Bett im Wachsaal zu bringen. Sie hatte erwartet, dass die junge Frau auch nicht auf die Ansprache der beiden Schwestern reagieren würde und dass man sie womöglich mit körperlicher Unterstützung würde führen müssen, aber erstaunlicherweise ergriff sie sofort die Hand von Schwester Marianne, die von ihrem ganzen Auftreten her ein rundlicher, mütterlicher Typ war. Als Frau Zierrauh sich erhob, fielen Renate mehrere blaue Flecke auf. Sie waren der Verfärbung nach unterschiedlichen Alters. Ob diese Ausbrüche häufiger vorkamen? Hatte ihr Mann sich gegen sie gewehrt oder war er derjenige, der sie zuerst geschlagen hatte, bis sie dann in einem massiven Gewaltausbruch den Spieß umgedreht hatte? Beides war möglich, aber um sich ein vollständiges Bild zu verschaffen, musste sie Herrn Zierrauh kennenlernen.

Leider hatte die Familie kein Telefon und so musste sie auf einen Besuch hoffen. Zu dumm, dass sie ausgerechnet heute rechtzeitig Feierabend machen wollte, um Matthias zu sehen. Also ging sie zu Schwester Marianne und bat sie, dem Ehemann ihre Telefonnummer zu geben, falls er heute zu Besuch käme, damit er sie anrufen konnte.

»Ich glaube nicht, dass er heute aufkreuzt, nach allem, was seine Frau angerichtet hat. Der wird bestimmt erst mal Ordnung in der Wohnung schaffen müssen.«

»Haben Sie die blauen Flecke gesehen?«, betonte Renate nun. »Ich frage mich, ob die von früheren Gewaltausbrüchen von Frau Zierrauh stammen oder ob ihr heute der Kragen geplatzt ist, weil ihr Mann gewalttätig war.«

»Sie glauben, ihr Mann würde sie verprügeln?«

»Nun, ich kann es zumindest nicht ausschließen. Deshalb möchte ich ihn gern kennenlernen, um mir ein Bild von ihm zu machen. Es ist ja ein Unterschied, ob unsere Patientin grundlos zu Gewaltausbrüchen neigt oder ob ihr Mann seinen Anteil dazu beiträgt.«

Schwester Marianne nickte. »Ich werde ein Auge auf die junge Frau haben und ebenso auf ihren Ehemann, wenn der wirklich vorbeikommt.«

Um Viertel nach fünf machte Renate Feierabend. Herr Zierrauh war bislang nicht erschienen, aber wenn er ebenso lange arbeitete wie Renate, war das kein Wunder.

Sie ging zum Parkplatz, stieg in ihre Isetta und fuhr dann direkt ins Universitätskrankenhaus. Eine halbe Stunde später parkte sie vor der Uniklinik ein. Obwohl die Operation noch nicht lange her war und er das operierte Knie nicht belasten durfte, bemühte Matthias sich schon wieder, mit den Unterarmgehstützen zu gehen. Mittlerweile war er recht geschickt, aber Renate wusste nicht, ob sie ihn dafür bewundern oder sich Sorgen machen sollte, dass er erneut stürzte. Andererseits war das Schlimmste bereits geschehen. Seine Fußballkarriere ist vorbei, dachte sie pragmatisch und schämte sich zugleich für ihren Pragmatismus.

Sie gingen gemeinsam in den Besucherraum, wo sie sich an einen Tisch in einer geschützten Ecke setzten, um ein wenig Privatsphäre zu haben.

»Ich wollte mich bei dir entschuldigen«, sagte sie als Erstes.

»Du bei mir?«, fragte er erstaunt zurück. »Warum?«

»Weil ich deinen Schmerz um das, was du verloren hast, zunächst nicht verstanden habe. Ich wollte immer nur in die Zukunft schauen, aber ich habe nicht begriffen, wie wichtig dir deine Träume waren, weil ich wusste, dass deine Karriere zeitlich begrenzt ist. Ich dachte in meiner Naivität, dann müssen wir eben schon jetzt die Pläne schmieden, die wir sonst in fünf Jahren gemacht hätten. Aber ich habe nicht an das gedacht, was du verlierst, was du in diesen fünf Jahren sonst vielleicht noch erreicht hättest.« Sie machte eine kurze Pause und sah ihm tief in die Augen. »Vermutlich ist es zu früh für neue Pläne oder irgendeine Entscheidung. Es ist in Ordnung, darum zu trauern.«

Ein nachdenklicher Zug legte sich über Matthias' Gesicht. »So habe ich das noch gar nicht betrachtet«, sagte er. »Ich meine, das mit dem Trauern um das, was ich nicht mehr erreichen kann. Ich habe einfach nur eine Leere gesehen, alles als sinnlos erkannt und mich zugleich über mich selbst geärgert, dass ich nicht in der Lage bin, so wie du oder wie Oma zu denken. Nach vorn blicken und Pläne machen. Da war für mich nichts, was lohnenswert erschien.«

Renate nickte. »Ja, weil du noch an deine alten Träume denkst. Und weil bislang nichts Neues da ist, das die Lücke ausfüllen kann. Das ist eben das Risiko, wenn man Lebensträume hat, die man nur eine gewisse Zeit lang leben kann. Immerhin hast du deinen Traum eine ganze Weile gelebt.«

»Nur leider nicht lang genug«, sagte er leise.

»Ja, das ist so«, bestätigte Renate. »Und deshalb darfst du trauern und musst nicht sofort Pläne machen. Werde jetzt erst einmal wieder gesund. Wie lange musst du noch im Krankenhaus bleiben?«

»Der Arzt meint, sobald ich mich auf den Krücken sicher genug fühle, darf ich nach Hause. Allerdings komme ich noch nicht die Treppen zu meiner Bleibe rauf.«

»Wie wäre es, wenn du unterdessen zu mir ziehst? Wir haben schließlich einen Aufzug im Haus.«

Auf einmal war das Lächeln zurück in seinem Gesicht. »Ist das dein Ernst?«

»Ja, und den Hausarzt hättest du dann auch gleich im Erdgeschoss. Ich denke, Wundkontrolle kriegt mein Onkel hin, selbst wenn er kein Chirurg ist. Die alten Hausärzte müssen ja noch immer alles können.«

»Das werde ich dann gleich morgen in der Visite besprechen. Ich wäre gern aus dem Krankenhaus, wenn Onkel Rudi kommt.«

»Er kommt Sonnabend«, sagte Renate. »Das hat mir deine Tante Ella erzählt, als ich neulich mit ihr telefonierte.«

»Wegen eurem Frauenverein?«

»Nein, ich brauchte ihren Rat als Kinderärztin.« Sie erzählte Matthias von Irmgard und ihrem hilflosen Protest gegen die vermeintlichen Industrieabwässer in der Elbe.

»Ob du es glaubst oder nicht, diese Irmgard finde ich faszinierend.«

»Weil sie nackt auf dem Rathausmarkt tanzte?«

»Nein, natürlich nicht«, gab er zurück. »Auch wenn du uns Männern damit wohl gern unterstellst, dass wir auf jede nackte Frau gucken.«

»Das hat sie wohl gedacht und wollte Aufmerksamkeit durch den Körper erregen. Nur leider hat es dann öffentliches Ärgernis und die falsche Aufmerksamkeit erregt.«

»Ja, eine sehr verrückte Idee, deshalb ist sie ja auch bei dir gelandet. Aber der Plan dahinter ist gar nicht so verrückt. Gibt es eigentlich Gesetze gegen das Verunreinigen von Flüssen?«

»Ich glaube nicht, sonst hätte sie ja Anzeige erstatten können.«

»Ich glaube, ich werde mich mit dem Thema mal näher befassen, solange ich noch nicht wieder richtig auf den Beinen bin«, überlegte Matthias. »Weißt du, ich habe früher schon von Fällen gehört, dass es mit dem Baden in der Elbe nicht mehr so ist wie in unserer Kindheit, weil jeder seine Abwässer hineinkippt. Seit immer mehr große Schiffe anlegen, ist es viel schlimmer geworden.«

»Das hast du mir noch nie erzählt«, stellte Renate überrascht fest.

»Weil es sich bislang nicht ergeben hat. Wir hatten ja mehr als genug andere schöne Dinge zu tun, als uns über die Verschmutzung der Elbe zu unterhalten. Und so etwas Schlimmes wie Irmgard habe ich bislang auch noch nicht erlebt. Vielleicht sollte ich mal mit ihr telefonieren.«

»Mit meiner ehemaligen Patientin?«

»Nun tu doch nicht so, du hast ihr schließlich selbst deine Nummer gegeben. Ich möchte jetzt auch wissen, was an dem Ausschlag ihres Neffen dran ist. Wenn ich nicht Fußball spielen kann, will ich mich wenigstens mit anderen sinnvollen Dingen beschäftigen.«

Renate musste unwillkürlich lachen. So erleichtert sie einerseits war, dass Matthias wieder am Leben teilnahm, so skurril fand sie zugleich die Situation, dass ausgerechnet eine ehemalige Patientin dazu beitrug, ihn auf eine neue Sinnsuche zu führen. Das Leben steckte noch immer voller Überraschungen.

Kapitel 13

Herr Zierrauh war ein kleines, untersetztes Männchen mit dicker Nickelbrille und schütterem Haar. Er war etliche Jahre älter als seine Frau und stand von der Attraktivität her deutlich unter ihr. Kinder hatten die beiden nicht, und Renate fragte sich, was sie wohl an diesem Mann fand.

»Vielen Dank, dass Sie gekommen sind«, begrüßte Renate ihn, als sie gemeinsam in ihrem Büro saßen. »Es ist in der Psychiatrie immer sehr wichtig, Auskünfte von Angehörigen zu bekommen, wenn die Patienten selbst dazu nicht in der Lage sind.«

»Dann hat meine Frau bislang nichts gesagt? Oder war das, was sie gesagt hat, unverständlich?«

»Was meinen Sie mit unverständlich?«

»Na ja, sie erzählt in diesen aggressiven Phasen immer viel wirres Zeug.«

»Mögen Sie mir ein Beispiel nennen, was Sie mit wirrem Zeug meinen?«

»Na ja, so einen Blödsinn, dass ich überall in der Wohnung Bomben verstecke und sie umbringen will. Ich weiß beim besten Willen nicht, wie sie auf solchen Unfug kommt.«

»Seit wann geht das schon so?«

Herr Zierrauh lehnte sich ein Stück zurück und schien nachzudenken. »Sie war schon immer etwas seltsam, aber ich dachte, das legt sich, wenn wir erst verheiratet sind. Sie hat ja viel im Krieg durchgemacht, auch wenn sie damals noch ein Kind war. Da war die Flucht aus Ostpreußen, von der keiner so genau weiß, was ihr da widerfahren ist … Ich habe auch nie gefragt. Sie war ein Wolfskind, kennen Sie den Ausdruck?«

»Nein«, gestand Renate.

»So nannte man Kinder, die sich allein durchgeschlagen haben und wie die wilden Wölfe lebten, bis sie in den Westen kamen. Sie war damals acht oder neun, als sie mit einer Gruppe anderer Kinder nach Hamburg kam und dort von der Polizei aufgegriffen wurde. Sie hat im Heim gelebt, später hat sie dann als Hausmädchen gearbeitet, da habe ich sie kennengelernt.«

»Sie war bei Ihnen Hausmädchen?«

»Nein, natürlich nicht.« Herr Zierrauh lachte. »Ich kann mir doch kein Hausmädchen leisten; ich arbeite als Buchhalter für eine Exportfirma am Hafen.«

Es fiel Renate auf, dass er nur »Exportfirma« sagte, ohne den Namen zu nennen. Die meisten Leute, mit denen sie zu tun hatte, nannten den Namen ihres Arbeitgebers, und sei der auch noch so unbekannt.

»Wie haben Sie Ihre Frau denn kennengelernt?«

»Ich bin mittwochs immer zum Tanzen gegangen. Das ist der Tag, wo die Dienstmädchen freihaben. Wissen Sie, ich weiß, dass ich nicht der Traum von jungen Mädchen bin, obwohl es durch den Krieg mehr ledige Frauen als Männer gibt. Aber langsam wächst ja eine neue Generation von Männern nach und damit auch die Konkurrenz.« Er lachte albern. »Ich habe meine Möglichkeiten immer realistisch eingeschätzt und da habe ich dann Hedwig kennengelernt. Die wollte gern weg von diesem undankbaren Beruf als Hausmädchen, schlecht bezahlt und ständig auf Abruf. Aber was soll ein ehemaliges Heimkind anderes machen? Sie hätte natürlich in eine Fabrik gehen können, jedoch ... nun ja, Hedwig war immer sehr ängstlich, wenn es um Neues und Unbekanntes ging. Ich denke, das ist ihr noch von der Flucht geblieben.«

»Wie lange kannten Sie Hedwig, als Sie geheiratet haben?«

»Ach, das ging sehr schnell, ich konnte ihr ja ein gutes Zuhause bieten und sie wünschte sich Geborgenheit. Wir haben drei Monate nach unserer ersten Begegnung geheiratet.«

»Und wann war das?«

»Vor sieben Jahren.«

»Wie waren die ersten Ehejahre?«

»Anfangs sehr schön, nur leider wurde Hedwig nicht schwanger. Wir wollten Kinder, aber es funktionierte nicht. Und da wurde sie immer launischer.«

»Auch aggressiver?«

»Zunächst hat sie viel genörgelt, aber dann wurde sie plötzlich handgreiflich.«

»Haben Sie sich gewehrt?«

»Ich habe sie festgehalten, wenn sie mich schlagen wollte.«

»Mir ist aufgefallen, dass sie zahlreiche blaue Flecke hat.«

»Wollen Sie damit andeuten, ich hätte sie geschlagen?« Herr Zierrauh wirkte aufrichtig empört.

»Ich habe lediglich eine Feststellung getroffen«, beschwichtigte ihn Renate.

»Ich habe sie nicht geschlagen.«

»Das habe ich auch nicht behauptet. Wissen Sie, woher die blauen Flecke stammen?«

»Vielleicht habe ich sie mal etwas zu doll festgehalten, wenn sie auf mich losgehen wollte«, räumte er ein.

»Am Hals?«, hakte Renate nach.

»Das reicht jetzt aber!« Er sprang hektisch auf. »Ich lasse mir von Ihnen nicht unterstellen, dass ich meine Frau verprügle. Das Gespräch ist beendet!«

Renate bemühte sich, ruhig zu bleiben. »Wie Sie meinen«, sagte sie. »Allerdings erwecken Sie durch Ihr Verhalten bei mir jetzt den Eindruck, als hätte ich einen wunden Punkt bei Ihnen getroffen, weil Sie Ihre Frau tatsächlich schlagen. Sie haben schließlich damit angefangen und sich für etwas gerechtfertigt, das ich Ihnen nie unterstellt habe. Das spricht für ein schlechtes Gewissen.«

»Das ist eine Unverschämtheit.« Er stürmte zur Tür, öffnete sie und floh regelrecht aus dem Treppenhaus. Renate dachte noch daran, dass er auf ihrer alten Männerstation hätte darauf warten müssen, dass sie die zweite verschlossene Tür öffnete. Auf der Frauenstation waren die Sicherheitsvorkehrungen geringer, da war nur die Tür von der Station zum Treppenhaus verschlossen. Es gab keinen gesicherten Vorraum, wo die Arztzimmer waren. Sie versuchte nicht, den Mann aufzuhalten. Aber sie war sich sicher, dass er sich ertappt fühlte und deshalb panisch vor weiteren Fragen floh. Hatte Frau Zierrauh die Nase voll gehabt und festgestellt, dass sie sich gegen so ein kleines Männchen wehren konnte? Oder steckte etwas ganz anderes dahinter? Vielleicht würde ihr ein Gespräch mit der neuen Patientin weiterhelfen.

Hedwig Zierrauh saß still und in sich gekehrt auf einem Stuhl im Speisesaal und musste gerade den Erzählschwall einer anderen Patientin namens Barbara Brose über sich ergehen lassen. Barbara war manisch-depressiv und befand sich momentan in einer manischen Phase, in der sie glaubte, die Lösungen für alle Probleme der Welt zu haben. Sie hatte ein gutes Gespür für die kränksten Patientinnen, die sich ihrem Redeschwall nicht entziehen konnten. Im Krankenhaus war sie, weil sie in solchen Phasen dazu neigte, unsinnige Dinge zu kaufen, dafür Schulden zu machen und sich zudem sexuell sehr exponiert zu zeigen. Ihre Zwillingsschwester, die von dieser Krankheit verschont geblieben war und mit der sie zusammenlebte, lieferte sie in solchen Zuständen stets ein. Das war meist der Fall, wenn sie ihre Medikation mit Lithium abgesetzt hatte, weil sie unter den Nebenwirkungen wie Händezittern litt. Barbara war schon zum zweiten Mal da, seit Renate auf der Frauenstation arbeitete, und man war gerade wieder dabei, ihre Medikation vorsichtig aufzudosieren.

Während Renate Barbara so betrachtete, wie sie auf Hedwig Zierrauh einredete, fragte sie sich, ob Frau Zierrauhs hartnäckiges Schweigen wohl aus Verzweiflung oder einer psychischen Erkrankung geboren war. Sie hatte es in der Vergangenheit sowohl bei schizophrenen Patienten als auch bei traumatisierten Frauen erlebt, oft, wenn sie sexuelle Gewalt erfahren hatten. Möglicherweise hatte ja auch irgendetwas in Hedwig Zierrauh alte Erinnerungen an ihre Zeit als Wolfskind oder im Waisenhaus aufgewühlt. Oder es gab etwas, das zwischen die Eheleute getreten war. Die blauen Flecke erzählten eine eigene Geschichte, ebenso wie das vehemente Verhalten von Herrn Zierrauh. Renate hatte oft genug erlebt, dass Menschen gerade das getan hatten, was sie am lautesten abstritten, vor allem, wenn sie niemand offen beschuldigt hatte. Das eigene Gewissen ließ diese Menschen oft Anschuldigungen zwischen den Zeilen hören, weil sie sehr genau auf jeden Hinweis achteten, der ihre Schuld offenbaren konnte. Andererseits konnte man sich auf diese Erfahrungswerte auch nicht immer verlassen. Das Wichtigste in der Psychiatrie war, stets offenzubleiben.

Renate trat auf die beiden Frauen zu. »Fräulein Brose, würden Sie uns bitte einen Moment entschuldigen? Ich muss mit Frau Zierrauh sprechen«, sagte sie.

Die Manikerin drehte den Kopf und schaute Renate direkt in die Augen. »Das ist sehr unhöflich, Fräulein Doktor. Können Sie nicht später wiederkommen, wo wir gerade so entspannt reden?«

»Sie sind hier im Krankenhaus und ärztliche Maßnahmen haben immer Vorrang vor allgemeinem Patientengeplauder. Sie finden gewiss schnell eine andere Gesprächspartnerin, während ich mit Frau Zierrauh spreche.«

»Nein, das sehe ich nicht so«, widersprach Barbara Brose. »Sie sind nichts Besseres als ich.«

»Darum geht es auch nicht, es geht darum, dass ich etwas anderes als Sie bin. Ich bin die Ärztin und Sie nicht.« Dann wandte sie sich Frau Zierrauh zu. »Frau Zierrauh, würden Sie mich bitte in mein Büro begleiten?«

Die Angesprochene blickte weiterhin ausdruckslos auf den Tisch, ohne sich zu rühren.

»Bitte«, sagte Renate nachdrücklich. »Es ist wichtig.«

»Sie sehen doch, dass sie lieber mit mir reden will, anstatt das dumme ärztliche Geschwätz zu hören, mit dem Sie uns dauernd einreden wollen, was wir falsch machen. Sie sind schuld daran, dass ich gerade das Geschäft meines Lebens verpasse. Sie und meine verdammte Schwester, die nicht will, dass ich reich werde, weil ich dann aus unserer gemeinsamen Wohnung ausziehe und mir eine Villa mit Schwimmbad an der Alster kaufe. Und dann darf sie mich nicht besuchen, weil ich mir immer nur die schönsten Männer in Badehose kommen lasse, über die meine prüde Schwester sich so aufregt. Die schickt mich ja aus reinem Neid ständig in die Irrenanstalt.«

»Fräulein Brose, es reicht!«, sagte Renate energisch. Dann wandte sie sich wieder Frau Zierrauh zu. »Ihr Mann war eben bei mir, und ich würde gern von Ihnen wissen, ob das, was er sagt, der Wahrheit entspricht oder nicht.«

Bei der Erwähnung ihres Mannes riss Hedwig den Kopf hoch. »Was hat er gesagt?« Ihre Stimme war kaum mehr als ein Flüstern, aber der Gesichtsausdruck erweckte den Eindruck, sie hätte diese Worte herausgeschrien.

»Das werde ich Ihnen in meinem Büro unter vier Augen erzählen. Bitte kommen Sie mit.«

Es dauerte eine Weile, bis Frau Zierrauh sich erhob. Ihre Bewegungen waren sehr langsam, als müsste sie bewusst über jede einzelne Muskelkontraktion nachdenken, bis sie endlich stand. Aber dann folgte sie Renate in normaler Geschwindigkeit von der Station ins Arztzimmer.

Als sie schließlich in Renates Büro saßen, fragte Frau Zierrauh plötzlich mit normaler Stimme: »Was hat Albert gesagt?«

»Er hat von Ihrer Kindheit und Jugend erzählt und wie er Sie kennengelernt hat. Und dass Sie sich seit einiger Zeit seltsam verhalten.«

»Und von sich hat er nichts erzählt?«

»Was meinen Sie damit?«

»Wie er sich seit einiger Zeit verhält.«

»Nein. Erzählen Sie es mir?«

»Er hat sich mir aufgedrängt. Immer wieder. Auch wenn ich es nicht wollte. Er sagte, es sei sein eheliches Recht, er wolle Kinder, und es liege wohl an mir, wenn es nicht funktioniere, also müsse er sich immer wieder anstrengen.«

»Sie meinen, er hat Sie vergewaltigt?«

»Nein, das kann er ja gar nicht, er ist mein Ehemann. Der darf das jederzeit fordern. Aber ich wollte es nicht länger. Also habe ich ihn fortgestoßen.«

»Und geschlagen?«

»Ich habe zurückgeschlagen. Er hat angefangen. Und irgendwann habe ich gemerkt, dass ich stärker bin. Dann habe ich mich verhalten wie ein Mann. Aber eine Frau, die sich wie ein Mann verhält, kommt ins Irrenhaus.«

»Was meinen Sie damit, Sie haben sich verhalten wie ein Mann?«

»Ich habe ihm gezeigt, dass ich stärker bin, wenn er mir dumm kam. Anfangs hat es funktioniert, er hat gehorcht. Aber dann wurde er launisch. Also habe ich seine Lieblingsmöbel aus dem Fenster geworfen, um ihm zu zeigen, wer das Sagen hat.«

»Oh«, äußerte Renate nur.

»Ja, natürlich, Sie haben kein Verständnis für die Falle, in die eine Frau bei der Heirat geraten kann. Ein ausbruchsicheres Gefängnis. Mein Mann würde keinen Ehebruch begehen, und wenn er mich brutal behandelt, wird das doch von allen als sein natürliches Recht betrachtet. Kein Richter gewährt mir die Scheidung. Also muss er es tun, und ich werde alles machen, damit er die Scheidung einreicht. Selbst wenn ich dafür als geisteskrank gelten muss oder die Ehe so zerrütte, dass die Fortsetzung für ihn nicht mehr zumutbar ist. Ich will ihn nur noch loswerden.«

»Oh«, entfuhr es Renate ein zweites Mal.

»Können Sie ihm nicht erzählen, ich sei so schwer geisteskrank, dass eine Besserung nicht zu erwarten ist?«, bat Hedwig sie nun direkt. »Oder muss ich ihn nach meiner Entlassung weiter zu häuslichen Prügeleien verleiten, bei denen er dann den Kürzeren zieht?«

»Hätte es denn keine anderen Wege gegeben, sich einvernehmlich zu trennen?«

»Nein«, antwortete Hedwig. »Ich habe lange genug stillgehalten. In diesem Mann lebt ein unberechenbares, grausames Raubtier, aber die Natur hat ihn so schwach gemacht, dass eine Frau mit Mut sich wehren kann.«

Auf einmal war die in sich versunkene Kranke komplett verschwunden und Renate begriff, wie ernst es der Frau war.

»Wo haben Sie gelernt, sich so gut zu verstellen? Dieses in sich versunkene Wippen?«, fragte Renate.

»Das habe ich mir im Kinderheim bei den Halbblöden abgeschaut. Wenn einer so anfing, war er nicht mehr zu gebrauchen. Lebte in seiner eigenen Welt. Ich dachte, das passt gut, wenn ich mich hier auch so benehme. Irgendwie muss ich meinen Mann doch dazu bringen, sich von mir scheiden zu lassen.«

»Und Sie möchten wirklich, dass ich Ihnen eine Geisteskrankheit bescheinige, obwohl Sie eigentlich gesund sind?«

»Ich bin verzweifelt! So verzweifelt, dass ich fast alles tun würde, um ihn loszuwerden.«

»Fast alles?«

»Na ja, umbringen würde ich ihn nicht, ich bin ja keine Mörderin. Aber wenn ich ihn weiterhin windelweich kloppen muss, selbst wenn ich dabei auch was abkriege, ist es das wert, um irgendwann frei zu sein.«

Renate holte tief Luft. Diese Ehe war in der Tat zerrüttet. Zu dumm, dass es nicht ausreichte, damit Frau Zierrauh die Scheidung einreichen konnte. Es stimmte, Männern, die ihre Frauen schlugen oder vergewaltigten, sah man es nach. Nicht umsonst hieß es im Strafgesetzbuch, dass der Straftatbestand einer Vergewaltigung nur vorlag, wenn jemand eine Frau zum außerehelichen Geschlechtsverkehr zwang. Andererseits hatten Männer, die von ihren Frauen verprügelt wurden, oft Angst, sich Hilfe zu suchen, weil sie sich schämten. Es kam selten vor, aber wie Renate an diesem Beispiel sah, war es möglich. Ob Herr Zierrauh deshalb so aggressiv reagiert hatte? Weil er selbst der Verprügelte war? Allerdings hatte er angefangen und nun musste er die Konsequenzen tragen.

»Ich werde noch einmal mit Ihrem Mann sprechen«, entschied sie schließlich. »Und ihm zuraten, sich um die Scheidung zu bemühen, weil eine Besserung Ihres Zustandes nicht zu erwarten sei.«

»Das würden Sie wirklich tun?« Auf einmal hellte sich Hedwig Zierrauhs Gesicht auf. »Vielen, vielen Dank!« Sie sah so aus, als würde sie Renate am liebsten umarmen und küssen, sodass Renate unwillkürlich etwas zurückwich, was ihre Patientin dann auch richtig deutete und sich zusammenriss.

»Aber behalten Sie Ihre Rolle noch eine Weile bei«, empfahl sie. »Über die Entlassung entscheidet der Oberarzt und auch über das, was im Brief steht. Und ich kann Ihnen nicht versprechen, dass er so ein Spiel mitmachen wird.«

»Selbstverständlich«, versprach Frau Zierrauh.

Nachdem Renate die Patientin wieder auf die Station zurückgebracht hatte, fragte sie sich eine Weile, ob sie das Richtige getan hatte. Andererseits war die Frau ja wirklich nicht ganz normal, dass sie einen solchen Weg wählte, um sich von ihrem Mann zu trennen. Ihr also eine Geisteskrankheit zu bestätigen, wäre nicht total verkehrt. Die Frage war bloß, was sie als Diagnose wählen sollte. Eine Schizophrenie kam nicht infrage, ebenso wenig eine Depression. Vielleicht eine anhaltende Persönlichkeitsveränderung nach traumatischen Fluchterfahrungen, die sich durch den unerfüllten Kinderwunsch Bahn brach? Ja, das klang gut, das würde sie so mit Doktor Walter diskutieren und das konnte sie auch Herrn Zierrauh vermitteln. Da er sich Kinder wünschte, würde er sich mit Sicherheit scheiden lassen, anstatt diese Hölle weiter zu erdulden. Und wenn seine Frau als geisteskrank galt, musste er auch nicht vor dem Scheidungsrichter erklären, dass sie ihn verprügelte und ein Zusammenleben für ihn deshalb nicht mehr zumutbar war. Denn Renate war sich nicht sicher, ob man den Mann dann ernst nehmen oder innerlich auslachen und ihm sagen würde, er solle sich als Herr im Haus durchsetzen …

Tatsächlich war Doktor Walter von Renates Diagnosestellung beeindruckt und ebenso von der Art, wie sie die Ehe der Patientin analysiert hatte.

»Es passt sehr gut«, sagte er. »Die Frau hat auf der Flucht während ihrer Zeit als Wolfskind gelernt, sich mit Gewalt durchzusetzen, und wendet das jetzt auf ihren Ehemann an.

Der arme Kerl hat keine andere Möglichkeit, als sich von ihr zu trennen. Ich glaube, die Patientin ist durch ihre frühkindlichen Erfahrungen mit Verlust aller Bindungen und den Schrecken der Flucht unfähig, sich auf jemanden voll und ganz einzulassen. Sie hätte niemals heiraten dürfen.«

»Ja, das denke ich auch«, stimmte Renate zu und war zugleich erleichtert, dass der Oberarzt ihre Gedanken in die richtige Richtung weiterführte. Frau Zierrauh war psychisch krank, aber nicht auf die Weise, wie man es in einer Psychiatrie erwartete. Ihre ganze Art der Konfliktbewältigung war aus den tiefen Traumata ihrer Kindheit entstanden und ihr Mann hatte diese dunkle Seite durch sein grausames Verhalten zum Vorschein gebracht. Ob er das wusste? War das der wahre Grund, warum er immer wieder betont hatte, er habe sie nicht verprügelt? Der Zauberlehrling, der die Geister, die er gerufen hatte, nicht mehr unter Kontrolle bekam.

Kapitel 14

Matthias wurde am Sonnabend entlassen und Renate lieh sich Onkel Heinrichs Opel Kapitän aus, um ihn abzuholen. Hier konnte er sein operiertes Bein besser ausstrecken als in ihrer kleinen Isetta.

»Das fühlt sich ja fast schon an, als wären wir verheiratet, wenn ich bis zur Rekonvaleszenz bei dir wohne«, sagte er lächelnd, nachdem sie vor dem Haus eingeparkt hatte.

Sie öffnete die Tür und reichte ihm seine Gehhilfen. »Vielleicht sollten wir das dann in Angriff nehmen, sobald du wieder aus eigener Kraft vor den Traualtar treten kannst«, erwiderte Renate. Uwe hatte ihr am Vorabend noch geholfen, einen schweren Koffer mit Matthias' Sachen aus seiner Wohnung zu holen, sodass er sich bei ihr ganz wie zu Hause fühlen konnte.

»Wenn ihr Hilfe braucht, meldet euch«, hatte Uwe zum Abschied gesagt. »Ilka und ich sind immer für euch da.«

Trotz all der Sorgen um Matthias' sportliche Zukunft erfüllte es Renates Herz mit großer Wärme, dass die Freundschaft zu Uwe so unverbrüchlich war und weit über reine Vereinskameradschaft hinausging.

Der Aufzug im Haus wurde nur selten benutzt und Onkel Heinrich hatte sogar einige Male überlegt, ob er ihn wegen der Kosten nicht ganz stilllegen lassen sollte. Aber jetzt war Renate froh, dass es ihn gab. Das war der Vorteil der alten, teuren Gründerzeithäuser, bei denen während ihrer Bauzeit auf die modernste Technik Wert gelegt worden war. Onkel Heinrich hatte das Haus 1929 gekauft, als sein Besitzer Opfer des Börsenkrachs geworden war und dringend Bargeld benötigt hatte.

»Auf jeden Fall brauchen wir ein breiteres Bett, wenn wir verheiratet sind«, sagte Matthias, nachdem sie in Renates Wohnung angekommen waren.

»Bisher hast du dich daran ja auch nicht gestört.«

»Ja, für eine Nacht reicht es aus.« Er lächelte sie liebevoll an. »Aber auf Dauer … und vor allem mit meinem Bein, das im Moment nicht so beweglich ist.«

»Du kannst auf dem Sofa im Wohnzimmer schlafen, da hast du dann genügend Platz, bis du wieder beweglich genug für mein Bett bist. Und über neues Mobiliar reden wir, sobald der Hochzeitstermin steht, vorher nicht.«

»Hast du Angst, ich könnte es mir anders überlegen?«

»Wer kann das bei dir schon wissen, du sprunghafter Hallodri.« Sie gab ihm einen liebevollen Kuss auf die Wange. »Weißt du, wann Onkel Rudis Flugzeug landet?«

»Helga hat gesagt, um kurz nach sieben, und dann will er bestimmt erst mal mit seiner Goldie ins Hotel und in einem teuren Restaurant zu Abend essen. Zu meinen Eltern kommen sie dann morgen um drei.«

»Ich bin schon sehr gespannt auf die beiden. Vor allem auf deine Tante Goldie, die Schauspielerin.«

»Ich kann mich nicht mehr so gut an sie erinnern«, gestand Matthias. »Zuletzt habe ich sie direkt nach dem Krieg gesehen, danach ist Onkel Rudi immer allein zu Besuch gekommen oder mit meiner Cousine Margot, weil Goldie wieder in Hollywood gedreht hat. Ehrlich gesagt hat sie aber auch niemand vermisst.«

»Sie hat sich ihren schlechten Ruf anscheinend gründlich erarbeitet.«

»O ja, das wird vielleicht wieder Thema, wenn irgendwer sich bei Tisch nicht zurückhalten kann.«

Noch bevor Renate etwas entgegnen konnte, klingelte das Telefon.

»Entschuldige mich kurz«, sagte sie und ging ran.

Es war Elfriede Koch, die Jugendrichterin. »Liebe Renate, ich wollte mich bei dir bedanken, deine Ratschläge waren Gold wert.«

Obwohl Renate sich gern weiter um Matthias gekümmert hätte, war sie auch neugierig, was Elfriede zu berichten hatte. »Kann ich dich in einer halben Stunde zurückrufen?«, fragte sie also. »Ich bin gerade erst nach Hause gekommen und möchte gern in Ruhe zuhören und nicht so zwischen Tür und Angel.«

»Selbstverständlich. Und glaub mir, die Geschichte lohnt sich.« Sie hörte Elfriede lachen. »Bis später.«

»Eine Freundin?«, wollte Matthias wissen.

»Aus unserem Verein. Aber erst einmal will ich dir beim Einrichten helfen.«

»Och, ich komme schon zurecht, ich kenne mich hier ja aus.« Er lächelte sie an.

»Das weiß ich. Aber als Humpelstilzchen bist du nicht so beweglich wie sonst.«

»Humpelstilzchen?«, wiederholte er mit einem belustigten Stirnrunzeln. »Du kommst auf Ideen. Soll ich mich jetzt auch zerreißen, weil du meinen Namen erraten hast?«

»Da es nicht dein wahrer Name ist, genügt es, wenn du Gold aus Stroh spinnst, anstatt dich zu zerreißen.«

»Gut, wo ist das Stroh und wo ist das Spinnrad?«

»Mist, beides nicht da. Dann wird es wohl nichts mit der schnellen Mark, die du herstellst, während ich nachher telefoniere.«

Elfriede Koch war nach wie vor bester Stimmung, als Renate sie zurückrief. »Ich habe es genauso gemacht, wie du es mir geraten hast. Ich bin sachlich geblieben, habe aber auf die Ungezogenheiten reagiert, indem ich sie wertschätzend angesprochen habe. Dabei hat es mir geholfen, dass ich einiges über Richter Petersens Vergangenheit erfahren habe.«

»Ich möchte jede Einzelheit hören.«

»Es sind keine großartigen Geheimnisse, eigentlich ist es eher traurig. Der Tipp, sich mit unseren Sekretärinnen anzufreunden, war unbezahlbar. Die wissen wirklich eine Menge, weil sie zum Teil auch Einblick in die Personalunterlagen haben. Petersen ist im Waisenhaus in der Averhoffstraße aufgewachsen. Dort hat man den Kindern zwar eine vernünftige Ausbildung vermittelt, aber es war nicht daran zu denken, dass sie studieren. Da inzwischen der Krieg ausgebrochen war, wurde er auch gleich eingezogen, ohne dass er einen Abschluss machen konnte. Nach dem Krieg hat er dann die Abendschule am Holstenglacis besucht. Die wurde bereits 1945 für Soldaten ohne Schulabschluss gegründet. Inzwischen steht sie jedem Erwachsenen offen, der einen Abschluss nachholen will. Danach hat er Jura studiert. Ich vermute, er fühlt sich unsicher und hatte wegen seiner Vorgeschichte Angst, dass man ihn vielleicht nicht ernst nehmen würde. Deshalb musste er auf meine Kosten den Clown machen. Als er wieder einmal einen frauenfeindlichen Witz riss, sagte ich einfach: ›Ich verstehe, dass Sie hier Strategien anwenden, die Sie noch aus dem Waisenhaus kennen. Man sucht sich eine vermeintlich schwächere Person, über die man sich lustig machen kann, um von seiner eigenen Schwäche abzulenken. Aber das haben Sie doch gar nicht nötig. Sie können stolz darauf sein, dass Sie Ihr Abitur auf der Abendschule nachgeholt haben und jetzt als Jugendrichter einen ganz besonderen Einblick in die Seelen von Kindern haben, weil Sie selbst erlebt haben, wie man trotz allem erfolgreich Karriere macht.‹ Er hat mich völlig konsterniert angeschaut, bis ein Kollege sagte: ›Das wusste ich ja gar nicht. Gratulation, dass Sie es auf diesem harten Weg geschafft haben.‹ Und daraufhin haben ihm auch die anderen ihre Anerkennung gezollt. So viel Lob war er gar nicht gewohnt, er errötete und zog sich dann hastig in sein Büro zurück. Aber seither hat er mich nie mehr mit blöden Witzen kleinzukriegen versucht. Im Gegenteil, er hat mich sogar zum Kaffee eingeladen, und da haben wir uns unter vier Augen vernünftig ausgesprochen.«

»Das ist ja großartig«, rief Renate. »Und es beweist wieder einmal, dass man viele Konflikte aus der Welt schaffen kann, wenn man mehr über seine Mitmenschen weiß und die Ursachen für ihr Verhalten ergründet.«

»Hast du das als Psychiaterin gelernt?«

»Im Grunde habe ich es schon viel früher als Kind gelernt«, antwortete Renate nachdenklich. »Wenn ich Streit mit anderen Kindern hatte, haben zuerst meine Eltern und später mein Onkel immer gefragt, was die Ursache war. Ihnen war wichtig, dass ich versuche, mich in das andere Kind hineinzuversetzen, und nicht nur bei meinem eigenen Standpunkt bleibe. Das bedeutet ja nicht, dass man dem anderen immer recht geben muss, sondern nur, dass man ihn versteht und daher darauf reagieren kann. Wenn möglich mit Fürsorge, aber man kann es manchmal auch als Waffe benutzen. Je nachdem, was gerade angebracht ist. Du hast mit Fürsorge auf die Geschichte deines Kollegen reagiert, und das war genau der richtige Weg. Du hast instinktiv gefühlt, dass er sich minderwertig vorkam, obwohl er dazu gar keinen Grund hatte – ganz im Gegenteil. Und als er für seinen Lebensweg dann die Wertschätzung der Kollegen bekam, hatte er es nicht mehr nötig, sich auf deine Kosten zu erhöhen.« Renate holte tief Luft. »Manchmal ist es aber nicht möglich, fürsorglich zu reagieren, in dem Fall muss man drohen. Ich hatte im letzten Jahr mit so einem Kollegen zu tun, ich hatte das ja schon bei unserem Vereinstreffen angedeutet. Der hatte peinliche Geheimnisse und ich habe ihm durch die Blume gedroht, dass die bekannt werden würden, wenn er mir weiter das Leben zur Hölle macht. Alles zu verstehen heißt längst nicht, alles zu verzeihen.«

»Zum Glück ist es in meinem Fall einfacher«, erwiderte Elfriede. »Ich denke, ich bin damit für die Zukunft gut vorbereitet und weiß mich künftig besser zu wehren.«

»Das freut mich sehr.«

Als sie Matthias kurz drauf von dem Telefonat erzählte, meinte er: »Leider sind viel zu wenige Menschen bereit, sich in ihr Gegenüber hineinzuversetzen. Ich glaube, es gäbe wesentlich weniger Probleme auf der Welt, wenn jeder bereit wäre, mal ein paar Schritte in den Stiefeln des anderen zu gehen. Allerdings sind die Menschen viel schneller mit Vorschlägen bei der Hand, die sich ausschließlich auf ihre eigenen Erfahrungen beziehen, und deren Ratschläge womöglich gar nicht zu demjenigen passen, dem sie gegeben werden.«

Renate sah ihn nachdenklich an. »Denkst du dabei an deine Situation, wo wir alle dich mit Ideen überschüttet haben, in der Hoffnung, dir den Schmerz um das, was du verloren hast, zu nehmen?«

»Nein«, widersprach er sofort energisch. »Bei dir und meiner Großmutter war es liebevoll gemeint und es war sachlich richtig, auch wenn es nicht der richtige Zeitpunkt war. Ich bin mir immer noch nicht sicher, was ich eigentlich machen will, aber die Geschichte von deiner ehemaligen Patientin und ihrem

Neffen, der beim Baden möglicherweise durch Fabrikabwässer Schaden genommen hat, beschäftigt mich sehr.«

»Willst du wirklich Kontakt zu ihr aufnehmen?«

»Ich habe schon mal im Telefonbuch nach der Schneiderei geschaut, die hat tatsächlich einen Telefonanschluss. Aber ich habe sie noch nicht angerufen. Ich war mir unsicher, ob das dir gegenüber angemessen ist. Es gibt doch dieses Abstinenzgebot, oder?«

»Das ich selbst schon verletzt habe, indem ich ihr meine Nummer gab. Vielleicht sollten wir abwarten, ob sie sich meldet. Vermutlich wärst du dann ohnehin derjenige, der ans Telefon geht, jetzt, wo du eine Weile als Rekonvaleszent bei mir wohnen wirst.«

»Ja, vielleicht ist abzuwarten tatsächlich am besten«, stimmte er zu.

Kapitel 15

Obgleich Renate sich bemühte, sich nichts anmerken zu lassen, war sie sehr aufgeregt, Matthias' amerikanische Verwandte an diesem Sonntagnachmittag bei seinen Eltern zu treffen. Sie hatte Blumen für Matthias' Mutter kaufen wollen, doch er hatte abgeraten und für Pralinen gestimmt.

»Sie wird heute vermutlich gar nicht wissen, wohin sie mit den vielen Blumen soll. Sie mag diese Pralinen, und davon hat sie mehr als von einem Urwald im Wohnzimmer, der nach ein paar Tagen verwelkt ist.«

Damit ihr Verlobter es bequem hatte, lieh Renate sich wieder den Opel ihres Onkels, auch wenn Matthias meinte, dass die Isetta mit ihrer Tür nach vorn doch viel bequemer zum Ein- und Aussteigen sei.

»Ja, dafür schon, aber während der Fahrt weißt du dann nicht, wohin mit den Krücken«, meinte Renate.

Eine halbe Stunde später erreichten sie den Snitgerstieg.

»Ah, Tante Ella und Onkel Harald sind schon da.« Matthias wies auf den Mercedes, hinter dem Renate eingeparkt hatte. »Onkel Harald meinte, eine Familie mit zwei praktizierenden

Ärzten brauche einen standesgemäßen Mercedes.« Sie konnte den leichten Spott in seiner Stimme hören.

»Sagt jemand, der sich ein rotes Cabriolet auf Abzahlung gekauft hat.« Renate stieß ihm neckend den Ellenbogen in die Seite, dann stiegen sie aus, wobei sie Matthias wieder die Tür aufhielt. Die klassischen Rollen haben wir in dieser Situation schon vertauscht, dachte sie dabei. Ich fahre und halte dem Mann die Tür auf. Gleichzeitig war sie froh, dass sie einen Führerschein besaß und somit überhaupt in der Lage war, sein Handicap auszugleichen. Sie fragte sich, warum so viele Männer dagegen waren, dass ihre Frauen Auto fuhren. Nur um ihre eigene Macht zu erhalten und in solchen Zeiten einem Taxifahrer den Lebensunterhalt zu sichern? Welche Macht glaubten sie wohl, an ihre Frauen zu verlieren, wenn sie nicht selbst am Steuer saßen? Sie war froh, dass ihr Onkel da ganz anders dachte. Gleichzeitig flammte wieder die Erinnerung an seine Sorgen auf, die Geschichte seines Freundes und ihr eigener Verdacht. Warum ließ es sie nicht los? Warum musste sie so viel darüber nachdenken, ob etwas an den Gerüchten dran war? Egal, wie es war, es würde nichts daran ändern, wer ihr Onkel war. Aber vielleicht mein ganzes Weltbild, überlegte sie dann.

»Träumst du?«, riss Matthias sie aus ihren Gedanken. Er holte ihre Tasche mit der Pralinenschachtel vom Rücksitz.

»Nein«, sagte sie ausweichend und schloss die Autotür ab.

Sie waren bereits vom Fenster aus gesehen worden, denn Henny erwartete sie an der offenen Wohnungstür. Renate war froh, dass die Familie im ersten Stock wohnte und die Treppe geteilt war, sodass Matthias in der Mitte einmal ausruhen konnte, ehe er mit seinen Unterarmgehstützen den Rest des Weges auf sich nahm.

»Geht es?«, fragte Henny ihren Sohn besorgt, als er die letzten Schritte tat.

»Natürlich«, antwortete er. »Ich bin nur ein temporärer Krüppel.« Er grinste breit.

»So etwas solltest du nicht sagen«, tadelte seine Mutter liebevoll. »Ich hoffe, du wirst wieder ganz gesund.«

»Was man so ganz gesund nennt.« Er warf Renate einen Blick zu, damit sie ihm half, das Thema zu wechseln.

Sie begrüßte ihre künftige Schwiegermutter und reichte ihr lächelnd die Pralinen mit den Worten: »Von uns statt Blumen. Matthias meinte, das wäre dir lieber als ein halber Dschungel im Wohnzimmer, wenn heute alle mit Blumen kommen.«

»Nun, verhungern werde ich nicht, Ella und Harald hatten die gleiche Idee.« Sie lachte und wirkte sehr zufrieden. Dann führte sie die beiden ins Wohnzimmer, wo der große Esstisch ausgezogen und mit weiteren Stühlen bestückt worden war.

»Ihr sitzt am besten hier«, riet ihnen Henny. »Da kommst du gut an die Krücken.« Sie wies Matthias einen Platz in der Nähe der Wand zu, an die er die Unterarmgehstützen lehnen konnte. »Marie, Helga, macht mal ein bisschen Platz für Matthias und Renate.« Auch Ella und Harald, die bereits am Tisch saßen, erhoben sich kurz, um die Gäste zu begrüßen und Matthias durchzulassen. Renate war Ellas Mann Harald bislang nur einmal begegnet, aber er sah genauso aus, wie man sich einen Kinderarzt vorstellte, mit einem väterlichen, glatt rasierten Gesicht und weißen Schläfen im sonst dunklen Haar. Die einzige Tochter der beiden, Monika, die im Juli sechzehn wurde, war bereits eine hübsche junge Dame, die auf faszinierende Weise die Züge beider Eltern in sich vereinte.

Bei ihrem Anblick dachte Renate daran, wie nahe doch Leben und Tod beisammen lagen, denn Monika war am Todestag von Renates Eltern geboren worden. Sie hatte sich während der schweren Bombenangriffe im Luftschutzbunker ins Leben gekämpft, wohingegen Renates Eltern rund fünf Kilometer entfernt gestorben waren. Als Ella ihr die Geschichte von Monikas Geburt erzählt hatte, konnte sie den Stolz der Freundin gut verstehen, dem Tod ein Schnippchen geschlagen zu haben. Doch zugleich machte es ihren eigenen Verlust umso spürbarer. Daran änderte auch die Tatsache nichts, dass Ella in derselben Nacht ihren Onkel und dessen Frau verloren hatte. Einen Onkel, der ebenfalls Heinrich hieß.

»Das ist Cousine Lilli.« Hennys weitere Vorstellung der bereits erschienenen Gäste holte Renate abermals aus ihren Gedankenabschweifungen zurück. Ah ja, Lilli, die Tochter von jenem Onkel Heinrich, der mit seiner Frau am gleichen Tag gestorben war. Sofort, als sie Lilli sah, erinnerte Renate sich daran, dass deren Mutter Chinesin gewesen war, denn die asiatischen Züge waren nicht zu übersehen. »Leider ist ihr Mann Ernst heute beruflich verhindert, er ist auch bei der Kriminalpolizei«, schloss Henny die Vorstellung ab.

»Ja, in dieser Familie ist man entweder bei der Polizei oder im Gesundheitswesen«, sagte Matthias' Vater scherzend. »Oder man übt besonders exotische Berufe aus wie Kunstmalerin oder Fußballspieler.« Die Anwesenden lachten, vor allem aber Matthias' Schwestern Helga und die Kunstmalerin Marie. Matthias selbst rang sich ebenfalls ein Lächeln ab, obwohl ihm vermutlich so gar nicht zum Lachen zumute war.

»Und was ist mit unseren Ehrengästen?«, fragte er stattdessen. »Ich hoffe, Onkel Rudi und Tante Leonore sind rechtzeitig gelandet?«

»Du nennst Goldie bei ihrem richtigen Namen?« Marie kicherte.

»Ich dachte, das wäre angemessen, wo sie doch heute meine Verlobte kennenlernt. Dass man sie lieber Goldie nennen soll, kann sie ihr dann selbst anbieten.«

Brüllendes Gelächter, das Renate irritierte und beinahe die Haustürklingel übertönt hätte. Ob das die Erwarteten waren? Nein, es waren nur Matthias' älterer Bruder Wolfgang, seines

Zeichens ebenfalls Kriminalkommissar, zusammen mit seiner Ehefrau Karin und ihrem gemeinsamen Sohn, dem vierjährigen Uwe. Karin hatte vor ihrer Ehe als Kinderkrankenschwester gearbeitet.

»Ah, wir sind noch nicht die Letzten«, stellte Wolfgang fest. »Da bin ich aber froh, wir sind leider nicht so rechtzeitig losgekommen, wie wir es geplant hatten. Ich hatte noch einen Anruf aus dem Dezernat.«

»Immerhin musstest du nicht auch sofort dorthin«, sagte Lilli. »Ernst haben sie direkt vor Ort zitiert.«

»Das tut mir leid«, bedauerte Wolfgang.

»Für dich«, sagte Karin nun zu ihrer Schwiegermutter und holte eine Schachtel Pralinen aus der Tasche. »Wir dachten, du bekommst heute bestimmt so viele Blumen, dass …« Noch bevor sie ihren Satz vollenden konnte, waren Matthias sowie Ella und ihre Familie in ein so ansteckendes Lachen ausgebrochen, dass Renate unwillkürlich einstimmte.

»Oh, ich sehe schon, du hast heute genügend Vorräte bis Weihnachten bekommen, oder?« Karin schmunzelte.

»Nein, nur bis zum Sommer«, lautete Hennys Antwort. »Und ganz ehrlich, mir sind Pralinen viel lieber. Die kann ich dann mit meinem lieben Ehemann teilen, dem sie auch viel lieber sind als Blumen.«

»Nächstes Mal bringen wir Bier mit, das kann Papa dann mit dir teilen«, erwiderte Wolfgang grinsend.

Alle dunklen Erinnerungen waren weggewischt und Renate fühlte sich so wohl wie schon lange nicht mehr. In dieser Familie lachten alle genauso gern wie sie selbst und es war richtig Leben in der Bude, wie Onkel Heinrich es genannt hätte. Schade, dass er nicht hier war, er hätte auch gut in diese illustre Runde gepasst.

Kurz darauf kamen auch Onkel Rudi und Tante Goldie. Henny hatte das Fenster zur Straße offen gelassen und so hörten sie vor der Tür eine weibliche Stimme mit amerikanischem Akzent, die lautstark den Taxifahrer zurechtwies, weil er angeblich einen Umweg gemacht hatte. Daneben vernahm Renate die beschwichtigende Stimme eines Mannes, der nach wie vor den Hamburger Zungenschlag hatte und den Mann bezahlte.

»Oh, oh«, stieß Matthias' Schwester Marie aus. »Tante Goldie legt gleich richtig los.«

»Ist sie englische Muttersprachlerin? Ich dachte, sie wäre auch in Deutschland geboren«, wunderte sich Renate.

»Ist sie auch«, antwortete Henny. »Bei ihrem letzten Besuch vor vierzehn Jahren hatte sie noch keinen amerikanischen Akzent. Entweder ist der gespielt, um sich wichtigzumachen, oder sie versucht wirklich, ihre Wurzeln zu vergessen.« Noch während Henny sprach, ging sie zum Fenster und spähte hinaus. Renate sah, wie ihre künftige Schwiegermutter überrascht zusammenzuckte.

»Sie haben deine Eltern dabei«, rief sie ihrem Mann zu.

Fredi stutzte. »Ich wusste, dass sie gestern nach ihrer Ankunft als Erstes im Schrebergarten bei den beiden vorbeischauen wollten, weil es Papa ja nicht so gut geht, aber dass sie ihm die weite Fahrt heute zumuten …« Er schüttelte in einer Mischung aus Verärgerung und Irritation den Kopf.

Renate konnte es gut nachvollziehen. Zwar war Matthias' Großmutter noch immer fit und beweglich, aber ihrem Mann Paul ging es schon seit Längerem sehr schlecht, sodass er das Bett kaum noch verließ. Deshalb hatte Martha Studt auch die Einladung ihrer Kinder ausgeschlagen, weil sie ihren Mann nicht so lange allein lassen wollte. Zwar hatte Fredi angeboten, die beiden mit seinem Auto abzuholen, aber seine Mutter hatte das ebenfalls abgelehnt. Ob Rudi sie überrumpelt hatte? Mochte Martha dem extra aus Amerika angereisten verlorenen Sohn nichts abschlagen?

Henny ging zur Tür, noch ehe es klingelte. Im Treppenhaus rumpelte es. »Fredi, mach mal schnell den Sessel für Papa fertig«, rief sie ihrem Mann zu, der sofort aufstand und den schweren Sessel an den Tisch schob.

Dann tauchten zuerst Goldie mit Martha auf und danach Rudi, der seinen Vater mehr trug als stützte und ins Wohnzimmer führte, wo Paul Studt den Anwesenden gequält zulächelte und sich schließlich erleichtert in den Sessel fallen ließ. Renate hatte ihn bislang erst einmal gesehen; damals hatte Matthias sie schon darauf vorbereitet, dass sein Gesicht im Ersten Weltkrieg durch einen Granatenangriff massiv zerstört worden sei. Aber bis auf ein paar längst verblasste Narben, die sich in den Falten des Alters verloren, war ihr nicht viel aufgefallen. Die Chirurgen hatten damals gute Arbeit geleistet.

»Warum habt ihr uns nicht vorher gesagt, dass ihr Mama und Papa mitbringt?«, fragte Fredi, noch bevor er die Ankömmlinge begrüßte.

»Ist es dir etwa unangenehm?«, gab Goldie spitz zurück. »Wir waren gestern in dieser kleinen, schäbigen Schreberbude. Das ist für einen kranken Mann doch nicht angemessen. Wir haben die beiden mit in unser Hotel genommen und ihnen dort ein Zimmer mit Alsterblick gemietet, damit sie wenigstens, während wir da sind, in einem anständigen Bett schlafen können und eine schöne Zeit haben. Vor allem, wo es deinem Papa so schlecht geht.«

»Unsere Schreberbude ist nicht schäbig«, widersprach Martha energisch. »Und unser Bett ist erst vier Jahre alt und hat eine ausgezeichnete Matratze. Wenn du dir die Zeit genommen hättest, richtig hinzuschauen, hättest du auch gesehen, dass wir inzwischen eine vernünftige Heizung und ein Badezimmer mit warmem Wasser haben.«

Renate fühlte sich peinlich berührt und so schien es den meisten zu gehen.

Goldie war richtig in Fahrt. »Natürlich musst du es dir schönreden, wenn deine anderen Kinder euch so schmählich vernachlässigen.«

»Immerhin sind wir nicht nach Amerika ausgewandert und haben die Familie in den schlechtesten Zeiten im Stich gelassen«, mischte sich nun Ella ein. »Ohne Fredis Hilfe wäre euch das auch gar nicht gelungen, vielmehr wäre es sehr fraglich, ob ihr und deine Eltern den Krieg überlebt hättet, liebe Leonore.«

»Bitte hört doch auf, euch zu streiten«, rief Opa Paul aus seinem Sessel. »Ich wollte schon immer mal im Vier Jahreszeiten übernachten, und als Rudi es angeboten hat, habe ich aus Neugier zugestimmt. Darf ein alter Mann nicht mehr abenteuerlustig sein? Aber zu Hause ist es doch am schönsten, nicht wahr?«

»Dann setzt euch doch«, rief Henny etwas beschwichtigend. »Ich glaube, außer Renate hier kennt ihr alle, nicht wahr?«

»Nun ja, ich hoffe, ich bekomme die Namen mit den erwachsenen Gesichtern in Einklang«, sagte Goldie. »Es ist schließlich lange her, dass ich hier war. Die letzten Male waren Rudi und Margot ja allein da. Und Karin und den kleinen Uwe kenne ich nur von Fotografien.«

»Warum ist eure Tochter nicht mitgekommen?«, erkundigte sich Karin.

»Sie ist guter Hoffnung und erwartet demnächst ihr zweites Kind. Da versteht ihr gewiss, warum eine Flugreise nicht das Richtige ist, nicht wahr?« Goldie näselte hochmütig und wirkte zusammen mit ihrem amerikanischen Akzent so arrogant, dass sich Renates Nackenhaare aufstellten. Ganz gleich, wie sehr sie sich vorgenommen hatte, Goldie neutral zu begegnen, der erste Eindruck hatte all diese Bestrebungen zunichtegemacht.

»Ach ja, statt Blumen«, sagte Goldie nun und zog eine Schachtel Pralinen aus der Tasche. »Rudi meinte, das wäre dir lieber, und ich dachte mir, als Hausfrau und Großmutter ist es ja auch nicht mehr so wichtig, auf die Figur zu achten.«

Anders als bei den übrigen Gästen lachte diesmal keiner, denn die Bosheit in Goldies Stimme war unüberhörbar.

»Henny hat nach wie vor eine großartige Figur«, sprang Fredi in die Bresche. »Sie kann mit jeder Schauspielerin mithalten.«

»Ach nein«, wehrte Henny ab. »Das will ich ja gar nicht. Ich bin glücklich mit dem, was ich hier habe.«

»Es ist immer gut, wenn man mit dem zufrieden ist, was man hat, wenn es für mehr nicht reicht«, gab Goldie ihren Senf dazu und setzte sich endlich an den Tisch.

Rudi räusperte sich verlegen und nahm neben ihr Platz.

Henny ging und holte Kaffee und Kuchen auf einem kleinen Servierwagen aus der Küche.

Goldie nutzte die Zeit und musterte Renate interessiert. »Und du bist also die Neue in der Familie?«

»Ich bin die Verlobte von Matthias. Ich wusste nicht, dass man es hier ›die Neue in der Familie‹ nennt.«

»Und hast du auch einen Beruf oder strebst du eine Karriere wie meine Schwägerin Henny an? Viele Kinder und glückliche Hausfrau?«

»Ich bin Ärztin.«

»Ah, natürlich. Wie hätte es anders sein können, wenn eine Frau hier berufstätig ist. Krankenschwester ist ja nicht mehr gut genug.«

Karin räusperte sich. »Ich bin Kinderkrankenschwester.«

»Ja, aber nicht mehr tätig, sondern ganz in der Mutterrolle aufgegangen, nicht wahr?«

»Solange Uwe noch klein ist.«

»Du musst dich nicht rechtfertigen, meine Liebe«, sagte Goldie. »Ich kann gut verstehen, wenn du nicht mehr die kranken Blagen anderer Leute versorgen willst und fürchten musst, Kinderkrankheiten in dein Heim zu schleppen.«

»Hast du deshalb nur ein Kind, weil du Kinder als Blagen ansiehst?«, mischte sich Renate ein.

»Nein, es hat sich beruflich nicht anders ergeben. Du weißt gewiss, dass ich Schauspielerin bin. Und wenn man erst einmal eine Karriere begonnen hat, sind Ausfälle wegen Schwangerschaften schwierig. Manche Studios haben von ihren Schauspielerinnen sogar Abtreibungen verlangt, obwohl das eigentlich verboten ist. Aber niemand redet darüber; in den Studios herrscht Krieg und eine gute Schauspielerin muss auch eine geschickte Taktikerin im Umgang mit den Studiobossen sein.«

»Matthias hat erzählt, du würdest vorwiegend in B-Movies eingesetzt werden und nicht bei einem großen Studio.«

»Da sieht man mal wieder, dass mein angeheirateter Neffe keine Ahnung von der Schauspielerei hat. Ich stehe bei einem Produzenten unter Vertrag, der wiederum die Kulissen von großen Studios mietet, um dort zu drehen. Mein nächster Dreh beginnt im Juni, ich spiele dort die Mutter eines Mafiosos.«

»So ändern sich die Zeiten«, warf Ella ein. »Früher warst du immerhin das clevere Gangsterliebchen, jetzt nur noch die Mutter. Ich verstehe gar nicht, warum du dann so ein Bohei um deine Figur machst. Als italienische Matrone darfst du doch auch Pralinen essen.«

»Es handelt sich um einen Film, der in der Zeit der Prohibition spielt«, erwiderte Goldie ungerührt. »Die Mafia setzte sich zwar aus italienischen Einwanderern zusammen, aber ich bin in der Rolle eine waschechte Amerikanerin, die in einen Mafiaclan eingeheiratet hat und nach dem Tod ihres Mannes alles daransetzt, ihren Sohn an die Spitze der Organisation zu bringen. Eiskalt und berechnend, eine sehr interessante Rolle.«

»Ganz wie im wahren Leben?«, bemerkte Renate betont unschuldig und registrierte, wie Matthias sich das Grinsen verbeißen musste.

»Nein, im wahren Leben bin ich alles andere als berechnend«, entgegnete Goldie. »Im Gegenteil, ich bin sehr großzügig. Es war schließlich meine Idee, meinen armen Schwiegereltern das Vier Jahreszeiten zu bezahlen.«

»Ich glaube, wir sollten morgen wieder nach Hause fahren«, sagte Martha. »So ein teures Hotel ist nichts für uns. Wir wollen ja schließlich nicht, dass deine ganze Hollywoodgage als Almosen für alte Leute draufgeht.«

Goldie überhörte die Ironie in der Stimme und Renate fragte sich, ob das Absicht oder Dickfelligkeit war. »Nein, keine Sorge, wir haben genug Geld. Wir haben aus den Möglichkeiten, die uns das Leben geschenkt hat, etwas gemacht. Man muss einfach zugreifen und seine Träume leben, dann kommt das Geld von ganz allein. Aber wenn man es nur auf eine ruhige Beamtenkarriere abgesehen hat, kann man natürlich niemals richtig hoch hinaus.«

»Dafür fällt man auch nicht tief«, konterte Fredi, auf den diese Bemerkung gemünzt war.

»Natürlich muss man im Leben Risiken eingehen, wenn man Karriere machen will.«

»Ich bin meine Risiken lieber eingegangen, um Menschen zu helfen«, gab Fredi betont gleichmütig zurück. »Dafür bekommt man zwar kein Geld, aber man kann mit einem guten Gewissen einschlafen.«

»Was soll das nun wieder heißen?«, giftete Goldie. »Wir haben jede Wohltat, die du uns getan hast, ja wohl mehr als reichlich zurückgezahlt. Und mit unseren Karrieren helfen wir auch Menschen. Rudi als erfolgreicher Anwalt und ich erfreue die Menschheit, damit sie sich im Kino von ihrem grauen Alltag ablenken kann.«

»Ähm, wer möchte Kuchen?«, meldete sich Henny zu Wort. »Ich habe Apfelkuchen und Kirschkuchen gebacken.«

»Gibt es auch Sahne?«, fragte Goldie.

»Natürlich. Aber ich dachte, Sahne ist nicht gut für die Figur.«

»Eine schöne Frau kann nichts entstellen«, gab Goldie kokett zurück.

Erstaunlicherweise war es gerade die Schlagsahne, die Goldie etwas zur Ruhe brachte und auch anderen die Möglichkeit bot, etwas zur Unterhaltung beizutragen. Allen voran Goldies Mann Rudi, der bislang sehr zurückhaltend gewesen war.

»Dabei ist Onkel Rudi sonst der redseligste von uns allen«, raunte Matthias Renate zu. »Aber neben der Diva kommt ja keiner mehr zu Wort.«

Rudi erzählte auf Nachfrage von seiner Tätigkeit als Anwalt in New York und der großen Kanzlei, die er sich aufgebaut hatte. Renate erinnerte sich daran, wie Fredi einmal gesagt hatte, sein Bruder scheffle Geld wie Heu, und genau das bestätigte Rudi nun, als er von seinen Klienten und Fällen berichtete. Er hatte im Strafrecht angefangen, dann aber festgestellt, dass er im Zivilrecht viel mehr verdienen konnte, und sich auf Schadensersatzforderungen spezialisiert. Er arbeitete auf Provisionsbasis und kassierte zwischen zwanzig und dreißig Prozent der Schadensersatzsumme, die er für seine Klienten erstritt. Auf diese Weise erfuhr Renate, dass die Schadensersatzsummen in Amerika deutlich höher waren als in Deutschland.

»Das ist doch verrückt«, fand Lilli, die sich bis dahin sehr zurückgehalten hatte. »Ich meine, beim Schadensersatz soll es ja darum gehen, den wirklichen Schaden zu bezahlen, nicht irgendeinen imaginären Schaden.«

»Woher willst du denn wissen, wie hoch der wirkliche Schaden ist?«, wandte Rudi ein. »Was ist, wenn der Mann nun

Angst hat, Treppen zu steigen, und viele Dinge nicht mehr machen kann, weil er das Haus nicht verlassen kann?«

»Wie wäre es mit einer psychiatrischen Behandlung seiner Ängste?«, schlug Renate vor. »Die Kosten dafür müssten dann gedeckt werden.«

»Und was ist mit seinem Verdienstausfall, während er beim Psychiater ist? Oder wenn der Psychiater ihm nicht helfen kann?«

»Langsam verstehe ich, warum du so ein erfolgreicher Anwalt bist«, gab Renate sich geschlagen.

»Könntest du eigentlich auch ein Hollywoodstudio verklagen, wenn ein Film, in dem deine Frau mitspielt, ein Flop wird, weil dann die Produzenten schuld daran sind, dass sie ein schweres Trauma erlitten hat?«, fiel Ella plötzlich ein. Dabei sah sie Goldie lauernd an und Renate begriff, dass die Animosität zwischen diesen beiden Frauen viel tiefere Ursachen haben musste als einfach nur Goldies überhebliche Art.

»Das ist zum Glück nicht nötig«, erwiderte Goldie betont selbstsicher. »Jeder Film, in dem ich mitspiele, ist bislang ein Erfolg gewesen.«

»Warum bist du dann nicht längst in die A-Riege der Hollywoodschauspieler aufgestiegen?«

»Ich genieße die Freiheiten der kleinen Produktionsfirmen.«

»Aber einen Oscar wirst du so nie bekommen.«

»Kinder, hört auf damit!«, mischte sich nun Oma Martha ein. »Wir sind hier, weil wir uns freuen, nach so vielen Jahren endlich wieder einmal alle zusammen zu sein. Zumal euer Vater und Großvater sich auch extra hierherbemüht hat. Da sollten wir uns nicht länger mit solchen Bosheiten die gegenseitige Gesellschaft vergällen.«

Danach herrschte für den Rest des Beisammenseins tatsächlich nur noch eine betont freundliche Stimmung.

Kurz nachdem Rudi und Goldie mit Matthias' Großeltern im Taxi zurück ins Vier Jahreszeiten aufgebrochen waren, wollten auch Matthias und Renate nach Hause fahren.

Doch noch bevor Renate zur Garderobe gehen konnte, wurde sie von Lilli angesprochen. »Kann ich mit dir einen Moment lang unter vier Augen reden?«

»Natürlich.« Renate freute sich zugleich, dass sie so die Gelegenheit hatte, diese interessante Frau vielleicht etwas besser kennenzulernen. Als Tochter deutsch-chinesischer Eltern, der man die asiatischen Wurzeln deutlich ansah, war es ihr als Frau bestimmt doppelt schwergefallen, Oberkommissarin bei der Polizei zu werden.

»Ich habe Fredi schon gefragt, wir können uns in seinem Arbeitszimmer unterhalten.«

»Er hat ein Arbeitszimmer?«

»Ja, das war früher mal ein Kinderzimmer, aber seit nur noch Helga im Haus wohnt, nutzt er das vierte Zimmer für sich, wenn er noch Dinge nachzuarbeiten hat, aber nicht bis spät nachts im Büro bleiben will.« Lilli lächelte vergnügt, sie wusste genau, wovon sie sprach.

Renate nickte und folgte ihr in das Arbeitszimmer ihres künftigen Schwiegervaters. Es gab dort einen größeren Tisch, aber die Stühle fehlten, die waren alle für den Besuch ins Wohnzimmer getragen worden.

»Es dauert nicht lang, oder möchtest du, dass wir uns Stühle holen?«, fragte sie Renate.

»Nein, ich bin das Stehen von unseren Visiten gewohnt. Also, worum geht es?«

»Dein Onkel ist Doktor Heinrich Schwarz aus der Papenhuder Straße, nicht wahr?«

»Ja«, bestätigte Renate.

»Dann solltest du ihn warnen, sich in der nächsten Zeit nicht in seinen gewohnten Kreisen zu bewegen, weil ihm ein harter Hund von der Sitte auf den Fersen ist. Ich habe zwar versucht, den Burschen davon abzubringen, aber wir haben den gleichen Dienstrang und er kann machen, was er will. Ich weiß ja nicht, wie viel dir über den Lebenswandel deines Onkels bekannt ist, und falls du nichts weißt, sei unbesorgt, er tut nichts Schlimmes, jedenfalls nicht in meinen Augen. Aber es gibt Gerüchte und mein Kollege möchte sich seine Beförderung verdienen, indem er bislang unbescholtenen Bürgern unanständige Dinge nachweist.«

Renate spürte, wie ihr das Blut in die Wangen schoss und ihr Gesicht heiß wurde. »Könntest du bitte etwas genauer werden?«

Lilli senkte den Blick »Also schön. Dein Onkel steht unter dem Verdacht, ein Homosexueller zu sein. Bislang hat ihm niemand etwas nachweisen können, aber mein Kollege führt eine Akte, bespitzelt ihn und lässt ihm hinterherschnüffeln.«

»Ist so etwas denn überhaupt erlaubt?«

»O ja, wenn der Verdacht besteht, jemand sei homosexuell, ist sehr viel erlaubt. Viele meiner Kollegen glauben, Homosexualität sei das schlimmste Übel unserer Zeit und die Homosexuellen seien schuld daran, dass es im Rotlichtmilieu so viele Straftaten gäbe.«

»Und du?«

»Ich halte das für Unsinn. Die Straftaten im Rotlichtmilieu haben weniger mit Homosexualität als mit den Bandenkriegen der Zuhälter zu tun. Die paar Strichjungen fallen ja kaum ins Gewicht bei den vielen Prostituierten, die den angeblich ganz normalen Männern zu Diensten sind. Es gibt sogar öffentliche Toiletten mit großen Spiegeln, hinter denen Beamte sitzen, um vermeintliche Homosexuelle auf frischer Tat zu ertappen, falls die sich an solchen Orten treffen.« Lilli schüttelte in einer Mischung aus Amüsement und Ekel den Kopf. »Ich habe einige Homosexuelle kennengelernt«, erzählte sie weiter. »Das waren nette, freundliche Männer, die einfach nur mit ihren Freunden so leben wollten, wie es ihnen gefällt. Die haben niemandem geschadet und auch keine kleinen Jungen verführt. Aber ihre Neigung hat ausgereicht, dass sie ihre Arbeit verloren haben. Einer war Medizinstudent. Er musste sein Studium aufgeben, weil er als bekannter Homosexueller niemals eine Approbation als Arzt erhalten hätte. Inzwischen fährt er Taxi.«

»Mein Onkel ist Witwer«, sagte Renate nur. »Mir sind keine derartigen Neigungen bekannt.«

»Trotzdem solltest du ihn warnen, dass ihm ein Polizeispitzel auf den Fersen ist. Manchmal kann auch ein unschuldiger Mann in große Schwierigkeiten geraten, wenn sich ein Verfolger etwas in den Kopf gesetzt hat. Ich wollte damit auch keinesfalls behaupten, dein Onkel hätte solche Neigungen. Ich möchte nur, dass du ihn informierst.«

»Das werde ich. Vielen Dank!« Renate fühlte sich auf einmal sehr verunsichert. All ihre eigenen Vermutungen schossen ihr wieder durch den Kopf. Wie sollte sie mit ihrem Onkel sprechen, ohne dass es peinlich werden würde? Nun, sie könnte es einfach so sachlich darlegen, wie Lilli es getan hatte. Dann konnte er mit der Information machen, was er wollte.

Kapitel 16

Ihr Gespräch mit Lilli ließ Renate keine Ruhe mehr. Daher teilte sie nach ihrer Ankunft zu Hause Matthias mit, sie müsse noch einmal kurz zu ihrem Onkel, er solle es sich so lange bequem machen. Matthias nickte nur, für ihn war es das Normalste der Welt, dass Renate bei ihrem Onkel eine Etage tiefer vorbeischaute.

Während sie die Treppe nach unten ging, überlegte Renate, wie sie ihre Worte wählen sollte, ohne ihren Onkel in eine peinliche Situation zu bringen.

Zum Glück war er an diesem Abend in guter Stimmung und sehr begierig darauf, von ihr Neuigkeiten zu erfahren. »Und, wie war diese Tante Goldie?«, erkundigte er sich als Erstes. »So schlimm, wie die Familie sie beschreibt?«

»Ich fürchte, schlimmer«, antwortete Renate mit einem kleinen Lächeln, das ihre Worte abmildern sollte. Dann berichtete sie ihm von dem Abend und freute sich, dass sie ihn mit ihren Erzählungen tatsächlich zum Lachen bringen konnte. Auf diese Weise fiel es ihr dann gar nicht mehr so schwer, den Anschluss an das schwierige Thema zu finden.

»Ich mag Fredis Cousine Lilli sehr«, sagte sie. »Es ist wirklich bewundernswert, wie sie sich als Frau, noch dazu mit chinesischen Wurzeln, in unserer Gesellschaft durchgesetzt hat und inzwischen sogar Oberkommissarin der Sitte ist.«

»In der Tat«, bestätigte Onkel Heinrich. Bildete sie es sich nur ein, oder war sein gelöstes Gesicht tatsächlich wieder ernster geworden, als sie den Begriff »Sitte« in den Mund genommen hatte? Wie auch immer – das, was jetzt kam, würde ihm noch weniger schmecken.

»Sie hat mich kurz vor unserer Verabschiedung noch einmal zu einem Gespräch unter vier Augen beiseitegenommen«, begann sie vorsichtig. Keine Änderung in Onkel Heinrichs Miene. »Und dann bat sie mich, dir eine Warnung zukommen zu lassen. Einer ihrer Kollegen scheint wohl durch deinen Freund, den sie verhaftet haben, auf dich aufmerksam geworden zu sein. Er lässt dich beobachten. Sie sagte, du sollst vorsichtig sein, denn sonst könnte es auch in unseren Tagen leicht passieren, dass ein unbescholtener Mann in einen falschen Verdacht gerät.«

Onkel Heinrich sah Renate ernst an. Er stritt nichts ab und wirkte auch nicht empört. »Das ist sehr nett von ihr«, sagte er nur.

»Du bist gar nicht empört über diese Sache?«

»Was bringt es?«, fragte Onkel Heinrich zurück. »Ich bin dankbar für den Hinweis, ich weiß, wie schnell der Ruf eines Mannes durch eine solche Geschichte zerstört werden kann. Und oft genug auch seine Existenz.«

»Du sagst Geschichte, nicht Verleumdung.« Sie sah ihrem Onkel nun direkt in die Augen.

Er wich ihrem Blick nicht aus, sondern hielt ihm stand. »Du bist jetzt eine erwachsene junge Frau«, sagte er. »Und intelligent warst du schon immer. Dir ist sicher bewusst, dass all die Dinge, die man sich über homosexuelle Männer erzählt, mehr über jene sagen, die sie unter die Leute bringen.«

Renate senkte den Blick. Am liebsten hätte sie ihn direkt darauf angesprochen, aber sie scheute sich noch immer vor der Frage. Vor diesem Eindringen in seine tiefste Intimsphäre.

Onkel Heinrich war feinfühlig genug, ihren Zwiespalt zu erkennen. »Willst du die Wahrheit wissen?«

»Natürlich«, versicherte sie. »Ich liebe dich, Onkel Heinrich, du bist einer der wichtigsten Menschen in meinem Leben. Ich würde alles für dich tun. Und ich wäre dir unendlich dankbar, wenn du mir auch in jeder Hinsicht vertrauen würdest, weil nichts auf der Welt mein Vertrauen und meine Liebe zu dir zerstören kann.«

Nun senkte er den Blick und atmete mehrfach tief durch.

»Ich habe schon als Junge gemerkt, dass ich anders war, aber ich habe auch festgestellt, wie sehr mir dafür Verachtung entgegenschlug. Irgendwann fand ich meinen ersten Freund und es war wunderschön, endlich jemanden zu haben, der das Gleiche fühlte und durchgemacht hatte. Natürlich mussten wir geheim halten, dass unsere Freundschaft mehr war als zwischen anderen Jungen. Aber das war nicht schwierig, solange wir Jugendliche waren, selbst während des Studiums war es noch leicht. Jedoch irgendwann kommt im Leben eines Mannes die Zeit, da wird von ihm erwartet, eine Familie zu gründen. Nur wäre das mit meiner Neigung eine Lüge gewesen.« Onkel Heinrich atmete erneut schwer und machte eine Pause.

Renate konnte das Schweigen kaum aushalten, ihre Gefühle rasten. Auf der einen Seite freute sie sich über sein Vertrauen, aber zugleich zerbröckelte ihr Weltbild. Ihr wurde bewusst, dass ihr geliebter Onkel ihr während ihres ganzen bisherigen Lebens einen wesentlichen Teil seiner selbst verschwiegen hatte, ihr gestattet hatte, sich ein völlig anderes Bild vom Leben zu machen, als es der Fall gewesen wäre, wenn sie die Wahrheit gekannt hätte. Natürlich konnte sie verstehen, warum er es nicht gesagt hatte. Es hätte sie als Kind überfordert und vielleicht wäre ihr sein Geheimnis auch entschlüpft. Dann hätte er nicht nur seine Approbation als Arzt verloren, sondern man hätte ihre Adoption auch für nichtig erklärt, weil ein Homosexueller nach herrschender Meinung nicht in der Lage war, für ein Kind zu sorgen, ohne es sittlich zu verderben. Bei diesem Gedanken bedauerte sie es umso mehr, dass sie dieses Geheimnis wahren musste, niemandem sagen konnte, wie großartig Onkel Heinrich sich um sie gekümmert und ihr sowohl Vater als auch Mutter ersetzt hatte.

»Aber du warst doch verheiratet.«

»Ja«, sagte er schließlich. »Sie war eine Freundin aus Kindertagen, die sich in einen fahrenden Schausteller verliebt hatte. Er hatte ihr das Blaue vom Himmel versprochen, wollte mit ihr große Reisen unternehmen, aber letztlich wollte er sie nur verführen. Er ist dann kurz darauf mit seiner Truppe weitergezogen und hat sie zurückgelassen. Als sie merkte, dass sie schwanger war, war sie so verzweifelt, dass sie ernsthaft einen Selbstmord in Erwägung zog. Ich war der einzige Mensch, dem sie sich anvertraute. Ich fragte sie, ob eine Abtreibung nicht der humanere Weg sei, aber sie meinte, mit dieser Schuld könne sie nicht leben. Ihre Eltern seien streng katholisch und auch sie selbst empfände das als Mord. Sie tat mir sehr leid. Da kam mir der Gedanke, wie ich sowohl ihr als auch mir selbst helfen könnte. Ich bot ihr die Ehe an und sagte ihr, dass ich ihr Kind als meines anerkennen würde. Sie war erstaunt, fragte, warum ich so etwas tun wollte. Da habe ich mich ihr offenbart und gestanden, wer ich wirklich bin. Ich habe mich ganz in ihre Hände begeben. Sie war zunächst erschrocken, aber dann hat sie es verstanden. Die gleichen Moralvorstellungen, die sie an den Rand des Selbstmords getrieben hatten, würden auch mir die Zukunft nehmen. Wenn wir heirateten, könnten wir beide unser Leben so führen, wie wir es wollten, aber unseren Ruf wahren. Und so haben wir geheiratet, auch wenn wir unsere

Ehe nie vollzogen haben. Dennoch waren wir uns sehr zugetan und freuten uns beide auf das Kind. Für mich war das kleine Wesen, das in ihr heranwuchs, von Anfang an mein Kind, denn nicht der, der ein Kind zeugt, ist der Vater, sondern der, der es aufzieht, es liebt und ihm seine Werte vermittelt. Doch dann kam alles anders. Sie bekam zu früh Wehen, die Plazenta hatte sich vorzeitig gelöst. Und so verlor ich sowohl meine Frau als auch das Kind, auf das wir uns so sehr gefreut hatten.« Onkel Heinrich atmete schwer. »Ich war wirklich zutiefst gebrochen, ich musste niemandem etwas vorspielen. Aber nachdem sich die erste Trauer etwas gelegt hatte und das Leben weiterging, begriff ich auch, welche Freiheit mir dieser grauenvolle Schmerz trotzdem geschenkt hatte. Ich hatte meine Familie verloren, aber zugleich würde mir nie mehr jemand eine Ehe aufzwingen können, weil ich von meiner großen Trauer geschützt wurde. Keiner verargte es einem trauernden Witwer, wenn er nicht erneut heiratete, zumal dann, wenn keine kleinen Kinder zurückgeblieben waren, die einer neuen Mutter bedurft hätten.«

»Das tut mir so schrecklich leid, Onkel Heinrich«, sagte Renate leise. »Ich wusste immer, wie schwer der Verlust deiner Frau und deines Kindes für dich war, aber erst jetzt kann ich es auch vom Gefühl her ermessen, nicht nur vom Verstand. Es war für dich viel schlimmer als für andere Männer, weil es dir die Hoffnung nahm, jemals eigene Kinder zu haben.«

»Ich hatte dich, mein Schatz. Schon damals, als deine Eltern noch lebten. Und du warst für mich immer wie eine eigene Tochter, von Anfang an.«

»Das weiß ich.« Renate nahm ihren Onkel spontan in den Arm. »Ich habe dich so lieb, Onkel Heinrich, und ich bin sehr froh, dass du dich mir anvertraut hast. Aber pass bloß auf, dass dieser Widerling von der Sitte dir nicht auf die Schliche kommt. Was geht es fremde Menschen überhaupt an, was zwei erwachsene Männer miteinander tun?«

Onkel Heinrich erwiderte ihre Umarmung. »Es gab sogar schon eine Klage vor dem Bundesverfassungsgericht«, berichtete er dabei. »Zwei Männer klagten, dass es dem Grundgesetz widerspräche, wenn sie nicht so leben dürften, wie sie es für richtig hielten, weil das Grundgesetz die Lebensanschauung zu respektieren hätte. Das Verfassungsgericht lehnte ihren Antrag jedoch ab, mit der Begründung, ihre Weltanschauung widerspräche dem Sittengesetz und man könne sich auf keine Weltanschauung berufen, die strafbewehrt sei. Solange also dieser Paragraf 175 existiert, der die männliche Homosexualität unter Strafe stellt, gibt es für Männer wie mich keine Möglichkeit, in Frieden so zu leben, wie die Natur uns geschaffen hat. Obschon wir niemandem etwas tun. Viel zu oft werden wir mit Kinderschändern in einen Topf geworfen, während die sogenannten normalen Männer, die sich an einem minderjährigen Mädchen vergreifen, alles tun dürfen, sofern sie das Mädchen dann heiraten.«

»Die Welt ist voller Doppelmoral«, stimmte Renate zu. »Umso mehr bedauere ich es, dass wir niemandem sagen dürfen, was für ein großartiger Vater du mir seit dem Tod meiner Eltern warst, obwohl du so bist, wie du bist.«

»Oder gerade, weil ich so bin, wie ich bin.« Er lächelte sie warmherzig an. »Wer für sein Anderssein Nachteile zu erleiden hatte, ist empfindsamer den Einschränkungen gegenüber, die andere zu tragen haben. Du als Frau musst dich auch gegen die Männerwelt durchsetzen, gegen die ganzen Normalen, die dir sagen, was eine Frau zu tun und zu lassen hat, obwohl doch meist die kleinen Mädchen in der Schule besser sind als die Jungen und fleißiger. Aber die männliche Gewalt, sei es mit Fäusten oder großspurigen Reden, unterdrückt alles, was nicht so ist wie sie. Frauen und auch Männer wie mich. Und so müssen wir zusammenhalten, den Menschen nicht danach beurteilen, wie er äußerlich aussieht, sondern nur nach seinem Geist.«

»Deshalb hast du mich so gefördert?«

»Nein, das hätte ich immer getan, weil du ein intelligentes kleines Mädchen warst und Eltern jedes Kind fördern müssen, damit es sich seinen Talenten entsprechend entwickelt. Dein Vater hätte ebenso gehandelt. Aber vielleicht ist es mir wegen meiner eigenen Geschichte leichter gefallen, dir zu helfen, bei Fragen einen anderen Blickwinkel einzunehmen, herauszufinden, was andere Menschen fühlen und denken, um dich auf sie einzulassen und sie nicht als Feinde zu betrachten, wenn sie anderer Meinung sind. Und genau das macht dich auch zu einer so guten Psychiaterin.« Er drückte sie noch ein letztes Mal fest an sich, dann ließ er sie los. »Jetzt solltest du deinen Verlobten aber nicht länger allein lassen.«

»Du hast recht«, erwiderte sie. »Und keine Sorge, alles, was du mir anvertraut hast, bleibt in meinem Herzen verborgen.«

»Das weiß ich doch. Sonst hätte ich es nicht getan.«

Kapitel 17

Am folgenden Tag begann die Woche in der Klinik wie üblich mit der Visite. Renate und Oberarzt Walter waren noch damit beschäftigt, sich die Zugänge der letzten Nacht anzusehen, als sie im Stationsflur das Klappen der Tür, Schlüsselrasseln, Stimmengewirr und Schritte hörten. Dann kam Frau Lembke, die Chefarztsekretärin, in Begleitung von Rudi und Goldie auf Renate und ihren Oberarzt zu.

»Fräulein Doktor, Sie hätten uns doch mitteilen können, dass Sie Bekannte aus Amerika zu Besuch haben, die gern mal eine Psychiatrie sehen wollen«, sagte Frau Lembke. »Herr und Frau Studt waren heute bei Doktor Siemko und haben ganz höflich gefragt, ob sie mal eine Aufnahmestation besichtigen dürfen.«

Renate starrte Matthias' Onkel und Tante mit weit aufgerissenen Augen an. »Ich wusste nichts davon«, sagte sie perplex.

»Ja, das tut mir leid, wir hätten dich direkt fragen sollen«, versuchte Rudi zu beschwichtigen. »Aber Goldie wollte sich so gern mal eine deutsche Psychiatrie anschauen, um sich besser in eine künftige Rolle hineinversetzen zu können. Es geht um einen Film über eine Frau, die in ihrer Jugend aus einer deutschen Psychiatrie geflohen und nach Amerika übergesiedelt ist.«

»Ähm, ich glaube nicht, dass unsere heutigen Anstalten noch etwas mit denen in der Nazizeit zu tun haben.« Renate fühlte sich immer unwohler. Wie konnten die beiden so dickfellig sein und einfach hier auftauchen, ohne sie zu fragen?

Zum Glück bemerkte Doktor Walter ihr Unwohlsein nicht nur, sondern ging auch geschickt auf die peinliche Situation ein, indem er Renate anbot, die Visite allein zu beenden, damit sie ihre Verwandten herumführen konnte.

»Ähm, ich weiß nicht, ob das angemessen wäre«, wagte sie einen kurzen Widerspruch, doch noch ehe Doktor Walter etwas entgegnen konnte, hatte Goldie sich bei Renate untergehakt und sagte mit ihrem liebenswürdigsten Lächeln: »Doch, das ist in Ordnung, du willst schließlich nicht diesem reizenden Oberarzt widersprechen, oder?«

Renate zwang sich, das Lächeln zu erwidern, anstatt Goldie entgegenzuhalten, dass ein Krankenhaus kein Zoo war, den man nach Belieben besuchen konnte. Sie warf einen Blick zu Rudi, doch dessen Miene war nicht anzusehen, ob er mit dem Verhalten seiner Frau einverstanden war oder nicht. Vermutlich war er die Art Mann, die den Widerspruch längst aufgegeben hatte.

Da es Renate zutiefst widerstrebte, ihre Patientinnen vorzuführen, begnügte sie sich mit einem kleinen Rundgang über die Station. »Wenn man sich wirklich in das Leben hier einfühlen will, muss man auch das gesamte Umfeld dieser Klinik kennen. Ich werde euch jetzt mit der Historie des Allgemeinen Krankenhauses Ochsenzoll vertraut machen«, erklärte sie dann.

Und so nutzte sie die Tatsache, dass Goldie sich immer noch bei ihr eingehakt hatte, um sie regelrecht von der Station zu ziehen, in der Hoffnung, Rudi würde dann schon brav hinterhertrotten.

Immerhin wehrte Goldie sich nicht, sondern schien zu glauben, dass sie für Renate eine angenehme Gesprächspartnerin war. »Ich hoffe, du freust dich, uns hier zu sehen«, plauderte Goldie strahlend. »Dein Chefarzt war sehr erfreut, Besucher aus Amerika zu haben.«

»Ehrlich gesagt ...«, fing Renate vorsichtig an.

»Du musst dich nicht dafür bedanken«, schnitt Goldie ihr das Wort ab. »Und nun zeig uns doch alles, was dieses Krankenhaus sehenswert macht.«

Da Goldie anscheinend nicht gewillt war, eine kritische Anmerkung zuzulassen, versuchte Renate es auf eine andere Weise, während sie das parkartig angelegte Krankenhausgelände betraten und an den erblühenden Rhododendren vorbeispazierten. »Für welche Rolle benötigst du dein Wissen über eine Psychiatrie?«

»Nun, wie ich schon sagte, es geht um eine Frau, die vor den Nazis geflohen ist und dabei Bekanntschaft mit der Psychiatrie machen musste. Ich spiele ihre Mutter, die versucht, das Empfinden ihrer Tochter nachzuvollziehen.«

»Also nicht die eigentliche Hauptrolle?«

»Es gibt in Filmen oft mehrere Hauptrollen, und die Rolle der Mutter ist eine tragende Rolle, wenn sie sich selbst hinterfragt und versucht, sich in die Rolle ihrer Tochter hineinzuversetzen.«

»Ist die Mutter denn nicht aus Deutschland geflohen?«

»Nein, sie ist Amerikanerin, die mit einem Deutschen verheiratet war, aber nach der Scheidung in ihre Heimat zurückkehrte.«

»Und er blieb in Deutschland?«

»Ja, er wurde ein strammer Nazi.«

Renate seufzte. »Typisch, die Deutschen sind immer die Bösen. Hast du dir deshalb diesen amerikanischen Akzent angewöhnt, um deine deutschen Wurzeln zu verbergen?«

Einen Moment lang schien es Goldie die Sprache verschlagen zu haben, aber der Eindruck hielt sich nicht lang. »Ich habe mir nichts extra angewöhnt«, sagte sie. »Es ist so passiert, weil wir fast ausschließlich Englisch reden.«

»Und warum ist es dir nicht passiert?«, schloss Renate nun Rudi in das Gespräch mit ein, während sie sich der kleinen Kirche auf dem Gelände näherten.

»Ich habe mich niemals so sehr um Anpassung bemühen müssen wie Goldie. Als Anwalt ist mein deutscher Akzent kein Hindernis, im Gegenteil, man geht davon aus, dass ich besonders gründlich und durchsetzungsstark bin.« Er grinste breit.

»Also lebst auch du von den Vorurteilen über Deutsche.«

»Man muss das Beste aus Vorurteilen machen, wenn man sie schon nicht bekämpfen kann.« Rudi zuckte resigniert mit den Achseln.

»Willst du mit uns jetzt die Kirche besichtigen?«, fragte Goldie. Ihre Stimme klang eher desinteressiert.

»Das ist keine Kirche mehr«, erklärte Renate. »Früher, als dies hier noch die Heil- und Pflegeanstalt Langenhorn war, lebten die Patienten von der Landwirtschaft. Man nannte es auch ›staatliche Irrenkolonie‹. Man hielt Vich und baute Gemüse an, und diese Kirche sollte dem Seelenheil der Kranken dienen, damit sie unter sich am Gottesdienst teilnehmen konnten. Nachdem man unter den Nazis einen Großteil der Patienten in Tötungsanstalten weggeschafft hatte, verlor die Kirche ihren Sinn. Also wurde daraus eine Versammlungshalle. Inzwischen finden hier alle möglichen Veranstaltungen statt. Und in einem Teil der Räumlichkeiten ist sogar ein kleiner Laden, in dem Besucher und Patienten das Lebensnotwendigste einkaufen können. Bemerkenswerterweise gehört auch Bier dazu, aber das wird nur an Besucher und Personal verkauft, nicht an Patienten. Wer Bier kaufen will, wird vorher gefragt, ob er Patient ist.«

»Und wenn der Patient lügt?«, wollte Rudi wissen.

»Die meisten, die hier dauerhaft leben, tragen die klassische Anstaltskleidung. Daran erkennt man sie. Und wer nur kurzfristig hier ist und seine Privatkleidung anhat, bekommt entweder noch keinen Ausgang oder ist vernünftig genug, sich an die ärztlichen Anordnungen zu halten – wegen der Wechselwirkungen von Alkohol und Medikamenten.«

»Wenn jemand so vernünftig ist, warum ist er dann in einer Irrenanstalt?« Bei Goldies Frage fiel ihr amerikanischer Akzent wieder besonders auf und Renate ärgerte sich zugleich über die Bezeichnung ›Irrenanstalt‹.

»Es heißt inzwischen ›Allgemeines Krankenhaus Ochsenzoll‹. Der Begriff ›Irrenanstalt‹ wird nicht mehr verwendet, weil er beleidigend ist. Man sagt ›Psychiatrie‹ oder ›Krankenhaus‹.«

»Du musst nicht so belehrend sein«, wies Goldie sie zurecht. »Außer uns hört das doch keiner, und die einzigen, die sich beleidigt fühlen könnten, wären ja die Insassen.«

»Patienten, nicht Insassen«, rutschte es Renate heraus. Sie nahm Goldies beleidigtes Schniefen mit erstaunlicher Genugtuung auf, ging jedoch nicht weiter darauf ein, sondern betrat die Kirche.

»Sehr schlicht«, urteilte Goldie. »War das schon immer so oder wurde sie umgebaut?«

»Das weiß ich nicht.«

»Ich dachte, du kennst dich mit der Geschichte dieses Ortes aus.«

»Vielleicht solltest du dann lieber jemanden fragen, der hier schon gearbeitet hat, als die Nazis noch an der Macht waren.«

»Ja, du hast recht«, sagte Goldie. »Kennst du jemanden, der geneigt wäre, mir Fragen zu beantworten?« Sie lächelte so liebenswürdig, dass Renate Goldie tatsächlich für eine angenehme Frau gehalten hätte, wenn sie deren andere Seite nicht zuerst kennengelernt hätte. Und da kam ihr ein boshafter Gedanke.

»Der Oberarzt Doktor Kleinschmidt hat hier bereits gearbeitet, als die Nazis noch an der Macht waren. Er war sogar

Parteimitglied. Aber er mag mich nicht besonders, er ist gegen Frauen in diesem Beruf. Wenn ich ihn dir vorstelle, wird er ablehnen.«

»Und wenn der Chefarzt uns empfiehlt?« Goldie klimperte verführerisch mit den Wimpern und Renate musste sich wohl oder übel eingestehen, dass sie eine großartige Schauspielerin war.

»Möglicherweise«, überlegte sie und freute sich, dass Goldie sofort angebissen hatte. »Ihr solltet euch einfach nur als Gäste aus Amerika vorstellen, die unbedingt mehr über die Psychiatrie erfahren wollen und schon so viel von Doktor Kleinschmidts gutem Ruf gehört haben. Dann frisst er dir mit Sicherheit aus der Hand.«

»Danke.« Goldie tätschelte Renate die Schulter, als wäre sie ein braves Pferd. »Also werden wir umgehend zu Frau Lembke zurückkehren, damit sie uns Doktor Kleinschmidt vorstellt.«

Obwohl Renate Goldie eigentlich lieber von hinten sah, war sie doch neugierig, wie das Treffen mit Kleinschmidt wohl verlaufen würde, und bat die beiden deshalb, sie nach der Führung, die der geschmeichelte Oberarzt ihnen sicher angedeihen lassen würde, noch einmal aufzusuchen, um ihr von dem Treffen zu erzählen.

»Sehr gern«, versprach Goldie.

Als Renate kurz darauf allein auf ihre Station zurückkehrte, war Doktor Walter noch da.

»Und, haben Sie Ihren Verwandten alles gezeigt?«, erkundigte er sich mit einem lausbübischen Lächeln.

»Nein, Tante Goldie bemängelte mein geringes Wissen über die Zeiten, die für sie interessant seien. Sie wird deshalb mit Onkel Rudi noch einmal bei Frau Lembke vorstellig werden, in der Hoffnung, dass vielleicht jemand Zeit für sie hat, der hier bereits gearbeitet hat, als die Nazis noch an der Macht waren.«

»Vermutlich wird es dann an Doktor Kleinschmidt hängen bleiben.« Das Lächeln des jungen Oberarztes vertiefte sich.

»Was meinen Sie? Wird er sich geschmeichelt fühlen, dass sich Besuch aus Amerika für ihn interessiert, oder es eher als Last empfinden?«

»So gut kenne ich ihn nicht. Aber falls Ihre Tante Ihnen später von dem Besuch erzählt, bin ich an Einzelheiten interessiert.«

Erst jetzt wurde Renate so richtig bewusst, dass sie Goldie, die ja nicht einmal Matthias' leibliche Tante war, tatsächlich schon als Familienmitglied einsortiert hatte, obwohl sie noch nicht mit Matthias verheiratet war. Andererseits war es durchaus üblich, dass Kinder auch fremde Erwachsene, die sie duzen durften, mit dem Höflichkeitszusatz ›Tante‹ oder ›Onkel‹ ansprachen. ›Tante‹ war für eine Frau in der Verwandtschaft immer die richtige Bezeichnung, sofern es keine treffendere wie beispielsweise ›Cousine‹ gab.

***

Am frühen Nachmittag saß Renate in ihrem Büro und verfasste Arztbriefe, als es an ihrer Tür klopfte. Es waren Tante Goldie und Onkel Rudi. Renate fiel sofort auf, wie sehr Goldie über das ganze Gesicht strahlte, während Onkel Rudi amüsiert aussah.

»Dieser Doktor Kleinschmidt ist ein wahrer Segen«, rief Goldie entzückt aus und nahm ungefragt in Renates Büro Platz. Rudi zögerte immerhin so lange, bis Renate ihn bat, sich ebenfalls zu setzen.

»Ich meine natürlich, ein wahrer Segen für meine Arbeit und die Vorbereitung auf die Rolle«, fügte Goldie dann zwinkernd hinzu. »Genauso wie ihn stelle ich mir meinen geschiedenen

Filmehemann vor. Nach außen hin kann er sehr charmant sein, aber man merkt durchaus die stramme Gesinnung, die er immer noch hat, wenn man sie nur durch die richtigen Fragen rauskitzelt.«

»O ja, das kannst du wirklich gut.« Rudi grinste.

Auf einmal begriff Renate, was Rudi an Goldie mochte. Sie zickte herum, aber sie durchschaute Menschen schneller, als Renate erwartet hatte. Und natürlich gefiel es ihr, dass sie Kleinschmidts Wesen sofort erkannt hatte. Doch tief in ihrem Innersten fragte sie sich auch, was Goldie wohl von Rudis Familie dachte, wenn sie in ihrem Umfeld wie eine dickfellige Zicke auftrat, die sie möglicherweise gar nicht war. Nun, vielleicht würde sie dieses Rätsel noch lösen können, solange Goldie und Rudi in Hamburg weilten.

»Doktor Kleinschmidt war zunächst sehr überrascht, als Frau Lembke ihm Besuch aus Amerika präsentierte«, fuhr Goldie fort. »Ich habe mich als Leonore Gold vorgestellt, weil ich dachte, vielleicht kennt er mich ja unter meinem Künstlernamen. Ein paar meiner frühen Filme sind auch nach Deutschland verkauft worden und hier im Kino gelaufen. Ella wird nicht müde, mich damit aufzuziehen, dass ich damals immer als die gerissene Gangsterbraut besetzt war.« Goldie lachte. Es war ein ehrliches, echtes Lachen, nicht diese gekünstelte Form, die Renate sonst bei Goldie erlebt hatte, was sie nur noch neugieriger machte, diese seltsame Frau besser kennenzulernen. »Und tatsächlich, unser guter Doktor Kleinschmidt hatte meinen bis dahin erfolgreichsten Film aus den 1940ern tatsächlich gesehen. Am Ende bin ich in dem Film die Siegerin, die alle Gangster reinlegt und allein mit dem ganzen Geld verschwindet. Ich habe diese Rolle geliebt. Die starke Frau, die es der Männerwelt zeigt. Lustigerweise gefiel diese Rolle auch meinen männlichen Fans ausnehmend gut. Doktor Kleinschmidt gehört ebenfalls dazu. Zwar konnte er meinen Künstlernamen nicht sofort einordnen, aber ich kam ihm bekannt vor und dann habe ich das Rätsel gelöst. Er war sofort hin und weg, dass eine amerikanische Schauspielerin extra nach Deutschland gekommen ist, um sich auf eine Rolle vorzubereiten und dann auch noch ihn als Experten zurate zieht. Ich glaube, er war etwas traurig, dass ich nicht allein war, sondern meinen überaus attraktiven Ehemann dabeihatte, mit dem er natürlich nicht mithalten kann.«

Goldie strich Rudi liebevoll über den Arm und strahlte ihn derart verliebt an, wie Renate es sich zuvor nicht hatte vorstellen können. Dabei waren die beiden schon seit 1930 verheiratet. Noch ein Jahr, und es wären dreißig Jahre. Ob Matthias und ich uns in neunundzwanzig Jahren auch noch so verliebt ansehen werden, durchzuckte sie die Frage. Dann würde man das Jahr 1988 schreiben. Wo würden sie dann stehen? Was würde aus der Welt geworden sein? Goldies weitere Erzählung verhinderte, dass sie sich in diesen Gedanken verlor.

»Als ich merkte, dass ich in ihm einen Fan hatte, habe ich ihn ausführlich nach seiner Jugend befragt und wie es hier im Krankenhaus war, als die Nazis noch an der Macht waren. Anfangs war er etwas zurückhaltend, aber dann habe ich ihn geknackt und er meinte, dass vieles, was man sich heute erzähle, so gar nicht stimme; man habe immer das Wohl der Kranken im Blick gehabt. Dass man sie angeblich ausgesondert hätte, um sie zu töten, könne er nicht bestätigen. Er habe Derartiges nie miterlebt.«

»Natürlich nicht«, bemerkte Renate sarkastisch. »Dabei habe ich über ihn ganz andere Dinge gehört.«

»Klar wie sonst was«, bestätigte Goldie. »Kein Nazi wird freiwillig zugeben, dass er in der Partei war, wenn er davon einen Nachteil zu befürchten hat. Ich habe dann ein bisschen geflunkert und ihm vorgemacht, dass ich gern die richtige Seite der Deutschen darstellen wolle, sie nicht als böse Nazimonster zeigen, sondern wissen möchte, warum sich jemand der Partei anschloss. Dabei kam mir mein amerikanischer Akzent sehr zugute. Wenn der Knabe gewusst hätte, dass wir 1934 selbst vor der SA aus Deutschland flüchten mussten und erst später die amerikanische Staatsbürgerschaft angenommen haben, wäre er gewiss nicht so offen gewesen.«

»Du hättest bei den Kriegsverbrecherprozessen vermutlich selbst den schlimmsten Nazis noch ihre Geheimnisse entlockt«, bestätigte Rudi seine Frau mit einem Lächeln, das ihre Liebe voll und ganz erwiderte.

»Nun übertreib mal nicht. Sadistische Massenmörder sind ein anderes Kaliber als Ärzte mit Minderwertigkeitskomplexen, die sich unter den Nazis großartig fühlten.«

»Du meinst, Kleinschmidt hat einen Minderwertigkeitskomplex?«, fragte Renate.

»Natürlich.« Goldie lehnte sich entspannt auf ihrem Stuhl zurück. »Er möchte Menschen gefallen, die er für überlegen oder übergeordnet hält, aber er tritt gern auf Leute, die unter ihm stehen. Ich kann mir gut vorstellen, wie du als Frau unter ihm zu leiden hattest.« Goldie seufzte leise. »Nun ja, als er merkte, dass ich nicht gekommen bin, um ihn zu verurteilen, sondern um von ihm etwas über das Deutsche Reich zu lernen, das ich in einem meiner Filme verarbeiten kann, wurde er sehr offen und hat freimütig berichtet, dass damals quasi jeder pro forma in die Partei eingetreten ist, um keine Nachteile im Leben zu haben. Den Patienten sei es nicht schlechter gegangen, allerdings müsse man natürlich auch Verständnis dafür haben, dass sie in Kriegszeiten, wenn die gesunde Bevölkerung schon Mangel litt, nicht wie im Hotel Vier Jahreszeiten versorgt werden konnten. Das hat er geäußert, weil ich bei unserer

Begrüßung erwähnt hatte, dass wir im Vier Jahreszeiten residieren. Solche Bemerkungen zeigen mir immer gleich, dass jemand sich gern jovial und weltgewandt geben will, obwohl er es gar nicht ist.« Sie räusperte sich kurz, dann fuhr sie fort. »Ich habe ihn gefragt, was seiner Meinung nach ein Grund sein könnte, dass jemand wie meine Filmtochter aus Deutschland geflohen ist, nur weil sie in einer Psychiatrie war. Er meinte, vielleicht sei es das Stigma, einmal psychiatrisch auffällig geworden zu sein, was sie durch ihre Flucht ins Ausland habe loswerden wollen – ansonsten hätte ihr nichts passieren können. Ich fragte ihn, was an den Gerüchten dran sei, dass psychisch kranke Menschen zwangssterilisiert wurden, da dies laut Drehbuch einer der Gründe für die Flucht gewesen sei. Er erklärte, dies sei durchaus bei Erbkrankheiten vorgekommen, aber das sei auch in Amerika üblich gewesen, vor allem, wenn es sich um Geisteskranke handelte, die ihren Sexualtrieb nicht unter Kontrolle hätten. Er steigerte sich regelrecht in seine Erzählungen von der guten alten Zeit hinein. Irgendwann war er so weit, dass er verkündete, früher sei alles einfacher gewesen, wenn man als Arzt das Beste für seine Patienten durchsetzen wollte.« Goldie grinste. »Heute hätten die jungen Leute in der Medizin immer neue Ideen und es gäbe sogar welche, die glaubten, man müsse mit Geisteskranken regelmäßige Gespräche führen, obwohl doch klar sei, dass sie unbeeinflussbar an ihrem Wahn festhielten. Ich habe jetzt auf jeden Fall einen guten Eindruck davon, wie ich mir meinen Filmehemann vorstellen muss, auch wenn er selbst im Film gar nicht auftritt. Ich werde dabei stets an Doktor Kleinschmidt denken.«

Goldie lachte so sympathisch, dass Renate ebenso wie Rudi einstimmten. Auf einmal fand sie es gar nicht mehr so schrecklich und unpassend, dass Goldie sich in ihr ureigenstes Revier vorgewagt hatte. Vielleicht war es auch einfach nur das Gefühl, gemeinsam gegen Doktor Kleinschmidt zu stehen, der ihr das erste Jahr in der Klinik sehr schwer gemacht hatte. Und es machte Renate neugierig, mehr über Goldie zu erfahren. Deshalb freute sie sich auch aufrichtig, als Rudi Matthias und sie für den nächsten Abend zum Abendessen ins Vier Jahreszeiten einlud. Schon seltsam, wie ein einziges Gespräch ihren Blickwinkel auf Goldie verändert hatte.

Kapitel 18

Matthias war ebenso neugierig wie Renate, als er von der Einladung zum Abendessen erfuhr und sie ihm abends auf dem Sofa von ihren Erlebnissen mit Goldie erzählte.

»Ich habe nie verstanden, was Onkel Rudi eigentlich an Goldie findet«, sagte er. »Aber sie hat durchaus gute Seiten. Direkt nach dem Krieg hat sie Onkel Rudi sehr geholfen, meinen Vater zu rehabilitieren, indem sie einen britischen Offizier um den Finger wickelte, damit er sich anhört, was Onkel Rudi zur Entlastung seines Bruders vorzubringen hatte. Ich denke, sie hat mehr als zwei Gesichter, vermutlich ist das für sie als Schauspielerin von Vorteil.«

»Und warum zeigt sie dann bei deinen Eltern so gern das der Zicke?«

»Du bist die Psychiaterin, das müsstest du mir erklären.« Matthias zog Renate in seine Arme.

»Dazu müsste ich mehr über sie wissen.«

»Sie ist also fast so eine harte Nuss wie diese Irmgard Köhler?«

»Wie kommst du jetzt ausgerechnet auf die?«

»Weil sie heute Nachmittag tatsächlich angerufen hat und sehr erstaunt war, als ich ans Telefon ging.«

»Oh, das hätte ich nicht gedacht«, entfuhr es Renate. »Und worüber habt ihr gesprochen?«

»Sie war zunächst etwas zurückhaltend, sie hatte ja nicht mit einem Mann am anderen Ende der Leitung gerechnet, aber dann ist das Eis recht schnell gebrochen. Ich habe ihr erzählt, dass ich bereits von ihr und ihrem Kampf gegen die Verseuchung des Elbwassers wisse. Und dass ich sie gern unterstützen möchte, aber noch keinen Plan hätte, denn es gebe ja keine Gesetze, die es Fabriken verböten, Abwässer in den Fluss zu leiten. Wir sind dann immer weiter ins Quatschen gekommen und sie meinte, vielleicht könnten wir ja mehr über die Arbeit bei Boehringer und den anderen Fabriken in der Nähe herausfinden. Mir fiel so ad hoc nichts ein, und ich habe sie auch darüber aufgeklärt, dass ich gerade körperlich etwas eingeschränkt bin, aber darüber nachdenken will. Ich versicherte ihr, sie zurückzurufen, wenn ich eine Idee hätte, und das auch von ihr erwarte. Ich habe ihr meine private Nummer gegeben, aber ihr gesagt, dass ich erst mal hier bei dir bin, solange ich mein Bein auskuriere.«

»Hast du schon eine Idee, was man tun könnte? Ich glaube, es ist sehr schwierig, etwas über die Arbeit dieser Fabriken herauszufinden. Mein Vater hat früher als Pharmazeut für Boehringer gearbeitet, das ist ja ein führender Medikamentenhersteller. Soweit ich weiß, hat Boehringer damals an der Elbe ausschließlich Medikamente hergestellt. Ich frage mich, was sie wohl in so großen Mengen in den Fluss leiten könnten, dass es Hautausschlag verursacht. Leider haben wir keine Beweise dafür, dass sich die Kinder beim Baden diesen Ausschlag geholt haben, weil es darüber keine ärztlichen Atteste gibt.«

»Wir müssten also Selbstversuche machen.« Matthias grinste.

»Du meinst, an der Stelle selbst ins Wasser gehen, um zu testen, ob wir auch einen Ausschlag kriegen?«

»Alle großen Wissenschaftler haben früher an sich selbst Experimente durchgeführt.«

»Wir sind allerdings keine Wissenschaftler, sondern eher Ermittler.«

»Ermittler. Du passt schon gut in unsere Familie.« Matthias grinste.

»Ich bin nur froh, dass du nach der Knieoperation noch nicht in der freien Natur baden gehen darfst. Ganz abgesehen davon, dass es noch recht frisch sein dürfte.«

»Aber in sechs Wochen ist das perfekte Badewetter.«

»Wobei mir da ein Gedanke kommt«, sagte Renate nachdenklich. »Was ist, wenn die Fabrik das Abwasser nur in der kalten Jahreszeit in den Fluss leitet und nicht mehr, wenn die Badesaison beginnt?«

»Das glaube ich nicht. Wenn wir herausfinden könnten, was sie herstellen, wüssten wir auch, ob es bei der Herstellung jahreszeitliche Zyklen gibt oder ob sie ihre Abwässer immer loswerden müssen. Vorausgesetzt, es waren wirklich Abwässer und nicht irgendwelche Begegnungen mit einem Fisch, worauf die Jungs mit Ausschlag reagiert haben.«

»Giftige Fische gibt es meines Wissens in der Elbe nicht.«

»Ich werde mich auf jeden Fall in den nächsten Tagen näher mit der Firma Boehringer befassen«, erklärte Matthias.

»Und dann vielleicht irgendwann Jura studieren und dich genau wie dein Onkel auf Schadensersatzforderungen spezialisieren?«

»Ich fürchte, in Deutschland kann man damit nicht reich werden, weil es ja kaum Schadensersatz gibt. Andererseits …« – auf einmal wurde seine Stimme weicher und nachdenklicher – »… wäre es vielleicht sinnvoll, Jura zu studieren, um das Recht auch außerhalb der klassischen Gebiete wie Straf- und Zivilrecht durchzusetzen, wenn sich wieder zwei Leute um irgendetwas streiten. Wer die

Gesetze kennt, hat dadurch eine gewisse Macht, Dinge aufzudecken und anzuprangern. Und auch, etwas zu verändern.«

Renate spürte, wie ihr ganz warm ums Herz wurde. Das war wieder ihr Matthias, der Mann, der Ideen und Ziele hatte. Nur dass seine Ziele sich diesmal nicht um das nächste Spiel oder die kommende Meisterschaft drehten, sondern weiter gefasst waren. Vom persönlichen Erfolg hin zu etwas Größerem, dem Streben danach, die Welt vielleicht etwas besser zu machen. Genauso, wie sie es auch als Ärztin tat.

»Das ist ein guter Gedanke«, bestärkte sie ihn also. »Vielleicht kann Onkel Rudi dir morgen ja auch etwas mehr von seiner Arbeit in Amerika erzählen.«

***

Bevor sie sich am folgenden Tag zum Abendessen mit Onkel Rudi und Tante Goldie trafen, hatte Renate einen weiteren Arbeitstag vor sich. Heute gehörte ihre ganze Aufmerksamkeit Frau Zierrauh und ihrem Mann, der sich extra freigenommen hatte, weil sie ihn zu einem wichtigen Gespräch einbestellt hatte. Ein wenig befangen fühlte Renate sich durchaus, als er nervös in einem adretten grauen Anzug vor ihrem Schreibtisch in ihrem Büro saß. Nicht weil er selbst sie verunsichert hätte, sondern weil sie in gewisser Weise die Lüge seiner Frau fortführte, um ihr zu helfen, diese Ehe zu beenden. Andererseits war diese Ehe hoffnungslos gescheitert und die Art, wie Frau Zierrauh sich daraus befreien wollte, ließ tatsächlich arge Zweifel an ihrer mentalen Gesundheit aufkommen. Oder eben ihrer Hilflosigkeit ihrem Mann gegenüber.

»Vielen Dank, dass Sie sich extra freigenommen haben«, begann Renate das Gespräch.

»Für meine Frau tue ich alles«, sagte er und klang dabei so überzeugend, dass Renate ein schmerzliches Kneifen in der Magengegend spürte.

»Das ist sehr ehrenwert«, erwiderte sie. »Nun, ich denke, ich sollte nicht lange um den heißen Brei herumreden, sondern zum Kern der Sache, also der Erkrankung Ihrer Frau, kommen.«

»Wird sie wieder gesund?«

Renate senkte den Blick. »Ich fürchte, diese aggressiven Ausbrüche als Ausdruck ihres Störungsbildes haben ihre Ursache wohl in ihrer schwierigen Kindheit als Wolfskind, wo sie lernte, dass man lediglich mit Gewalt zum Ziel gelangt. Und allem Anschein nach hat sie Sie wahnhaft als ihren Feind verarbeitet. Wahnhafte Störungen dieser Art sind therapeutisch nicht beeinflussbar.« Sie machte eine kurze Pause, um Herrn Zierrauh Zeit zu geben, seine eigenen Schlüsse zu ziehen, doch er sah sie nur schweigend und erwartungsvoll an.

Bevor das Schweigen bleiern werden konnte, fuhr Renate fort. »Ich befürchte, dass eine Genesung Ihrer Frau nicht erfolgen wird, solange Sie beide verheiratet sind. Diese Verfestigung des Feindbildes kann nur aufgelöst werden, wenn man sich aus dem Weg gehen kann.«

Herr Zierrauh griff nach seiner Krawatte und nestelte an ihrem Knoten, als wäre sie ihm zu eng geworden. Renate bemerkte zudem kleine Schweißperlen auf seiner Stirn. Dabei war es in ihrem Büro gar nicht so warm.

»Was bedeutet das konkret?«, fragte er.

»Was denken Sie?«, gab Renate zurück, anstatt ihm direkt zu antworten, denn sie befürchtete, dass er den Gedanken an eine Trennung von seiner Frau sofort von sich weisen würde, wenn er von einer anderen Person ausgesprochen wurde.

»Sie sind die Ärztin, ich möchte von Ihnen eine Antwort.«

Renate atmete tief durch. Sie hatte ihn also ganz richtig eingeschätzt, er wollte die Wahrheit so lange wie möglich von sich wegschieben. Die Wahrheit, dass seine Ehe gescheitert war, dass es nichts mehr gab, um seine Hedwig wieder in das scheue Mädchen zu verwandeln, das er einst geheiratet hatte. In das schüchterne Kind, dem er sich so überlegen gefühlt hatte, dass er nicht davor zurückgescheut hatte, ihr seinen Willen in jeder Hinsicht aufzuzwingen, bis der Druck in ihr immer höher geworden und sie wie ein überhitzter Dampfkessel explodiert war. Ob sie diese Metapher verwenden sollte, um ihm zu erklären, was vorgefallen war? Dass der Dampfkessel in tausend Stücke zersprungen war, die man nicht mehr zusammenfügen konnte? Ebenso wenig wie die Ehe der beiden?

»Es ist immer schwierig für Ärzte, wenn man Angehörigen eine schlechte Prognose überbringen muss«, fing sie an. »Ihre Frau hat sich dauerhaft verändert. Sie wird nie mehr so werden, wie Sie sie kennengelernt haben. Irgendetwas ist in Ihrer Beziehung zerbrochen und das hat in ihr diese grundlegende Verhaltensänderung ausgelöst, die man durch keine Medizin der Welt mehr heilen kann.«

»Aber es muss doch etwas möglich sein. Ich habe gehört, dass man Verrückten mit Elektroschocks helfen kann.«

Renate räusperte sich. Die Art, wie er das Wort betonte, zeigte deutlich, wie sehr er sich durch erneute Gewalt eine einfache Lösung wünschte. Einfach ein paar Schocks geben, wenn er schon nicht selbst in der Lage war, ihr das einzuprügeln, was er sich wünschte.

»Die Elektrokrampftherapie ist für Ihre Frau nicht geeignet«, beschied sie ihn daher. »Es handelt sich dabei nicht um eine Erziehungsmaßnahme, sondern eine Anwendung, die bei bestimmten Formen der Schizophrenie und Depression helfen kann. Dann, wenn die Menschen in einen sogenannten katatonen Zustand geraten, in dem sie auf keinerlei Außenreize mehr reagieren und auch das Essen und Trinken eingestellt haben. Das ist bei Ihrer Frau nicht der Fall.«

»Aber es muss doch irgendetwas geben!«, rief er verzweifelt.

»Ich fürchte, in diesem Fall ist die ärztliche Kunst am Ende. Vielleicht sollten Sie die Möglichkeit nutzen, die der Gesetzgeber für diesen Fall vorgesehen hat. Sie könnten sich scheiden lassen, weil Ihre Frau unheilbar geisteskrank ist und eine normale Ehe nicht mehr denkbar ist. Natürlich möchte ich Ihnen nicht zur Scheidung raten. Ich finde es ausgesprochen lobenswert, dass Sie so sehr an Ihrer Frau hängen und bereit sind, alles für sie zu tun. Aber Sie sollten sich überlegen, ob das wirklich Ihre Vorstellung von einem künftigen Leben ist. Sie werden mit ihr niemals ein glückliches Familienleben mit gemeinsamen Kindern haben. Sie werden dauerhaft in einer Spirale der Gewalt leben, weil Ihre Frau nicht in der Lage ist, ihre Emotionen unter Kontrolle zu halten. Sie ist schon als Kind auf der Flucht so schwer traumatisiert worden, dass sie sich nicht altersgerecht entwickeln konnte. So kennt sie nur zwei Seiten. Das scheue Mädchen, das gefallen will, oder die Furie, die sich mit Gewalt holt, was sie will. Und bei Ihnen wird sie ausschließlich die Furie zeigen können, weil sie erkannt hat, dass sie Ihnen körperlich überlegen ist.«

»Aber … Sie müssen doch irgendetwas tun können!«

»Nur das, was ich Ihnen genannt habe.«

»Dann möchte ich mit einem Oberarzt reden, von Mann zu Mann. Sie erscheinen mir doch noch sehr jung und unerfahren. Woher soll ich wissen, dass Sie wirklich alles versucht haben?«

»Ich werde den Oberarzt gern bitten, mit Ihnen zu sprechen. Warten Sie, ich rufe ihn eben an und frage, ob er kurz Zeit hat.«

Renate griff nach ihrem Telefon und rief Doktor Walter an. Sie war sehr froh, dass sie auf der Frauenstation nichts mehr mit Doktor Kleinschmidt zu tun hatte, denn bei seiner Vergangenheit hätte sie sich gut vorstellen können, dass er Hedwig Zierrauh vielleicht doch einer Elektrokrampftherapie unterzogen hätte, nur um auszuprobieren, ob man den Willen einer Frau auf diese Weise brechen konnte. Bei Doktor Walter musste sie das nicht befürchten, der stand im Fall Zierrauh ja auf ihrer Seite.

Sie hatte Glück. Doktor Walter war in seinem Büro und bereit, zu ihr zu kommen, um sie bei dem Gespräch zu unterstützen. Ein völlig anderes Verhalten, als Doktor Kleinschmidt es gezeigt hätte. Der hätte sich niemals dazu herabgelassen, in das Büro einer jungen Assistenzärztin zu kommen. Wenn er überhaupt bereit gewesen wäre, mit einem ihrer Patienten oder dessen Angehörigen zu sprechen, hätte er sie gemeinsam in sein Büro bestellt.

Als Doktor Walter das Büro betrat, schien es Renate, als würde Herr Zierrauh gleich mehrere Zentimeter kleiner.

Renate fasste das Gespräch kurz zusammen.

»Und jetzt hoffen Sie, dass ich Ihnen etwas anderes sagen kann als Fräulein Doktor Schwarz?«, fragte der Oberarzt.

Herr Zierrauh räusperte sich. »Nun ja, Sie sind der Oberarzt und erfahrener als das junge Fräulein, deshalb …«

»Gerade weil ich erfahrener bin, muss ich dem Fräulein Doktor zustimmen, Herr Zierrauh. Als ich selbst noch ein junger Assistenzarzt war, habe ich in solchen Fällen versucht, alles zu tun, um einen Heilerfolg zu erzwingen. Ich muss Ihnen gestehen, es hat niemals geklappt. Es ist sehr verantwortungsvoll von Fräulein Doktor Schwarz, Ihnen die einzig gute Lösung anzubieten. Ein Mann, mitten im Leben, der gern noch eine Familie gründen will, sollte sich nicht einer falschen Vorstellung von Loyalität hingeben, sondern versuchen, möglichst schnell eine einvernehmliche Scheidung zu erreichen. Sie tun Ihrer Frau einen größeren Gefallen, wenn Sie ihr helfen, ein eigenständiges Leben zu führen und eine Arbeit zu finden, damit sie nicht von Ihnen abhängig ist. In dem Fall brauchen Sie keine Unterhaltszahlungen zu leisten und sind frei für eine neue Verbindung. Und ein Mann mit Ihrer Reputation hat es in der heutigen Zeit doch leicht, eine freundliche Frau mit Kinderwunsch zu finden. Nicht umsonst ist Geisteskrankheit ein anerkannter Scheidungsgrund.«

Herr Zierrauh schluckte. »Meinen Sie das wirklich ernst, Herr Doktor?«

»Selbstverständlich. Glauben Sie, ich würde mit einem so ernsten Thema scherzen?«

»Aber … aber wie soll das dann weitergehen? Ich meine, ich kann sie doch, wenn sie mich so … wie nannten Sie das doch gleich, wahnhaft verarbeitet, nicht zurück nach Hause holen. Und sie kann sicher nicht im Krankenhaus bleiben, bis wir geschieden sind, oder doch?« Herr Zierrauh sah Doktor Walter hilflos, ja beinahe ängstlich an.

»Wie groß ist Ihre Wohnung?«, wollte der Oberarzt wissen.

»Zwei Zimmer, Wohnzimmer und Schlafzimmer. Und eine große Küche mit einem Sofa, auf dem Gäste schlafen können. Nicht dass wir Gäste hätten, aber man weiß ja nie, oder wenn wir mal ein Kind bekommen hätten …«

In diesem Moment war Renate doppelt froh, dass es mit dem Kinderwunsch nicht geklappt hatte, wenn der einzige Raum für das Kind eine Couch in der Küche sein sollte.

»Nun, wir können Ihre Frau noch eine Weile hierbehalten, um sie zu stabilisieren und mit ihr zu arbeiten«, sagte Doktor Walter. »Aber natürlich nicht so lange, bis die Scheidung durch ist. Vielleicht können Sie eine andere Lösung finden, auch wenn derzeit Wohnungen knapp sind.«

Herr Zierrauh schluckte. »Mir bleibt auch nichts erspart. Wie lange können Sie sie denn hierbehalten?«

»Reichen Sie die Scheidung ein«, schlug Renate vor. »Allein diese Geste könnte vielleicht schon zu einer Verbesserung des Zustandsbildes führen. Und dann sehen wir weiter, ob es möglich ist, Ihre Frau anderweitig unterzubringen. Vielleicht will sie dann wieder als Dienstmädchen in Stellung gehen oder kann irgendwo zur Untermiete ein Zimmer nehmen. Wichtig ist, dass Sie Tatsachen schaffen. Stabile Fakten, die Ihrer Frau klarmachen, dass diese Ehe vorbei ist und Sie nicht länger gewillt sind, mit ihr Tisch und Bett zu teilen. Eine derartige Stabilität wirkt bei wahnhaften Störungen oft Wunder.«

»Meinen Sie wirklich?« Zierrauh kratzte sich nachdenklich am Kopf.

»Ich stimme Fräulein Doktor Schwarz zu«, unterstützte sie der Oberarzt. »Reichen Sie die Scheidung umgehend ein. Die notwendigen Atteste über den Geisteszustand Ihrer Frau bekommen Sie von uns.«

Hedwig Zierrauh war sehr erleichtert, als Renate ihr später von dem Gespräch erzählte.

»Er will wirklich die Scheidung einreichen?«, fragte sie immer wieder und strahlte dabei vor Glück. »Das kann ich gar nicht fassen.«

»Haben Sie schon eine Idee, wie es ohne Ehemann weitergehen wird? Wo Sie leben wollen und wie Sie Ihren Lebensunterhalt bestreiten wollen?«

»Ich versuche, Arbeit in einer Fabrik zu bekommen«, antwortete Frau Zierrauh. »Eine Freundin arbeitet bei Margarine-Voss. Da suchen sie immer und zahlen gut. Vielleicht kann ich auch bei ihr unterkommen, zumindest so lange, bis ich irgendwo ein Zimmer zur Untermiete finde. An eine eigene Wohnung mag ich im Moment noch gar nicht denken.«

»Nehmen Sie Kontakt zu Ihrer Freundin auf«, riet ihr Renate. »Und wenn sichergestellt ist, dass Sie übergangsweise bei ihr wohnen können, werden wir Ihre Entlassungspapiere vorbereiten, dann können Sie sich auch bei der Fabrik um Arbeit bemühen.«

»Ich brauche dafür aber das Einverständnis meines Ehemannes. Was ist, wenn er Nein sagt?«

»Er wird froh sein, wenn Sie so schnell wie möglich auf eigenen Füßen stehen und er nichts mehr mit Ihnen zu tun haben muss. Also, keine Sorge, die Unterschrift können Sie sich dann noch hier geben lassen. Der Oberarzt hat ganz in Ihrem Sinne auf Ihren Mann eingewirkt.«

»Wirklich? Er stand auf meiner Seite? Das habe ich nur Ihnen zu verdanken, Fräulein Doktor! Vielen, vielen Dank!« Frau Zierrauh ergriff Renates Hände dermaßen überschwänglich und voller Dankbarkeit, dass Renate unwillkürlich zurückzucken wollte, sich aber gerade noch beherrschen konnte. Diese Art der Nähe musste sie aushalten, um das Vertrauen ihrer Patientin zu erhalten. Und ganz ehrlich – es war auch gar nicht so schlimm, diese Begeisterung zu ertragen, ganz im Gegenteil, sie machte Renate unglaublich stolz.

Kapitel 19

Am Abend ging Renate gut gestimmt in den Feierabend, denn sie hatte das Gefühl, einen echten Durchbruch bei Frau Zierrauh erreicht zu haben. Schon seltsam, dachte sie bei sich, wie anders es auf der Frauenstation war im Vergleich zur Männerstation, wo sie vor einem Jahr gearbeitet hatte. Die Krankheitsbilder mochten die gleichen sein, aber die Art und Weise, wie sich psychische Erkrankungen bei beiden Geschlechtern ausdrückten, war sehr unterschiedlich. War das womöglich biologisch begründet oder lag es einfach an der Erziehung und den verschiedenen Erwartungen, die der sozialen Rolle entsprachen? Bei den Männern spielten zudem Kriegserlebnisse hinein. Ihre Traumata waren aufgrund ihres Einsatzes als Soldaten völlig anders geartet als die der zurückgebliebenen Frauen. Beiden war die Kontrolle genommen worden, aber der Soldat mit der Waffe in der Hand hatte wenigstens noch das Gefühl, sein Schicksal in Form seines Gewehrs im wahrsten Sinne des Wortes in der Hand zu halten, während die Frauen zum passiven Abwarten verdammt gewesen waren. Sei es während der Bombenangriffe im Luftschutzbunker oder während sie auf Feldpost warteten, immer das Beste hoffend und das Schlimmste befürchtend. Wäre Frau Zierrauh ein Mann gewesen, wäre sie gar nicht erst in die Psychiatrie eingewiesen worden, denn prügelnde Männer waren zwar nicht besonders gut angesehen, aber sie galten nicht als verrückt, sondern einfach bloß als cholerisch oder schwierig. Und wäre Resi aus Bayern in einer Hamburger Psychiatrie gelandet, wenn sie ein Mann gewesen wäre? Oder hätte man sie als Mann lediglich als Dorftrottel in der Großstadt betrachtet, der verrückte Vorstellungen von der Welt hatte? Ganz anders Irmgard Köhler. Wäre sie ein Mann gewesen, wäre sie womöglich gleich ins Gefängnis gekommen. Eine nackte Frau galt als verrückt, ein nackter Mann war ein Sittenstrolch. Es war vielleicht doch das Rollenverständnis, das unterschiedliche Ausprägungen einer Geisteskrankheit bei gleicher Ursache zeitigte. Bemerkenswert war dabei allerdings, dass Frauen häufiger zu Opfern wurden und Männer zu Tätern. Aber eigentlich war das auch kein Wunder, es passte in das Rollenverständnis der duldsamen Frau und des starken Mannes. Vermutlich haben wir die Gleichberechtigung erst dann, wenn man bei der Ausprägung von Geisteskrankheiten keinen Unterschied mehr zwischen Männern und Frauen sieht, sinnierte Renate, als sie in ihre Isetta stieg und nach Hause fuhr, um Matthias zum gemeinsamen Abendessen mit Onkel Rudi und Tante Goldie abzuholen.

Bislang hatte Renate das Hotel Vier Jahreszeiten immer nur von außen gesehen. Die Hamburger stritten gern darüber, welches Hotel das bessere war, das Vier Jahreszeiten oder das Atlantic. Beide strahlend weiß, voller Luxus und mit Alsterblick, nur dass das Vier Jahreszeiten an der Binnenalster im Herzen der Stadt lag und das Atlantic an der Außenalster den ganzen See im Blick hatte. Vermutlich wäre es an der Außenalster leichter gewesen, einen Parkplatz zu finden. Renate war froh, dass sie sich von Matthias dazu hatte überreden lassen, diesmal mit ihrer Isetta zu fahren, denn so konnte sie sich noch in eine Parklücke vor dem Hotel quetschen, in die der Opel ihres Onkels niemals gepasst hätte.

Sie hatten sich beide in Schale geworfen, wie Matthias es zu nennen pflegte, um dem Ambiente des teuren Hotels gerecht zu werden. An der Rezeption hatte man ihre Namen bereits hinterlegen lassen und führte sie in das zugehörige Lokal des Hotels, wo nicht nur Rudi und Goldie auf sie warteten, sondern auch Matthias' Großeltern. Seinem Großvater schien der Aufenthalt im Hotel gut zu bekommen, sein zernarbtes Gesicht war nicht mehr so blass, wie sie es in Erinnerung hatte, und auch Oma Martha strahlte, als sie Renate und Matthias erblickte.

»Das fühlt sich an, als wären wir selbst im Urlaub«, schwärmte sie. »Wie schön, dass ihr heute mit uns esst. Wobei ich ständig ein schlechtes Gewissen habe, dass Rudi sich mit den Kosten übernimmt. Ich traue mich gar nicht, auf die Speisekarte zu schauen, weil die Preise so unverschämt sind.«

Rudi lachte. »Ich kann es mir leisten, also macht euch keine Sorgen.« Um seine Worte zu bestätigen, bestellte er gleich zwei Flaschen Champagner. Renate hätte gern gewusst, was sie wohl kosteten, aber Rudi ließ alles aufs Zimmer buchen. Anwälte in Amerika mussten wirklich gut verdienen.

»Ich habe für uns ein Sechs-Gänge-Menü bestellt, damit wir das Beisammensein länger genießen können«, erklärte er. »Als Erstes gibt es eine Auswahl von verschiedenen Vorspeisen, dann kommt der Hauptgang.«

»Ich bin gespannt, ob man davon satt wird«, sagte Opa Paul. »Ist doch oft so, dass man in feinen Restaurants immer nur kostet und dann wird es schon wieder weggenommen.«

»Das werden wir hier durch sechs Gänge ausgleichen«, beruhigte ihn Rudi. »Du wirst schon satt. In den letzten Tagen hast du ja auch keinen Hunger gelitten.«

»Ja, weil ich auf der Karte das gewählt habe, von dem ich wusste, dass es vermutlich reichhaltig genug ist.« Paul zwinkerte seinem Sohn liebevoll zu. War das tatsächlich der Mann, von dem sie vor ein paar Tagen noch geglaubt hatten, es ginge bald mit ihm zu Ende? Der Besuch seines ältesten Sohnes und der Schwiegertochter schien der Dünger seines Herzens zu sein.

Renate war neugierig, wie die Gänge wohl aussehen mochten. Zuerst kam ein Pfefferbaiser mit Birne und weißem Alba-Trüffel, sehr elegant und fein auf einem großen weißen Teller angerichtet.

»Das schmeckt sehr gut«, lobte sie. »So etwas in der Art habe ich bislang noch nicht probiert.«

»Dann warte mal ab, wie eure Gaumen noch weiter verwöhnt werden«, frohlockte Goldie.

»Esst ihr so etwas in Amerika regelmäßig?«, wollte Matthias wissen.

»Nein, nur wenn wir uns in ein feines Restaurant begeben. Unter der Woche haben wir oft zu viel zu tun. Wenn ich in Hollywood bin, kann ich froh sein, wenn ich die Zeit finde, irgendwo einen figurfreundlichen Salat zu essen. Meist reicht es leider nur zum Imbisswagen, der Hotdogs verkauft. Nicht dass ich etwas gegen Hotdogs hätte, aber sie schmeicheln in Mengen nicht der Figur.«

»Na ja«, warf Martha ein, »du kommst ja jetzt in ein Alter, in dem du nicht mehr die jugendliche Liebhaberin spielen musst, sondern reifere Rollen von erwachsenen Frauen, die die Korpulenz des Alters mit Würde tragen können.«

Goldie verzog das Gesicht und Renate war sich nicht sicher, ob Martha diese Worte als Spitze gemeint hatte oder wirklich als gut gemeinten Hinweis, obwohl Goldie ihre derzeitigen Rollen ja selbst so beschrieben hatte. Oder war es etwas anderes, wenn sie selbst sich so darstellte? Immerhin behielt Goldie dann die Kontrolle, als wäre es ihre freie Entscheidung, aber wenn Martha es sagte, war es eine Feststellung.

»Und wie ist es so als Anwalt?«, wandte sich Matthias an seinen Onkel. »Ich fange langsam an, mich mit dem Gedanken anzufreunden, Jura zu studieren. Irgendetwas muss ich ja mit meinem Leben anfangen, wenn ich nicht mehr Fußball spielen kann.« Er zwang sich zu einem Lächeln. »Allerdings denke ich, dass man in Hamburg kaum so gut verdient wie in Amerika.«

»Nein, vermutlich nicht.« Rudi trennte elegant mit der Gabel ein Stück von seiner Birne ab. Renate fielen seine gepflegten Hände auf, die darauf schließen ließen, dass ihnen regelmäßig eine Maniküre zuteilwurde. Dazu die goldenen Manschettenknöpfe, die unter dem Jackett funkelten. Der dunkle Anzug war maßgeschneidert und bestimmt exorbitant teuer gewesen. Wahrscheinlich musste man diesen Stil pflegen, wenn man als Anwalt für seine Klienten um hohe Summen kämpfte. Goldie stand ihm in nichts nach mit ihrem mitternachtsblauen Kostüm, unter dem eine weiße Seidenbluse am Ausschnitt hervorblitzte. Eine vierreihige Perlenkette umschloss ihren Hals, als sollte sie den Eindruck von Jugend bewahren und die unvermeidlichen Falten am Hals einer schlanken, alternden Frau verbergen.

Renate trug ebenfalls ein dunkelblaues Kostüm, aber es war von der Stange, genau wie die Bluse darunter. Es war nicht billig gewesen, einen halben Monatslohn hatte sie in etwas Schickeres zum Ausgehen in gehobenerem Ambiente investiert. Sie musste sich vor den anderen Gästen gewiss nicht schämen, aber gegen Goldies Kostüm kam es ihr billig vor.

Der nächste Gang wurde serviert: gegrillter Aal. Rudi orderte nach dem Champagner Wein, sowohl weißen als auch roten.

»Den Aal zu grillen, anstatt ihn zu räuchern, ist bemerkenswert für ein exklusives Lokal«, fand Paul. »Ich weiß noch, wie meine Eltern frische Aale gebraten haben, weil wir uns keine geräucherten leisten konnten.«

»Das haben meine Eltern auch gemacht«, stimmte Martha zu. »Als ich ein Kind war, noch vor der Cholera, da ist uns mal im Hof ein Aal aus dem Wasserhahn in den Eimer geflutscht. Meine kleine Schwester hat laut geschrien, weil sie dachte, das wäre eine Schlange, aber unsere Mutter hat sich gefreut. Sie meinte, so ernähre die Elbe ihre Kinder, und dann landete der Aal direkt in der Pfanne.«

»Die Geschichte habe ich als Kind unzählige Male gehört.« Rudi lachte lauthals los. Sein Lachen war so ansteckend, dass alle einstimmten. Renate fiel auf, dass Goldie heute nicht in Angriffslaune war wie bei jenem ersten Besuch am vergangenen Sonntag. Lag es daran, dass ein derartiges Verhalten in einem feinen Lokal unangemessen wäre, oder war es eine Rolle? Spielte sie vor der Familie eine andere Rolle als hier? Und wenn ja, woran lag es? Hatte sie ein Problem mit Rudis Geschwistern? Kamen die alten Kränkungen immer wieder hoch? Vielleicht konnte sie einmal unter vier Augen mit Goldie sprechen, denn sie hatte das Gefühl, erst dann die wahre Person hinter den vielen Rollen zu erfassen.

Nach der zweiten Vorspeise kam der erste Hauptgang. Gezupfter Taschenkrebs an Eisenkraut mit Limettensud. Wieder war es eine wunderschön angerichtete Kreation auf einem viel zu großen weißen Teller. Es schmeckte ausgezeichnet, so ausgezeichnet, dass Renate gern noch mehr davon gegessen hätte. Aber in den feinen Lokalen war es nun mal so, dass es um möglichst viele Geschmackserfahrungen ging. Also gab es viele kleine Portionen und sie war neugierig, was sie als Nächstes erwartete.

»Wie läuft das in Amerika eigentlich ab, wenn man irgendwen auf Schadensersatz verklagt?«, fragte Matthias Onkel Rudi.

»Nun, jemand wurde durch irgendwen oder besser noch einen Firmenkonzern geschädigt. Am liebsten sind mir Prozesse gegen große Firmen, die bringen das meiste Geld. Außerdem ist es den Bossen eine Lehre, dass sie sich nicht alles erlauben können. Die Klienten kommen zu mir, sie müssen mich nicht im Voraus bezahlen, wie es bei vielen anderen Anwälten üblich ist. Ich habe euch ja schon erzählt, dass ich auf Provisionsbasis arbeite und im Erfolgsfall bis zu dreißig Prozent vom Schadensersatz kassiere.«

»Das ist ziemlich viel«, sagte Renate.

»Nun, dafür gehe ich das Risiko ein, unter Umständen gar nichts zu verdienen, wenn ich verliere. Deshalb suche ich mir die Fälle, die ich vertrete, auch sorgfältig aus.«

»Um welche Summen handelt es sich so?«, bohrte Matthias interessiert weiter.

»Es geht immer um mindestens fünfstellige Summen. Darunter lohnt es sich für mich nicht. Der höchste Schadensersatz, als jemand durch einen Arbeitsunfall beide Beine verlor, betrug mehr als eine Million Dollar.«

»So viel?« Renate riss die Augen auf. »Wieso gibt es in Amerika denn so viel höheren Schadensersatz als in Deutschland?«

»Das liegt vor allem am amerikanischen Rechtssystem. Das ist vollkommen anders als das deutsche. In Amerika entscheiden Jurys und die bestehen aus ganz normalen Bürgern. Und diese Jurys sind oft leicht zu beeinflussen, wenn man auf die Tränendrüse drückt. Vor allem, wenn es nicht gegen eine andere Person, sondern gegen eine Firma geht. Die Jurys entscheiden auch über die Höhe. Und wenn ihnen jemand leidtut, sind sie sehr großzügig. Meine Aufgabe besteht darin, die Einschränkungen, die der Kläger erfahren hat, so emotional und dramatisch wie möglich darzustellen. In Deutschland wäre ein emotionales Auftreten unangemessen, man will sich im Gerichtssaal lieber auf trockene Paragrafen verlassen, auf vorgefasste Tabellen, wie viel der Verlust eines Beins oder gar beider Beine wert ist. Das gibt es in Amerika nicht. Da wird das Leid des Betroffenen in den Fokus gerückt. Und dann kommt richtig viel Geld dabei raus.«

»Jetzt habe ich kein schlechtes Gewissen mehr, dass du uns hier zu diesem teuren Essen einlädst«, sagte Matthias. »Das ist für dich vermutlich so ähnlich wie für mich die Currywurstbude am Spielbudenplatz.«

Rudi lachte. »Das glaube ich gern. Und nein, ihr müsst wirklich kein schlechtes Gewissen haben. Das Leben hat es gut mit uns gemeint. Aber wir arbeiten auch hart dafür und sind aufgrund von Goldies Karriere oft wochenlang getrennt. Ein Familienleben wie ihr hatten wir nur selten.«

»Das stimmt«, bestätigte Goldie. »Für mich als Schauspielerin waren Schwangerschaften immer ein Problem. Deshalb haben wir auch nur eine Tochter. Die haben wir kurz nach unserer Ankunft in Amerika bekommen, zu einer Zeit, als ich noch nicht gut genug Englisch konnte, um meine Schauspielkarriere in den USA fortführen zu können. Also haben wir pragmatisch geplant. Ein Kind, als Zeit dafür war. Als Margot aus dem Gröbsten heraus war, konnte ich mich wieder ganz der Karriere widmen.«

»Hast du Margot dann mit nach Hollywood genommen, wenn du gedreht hast, oder ist sie beim Vater geblieben?«

»Als sie noch nicht zur Schule ging, habe ich sie und ihre Nanny immer mitgenommen, aber als sie in die Schule kam, ist sie mit der Nanny beim Papa geblieben.«

»Das klingt, als wäre die Nanny die stabilste Bezugsperson gewesen«, entfuhr es Renate. Zugleich bereute sie es, denn sie wollte Goldie nicht kränken.

Doch die schien es gar nicht als Kränkung wahrzunehmen. »Das ist in der besseren Gesellschaft üblich. Wenn die Eltern viele Verpflichtungen haben, ist es wichtig, eine gute Nanny zu haben, die sich um die Erziehung kümmert. Das war schon beim deutschen Hochadel so und ist beim amerikanischen Geldadel nicht anders.«

Goldie sagte es so lässig, als wäre es eine Selbstverständlichkeit, dass sie zum Geldadel gehörten. Es war gerade diese Selbstverständlichkeit in ihren Worten, die Renate erst bewusst machte, wie groß die finanzielle Kluft zwischen Rudi und Goldie zu dem Rest der Familie wirklich war.

Der nächste Hauptgang wurde serviert und Rudi orderte eine weitere Flasche Rotwein, während Renate sich von nun an auf Wasser beschränkte, schließlich musste sie später noch fahren.

Lackierter Rehrücken in Madeira-Wacholderjus wurde serviert, natürlich auch wieder nur eine sehr kleine Portion auf einem riesigen Teller, aber langsam merkte Renate, dass sie auch durch viele kleine Köstlichkeiten satt wurde.

Zum Nachtisch gab es neben einem für ihre Augen normalen Vanilleeis mit heißen Kirschen auch noch geeistes Alsterwasser mit Hopfen, Malzcreme und Zitrone.

»Jetzt machen die schon aus Bier Eis«, staunte Paul. »In meiner Jugend hätte man das für keine geistreiche Kreation, sondern für eine Sünde gehalten.«

Sie lachten und Renate freute sich, dass sie hier auch erstmals den wahren Charakter von Matthias' Großvater erleben durfte, nicht nur den alten, kranken Mann, als den sie ihn bislang kennengelernt hatte. Ob an Goldies grober Spitze, die alten Leute bräuchten mal wieder ein richtiges Bett, doch etwas dran war? War der Schrebergarten, ganz gleich, wie gut er inzwischen ausgebaut war, doch nicht das Richtige für ihn? Bei diesem Gedanken wurde Renate zudem erstmals klar, dass sie gar nicht wusste, an welcher Krankheit Matthias' Großvater wirklich litt. War es nur das Alter? Man hatte ihr nie einen Namen gegeben, wenn man über sein Leiden sprach. Er war alt und krank. Das war alles. Vielleicht sollte sie auch hier einmal mehr nachhaken. Aber nicht jetzt. Nicht an diesem schönen Abend, an dem weder Alter noch Krankheit eine Rolle spielten, sondern der Moment genossen, das Leben gefeiert wurde. Niemand wusste, was das Morgen bringen würde, auch wenn man glaubte, alles genau geplant zu haben. Alles, was einem wirklich gehörte, war der Augenblick, in dem man lebte. Die Vergangenheit war etwas, an das man sich erinnern konnte, aber sie war weg. Und die Zukunft etwas, auf das man hoffen konnte, ohne zu wissen, ob man wirklich eine hatte.

Ich habe vermutlich schon zu viel Alkohol getrunken, dachte Renate bei sich, dass ich so philosophische Gedankengänge habe. Dann wandte sie sich wieder Goldie zu. »Ich würde gern mehr von deiner Arbeit in Hollywood hören. Ist das Leben einer Schauspielerin so, wie es uns die bunten Illustrierten glauben machen wollen?«

»Man darf nie glauben, was man in den Illustrierten liest.« Goldie seufzte etwas theatralisch und auf einmal fragte Renate sich, ob es wohl klug gewesen war, das Thema auf Goldies Karriere zu bringen, wenngleich es sie sehr interessierte.

»Wie ist es denn wirklich?«, hakte sie nach, als sie merkte, dass Goldies theatralisches Schweigen die Stimmung langsam bleiern werden ließ.

»Nun, das Interessanteste ist wohl die Tatsache, dass die Szenen nicht in chronologischer Reihenfolge gedreht werden, sondern je nachdem, in welchem Setting sie spielen, also welche Kulisse gerade bereitsteht. Das verhindert, dass man sich anders als beim Theater im Laufe des Drehs in der Rolle selbst entwickelt. Man muss alles vorher im Kopf durchspielen, sich dann sofort in den entsprechenden Entwicklungsschritt seiner Figur hineinversetzen und auf Abruf alle möglichen Gefühle hervorrufen können.«

»Und wie machst du das? Ich meine, eine fröhliche Rolle ist ja leicht, aber was ist, wenn du weinen musst? Arbeitet ihr dann mit künstlichen Tränen?«

»Manche tun das. Ich habe gelernt, mir in solchen Momenten kurz vorher die traurigsten Geschehnisse meines Lebens ins Gedächtnis zu rufen, dann kommen die Tränen nach einiger Zeit von selbst. Wenn man jedoch gerade eigene Trauer auf eine Figur übertragen hat, ist es oft nicht einfach, in der nächsten Szene wieder unbeschwert zu sein. Wenn ich in jungen Jahren gewusst hätte, wie anstrengend diese Arbeit wirklich ist, hätte ich vielleicht einen anderen Weg gewählt.«

»Also bereust du deine berufliche Entscheidung?«, erkundigte sich Matthias interessiert.

»Nein, ganz und gar nicht. Ich liebe das, was ich tue. Es war immer das, was ich wollte, und es bereitet mir Freude. Aber ich habe den Beruf mit falschen Vorstellungen gewählt. Als junges Mädchen, das das Glück gehabt hatte, ein paar kleine Rollen bei großen UFA-Produktionen in Berlin zu ergattern, stand natürlich der Stolz darauf im Vordergrund, es geschafft zu haben. Meine Rollen waren so unbedeutend, dass sie kaum Arbeit machten, aber ich war eine Schauspielerin und konnte mich im Glamour sonnen. So hat Rudi mich auch in der Silvesternacht 1929 kennengelernt, als ich mit ein paar Freundinnen, unter denen ich das herausragende Sternchen war, die Kakadu-Bar unsicher machte. Er hat nicht lockergelassen, mit mir in Kontakt zu treten, obwohl ich doch so beschützt in meinem Mädchenrudel war.« Sie lachte bei der Erinnerung daran, und diesmal war es wirklich das Lachen, das sie wohl früher als unbedarftes Mädchen gezeigt hatte.

»Ich glaube, das war die glücklichste Zeit meines Lebens, als ich noch alle Träume von einer rosigen Zukunft hatte, aber nichts von dem Preis wusste, den man dafür zu zahlen hat«, fuhr sie fort. »Und ich meine jetzt wirklich nur den Preis der

Schauspielerei, nicht das, was mit der Machtergreifung der Nazis kam.«

»Was ist der Preis der Schauspielerei?«, wollte Renate wissen.

»Das ist nicht so leicht zu erklären. Von der Anstrengung und der harten Arbeit will ich nicht sprechen, denn jeder Beruf, den man mit vollem Herzen ausübt, bedeutet Anstrengung und harte Arbeit, wenn man alles gibt, aber auch ungemeine Befriedigung. Ich denke, der Preis besteht darin, dass man sein eigenes Ich verliert.« Sie zögerte kurz. »Ich weiß nicht so genau, wie ich es am besten beschreiben kann, aber wenn du eine Rolle spielst, dann gibst du natürlich auch etwas von dir selbst hinein. Man lebt sie. Vielleicht ist es in gewisser Weise vergleichbar mit einem Kinderspiel, wenn kleine Kinder so tun als ob, wenn sie in Figuren schlüpfen und eine Geschichte spielen. Aber anders als die Kinder kann man die Figur nicht vollständig und linear leben. Außer im Theater, weshalb viele gute Schauspieler das Theater vorziehen, weil man dort im Spiel in gewisser Weise auch mit dem Publikum interagieren kann. Der Applaus des Publikums zeigt dir, ob du überzeugend spielst. Im Film sind es immer nur kleine Ausschnitte; manchmal lobt dich der Regisseur, ganz selten kommen begeisterte Zurufe vom Set, nachdem abgedreht ist. Aber man gibt immer nur kleine Kostproben, die dann später zu einem ganzen Film zusammengeschnitten werden. Das Leben ist zerstückelt, manche Szene muss man ein Dutzend Mal drehen, bevor der Regisseur zufrieden ist. Jedes Mal muss man sich wieder neu auf diesen einen Abschnitt konzentrieren; das Spielerische geht verloren. Und man verliert auch ein Stück von sich selbst, weiß irgendwann in so einem Aneinanderreihen von Szenen nicht mehr, wie viel man selbst und was die Rolle ist. Jedenfalls dann nicht, wenn man alles gibt, damit man die Rolle lebt. Manche sagen, die besten Schauspieler spielen sich ständig selbst. Sie reproduzieren im Grunde unentwegt denselben Typen vor der Kamera in verschiedenen Szenarien. John Wayne, der Westernheld, ist ein Beispiel dafür. Er spielt jedes Mal die gleiche Rolle, man weiß immer, wie er reagieren wird, er ist das Raubein mit dem weichen Kern, der herzensgute Westernheld, der seine Gutherzigkeit unter einem Panzer versteckt. Das Interessante für die Zuschauer ist dann die Erwartungshaltung, wann welche Seite jeweils in Aktion tritt. Oder Cary Grant, der galante, elegante Mann als Traum jeder Schwiegermutter. Interessanter ist da unter den Frauen Marylin Monroe, die blonde Sexbombe, die allerdings sowohl Komödien wie auch ernsthafte Rollen spielt. Genauso wie Liz Taylor. Für eine Frau ist es besonders mühsam, aus diesen Stereotypen auszubrechen. Aber auch Männer können daran zerbrechen. In keiner Branche sind Alkohol und Drogen so verbreitet wie am Set, wenn man mal von deutschen Bauarbeitern und ihren Bierkästen am Bau absieht.« Sie lächelte kurz. »Wer ständig in neue Rollen schlüpft, in Rollen, in denen man alles erreichen kann, im Privatleben aber nichts von alledem bekommt, was die Helden der Filme am Ende für sich gewinnen, der muss verzweifeln. Ruhm und Ansehen sind das eine, aber damit ist gleichzeitig ein Preis verbunden. Ich glaube, ich bin deshalb nie in die ganz obersten Ränge Hollywoods aufgestiegen, sondern bei den kleinen gemütlichen Produktionsfirmen geblieben, weil dort nicht so viel Selbstaufgabe verlangt wird. Manche Produktionschefs der großen Studios zwingen Frauen Verträge auf, in denen Schwangerschaften ausgeschlossen sind. Nicht nur, dass sie ihren Vertrag verlieren würden, nein, sie müssten im Fall einer Schwangerschaft sogar hohe Konventionalstrafen zahlen. Das könnte eine werdende Mutter ruinieren. Illegale Abtreibungen blühen vor Ort, die Scheinheiligkeit und die Doppelmoral sind manchmal unerträglich.«

Goldie nippte an ihrem Weinglas. »Es ist wichtig, dass man geerdet bleibt. Das ist einer von vielen Gründen, warum

Rudi immer an New York festgehalten hat, auch wenn er in Los Angeles ebenso gut als Anwalt hätte arbeiten können. Dadurch, dass ich Hollywood komplett verlassen und in den sicheren Hafen meiner Ehe zurückkehren konnte, wenn es mir zu viel wurde, blieb es mir erspart, dort zu zerbrechen oder mich einer Karriere zu verschreiben, die mich am Ende zerstören könnte. Du fragtest nach den Illustrierten, Renate. Nein, die Illustrierten bilden die gleiche Märchenwelt ab, die junge, unerfahrene Mädchen nach diesem Beruf streben lässt. Die Wahrheit wäre ein düsteres Drama, ein Moloch, gegen den man jederzeit kämpfen muss, um sich ein bisschen von dem Märchen zu bewahren und es zu leben. Man muss seine Nischen finden, um das Wunschbild zu erhalten. So wie ich es mit den Rollen in den B-Movies tue.« Sie holte tief Luft. »Ich spreche hier zum ersten Mal so ehrlich, vielleicht weil Ella nicht da ist. Zwischen Ella und mir hat es von Anfang an eine Kluft gegeben, die haben wir niemals überwinden können. Und ich glaube, es tut ihr gut, wenn sie glaubt, ich wäre unglücklich darüber, dass ich niemals in die Riege der bekannten Hollywoodgrößen aufgestiegen bin, weil sie mich für eine oberflächliche, einfältige Schickse hält.«

»Und warum benimmst du dich dann jedes Mal wie eine oberflächliche, einfältige Schickse?«, fragte Oma Martha nun. In ihrer Stimme klang ein leichter Vorwurf mit.

»Weil das die Rolle ist, die Ella von mir erwartet. Weil sie auf mich wirkt wie ein Regisseur. Sobald Ella da ist, bin ich die verwöhnte Goldie, die ihr um ein Haar den Traum ihres Lebens zerstört hätte. Und da ich nicht weiß, ob und wie wir uns jemals versöhnen können, biete ich ihr dieses Bild, damit sie sich an mir abreagieren kann. Zugleich schützt es mich, weil ich dann nichts von meiner eigenen Verletzlichkeit preisgeben muss. Sie darf die Schickse Goldie hassen und wir können uns gegenseitig mit boshaften Spitzen überziehen. Solange wir das tun, ist die Welt in Ordnung, denn wir können uns nicht wirklich verletzen so wie damals, als wir noch jung waren. Es ist ein Ritual geworden.«

»Manche alten Rituale sollte man aufgeben«, meinte Martha energisch. »Wenn niemand überflüssige Rituale jemals beendet hätte, dann würden wir vermutlich heute noch Menschen opfern und zu den Geistern beten.«

»Tun wir das nicht nach wie vor?«, fragte Goldie. »Heute opfern wir Menschen nicht mehr vor dem Altar alter Götter, aber auf dem Altar des Mammons und des Ehrgeizes, wenn man junge Männer in den Krieg schickt.«

»Jeder Krieg endet irgendwann«, sagte Martha. »Und ich glaube, es ist an der Zeit, den alten Zwist, der zwischen dir und Ella herrscht, beizulegen. Ich bin mir sicher, dass Ella es verstehen würde, wenn sie deine Worte heute gehört hätte.«

»Wenn ich mir da doch nur auch so sicher wäre«, seufzte Goldie. »Ich will mich nicht angreifbar machen und ich will ihr keine Macht über mich geben. Ihr, die ihr heute an diesem Tisch versammelt seid, seid Zeugen geworden, wie mir dieses Geständnis einfach so herausgerutscht ist. Vielleicht hat Renate einen besonderen Einfluss auf mich gehabt. Als Psychiaterin kann sie den Menschen wohl tiefer ins Herz blicken als die meisten anderen, und sie stellt Fragen, die jemanden dazu verleiten, sein Innerstes auszubreiten. Aber das bedeutet nicht, dass bestimmte Rituale überflüssig werden.«

»Ich glaube etwas ganz anderes«, sagte Renate nun. »Ich glaube, es ist dir schon viel länger ein Bedürfnis, den alten Konflikt zu begraben, aber du weißt nicht, wie. Sonst hättest du auch uns hier weiterhin die Rolle der oberflächlichen, einfältigen Schickse vorgespielt. Aber es brach aus dir heraus. Du möchtest, dass wir wissen, wer du wirklich bist. Vielleicht gerade, weil du als Schauspielerin sonst immer eine Rolle spielst. Ich weiß nur wenig von dem, was zwischen dir und Ella vorgefallen ist, aber ihr seid jetzt beide reife Frauen, die fest im Leben stehen. Frauen, die sich weiterentwickelt haben. Du solltest mit Ella reden.«

»Ich sehe im Geiste schon, wie sie bei diesem Vorschlag die Augen verdreht.«

»Dann müssen wir eben eine Gelegenheit schaffen, in der ihr beide die Möglichkeit habt, gesichtswahrend miteinander zu sprechen«, schlug Martha vor. »Neunundzwanzig Jahre Zwist sind genug.«

»Und wie?«, fragte Goldie.

»Darüber werden wir nachdenken«, sagte Martha mit all dem Nachdruck, den sie als allseits geschätzte Familiengroßmutter aufbringen konnte. Dann sah sie Renate an. »Ich bin mir sicher, du wirst mir dabei mit deinem Fachwissen helfen, damit wir eine Lösung finden, nicht wahr?«

Es lag Renate auf der Zunge, der alten Frau zu antworten, dass sie sich das einfacher vorstellte, als es war, und dass es gar nicht so leicht war, so alte Konflikte zu kitten – auch nicht für eine angehende Psychiaterin. Doch stattdessen ertappte sie sich dabei, wie sie zustimmend nickte.

Kapitel 20

Als Renate spät am Abend mit Matthias nach Hause fuhr, war er bester Stimmung, während sie immer wieder über die Last nachdachte, die sie sich einfach so hatte aufbürden lassen. Als wenn sie eine geeignete Mediatorin wäre, Konflikte aus der Welt zu schaffen, die älter waren als sie selbst. Vor allem – erwartete man von ihr, dass sie auf Ella zuging? Es war so viel unausgesprochen geblieben, es waren Erwartungen geweckt, aber keine konkreten Pläne geschmiedet worden.

Warum mache ich mich eigentlich so verrückt? Es ist nicht meine Aufgabe, Probleme zu lösen, die die Familie seit Jahren mit sich herumschleppt, dachte sie bei sich. Ich werde gern bei der Vermittlung helfen, aber der Anstoß muss von Goldie oder ihrer Schwiegermutter ausgehen, nicht von mir. Als sie sich das klargemacht hatte, ging es ihr sofort deutlich besser.

***

Am nächsten Morgen erwartete sie in der Klinik eine unangenehme Überraschung, denn anstelle von Doktor Walter stand Oberarzt Doktor Kleinschmidt morgens zur Visite bereit.

»Ist Doktor Walter heute nicht da?«, fragte sie irritiert.

»Nein, der Kollege ist unpässlich, da er sich bei seinem Sohnemann mit den Masern angesteckt hat. Das passiert, wenn Kinder zu behütet aufwachsen und von ihren Eltern von allem Elend ferngehalten werden. Sie infizieren sich erst als Erwachsene mit Kinderkrankheiten und fallen dann viel länger aus.«

»Woher wissen Sie, dass Doktor Walter von seinen Eltern zu sehr behütet wurde?«, gab Renate zurück. »Dass er als Kind keine Masern hatte, bedeutet doch nur, dass er mit keinen kranken Kindern Kontakt hatte.«

»Eben. Und warum hatte er keinen Kontakt? Weil die Mutti immer ein Auge auf den Sohnemann hatte, damit der stets gesund und munter bleibt und sie eines Tages stolz machen kann, wenn er der jüngste Oberarzt wird, den wir hier bislang hatten.«

Renate sagte nichts mehr. Die Gehässigkeit in Kleinschmidts Worten war deutlich genug. Obwohl er die Position des Leitenden Oberarztes innehatte, schien er den jüngeren Kollegen zu beneiden. Worum? Um seine Jugend, während er selbst in ein paar Jahren in Rente gehen würde? Oder war es nur der allgemeine Missmut, den er allen jüngeren Menschen entgegenbrachte, die Leuten wie ihm, die unter Hitler ihre Karriere begonnen hatten, mit Skepsis begegneten?

Mit Doktor Walter machte die Morgenvisite, bei der man die Zugänge der Nacht begrüßte und erste therapeutische Maßnahmen ansetzte, immer Spaß. An die Visiten mit Doktor Kleinschmidt, die sie auf der Männerstation im letzten Jahr viel zu oft hatte erleben müssen, dachte sie nur ungern zurück. Hoffentlich hatte Doktor Walter keinen schweren Verlauf der Masern und würde bald wohlbehalten zurückkehren.

Der Oberarztvisite, bei der sie sich die Zugänge der Nacht ansahen, fehlte heute die allgemeine Leichtigkeit. Auch Schwester Edith wirkte angespannt. Niemand kam wirklich gut mit Doktor Kleinschmidt klar. Es gab nur unterschiedliche Nuancen, mit denen er seine Wertschätzung zeigte, von offener Verachtung über Ignorieren bis hin zu gönnerhaftem Teilhabenlassen, das er sich für den Chefarzt aufhob und das Renate jedes Mal zum Fremdschämen fand, wobei sie sich fragte, warum der Chefarzt nichts dagegen tat. Andererseits war er deutlich jünger als Kleinschmidt und empfand es vermutlich als unter seiner Würde, sich auf einen Konkurrenzkampf mit einem Mann einzulassen, der im Rang ohnehin unter ihm stand und darunter mit großer Wahrscheinlichkeit litt. Renate ging davon aus, dass es Kleinschmidts Abwehrstrategie war, so zu tun, als könnte es ihm egal sein, wer unter ihm Chefarzt war. Vielleicht wollte er sogar eine Reaktion provozieren, um sich in einen Kampf zu begeben, bei dem er sich womöglich irgendwelche Siegeschancen ausrechnete. Ignoriert zu werden war vermutlich weitaus schlimmer.

In dieser Nacht war eine junge Frau aus der Geburtsklinik Finkenau auf ihre Station verlegt worden, da sie wenige Tage nach der Geburt ihrer Tochter eine wahnhafte Depression mit ernst zu nehmenden Suizidgedanken entwickelt hatte. Renate hatte während ihres Studiums einiges über dieses Krankheitsbild gehört, war aber bislang noch keiner Betroffenen begegnet. Manchmal hatte sie den Eindruck, es gäbe bestimmte Krankheiten, die die Professoren besonders gern lehrten, obwohl sie so selten waren. Vielleicht gerade deshalb, damit man sie nicht übersah, wenn es so weit war.

Die junge Mutter lag in einem Bett in der fensterlosen hinteren Ecke des Wachsaals. Es war das letzte freie Bett gewesen und ihr schien es ganz recht zu sein, sich dort verkriechen zu können. Renate hätte sie lieber im lichtdurchfluteten Ende gesehen. Ein Verkriechen in der Dunkelheit war bei einer Depression nicht förderlich.

Was Renate aber viel mehr störte, war Doktor Kleinschmidts fehlende Empathie. Er erwartete, dass die Patientinnen vor den Betten strammstanden wie die Soldaten in einer Kaserne. Auf der Männerstation war ihr das nicht so sehr aufgefallen, da verhielten sich die Männer von sich aus so. Aber bei den Frauen wirkte es wie eine Verzerrung der Realität, erzwungen und wenig therapeutisch. Doktor Walter erwartete das nicht und so waren die Frauen es auch nicht gewohnt, auf diese Weise angefahren zu werden, wenn sie auf den Betten saßen oder, schlimmer noch, darin liegen blieben.

»Wir sind hier nicht in der Chirurgie«, donnerte Doktor Kleinschmidt. »Es gibt keinen Grund, im Bett zu liegen, also hoch, sofort!«

Die Erste, die er damit konfrontierte, war Frau Zierrauh, die zwar nicht mehr im Bett gelegen hatte, aber die Visite sitzend erwartete. Renate wollte ihr noch etwas Zeit geben, Kontakt zu der Freundin aufzunehmen, die sie vielleicht bei sich wohnen lassen würde, und um sicherzustellen, dass ihr Mann auch wirklich die Scheidung einreichte. Seither war sie pflegeleicht und freundlich.

Als sie jetzt auf diese Weise von Doktor Kleinschmidt angefahren wurde, wirkte sie irritiert, suchte Renates Blick, die ihr mit einem kurzen Augenverdrehen signalisierte, dass sie mit dem Oberarzt ebenfalls nicht einverstanden war.

Ein kaum merkliches Nicken und Frau Zierrauh nahm Haltung an. Dabei fiel Renate auf, dass sie fast genauso groß wie Doktor Kleinschmidt war und ihm direkt in die Augen sehen konnte. Ob ihm diese Art der Augenhöhe wohl gefiel?

Er griff nach der Planette und schaute auf den Verlauf. »Sie sind also hier, weil Sie zu Hause randaliert haben. Was ist Ihnen denn eingefallen, sich so zu verhalten?«

»Mein Ehemann verstand keine andere Sprache«, erwiderte sie absichtlich provokant und hielt dem Blick fest stand.

Kleinschmidt war irritiert. »Sie glauben also, es sei notwendig, alles kurz und klein zu schlagen, wenn Sie einen Konflikt mit Ihrem Mann haben?«

»Wenn es keine andere Möglichkeit gibt.«

»Sie zerstören das Heim, das er Ihnen mit seiner Hände Arbeit geschaffen hat? Finden Sie das nicht selbst unverschämt?«

»Sie meinen, das wäre etwas, was nur ihm selbst zusteht?«

Kleinschmidt zog die Brauen hoch. »Hat er das denn getan?«

»Er hat sich bemüht, nicht das Mobiliar zu treffen, sondern nur mich. Im Gegensatz zu Frauenkörpern heilen Möbel nicht kostenlos. Also musste ich ihm einen Denkzettel verpassen.«

Doktor Kleinschmidt drehte sich zu Renate um. »Warum ist die Frau noch hier?«

»Wir sind noch mit der Entlassungsvorbereitung befasst.«

»Und was wollen Sie da vorbereiten? Soll der Mann im Sportverein zuvor einen Judokurs absolvieren? Für Ehestreitigkeiten sind wir nicht zuständig, diese Frau besetzt unnötig ein Bett. Sie kann sehr gut für sich selbst sorgen und Ungezogenheiten sind keine Geisteskrankheit.« Dann wandte er sich wieder Frau Zierrauh zu. »Sie werden heute entlassen.« Er machte einen entsprechenden Vermerk in die Kurve. »Wer ist die Nächste?«, fragte er dann.

Die Nächste war die redselige Manikerin Barbara Brose, die schon mitbekommen hatte, wie Kleinschmidt Frau Zierrauh angefahren und dann entlassen hatte. Sie war nicht nur ausgesprochen gesprächig in ihrer Manie, sondern zeigte dann auch einen sehr auffälligen Kleidergeschmack. So trug sie heute eine giftgrüne Bluse zu einem blau-rot gemusterten, viel zu langen Rock, der bis auf den Boden reichte und nur die Spitzen ihrer grauen Filzpantoffeln unter dem straßenschmutzigen Saum erkennen ließ. Auf dem Kopf trug sie einen braunen Herrenhut.

»Sie sind also Fräulein Brose«, begrüßte sie Doktor Kleinschmidt. »Manisch-depressiv, aber Ihre Kleidung ist schon allein Diagnose genug.«

»Was wollen Sie damit denn sagen, Herr Doktor? Das ist ein guter Rock und eine teure Bluse, die habe ich im Alsterhaus gekauft. Gut, letztes Jahr im Schlussverkauf, die Farbe war wohl nicht so ganz gefragt, aber ich mag Grün, das ist so frisch, und bald ist Sommer, dann werden alle Leute Grün mögen und …«

»Und der Männerhut?«, unterbrach Doktor Kleinschmidt sie. »Wo haben Sie den her?«

»Das ist ein Frauenhut.«

»Unsinn, das ist ein Männerhut.«

»Nein, ich bin eine Frau, und wenn ich einen Hut trage, ist das deshalb ein Frauenhut. Ein Kleidungsstück hat kein Geschlecht. Wenn ich von einem Schotten seinen Rock bekäme und ihn tragen würde, würden Sie dann auch sagen, das ist ein Männerrock oder ein Frauenrock? Zumal ja viele Frauen karierte Röcke mögen. Das ist jetzt modern, der Schottenrock, aber Männer kaufen die nicht, die haben immer Hosen an, jedenfalls in Deutschland, weil sie keine Schotten sind. Außer Schotten, wenn die mal hier sind. Aber ich habe hier noch keine Schotten im Rock gesehen. Sie vielleicht?«

»Die bleibt mindestens noch einen Monat hier«, donnerte Kleinschmidt und ging dann weiter, ohne Fräulein Brose noch eines Blickes zu würdigen, was die Patientin dazu bewog, ihm einen bitterbösen Blick hinterherzuwerfen. Immerhin war sie schon stabil genug, um auf Schwester Edith zu achten, die den Zeigefinger über die Lippen gelegt hatte. Nicht noch mehr Erzählungen über Schottenröcke.

Nachdem Doktor Kleinschmidt im Rahmen der Visite einige weitere Patientinnen beleidigt hatte, was er in seiner Selbstherrlichkeit gar nicht wahrnahm, hatten sie das Bett der jungen Mutter erreicht, die sich völlig unter ihrer Bettdecke verkrochen hatte, so weit, dass nur ihr blonder Haarschopf hervorragte.

Doktor Kleinschmidt studierte die Planette. »Wie wäre es, wenn Sie sich mal etwas aufrichten, Frau Nolte?«

Frau Nolte rührte sich nicht.

»Schwester Edith, ziehen Sie ihr mal die Decke weg, ich will ihr ins Gesicht sehen.«

Immerhin, dachte Renate, ist er nicht so ungehobelt, diesen Übergriff selbst zu vollziehen.

Schwester Edith lüftete ganz vorsichtig die Decke, doch sofort glitten die Hände der Patientin vor und zogen sie zurück.

»Nun mal ein bisschen schneller, ich habe nicht ewig Zeit«, moserte Kleinschmidt.

»Bitte, Frau Nolte, zeigen Sie uns doch mal Ihr hübsches Gesicht«, versuchte Schwester Edith sie fürsorglich zu bezirzen. Vergebens.

Da platzte Kleinschmidt der Kragen und er zog ihr die Decke mit einem Ruck herunter. Wenigstens war sie darunter mit einem Nachthemd bekleidet. »Auf diese Weise kommen wir ja nicht weiter!«, rief er. »Wenn der Oberarzt zur Visite kommt, haben Sie an der Visite teilzunehmen, ist das klar? Krankheit ist keine Entschuldigung für schlechtes Benehmen.«

Oberarzt zu sein auch nicht, dachte Renate bei sich, hielt aber den Mund.

Frau Nolte fing an zu schreien, laut und durchdringend wie eine Sirene.

Erschrocken ließ Kleinschmidt die Decke wieder fallen, während sich alle Augen im Wachsaal auf die Neue richteten. »Die ist ja völlig irre«, befand er. Und dann an Renate gewandt: »Sehen Sie zu, dass sie sich bei der nächsten Visite etwas vernünftiger präsentiert. Sonst kann man die ja nie wieder entlassen. Das arme Kind und der arme Vater.«

Das laute Schreien verstummte und zum ersten Mal fing Renate den Blick der Kranken auf, völlig verzweifelt, ein angstverzerrter Blick. Ob sie verstanden hatte, was Kleinschmidt gesagt hatte? Nicht nur die Worte selbst, sondern auch den Inhalt? Dass sie womöglich nie wieder rauskäme? Renate wusste aus den Vorlesungen, dass Frauen mit postpartalen Depressionen oft große Schuldgefühle hatten, Ängste, dem Kind oder der Familie nicht mehr gerecht zu werden. Und dann kam da so ein Trampel wie Doktor Kleinschmidt und machte aus der Visite eine Beleidigungsrunde. So schlimm hatte sie ihn auf der Männerstation nie erlebt. Da war er auch oft barsch gewesen, aber niemals in dieser Art und Weise. Wieder dachte Renate daran, dass Doktor Kleinschmidt selbst verheiratet war, aber sie seine Frau nie kennengelernt hatte. Niemand wusste etwas über sein Privatleben, das hielt er stets unter Verschluss. Wie mochte eine Frau mit so einem Mann wohl umgehen?

Nachdem Doktor Kleinschmidt die Station verlassen hatte, wandte Renate sich wieder Frau Nolte zu. »Es tut mir leid, dass Sie eben diese Erfahrung machen mussten«, sagte sie leise. »Aber das ist nur der Vertretungsoberarzt, der ist so. Der Oberarzt, der hier normalerweise zuständig ist, ist ganz anders. So wie wir auch. Wir wollen Ihnen wirklich helfen.«

Frau Nolte reagierte nicht. Renate holte tief Luft und beschloss, sie eine Weile allein zu lassen, bis sie sich beruhigt hatte.

Auf dem Weg aus dem Wachsaal wurde sie von Frau Zierrauh aufgehalten. »Muss ich heute wirklich gehen? Ich weiß doch nicht, wohin.«

»Wenn der Leitende Oberarzt Ihre Entlassung anordnet, habe ich leider keine Möglichkeit, etwas dagegen zu sagen. Haben Sie schon Kontakt zu Ihrer Freundin aufgenommen?«

Frau Zierrauh schüttelte den Kopf. »Sie hat kein Telefon, ich müsste vorbeikommen.«

»Dann sollten Sie das heute umgehend tun. Ich entlasse Sie heute erst einmal, wenn alle Stricke reißen, kommen Sie wieder. Sagen Sie dann einfach, dass Sie starke Ängste haben oder etwas Ähnliches, dann können wir Sie wieder aufnehmen. Aber das sollten Sie wirklich nur im äußersten Notfall tun, denn Doktor Kleinschmidt ist nicht sehr einfach im Umgang.«

»Das habe ich gemerkt. Er erinnert mich an meinen Mann, wenn der in voller Fahrt ist.«

»Wie gut, dass Sie ihm keine gescheuert haben«, entfuhr es Renate, und Frau Zierrauh lachte.

***

Als Renate am Abend nach Hause kam und vor der Tür einparkte, fiel ihr ein Mann mittleren Alters auf, der unschlüssig vor dem Tor herumlungerte. Dabei war er ordentlich gekleidet. War er sich unsicher, ob die Praxis ihres Onkels noch geöffnet war? Brauchte er Hilfe?

Also sprach sie ihn an. »Kann ich Ihnen helfen?« Sie hätte erwartet, dass er sie freundlich unsicher ansehen und dann sein Anliegen vorbringen würde.

Doch dieser Mann war ganz anders, er musterte sie scharf, so durchdringend, als wollte er sie mit seinen Augen aufspießen. »Sind Sie Fräulein Schwarz?«

»Kennen wir uns?« Nun war sie verunsichert.

»Mein Name ist Wismar, wie die Stadt«, sagte er und zog zugleich eine Polizeimarke hervor. »Oberkommissar Wismar.«

»Und was wollen Sie hier, Herr Wismar?« Tausend Gedanken schossen ihr durch den Kopf. War das der harte Hund von der Sitte, vor dem Lilli sie gewarnt hatte?

»Ich hätte ein paar Fragen.«

»Dann ist es nicht der richtige Weg, auf der Straße zu stehen und zu warten, dass man selbst angesprochen wird. Das Haus hat eine Klingel.«

»Es geht ganz schnell.«

»So? Das fühlt sich ja an, als hätten Sie hier auf mich gewartet.«

»Nicht unbedingt«, widersprach er. »Ihr Onkel ist Doktor Heinrich Schwarz?«

»Ja. Brauchen Sie ärztliche Hilfe? Dann sollten Sie klingeln.«

»Nein, ich möchte nur etwas über ihn wissen.«

»Dann sollten Sie auch klingeln und ihn fragen.«

Wismar lächelte kalt. »Nun, manche Dinge kann man nicht so direkt fragen. Hätten Sie etwas dagegen, mir einige Auskünfte zu geben?«

»Ja, denn es ist unangemessen, so etwas auf der Straße zu tun.«

»Dann sollten Sie mich hereinbitten.«

»Nein, das werde ich nicht tun. Wenn Sie irgendwelche Fragen haben, schicken Sie mir eine ordnungsgemäße Vorladung, dann komme ich gern zu Ihnen ins Polizeirevier. Ich wünsche Ihnen noch einen schönen Abend, Herr Wismar. Und sollten Sie etwas von meinem Onkel wollen, da ist die Klingel.« Mit diesen Worten ließ sie ihn stehen und war froh, dass sie so schlagfertig geblieben und dank Lilli auch vorgewarnt gewesen war. Was für eine Frechheit, sie auf diese Weise überrumpeln zu wollen. Gut, sie war selbst schuld, sie hätte ihn ja nicht ansprechen müssen, aber vermutlich hatte er es durch sein Verhalten absichtlich darauf angelegt. Interessant war auch, dass er nicht geklingelt hatte, sondern vor dem Haus auf der Lauer lag. Was erwartete er? Dass ihr Onkel dort haufenweise Männerbesuche empfing? Und selbst wenn, wie hätte er unterscheiden wollen, ob es Patienten oder Besucher waren? Dann kam ihr noch der Gedanke, dass er ihr vielleicht einen Strick daraus gedreht hätte, wenn er Matthias bei ihr angetroffen hätte. Schließlich waren sie noch nicht verheiratet und es gab nach wie vor den Kuppeleiparagrafen, der es unter Strafe stellte, einem unverheirateten Paar eine Wohnung zur Verfügung zu stellen. Zwar galt das nicht, wenn eine der Personen ohnehin Hauptmieter war und Gäste hatte, aber das Haus gehörte ihrem Onkel. Er hatte ihr die Wohnung zur Verfügung gestellt, ohne dass es einen Mietvertrag gab. Das war unter ihnen nicht üblich, zumal sie auch keine Miete zahlte und das ganze Haus irgendwann einmal erben würde. Könnte man ihrem Onkel damit eventuell Kuppelei anhängen? Nur gut, dass sie diesen unsympathischen Mann so schnell abgewimmelt hatte.

Bevor sie in ihre Wohnung ging, suchte sie noch kurz ihren Onkel auf. Er hatte seine Praxis wie jeden Tag kurz zuvor um sechs geschlossen und war schon in seiner Wohnung im ersten Stock.

»Führt dich dein erster Weg nicht zu deinem Verlobten?«, fragte er sie liebevoll, als sie die Wohnung betrat.

»Normalerweise schon, aber vor der Tür schleicht ein unsympathischer Kriminalbeamter herum. Wohl der, vor dem Lilli uns gewarnt hat.« Sie erzählte ihrem Onkel von der Begegnung.

Sein eben noch strahlendes Gesicht wurde schlagartig ernst. »Das ist ungeheuerlich«, sagte er. »Womöglich spricht der demnächst auch noch meine Patienten an. Dagegen muss ich etwas unternehmen.«

»Und was, wenn du nicht weiter in seinen Fokus geraten willst?«

Ihr Onkel trat ans Fenster und schaute unauffällig hinaus. »Ist er das?«

Renate nickte.

»Na, mal sehen, wie lange er heute dort stehen bleibt. Wenn er morgen wieder dasteht, werde ich ihn mit seinen eigenen Waffen schlagen.«

»Und wie?« Renate sah ihn fragend an.

»Dann rufe ich bei der Polizei an, dass vor meiner Praxis seit ein paar Tagen ein unbekannter Mann herumlungert, den man doch bitte mal überprüfen möge, ob er vielleicht in der Einbrecherkartei geführt wird.«

Renate musste trotz der ernsten Situation lachen. »Das willst du tun?«

»Ja«, bestätigte Onkel Heinrich. »Auch die Polizei muss sich an Recht und Ordnung halten. Wenn er irgendetwas von mir will, soll er sich offiziell melden. Wenn er mir als Oberkommissar hinterherschnüffelt, stellt sich die Frage, ob er das wirklich dienstlich tut oder aus reinem Privatvergnügen. Und falls er dafür Überstunden abrechnet, müsste er sich dann auch vor seinem Vorgesetzten erklären. Ich bin ein unbescholtener Arzt, und die Tatsache, dass jemand aus meinem Bekanntenkreis ins Visier der Sitte geraten ist, rechtfertigt keine derartigen Maßnahmen gegen mich. Da schießt jemand gewaltig über das Ziel hinaus.«

Renate war sehr froh, dass ihr Onkel sich nicht so leicht einschüchtern ließ. Vermutlich war es das Beste, selbst in die Offensive zu gehen und jemanden, der sich auf diese Weise verhielt, einfach auflaufen zu lassen. Sie verabschiedete sich und stieg eine Etage höher, wo Matthias sie bereits erwartete.

»Hattest du einen schönen Tag?«, fragte er sie liebevoll.

»Wie man es nimmt. Oberarzt Walter ist krank. Dafür kam Kleinschmidt auf die Station und hatte nichts Besseres zu tun, als meine Patientinnen zu beleidigen und die, die ihm nicht genehm sind, vor die Tür zu setzen.«

Matthias hob erstaunt die Brauen und so schilderte sie ihm den ganzen Vorfall und anschließend auch noch die Begegnung mit Oberkommissar Wismar vor der Haustür.

»Oh, da werde ich Lilli morgen mal anrufen«, sagte Matthias. »Die kann über diesen Wichtigtuer bestimmt ein bisschen aus dem Nähkästchen plaudern.«

»Und Wissen ist Macht«, bestätigte Renate, während sie sich auf dem Sofa in Matthias' Arme kuschelte.

»Ich habe auch etwas Neues über Boehringer erfahren«, sagte er dann. »Die Fabrik an der Elbe stellt nicht mehr nur Medikamente her wie vor dem Krieg, sondern auch Pestizide. Vielleicht sind welche davon in die Elbe gelaufen und haben die Ausschläge bei den Kindern verursacht.«

»In so einem Fall hätte ich eher mit haufenweise toten Fischen gerechnet«, überlegte Renate. »Aber davon ist nichts berichtet worden. Wenn ein Fluss so sehr vergiftet ist, dass sich sogar schon Badegäste Ausschläge holen, merkt man es doch viel schneller am Fischsterben. Das ist so ähnlich wie bei Teichen, die im Sommer voller Algen sind. Darin ersticken die Fische ja auch.«

»Du klingst nicht sehr überzeugt.« Matthias wirkte enttäuscht.

»Wir dürfen nicht vergessen, dass Irmgard Köhler schnell überreagiert, wenn man an ihre Auftritte vor dem Rathaus denkt.«

»Dann zweifelst du inzwischen an ihr?«

»Nein«, widersprach Renate. »Aber ich denke, wir müssen alles in Betracht ziehen. Ich glaube ihr, dass die Jungs beim Baden einen Ausschlag hatten. Aber ich habe keine Ahnung, woher er stammte und wie stark er war.«

»Und ich werde mir das selbst vor Ort ansehen, sobald ich diese blöde Schiene los bin und mein Knie wieder richtig belasten kann«, sagte Matthias. »Aber du hast recht, wir müssen offenbleiben und unsere eigenen Ermittlungen betreiben.«

»Unsere eigenen Ermittlungen, da spricht der Polizistensohn.« Renate lachte. Aber sie war froh, dass Matthias nicht mehr den ganzen Tag dem hinterhertrauerte, was er verloren hatte. Langsam schien er immer mehr im Leben ohne professionellen Fußball anzukommen.

Kapitel 21

Am nächsten Tag verzichtete Doktor Kleinschmidt auf die Morgenvisite auf der Frauenaufnahmestation, worüber Renate dankbar war. Sein gestriger Auftritt hatte viel Unruhe unter den Patientinnen ausgelöst. Umso mehr Zeit nahm sie sich für den Neuzugang Frau Nolte. Die junge Mutter war gerade damit fertig geworden, ihre Milch abzupumpen, und hatte sich wieder unter der Bettdecke verkrochen. Schwester Edith hatte Renate berichtet, dass die Patientin ihr Kind stillen wolle, es aber noch in den Sternen stehe, wann sie wieder nach Hause könne. Ihre Mutter würde täglich zweimal kommen, um die Milch abzuholen.

»Eigentlich widerspricht es ja der Besuchszeit«, sagte die Oberschwester, »aber in diesem besonderen Fall habe ich eine Ausnahme zugelassen.«

»Das ist richtig so«, bestätigte Renate. »Es ist gut, wenn sie sich auf diese Weise auch im Geiste mit dem Kind und der Veränderung beschäftigt. Vielleicht stabilisiert sie sich ja schon in ein paar Tagen.«

Frau Nolte lag nach wie vor versteckt unter der Bettdecke, so wie sie es laut Schwester Edith durchgängig tat. »Immerhin steht sie auf, wenn sie zur Toilette muss«, hatte die Oberschwester bei ihrem Bericht mit leichtem Sarkasmus bemerkt.

»Bei der ist nix zu holen«, hörte Renate die Stimme des manischen Fräulein Brose hinter sich. »Ich habe schon versucht, mit der zu reden, aber die reagiert auf nix, zieht sich nur die Bettdecke fester um die Ohren. Die muss ja wirklich schwer gestört sein, dabei sollte sie doch froh sein, dass sie ein Kind hat, für das sie Milch abpumpen kann. Ich hätte ja auch gern ein Kind gehabt, aber meins ist leider kurz nach der Geburt gestorben und danach ging nix mehr mit weiteren Kindern, weil die Ärzte mich verpfuscht haben. So richtig verpfuscht, wollen Sie sich das nicht mal ansehen, Fräulein Doktor?«

»Nein, Fräulein Brose, das möchte ich jetzt nicht«, sagte Renate mit Nachdruck. »Ich möchte Sie vielmehr bitten, uns jetzt etwas Privatsphäre zuzugestehen.«

»Die gibt es nicht, wir sind im Krankenhaus. Und irgendwer muss ja ein Auge auf die Schwachen haben, damit die nicht auch noch verpfuscht werden, so wie ich von den Ärzten verpfuscht wurde. Aber Sie sind ja zum Glück nicht der Kleinschmidt, der sich wohl bereits seit der Geburt ärgert, dass er nicht Großschmidt heißt. Und dass er als Mann nicht einfach eine Frau mit einem besseren Namen heiraten kann. Da wäre ja sogar eine einfache Frau Schmidt besser, die wäre dann wenigstens nicht klein, und er mag ja nicht klein sein, weshalb er uns andere kleinmachen will oder für verrückt erklärt, wenn wir ihm die Wahrheit erzählen. Der Mann gehört in die Irrenanstalt, aber nicht als Oberarzt. Der braucht ein Bett und täglich kalte Duschen.«

»Fräulein Brose, es reicht jetzt«, ermahnte sie Renate energisch. »Ich möchte mich mit Frau Nolte und nicht mit Ihnen unterhalten.«

»Mit mir ist es aber unterhaltsamer, die Nolte sagt doch nichts. Die liegt da nur, anstatt dem Schicksal auf Knien für alles zu danken, was sie hat.«

Immerhin drehte Fräulein Brose sich dann doch um und verschwand aus dem Wachsaal in Richtung Speisesaal, der außerhalb der Mahlzeiten als Aufenthaltsraum diente.

Renate zog sich indes einen Stuhl heran und setzte sich ans Bett von Frau Nolte. »Wie geht es Ihnen heute?«, fragte sie mit sanfter Stimme. Sie erwartete keine Antwort und ihre Erwartung wurde erfüllt, denn die junge Mutter rührte sich nicht.

»Ich habe gehört, Ihre Mutter kommt zweimal am Tag, um die Milch abzuholen, die Sie für Ihr Kind abpumpen?«, fragte Renate weiter. Natürlich kam erneut keine Antwort, aber Renate wusste aus Erfahrung, dass man den Patienten Zeit geben musste und es ihnen oft guttat, wenn man einfach weitersprach, auch wenn sie keine Antwort gaben. So konnten sie sich durch den Klang der Stimme beruhigen und ihr Gegenüber besser einschätzen.

»Ich weiß nicht einmal, ob Ihr Kind ein Junge oder ein Mädchen ist«, fuhr sie fort. Diesmal wartete sie geduldig und hielt das lange Schweigen aus.

Tatsächlich wurde sie belohnt. »Es ist ein Mädchen«, sagte Frau Nolte leise unter der Decke.

»Und wie heißt die Kleine?«

»Annemarie, aber meine Mutter nennt sie Annemie.«

Renate war erstaunt, dass diesmal sogar ein Detail in der Antwort war, nach dem sie gar nicht gefragt hatte. »Annemie klingt hübsch. Gibt es einen besonderen Grund für den Kosenamen?«

Wieder herrschte Schweigen, aber Renate hielt die Stille aus und widerstand dem Impuls, einfach weiterzureden.

Erneut wurde ihre Geduld mit einer Antwort honoriert. »Weil wir sie nach ihr benannt haben, sie heißt auch Annemarie.«

»Das ist ja lieb von Ihnen. Gab es einen besonderen Grund, die Kleine nach ihrer Großmutter zu benennen?«

Diesmal musste Renate nicht ganz so lange warten. »Weil sie auch schon für meinen Mann wie eine Mutter war, als er eine brauchte.«

Das irritierte Renate. »Können Sie mir das näher erklären?«

Wieder brauchte Frau Nolte lange, bis sie sich zu einer Antwort aufraffen konnte, aber Renate begriff, dass es nicht aus Ablehnung oder Unsicherheit heraus passierte, sondern Zeichen einer schweren Antriebsschwäche war, die der Depression geschuldet war.

»Wir waren schon als Kinder Freunde. Er ist nur zwei Jahre älter als ich. Mit fünfzehn hat er seine Eltern im Feuersturm verloren und hatte niemanden. Meine Mutter hat ihn bei uns aufgenommen. Und sie hat sich sehr gefreut, als wir später geheiratet haben.«

Diese Geschichte rührte Renate, die ihre eigenen Eltern ja selbst im Feuersturm verloren hatte, mehr an, als sie sich eingestehen wollte. »Dann haben Sie also sowohl zu Ihrer Mutter als auch zu Ihrem Mann schon sehr lange ein sehr inniges Verhältnis?«

»Ja«, kam die Antwort diesmal sehr spontan.

»Gibt es denn irgendeinen Grund, warum Sie jetzt nach der Geburt Ihres Kindes so traurig sind?«

»Nein, eigentlich nicht, eigentlich ist alles so, wie es sein sollte, aber …« Sie brach ab.

»Was, aber?«, hakte Renate diesmal sofort nach. Wie bereits gewohnt, herrschte Schweigen, das sie in ihrer Rolle als Ärztin geduldig ertrug.

»Ich fühle mich seither so leer«, flüsterte Frau Nolte. »Ich dachte, ich müsste der glücklichste Mensch der Welt sein, wenn ich endlich mein Kind in den Armen halte. Und dann war es nach qualvollen Stunden endlich da, aber ich war nur leer.« Sie hielt kurz inne. »Da war kein Glück, keine überbordende Liebe, wie ich sie erwartet hatte. Da war einfach bloß Leere. Jetzt habe ich ein Kind, dachte ich, aber es ist mir gleichgültig. Ich liebe es nicht, obwohl ich es doch so gern lieben würde.« Sie brach in Tränen aus.

Renate legte ihr tröstend eine Hand auf die Schulter. »Wissen Sie, es ist nicht ungewöhnlich, dass Frauen sich nach den Anstrengungen einer Geburt so fühlen. Es ist sogar so häufig, dass es dafür einen medizinischen Begriff gibt. Wochenbettdepression. Wenn Sie sich lange auf etwas gefreut haben, lange darauf hingearbeitet haben, und dann ist die Anstrengung irgendwann vorüber, kommt oft die Leere. Und es ist ganz normal, dass diese Leere nach einer Geburt auftritt. Nur erzählen es die meisten Mütter nicht, weil sie sich dafür schämen, weil alle immer noch glauben, man müsste das Kind gleich über alles lieben, und wenn man nicht sofort diese große Liebe spürte, wäre etwas nicht in Ordnung. Außerdem hat man durch Forschungen herausgefunden, dass weibliche Hormone bei Depressionen eine große Rolle spielen. Und die Hormone spielen in der Schwangerschaft sowie unmittelbar nach der Entbindung verrückt, weil sie ja dafür sorgen müssen, dass der Körper sich verändert und den Umständen anpasst. Erst als Ort, in dem ein Baby heranwachsen kann, und dann, um für dieses Baby nach der Geburt Milch zu produzieren.«

»Aber was kann ich machen, wenn sich das niemals mehr ändert?« Frau Nolte klang verzweifelt. »Wenn ich immer so leer und schwach bleibe, keine Freude mehr empfinde und nicht am Leben teilnehmen mag?«

»Es wird nicht immer so bleiben. Ihr Körper wird sich anpassen, die Hormone regulieren sich. Dann wird Ihre Stimmung von selbst wieder besser und Sie werden die große Liebe für Ihr Kind spüren, die Sie ohnehin schon tief in sich tragen, die bislang nur noch nicht an die Oberfläche gefunden hat. Und bis es so weit ist, können Sie etwas tun. Sie können sich zwingen, diese Antriebsstarre zu durchbrechen. Stehen Sie auf, ziehen Sie sich an und nehmen Sie am Tagesgeschehen teil. Probieren Sie sich in der Handarbeitsgruppe aus. Vielleicht haben Sie Lust, dort etwas für Ihr Baby zu stricken oder zu häkeln. Oder Sie versuchen etwas Neues. Vielleicht mögen Sie ja töpfern? Es gibt hier einige Angebote. Stehen Sie auf, schauen Sie sich um, und wenn Sie erst einmal wieder in der Lage sind, morgens ohne Probleme aus dem Bett zu kommen und Ihren eigenen Tag zu gestalten, können Sie auch nach Hause zu Ihrem Kind. Ich bin mir sicher, Ihre Mutter wird Sie dabei nach Kräften unterstützen.«

»So, wie Sie das sagen, klingt es so einfach.«

»Alle schwierigen Dinge klingen erst einmal einfach. Wenn Sie im Zirkus die Artisten ansehen, sieht das ja auch einfach aus, aber wenn man versucht, es nachzumachen, merkt man, wie viel Übung und harte Arbeit dahinterstecken. So ähnlich ist es mit dem, was ich Ihnen jetzt rate. Es bedarf harter Arbeit und viel Selbstdisziplin. Ich weiß, wie sehr Sie darunter leiden und wie viel Mühe es Sie kostet, sich aufzurappeln. Wenn Sie jedoch den Willen zum Gesundwerden haben und die ganze Liebe für Ihr Kind aus diesem inneren Gefängnis befreien wollen, bleibt Ihnen nichts anderes übrig, als den steinigen Weg zu gehen.«

Frau Nolte sah Renate unsicher an. »Sagen Sie das jetzt nur, um mich zu trösten?«

»Nein, ich sage das, weil ich es so meine. Wie wäre es, wenn Sie es jetzt einmal mit dem Aufstehen versuchen – ganz vorsichtig?«

Frau Nolte nickte und schob langsam die Bettdecke zurück. Dann hob sie die Beine aus dem Bett, stellte die Füße in die Hausschuhe und richtete sich langsam auf.

»Kann ich Sie allein lassen?«, fragte Renate. »Oder brauchen Sie noch beim Ankleiden Hilfe?«

»Nein, das schaffe ich allein«, antwortete Frau Nolte.

Schwester Edith hatte von der Stationskanzel aus beobachtet, wie Renate Frau Nolte zum Aufstehen animiert hatte.

»Wie haben Sie das denn hingekriegt, Fräulein Doktor?«, staunte sie, als Renate an der Kanzel vorbeikam, um in ihr Büro zu gehen.

»Mit den richtigen Fragen und weil ich mir Zeit gelassen habe, auf ihre Antworten zu warten. Sie leidet unter einer schweren depressiven Antriebsstörung und braucht im Moment noch sehr lange für alles. Wir müssen ihr mit viel Geduld begegnen.«

Als Renate kurz darauf in ihrem Büro saß und sich daranmachen wollte, die Briefe über entlassene Patientinnen zu diktieren, klingelte ihr Telefon. Es war Matthias' Vater Fredi. Renate hörte Geräusche im Hintergrund, die darauf hindeuteten, dass er von einer Telefonzelle aus anrief.

»Renate, ich wollte zuerst mit dir sprechen, bevor ich ins Krankenhaus komme, um mit dem Chefarzt zu reden. Ich werde alles, was du mir sagst, vertraulich behandeln, aber es ist wichtig, dass du mir ein bisschen Hintergrundinformationen gibst.«

»Worum geht es denn?« Sie war überrascht über seine aufgeregte Stimme, die so gar nicht zu seiner sonst so ruhigen Art passte.

»Ich stehe gerade in einer Telefonzelle vor dem Wohnblock der Familie Zierrauh. Sagt dir der Name was?«

»Das war eine Patientin von mir, die Doktor Kleinschmidt gestern einfach rausgeschmissen hat, nachdem Oberarzt Walter krank geworden ist. Eigentlich hatten wir eine ganz andere Entlassungsplanung. Ist sie wieder zu ihrem Mann gegangen?«

»Ja. Und da ist es dann zu einer Tragödie gekommen. Ihr Mann hatte sich irgendwo eine alte Wehrmachtspistole besorgt und hat sie erschossen.«

Renate erstarrte. »Er hat sie erschossen?«, wiederholte sie. Sie konnte es kaum glauben. »Frau Zierrauh ist tot?«

»Sie wurde gerade vom Leichenbestatter abtransportiert. Als sie den Schuss hörten, haben die Nachbarn die Polizei informiert. Wir haben Herrn Zierrauh noch mit Schmauchspuren an der Hand erwischt, als er sich gerade verdrücken wollte. Nun versucht er, sich mit Notwehr herauszureden. Es gibt ja Polizeiberichte, dass sie die Wohnung bereits einmal verwüstet hat, und er behauptet, er hätte Angst vor ihr gehabt, als sie zurückkam.«

Renate schluckte. Sie wusste, dass ihr künftiger Schwiegervater zu seinem Wort stand und das, was sie ihm sagte, niemandem verraten würde. Aber er würde es für seine weitere Zeugenbefragung gut als Hintergrundwissen gebrauchen können, um sich ein vernünftiges Bild zu machen und die richtigen Fragen zu stellen. Außerdem war sie sich sicher, dass Frau Zierrauh ihrem Mann nichts getan hätte, nachdem sie eine Perspektive hatte. Vermutlich hatte sie nach ihrer überhasteten Entlassung die Freundin nicht so schnell erreicht und war deshalb noch einmal nach Hause gekommen. Also erzählte sie Fredi alles, was sie über die Familie Zierrauh wusste, was eigentlich geplant gewesen war und wie Kleinschmidt alles zunichtegemacht hatte.

»Dieser Kleinschmidt ist eine Schande für seinen Berufsstand«, murmelte Matthias' Vater. »Wenn ich das, was du mir da eben erzählt hast, richtig verstehe, hat Herr Zierrauh seine Frau zunächst vergewaltigt. Da sie sich als Ehefrau davor nicht anders schützen konnte, fing sie an, selbst gewalttätig gegen ihn zu werden?«

»Ja, so hat sie es mir erzählt, und indirekt hat ihr Mann es in den Gesprächen auch zugegeben.«

»Gut, dann muss ich im Verhör bei ihm nachher mal das Thema auf eheliche Pflichten bringen und ihm das als eigene

Angaben herauslocken. Das ist wichtig, denn es macht deutlich, dass er ein Gewaltpotenzial hat. Es war also geplant, dass er die Scheidung einreichen und sie dafür ausziehen sollte?«

»Ja«, bestätigte Renate. »Und wenn Kleinschmidt nicht hineingegrätscht wäre, wäre sie noch hier bei uns und wir hätten alles in Ruhe anbahnen können.« Sie merkte, wie ihr ungewollt Tränen in die Augen stiegen. Tränen des Mitgefühls für Frau Zierrauh, aber auch Tränen der Wut auf Kleinschmidt. Hastig blinzelte sie sie weg und schluckte den schweren Kloß hinunter, der sie sonst am weiteren Sprechen gehindert hätte.

»Nun, dann könnte es auch sein, dass Herr Zierrauh ein Mordmotiv hatte, weil er im Falle einer Scheidung gegebenenfalls Unterhalt hätte zahlen müssen, zumal nicht sicher war, ob sie eine Arbeit finden würde. Wenn sie offiziell als geisteskrank gegolten hätte, was durch ihren Aufenthalt in der Psychiatrie belegt war, hätte man ihr auch keine Arbeit zumuten können. Das hätte sein Portemonnaie arg belasten können.«

»Du meinst, er hat sie vorsätzlich umgebracht, weil ihm eine Scheidung zu teuer gewesen wäre?«

»Warum sollte er sich sonst eine Pistole zugelegt haben?«, erwiderte ihr künftiger Schwiegervater. »Er kann sich nicht damit rausreden, er hätte die noch aus seiner Militärzeit, weil er untauglich war. Er hat sich diese Waffe also bewusst besorgt. Da er vorher nicht wusste, dass seine Frau vorzeitig entlassen wird, muss sie schon da gewesen sein. Dann tauchte sie auf und er hat sie erschossen. Ich habe die Nachbarn bereits befragt, ob sie vor dem Schuss Streitigkeiten gehört hätten, doch sie haben das verneint. Das hat nicht viel zu sagen, man kriegt ja nicht immer alles mit, aber es passt in das Bild, dass es keine überzogene Notwehr war, sondern eiskalter Mord.«

Renate fröstelte und fragte sich, ob es deshalb eiskalter Mord hieß, weil es allen kalt über den Rücken lief, die sich so etwas vorstellen mussten. Erst recht, wenn sie sowohl das Opfer als auch den Täter kannten.

»Kann man Kleinschmidt irgendwie drankriegen?«, wollte sie wissen. »Er hat die Frau ja entlassen.«

»Das ist schwierig, er hielt sie schließlich für gesund«, meinte Fredi. »Er trägt natürlich eine Mitverantwortung, aber das konnte niemand ahnen. Vor dem Hintergrund möchte ich Doktor Kleinschmidt lieber auf unserer Seite haben. Wenn er aussagt, Frau Zierrauh war gesund, als er sie entließ, kann Herr Zierrauh sich nicht mehr mit Notwehr herausreden, weil seine geisteskranke Frau ihn wieder attackierte. Außerdem könntest du als Zeugin aussagen, dass bereits alles geplant war, um die Scheidung über die Bühne zu bringen. Ich will nicht, dass dieser Mörder mit einem Freispruch wegen Notwehr davonkommt und das Opfer dann auch noch als Täterin dargestellt wird. Ich will genügend Beweise haben, damit die Staatsanwaltschaft ihm vorsätzlichen Mord nachweisen kann.«

»Ja, das will ich auch«, stimmte Renate zu und spürte, wie ihre erste Trauer um Frau Zierrauh durch die große Wut auf ihren Ehemann abgelöst wurde. Würde er damit durchkommen und wegen Notwehr freigesprochen werden, konnte niemand sagen, ob nicht irgendwann eine andere junge Frau sein nächstes Opfer werden würde. Durch den Krieg herrschte immer noch ein Frauenüberschuss und so konnten auch die größten Widerlinge Frauen finden. Vor allem, wenn sie es zunächst mit einer Charmeoffensive angingen und erst nach der Hochzeit ihr bösartiges Gesicht zeigten. Bei dem Gedanken daran schüttelte es Renate. Nein, dieser Zierrauh musste ins Gefängnis. Kein Mann sollte damit durchkommen, seine Frau ermordet zu haben.

Kapitel 22

Der Mord an Frau Zierrauh sprach sich schnell im Krankenhaus herum, nachdem Fredi in seiner Rolle als Hauptkommissar bei Doktor Kleinschmidt vorstellig geworden war. Doktor Kleinschmidt war zunächst erschrocken gewesen – vermutlich hatte er Sorge, dass man ihm in irgendeiner Weise eine Mitverantwortung geben könnte. So nahm er den Brocken dankbar auf, den Fredi ihm hinwarf, als er fragte, ob er bestätigen könne, dass Frau Zierrauh zum Zeitpunkt ihrer Entlassung psychisch stabil und gesund gewesen war.

»Ja, sonst hätte ich sie ja nie entlassen«, sagte er. »Die Frau wollte die Scheidung von ihrem Mann, also hat sie sich zu Hause wie eine Furie gebärdet, damit er die Scheidung einreicht.«

»Aber Sie hatten keinen Anhalt dafür, dass sie ernsthaft gewalttätig werden könnte? So sehr, dass ihr Mann in eine Notwehrsituation geraten könnte?«, fragte Fredi.

»Nein, auch dann hätte ich sie nicht entlassen. Die Frau war harmlos und geistig stabil. Sie hatte sich nur gegen ihren gewalttätigen Mann zur Wehr gesetzt.«

»Ich verstehe«, sagte Fredi. »Könnte es sein, dass ihr Mann sie einfach loswerden wollte, um später keinen Unterhalt zahlen zu müssen?«

»Das weiß ich nicht, ich habe den Ehemann nie kennengelernt. Da müssen Sie Doktor Walter fragen, den Oberarzt der Station, der hat mit ihm gesprochen. Oder Fräulein Doktor Schwarz. Aber ich denke, das haben Sie schon, sie ist doch Ihre künftige Schwiegertochter, oder?«

»Wie kann ich Doktor Walter erreichen?«, wollte Fredi wissen, ohne auf Kleinschmidts Anmerkung einzugehen.

»Im Moment ist er krankgeschrieben. Er hat sich bei seinem Stammhalter mit den Masern angesteckt. So ist das, wenn gestandene Männer noch nie Kinderkrankheiten hatten.«

Fredi ignorierte die Spitze. »Sobald er wieder im Dienst ist, soll er mich anrufen. Hier ist meine Karte. Bitte sorgen Sie dafür, dass er sie bekommt. Oder hat er vielleicht ein privates Telefon zu Hause?«

Kleinschmidt hob seinen Telefonhörer ab und wählte die Nummer der Chefarztsekretärin, die sämtliche privaten Telefonnummern verwaltete. Kurz darauf hatte Fredi Doktor Walters Nummer. Allerdings verzichtete er darauf, den erkrankten Oberarzt anzurufen, zunächst galt es, weitere Spuren zu sichern und den Betroffenen selbst zu verhören.

Renate wäre gern dabei gewesen, vor allem hätte sie nur zu gern gewusst, wie ihr künftiger Schwiegervater seine Wut auf den Mörder beim Verhör beherrschte. Sie selbst fürchtete, in Zierrauhs Gegenwart ausfällig zu werden. So sehr verabscheute sie diesen Mann inzwischen, dass sie ihn in Gedanken nicht einmal mehr »Mann«, sondern nur noch »Mörder« nannte. Wie hatte ihr seine Gefährlichkeit nur entgehen können?

Als sie am Abend nach Hause kam, lungerte Wismar von der Sitte schon wieder in der Nähe ihrer Haustür herum. Diesmal tat Renate so, als würde sie ihn nicht bemerken, und ging ins Haus.

Ihr erster Weg führte sie in Onkel Heinrichs Wohnung.

»Der Sittenwismar schleicht hier wieder rum«, berichtete sie. »Meinst du, es wäre an der Zeit, die Polizei auf den möglichen Einbrecher aufmerksam zu machen?«

»Du hast heute ja extrem schlechte Laune«, stellte ihr Onkel fest. »Ist dir auf der Arbeit eine Laus über die Leber gelaufen?«

Renate nickte, dann erzählte sie, was passiert war.

»Das ist schlimm«, sagte Onkel Heinrich deutlich betroffen. »Ich hoffe sehr, dass man diesen Mörder zur Rechenschaft ziehen kann und er nicht mit Notwehr davonkommt.« Dann ging er zum Fenster und spähte durch die Gardinen hinaus, sodass man ihn von außen nicht bemerken konnte. »Ich sehe ihn. Gut, dann machen wir unser Vorhaben jetzt wahr.« Onkel Heinrich ging zum Telefon und wählte die Nummer der Polizei.

»Hier ist Doktor Schwarz, der Hausarzt aus der Papenhuder Straße«, meldete er sich gleich mit seinem Titel. »Ich beobachte schon seit einigen Tagen einen Mann, der abends vor meiner Haustür herumschnüffelt. Ich habe Sorge, dass er auskundschaften will, ob es hier bei einem Einbruch etwas zu holen gibt. Könnten Sie vielleicht jemanden vorbeischicken, der mal nach dem Rechten sieht?«

Am anderen Ende der Leitung wurde gesprochen, denn Onkel Heinrich schwieg und nickte nur. »Vielen Dank, das ist sehr nett von Ihnen. Ich fühle mich gleich viel sicherer.«

Renate lachte, nachdem ihr Onkel aufgelegt hatte. »Kommt jemand?«

»Ja, sie wollen einen Beamten vorbeischicken.«

»Aber was ist, wenn Wismar sich als Kriminalpolizist zu erkennen gibt?«

»In dem Fall wird mir die Schutzpolizei das offiziell zu meiner Beruhigung mitteilen und dann habe ich etwas in der Hand, um mich darüber zu beschweren und meinen Anwalt einzuschalten. Anschließend muss geklärt werden, ob dieser Beamte überhaupt in offizieller Funktion handelt oder es als sein Privatvergnügen ansieht. Falls Letzteres der Fall ist, wird es peinlich für ihn werden.«

»Ich gehe kurz zu Matthias, um ihm zu sagen, dass ich da bin, dann komme ich noch mal runter, denn ich bin gespannt, ob die Polizei sich bei dir meldet.«

Matthias war ebenso gespannt und begleitete Renate gleich in die Wohnung ihres Onkels. Wieder einmal war sie froh, dass es einen Aufzug im Haus gab, obwohl sie ihn selbst so gut wie nie nutzte.

»Wie lange wirst du die Gehhilfen noch brauchen?«, fragte sie, während sie ihm die Tür aufhielt.

»Dein Onkel hat mit den Ärzten im UKE telefoniert und die meinten, ich solle in einer Woche zur Untersuchung vorbeikommen, vielleicht darf ich dann schon auf kürzeren Strecken darauf verzichten.«

Während sie bei Onkel Heinrich warteten, erzählte Renate Matthias kurz von ihrem Tag, auch vom Anruf seines Vaters und dem Tod ihrer Patientin.

»Das ist echt übel«, entgegnete er. »Ich hoffe, diesmal kriegt der Kleinschmidt sein Fett weg.«

»Ich fürchte nicht«, sagte Renate. »Es ist für deinen Vater besser, ihn als Verbündeten zu haben, um den Täter ins Gefängnis zu bekommen.« Sie erzählte ihm, was sein Vater plante.

Bevor Matthias darauf antworten konnte, rief Onkel Heinrich: »Es geht los«, als wären sie im Theater, obwohl sie diesmal hinter dem Vorhang standen und das Schauspiel auf der Straße stattfand. Es waren gleich zwei uniformierte Polizeibeamte, die Wismar tatsächlich sofort als den »Herumlungernden« identifizierten und schnurstracks auf ihn zugingen. Nach einem kurzen Wortwechsel zog der seine Brieftasche, zeigte ihnen seinen Ausweis, was mit einem freundlichen angedeuteten Salutieren am Käppi goutiert wurde. Dennoch zog sich Wismar zurück und die beiden Beamten nahmen Kurs auf Onkel Heinrichs Vorgartentor. Kurz darauf klingelte es.

Onkel Heinrich ging an die Tür.

»Herr Doktor Schwarz, wir sind hier wegen Ihres Anrufs und haben die verdächtige Person angesprochen«, erklärte einer der Beamten. »Es gibt keinen Grund zur Sorge, es handelt sich um keinen Einbrecher, sondern einen Beamten der Kriminalpolizei.«

»Und warum ist der hier vor Ort? Habe ich Verbrecher in der Nachbarschaft? Das ist keine sehr beruhigende Auskunft.«

»Ähm …« Der Beamte räusperte sich, nahm sein Käppi ab und kratzte sich verlegen am Kopf.

»Können Sie mir keine Auskunft geben oder wollen Sie es nicht?«, insistierte Onkel Heinrich.

»Er hat es uns nicht gesagt«, kam der zweite Beamte seinem Kollegen zu Hilfe. »Die Kripo macht oft Geheimnisse aus ihrer Arbeit.«

»Nun gut, dann werde ich mich selbst bei der Kripo informieren, worum es geht. Vielen Dank für Ihren Einsatz, meine Herren.«

»Ob er es Ihnen gesagt hat?«, fragte Renate, nachdem die beiden gegangen waren.

»Mit Sicherheit«, meinte Matthias, noch ehe Onkel Heinrich antworten konnte. »Sonst wären die doch nicht so unangenehm berührt gewesen. Ich habe aber heute Großcousine Lilli angerufen und sie hat für mich inoffiziell mal ein wenig rumgeschnüffelt. Wismar hat keinen offiziellen Auftrag, den ehrenwerten Herrn Doktor Schwarz zu beschatten. Er macht das in seiner Freizeit.«

»Aha, das ist ja interessant. Und wenn er das in seiner Freizeit macht, aber möglicherweise den Polizeibeamten seinen Verdacht mitgeteilt hat, wäre das Rufschädigung«, folgerte Onkel Heinrich. »Zu dumm, dass die so peinlich berührt waren und wir Wismar deshalb nichts dergleichen nachweisen können.«

»Nur das, was er mir erzählt hat, als ich ihn damals angesprochen hatte«, sagte Renate.

»Da hat er sich ja auch nur in Andeutungen ergangen und nichts Konkretes gefragt«, gab Onkel Heinrich zu bedenken. »Allerdings ist das der Beweis, dass es um mich geht. Und somit könnte ich einen Beschwerdebrief an den Polizeipräsidenten schicken und mich über Oberkommissar Wismar beschweren, der anscheinend etwas über mich wissen will, aber lieber meine Tür beobachtet, anstatt wie ein anständiger Mensch bei mir zu klingeln, sodass ich ihn schon für einen Verbrecher gehalten habe, der mich ausbaldowern will, um hier einzubrechen.«

»Das ist eine gute Idee«, stimmte Matthias sofort zu. »Angriff ist in diesem Fall die beste Verteidigung. So wird sich eine höhergestellte Stelle mit ihm befassen und überprüfen, ob er tatsächlich einen Auftrag hatte. Wenn nicht, wird es unerfreulich für ihn.«

Diese Vorstellung gefiel allen dreien und sie lachten bei dem Gedanken, wie es Wismar wohl ergehen würde, wenn der Polizeipräsident mit dieser Beschwerde auf ihn zukam. Auch wenn es keine dienstrechtlichen Konsequenzen haben sollte, wäre es zumindest mit einer Menge unangenehmem Papierkram verbunden.

»Wollen wir den Brief gleich aufsetzen?«, schlug Renate vor. »Solange die Erinnerung noch frisch ist? Außerdem können wir ihn dann liegen lassen und morgen oder übermorgen noch mal lesen, falls er uns zu scharf über die Tasten der Schreibmaschine gekommen ist. Was meinst du, Onkel Heinrich?«

»Ich sehe dir an, dass du ihn sehr gern formulieren willst. Also los, mach dich ran. Ich werde mich inzwischen mal ums Abendessen kümmern, wenn ihr beide schon hier seid. Matthias, magst du mir in der Küche zur Hand gehen?«

»Wenn ich mit meinen Gehhilfen nicht nur unnütz im Weg stehe, gern.«

»Ach, ich werde dich schon dazu bringen, nützlich zu sein.«

»Das hat meine Mutter auch immer gesagt, als ich noch zu Hause wohnte.« Matthias zog eine Schnute, die Renate erneut zum Lachen brachte.

Sie selbst ging indes ins Arbeitszimmer ihres Onkels, wo auch seine Schreibmaschine stand. Bevor sie das Papier mit dem Kohlepapier und einem Durchschlag einspannte, suchte sie sich aus dem Fernsprechbuch die Anschrift des Polizeipräsidenten Walter Buhl heraus.

> Sehr geehrter Herr Polizeipräsident Buhl!
> Ich bitte vielmals um Entschuldigung, dass ich Sie persönlich in dieser Angelegenheit kontaktiere, aber das Verhalten eines Ihrer Beamten, des Oberkommissars Wismar, gibt leider Anlass zu der Sorge, dass er seltsame Sonderwege geht, die dazu geeignet sind, unbescholtene Bürger zu beunruhigen. So fiel mir bereits vor einigen Tagen ein Mann vor meiner Haustür auf, der mir den Eindruck vermittelte, er wolle mein Haus ausspionieren. Da ich mit einem Einbrecher rechnete, rief ich die Polizei, die auch ordnungsgemäß zwei Beamte vorbeischickte und den Verdächtigen befragte. Er gab sich den beiden Polizeibeamten als Oberkommissar Wismar zu erkennen. Die beiden Beamten kamen zu mir und erzählten mir, dass die Sache harmlos sei, aber als ich fragte, was der Oberkommissar hier mache und ob ich befürchten müsse, dass hier in meinem Umfeld Verbrechen

geschehen, konnten sie mir keine Auskunft geben. Derselbe Herr Wismar trat zudem auch mit meiner Nichte Fräulein Schwarz in Kontakt, als sie abends von der Arbeit kam, und wollte sie nach meiner Person ausfragen. Als meine Nichte ihm vorschlug, wie jeder andere an meiner Tür zu klingeln, um mir die Fragen selbst zu stellen, lehnte er ab.

Das Verhalten dieses Herrn kommt mir sehr seltsam vor. Wenn dieser Herr mich sprechen will, warum klingelt er nicht, warum schickt er mir keine Vorladung? Mir scheint, als würde er mich beobachten. Deshalb möchte ich nun gern wissen, ob es eine offizielle Anweisung gibt, mich zu beschatten, und wenn ja, aus welchem Grund, oder ob dieser Herr aus unerfindlichen Gründen seine Befugnisse als Beamter durch ein solches Verhalten überschreitet. Sollte mir, einem unbescholtenen Arzt, der hier seit mehr als einem Vierteljahrhundert praktiziert, etwas vorzuwerfen sein, erwarte ich eine offizielle Mitteilung, die ich dann an meinen Anwalt weiterleiten kann, aber kein so lächerliches Katz-und-Maus-Spiel, zumal jemand, der einen anderen beschattet, sich nicht so auffällig verhalten sollte, dass man ihn mit einem Einbrecher verwechseln könnte.

Hochachtungsvoll

Doktor Heinrich Schwarz

Nachdem Renate den letzten Buchstaben getippt hatte, nahm sie den Brief aus der Maschine und ging in die Küche, wo Onkel Heinrich gerade mit Matthias' Hilfe Bratkartoffeln mit Rührei und Speck zum Abendessen brutzelte.

»Das riecht ja gut«, schwärmte Renate. Dann las sie den beiden den Brief vor, den sie soeben verfasst hatte.

»Das ist großartig!«, rief Matthias, und auch Onkel Heinrich nickte anerkennend.

»Wenn wir ihn morgen nach nochmaligem Durchlesen noch immer genauso großartig finden, werde ich ihn abschicken«, versprach Onkel Heinrich. »Aber ich bin mir sicher, du hast alles pointiert auf den Punkt gebracht. Das wird einige Wellen schlagen, zumal wir ja dank Matthias' Großcousine wissen, dass Wismar auf eigene Faust handelt, um sich wichtigzumachen.« Er warf einen Blick in die Pfanne. »Ich glaube, das Essen ist fertig.« Er nahm die Pfanne nach einem letzten Wenden des Inhalts vom Herd. »Dann kommt mal mit den Tellern her und lasst es euch schmecken.«

Kapitel 23

Am folgenden Morgen erschien Doktor Kleinschmidt wieder zur Visite auf der Frauenstation. Renate stöhnte innerlich auf. Hoffentlich machte er durch sein Verhalten nicht all das kaputt, was sie mit Frau Nolte gerade an Fortschritten aufgebaut hatte. Wenn er sich mit jemandem anlegen wollte, sollte er sich lieber an die Manikerin Fräulein Brose wenden, die konnte ihm immerhin so gut Paroli bieten, dass der Ausgang des Gefechts bei Waffengleichheit offenblieb.

Allerdings war Kleinschmidt heute erstaunlich handzahm. Renate hoffte, dass es nicht die übliche Zahmheit eines tollwütigen Tieres war, bevor es zubeißt und alle mit dem Gift seines Speichels tödlich infiziert.

»Haben Sie den Entlassungsbrief für Frau Zierrauh schon verfasst?«, fragte er Renate.

»Ja, aber er ist noch im Schreibbüro.«

»Ich möchte ihn sofort haben, sobald er fertig ist.«

»Ja«, erwiderte Renate nur.

»Ich nehme an, Sie haben dort ordnungsgemäß dokumentiert, dass ich sie entlassen habe, weil sie bei vollständiger geistiger Gesundheit war?«

»Selbstverständlich.«

»Gut. Diese häusliche Tragödie hat nichts mit uns zu tun.«

»Sie wäre nicht geschehen, wenn Sie mir gestattet hätten, den Entlassungsplan, den Doktor Walter und ich entworfen hatten, durchzuführen«, entfuhr es Renate, bevor sie ihre Zunge zügeln konnte. Es war nicht gut, ihn zu reizen, aber sie konnte einfach nicht anders.

»So ein Unsinn!«, widersprach Kleinschmidt energisch. »Dann wäre es nur später passiert. Dieser Mann ist der geborene Mörder aus Habgier, er wollte auf keinen Fall Unterhalt im Falle einer Scheidung zahlen, aber er wollte auch nicht weiter mit ihr zusammenleben, weil sie, wenngleich nicht geisteskrank, so doch recht verrückt war, was die Rolle der Frau angeht.«

»Sie meinen also, er hätte sie auch getötet, wenn sie Zeit gehabt hätte, ihm aus dem Weg zu gehen, indem sie eine andere Unterkunft gefunden hätte?«

»Ja, auf jeden Fall«, unterstrich Kleinschmidt seine Meinung. »Falls sie bei Bekannten untergekommen wäre, hätte es sogar noch schlimmer kommen können, wenn ihr gewalttätiger Ehemann diese Bekannten vielleicht gleich noch mit umgebracht hätte.«

Renate schüttelte innerlich den Kopf über die Vorstellungswelt des Leitenden Oberarztes, aber dann kam ihr eine Idee. »Glauben Sie, dass bei diesem Mörder ein Gutachten über Zurechnungsfähigkeit erstellt wird?«

»Das kann gut sein.«

»Es wäre schön, wenn Sie das Gutachten verfassen und auch all diese wichtigen Hypothesen hineinbringen könnten. Nicht nur, weil Sie ein erfahrener Psychiater sind, sondern auch, weil Sie seine Frau kannten, aber anders als Doktor Walter und ich völlig unbefangen im Umgang mit ihm sind, da Sie ihn nie gesehen haben. Meinen Sie, es gäbe eine Möglichkeit, dass Sie als Gutachter fungieren?«

Ein geschmeicheltes Lächeln huschte über Kleinschmidts Züge. »Das wäre möglich, wenn das Gericht mich beauftragt. Sagen Sie, Fräulein Schwarz, Ihr künftiger Schwiegervater ist doch der ermittelnde Hauptkommissar und hat gute Kontakte zur Staatsanwaltschaft, oder?«

»Ich denke schon.«

»Vielleicht könnten Sie sich ja mit genauso viel Elan, wie Sie mir eben diesen Vorschlag gemacht haben, bei Ihrem Schwiegervater dafür verwenden, dass er mich ins Gespräch bringt.«

»Wenn das Ihr Wunsch ist, werde ich es selbstverständlich tun, Herr Doktor Kleinschmidt.«

Das geschmeichelte Lächeln des Oberarztes wurde noch strahlender. Zum einen waren derartige Gutachter hoch angesehen, zum anderen wurden Gerichtsgutachten gut bezahlt. Renate konnte sich vorstellen, wie Kleinschmidt bereits im Kopf ausrechnete, wie viele Stunden er wohl abrechnen könnte und was er sich dafür leisten würde. Obwohl sie es ihm im Prinzip missgönnte, konnte sein Gutachten durchaus dazu beitragen, Herrn Zierrauh ins Gefängnis zu bringen. Denn ganz gleich, was sich in der Ehe der beiden abgespielt hatte, nichts im Leben entschuldigte einen Mord.

Der Gedanke an das mögliche vor ihm liegende Gutachten besserte die Stimmung des Oberarztes dermaßen, dass er bei der Visite so sanftmütig war, dass Fräulein Brose ihn fragte: »Sind Sie der nette Zwillingsbruder von unserem Leitenden Oberarzt?«

Renate unterdrückte ein Kichern und fürchtete schon, dass Kleinschmidt wütend werden würde, aber er zeigte sich amüsiert. Nun war Renate erstaunt. Diese Seite von ihm kannte sie noch gar nicht. Kleinschmidt konnte lachen und Humor zeigen?

Aber schon im nächsten Moment war er wieder der Alte, als er sagte: »Das schätze ich so an Manikern, sie bringen einen durch ihre irrsinnigen Ideen immer wieder zum Lachen, wenn sie nicht gerade versuchen, einen durch ihr endloses wirres Gerede um den Verstand zu bringen. Sie machen also Fortschritte, Fräulein Brose. Kurze Witze stehen Ihnen besser als Ihr unerträgliches Geschwafel, mit dem Sie allen hier den letzten Nerv rauben.«

»Sie sind es also wirklich, da bin ich ja erleichtert«, konterte Fräulein Brose. »Ich kannte mal so ein Zwillingspaar, die waren wie Jekyll und Hyde. Sie kennen den Roman vielleicht? Er wurde auch verfilmt, wenn ich mich recht erinnere, und Sie sind der Hyde, selbst wenn Sie den Jekyll spielen wollen, weil der einen Doktortitel hat und der Hyde nicht. Aber ...«

»Verschonen Sie uns!«, schrie Kleinschmidt, und der Visitentross zog weiter zum nächsten Bett.

Bei Frau Nolte nahm Kleinschmidt mit einem zufriedenen Nicken zur Kenntnis, dass sie diesmal aufgestanden war und vor dem Bett stand.

»Mir scheint, Ihre Schwermut nähert sich langsam dem Ende und Sie fangen wieder an, am Leben teilzunehmen?«

Erleichtert nahm Renate wahr, dass seine Stimme diesmal nicht abfällig klang.

»Ja, Herr Doktor«, lautete die Antwort.

»Das ist sehr schön. Ich hoffe, dass Sie in ein paar Tagen so weit sind, zu Mann und Kind nach Hause zurückzukehren.«

»Ja, Herr Doktor«, wiederholte Frau Nolte ihre Antwort mit gesenktem Blick. Diese Haltung machte Renate klar, dass sie noch lange nicht so weit war, wie Kleinschmidt es glauben wollte, sich aber nicht traute, ihm zu widersprechen. Nun gut, das war auch nicht ihre Aufgabe, das würde sie ganz behutsam mit der Patientin klären und dann auch mit Kleinschmidt, falls er sie zu früh entlassen wollte. Seit dem Vorfall mit Frau

Zierrauh wusste sie ja, wo sein wunder Punkt lag, und wenn sie noch dazu beitragen konnte, dass er den Gutachtenauftrag bekam, wäre das in vielfacher Hinsicht nützlich für sie.

Bemerkenswerterweise war es gar nicht notwendig, dass sie sich um Frau Nolte kümmerte, nachdem Doktor Kleinschmidt gegangen war. Das übernahm Fräulein Brose. War die Manikerin tags zuvor noch zu anstrengend für Frau Nolte gewesen, so schien sie jetzt ihre mütterliche Ader zu entdecken und kümmerte sich deutlich behutsamer um die junge Frau. Anscheinend ein Zeichen dafür, dass die Manie endlich am Abklingen war. Frau Nolte schien davon zu profitieren, ganz so, als würde sie etwas von Fräulein Broses überschüssiger Energie abziehen, um damit die depressive Leere aufzufüllen, die sie selbst umgab.

Da sie all ihre Patientinnen nun gut versorgt sah, ging Renate in ihr Büro, um Matthias' Vater in seinem Büro anzurufen und ihm von dem Gespräch mit Doktor Kleinschmidt zu erzählen. Doch noch bevor sie seine Nummer wählen konnte, klingelte ihr Apparat. Zu ihrem Erstaunen meldete sich Goldie. Renate hatte keine Ahnung, woher sie ihre dienstliche Telefonnummer hatte, und fragte deshalb als Erstes danach.

»Ach, die habe ich ganz einfach von Frau Lembke bekommen«, sagte sie fröhlich. »Na ja, nicht so ganz einfach, sie war ein bisschen zurückhaltend mit den Durchwahlen der Ärzte, aber dann erinnerte sie sich daran, dass ich ja die Tante aus Amerika bin.«

»Oh, da hattest du aber Glück, dass sie dir das geglaubt hat, solche Ausreden verwenden normalerweise Patienten. Vor allem Maniker. Je absurder, desto besser.«

»Nur gut, dass ich schon mal persönlich da war, nicht wahr?«

»Ja«, antwortete Renate trocken. »Und was möchtest du?«

»Na ja ...« Plötzlich wurde die zunächst so fröhliche Stimme deutlich angespannter. »Rudi und ich haben für verschiedene

Tage Einladungen zum Essen an alle Familienmitglieder ausgesprochen, so wie für Matthias und dich. Alle haben zugesagt, nur Ella und Harald haben abgelehnt. Erst sagte Ella, dass der Termin nicht passe, sie müsse arbeiten, dann schlug ich einen anderen vor, da schob sie Haralds Arbeit vor und beim dritten Termin meinte sie, das ginge auch nicht, da sei Elternabend. Und als ich sie dann direkt fragte, ob sie keine Lust hätte, mit Rudi, ihren Eltern und mir gemeinsam im Vier Jahreszeiten zu essen, gab sie es schließlich zu.« Goldie seufzte. »Dabei wollte ich doch die Gelegenheit nutzen, um mich endlich mit ihr zu versöhnen. Aber sie hat kein Interesse daran.«

»Warum auch?«, fragte Renate. »Du hast deine Rolle als Familienbiest so gut gespielt, dass es jeder glaubt. Sogar mich hast du nach dem ersten Auftritt bei Fredi überzeugt. Ist dir gar nicht bewusst, wie sehr du allen damit auf die Füße getreten bist? Und das anscheinend schon seit mehr als einem Vierteljahrhundert?«

»Doch«, sagte Goldie kleinlaut. »Weißt du, es ist mir ja auch erst sehr spät bewusst geworden. Ich habe einen ganz großartigen Therapeuten in Los Angeles, er macht keine klassische Psychoanalyse, sondern redet auch viel. Ursprünglich war ich da, weil es so Mode war. Wer etwas auf sich hält, geht zu einem Analytiker. Aber dann stellte ich fest, dass ich tatsächlich davon profitieren kann. Und all das, was ich dir letztens beim Essen erzählt habe, ist nicht allein auf meinem Mist gewachsen, das hat er über Jahre aus mir hervorgekitzelt. Aber als ich dann wieder in Hamburg war, war alles verschüttet, ich war wieder die alte Goldie, bin in alte Verhaltensweisen zurückgefallen, als die ganze Familie beisammen war, vor allem Ella. Erst als du mit Matthias im Vier Jahreszeiten bei uns warst, ist mir das bewusst geworden. Vielleicht hast du durch deinen Beruf einen besonderen Einfluss oder es liegt daran, dass ich um deinen Beruf weiß … Jedenfalls hat es das wieder in mir hervorgerufen. Ich will mich doch ändern, will nicht mehr so sein, dass mich alle hassen. Obwohl es viel einfacher wäre, so zu bleiben.«

»Warum?« Renate war erstaunt über das, was Goldie ihr hier alles offenbarte.

»Niemand stellt Ansprüche an das schwarze Schaf der Familie. Ich kann mich benehmen, wie ich will, muss auf nichts Rücksicht und kein Blatt vor den Mund nehmen.«

»Das klingt, als würde es dir ausgesprochen gut gefallen. Warum willst du es dann ändern?«

»Weil es mich inzwischen nicht mehr ausfüllt. Ich bin älter geworden und sehne mich nach Harmonie. Ich möchte all diese alten Zwiste ausräumen. Ich möchte gern, dass man mir die gleiche Wertschätzung wie allen anderen Familienmitgliedern entgegenbringt.«

»Dann musst du sie dir verdienen«, sagte Renate. »Das kannst du nicht durch eine einmalige Erklärung und Entschuldigung beim Abendessen erreichen. All die Verletzungen, die du Ella in den letzten Jahrzehnten zugefügt hast, lassen sich nicht mit einer einzigen Entschuldigung heilen. Das wäre so, als wolltest du einen Menschen, der bei einem schweren Unfall mehrere Knochenbrüche erlitten hat, mit einem einzigen Pflaster dauerhaft heilen. Nein, der braucht viele Operationen und einen langwierigen Heilungsprozess. Ein einzelnes Pflaster merkt er nicht. Und ehrlich gesagt, ich bezweifle, dass es möglich ist, all das, was geschehen ist, während dieses einen Aufenthaltes aus der Welt zu schaffen. Vor allem nach deinem ersten Auftritt, bei dem du behauptet hast, die Familie würde Martha und Paul so schlecht behandeln, dass ihr die beiden umgehend im Hotel Vier Jahreszeiten einquartieren musstet. Du warst mit Rudi in Amerika, während die Familie hier füreinander da war. Die Familie hat sich regelmäßig um Martha und Paul gekümmert, sie besucht oder selbst zu Besuch gehabt und Anteil an ihrem Leben nehmen lassen. Du hattest deine Karriere und deinen

Psychotherapeuten in Hollywood, aber du hast nichts für die Familie hier getan. Eine plötzliche Selbsterkenntnis, die mit nichts untermauert wird, weil du hier sofort wieder in deine ungesunden Verhaltensweisen verfallen bist, nützt nichts. Vermutlich glaubt Ella, du wolltest sie erneut mit deinen Spitzen quälen und ihr zeigen, wie wenig du von ihr hältst und wie sehr du allen überlegen bist. Nein, Goldie, die Vergebung der Familie musst du dir erarbeiten, die kannst du dir nicht mit einem Abendessen, das dein Mann finanziert, erkaufen. Und die Liebe der Familie musst du dir verdienen. Nachdem du sie aber in all den Jahren immer wieder vor den Kopf gestoßen hast, wird das mit dem Verdienen schwer. Die Währung der Liebe ist Vertrauen. Und das hast du durch deine bisherige Rolle gründlich zerstört. Mich konntest du mit deinem Geständnis beeindrucken, ich hatte Verständnis, aber ich habe dich auch erst neu kennengelernt. Mit Ella verbindet dich ein jahrzehntealter Konflikt. Und ich habe keine Ahnung, wie du den lösen könntest, wenn ich ehrlich bin. Du kannst auch niemanden damit beauftragen, es für dich zu tun. Weil es niemand sonst kann, egal, wie gern er es wollte.«

Nachdem Renate das ausgesprochen hatte, fühlte sie sich entlastet. Sie hatte Goldie den Arbeitsauftrag zurückgegeben, den sie niemals hätte annehmen dürfen. Es war nicht ihr Konflikt, den Goldie mit der Familie austrug, und sie war auch nicht ihre Therapeutin oder Mediatorin. Sie war einfach nur die Verlobte von Goldies angeheiratetem Neffen.

»Dann willst du mir nicht helfen?«

»Ich will dir sehr gern helfen, aber ich kann deine Probleme nicht für dich lösen. Ich bin nicht in der Lage, deine Versöhnung mit Ella zu betreiben. Vielleicht solltest du es noch einmal mit einem Telefonat versuchen und ihr am Telefon all das sagen, was du uns im Vier Jahreszeiten erzählt hast. Aber das musst du mit ihr allein ausmachen, du kannst niemanden als Fürsprecherin vorschieben. Du hast die Beziehung allein schwierig gemacht, nun musst du sie allein auch wieder ausreichend kitten.«

»Und wie?«, versuchte Goldie es ein letztes Mal.

»Das weiß ich nicht. Frag Rudi, er kennt seine Schwester viel besser als ich. Ich bin doch die Neue in der Familie, wie du mich so schön bei unserer ersten Begegnung tituliert hast. Was ich auch recht befremdlich fand, denn es hatte einen verletzenden Unterton, selbst wenn du das nicht so gemeint haben solltest. Kläre deine Dinge allein. In diese alten Familienkonflikte will ich nicht hineingezogen werden.«

»Ist gut«, erwiderte Goldie kleinlaut. »Danke für deine offenen Worte. Ich hoffe, wir sehen uns noch, ich mag dich wirklich gern.«

»Ich mag dich auch«, entfuhr es Renate. »Und ich würde dich und Rudi gern wieder treffen.« Dann beendete sie das Gespräch mit dem klassisch hamburgischen Tschüss.

Sie atmete zweimal tief durch, bevor sie Fredis dienstliche Nummer wählte. Sie hatte Glück, er war in seinem Büro und freute sich über ihren Anruf. Nachdem sie kurz ihr Gespräch mit Kleinschmidt zusammengefasst hatte, hörte sie ihren künftigen Schwiegervater leise lachen. »Du bist ein Fuchs«, sagte er. »Da Kleinschmidt sich selbst insgeheim schuldig fühlt, wird er natürlich alles tun, um die Schuld von sich abzuwenden, indem er Frau Zierrauh als geistig gesund und nur ein wenig merkwürdig darstellt und ihren Mann zum geborenen Mörder erklärt. Eigentlich widerstrebt es mir ja, diesem widerlichen Oberarzt eine solche Bühne zu bieten, andererseits besteht eine nicht zu unterschätzende Wahrscheinlichkeit, dass sich Herr Zierrauh bei der Vorgeschichte seiner Frau mit einem geschickten Anwalt mit Notwehr rausreden könnte und das Gericht als freier Mann verlässt, um dann möglicherweise die nächste Frau in eine unglückliche Ehe zu führen.«

»Das dachte ich auch«, gab Renate ihm recht. »Und wenn wir mit dem Teufel tanzen müssen, um den Mörder hinter Schloss und Riegel bringen zu können, wäre es das doch wert, oder?«

»Vermutlich«, bestätigte Fredi. Renate spürte, dass er schon kurz davor war, sich zu verabschieden, als sie Goldies Anruf erwähnte. Sofort hatte sie seine Aufmerksamkeit wieder.

»Goldie will eine Versöhnung und nicht mehr die Familienzicke sein?«, wiederholte er amüsiert. »Ich denke, du hast ihr genau die richtige Antwort gegeben, Renate. Das, was Goldie sich in den vergangenen Jahren erlaubt hat, gerade Ella gegenüber, hat eine sehr tiefe Kluft in die Familie gerissen. Rudi hat sich zwar nach bestem Vermögen darum bemüht, die Kluft so weit wie möglich zu schließen, aber kaum taucht Goldie auf, sind die Erinnerungen an all die Kränkungen zurück. Glaubst du ihr denn überhaupt, dass sie sich ändern will?«

»Das weiß ich nicht«, erwiderte Renate. »Dazu kenne ich sie zu wenig. Auf mich wirkte es glaubwürdig, aber ich habe ja auch nicht eure Geschichte mit ihr.«

»Das stimmt«, sagte Fredi. »Goldie hatte von Anfang an einen schlechten Einfluss auf Rudi. Rudi war in jungen Jahren auch kein einfacher Mensch. Er hat sich bei seinem Jurastudium in den Zwanzigerjahren in Hamburg einflussreiche Feinde geschaffen, wurde in einen großen Skandal verwickelt und musste dann die Universität wechseln, um in Berlin weiterstudieren zu können. Dort hat er das UFA-Sternchen Goldie kennengelernt. Weil das Studium in Berlin teuer war – er brauchte da ja eine eigene Bude und konnte nicht mehr bei den Eltern wohnen –, verzichtete Ella darauf, sofort Medizin zu studieren, und machte zunächst eine Ausbildung zur Krankenschwester, damit Rudis Studium finanzierbar blieb. Es war ausgemacht, dass er ihr das Geld zurückzahlen würde, sobald er mit seinem Studium fertig wäre. Aber mittlerweile war er mit Goldie liiert und die überredete ihn, lieber ein teures Auto zu kaufen, anstatt seine Schulden zu begleichen. Also konnte Ella nicht Medizin studieren und als die Nazis an der Macht waren, führten sie einen Numerus clausus für Frauen ein. Da Ella bereits einmal einen Studienplatz abgesagt hatte, teilte man ihr mit, dass sie weiterhin Krankenschwester bleiben solle, denn es gebe genügend Ärzte, aber zu wenig Schwestern. Sie war außer sich. Goldie hatte nichts Besseres zu tun, als ihr von oben herab mitzuteilen, dass es doch egal sei, ob sie Ärztin oder Krankenschwester wäre, sie hätte ja in jedem Fall mit Kranken zu tun.«

»Ich kannte bislang keine Einzelheiten«, sagte Renate. »Aber das ist ja ungeheuerlich. Kein Wunder, dass Ella so wütend auf Goldie ist.«

»Oh, es geht noch weiter. Rudi war nach der Machtübernahme der Nazis einer der wenigen Juristen, die noch bereit waren, von den Nazis verfolgte Menschen vor Gericht zu verteidigen. Das brachte ihm allerdings viel Ärger ein, denn eines Tages klingelte die SA an seiner Tür und verfrachtete ihn geradewegs ins KZ Glasmoor – ohne jede Anschuldigung, einfach so. Das haben die damals gemacht. Man nannte es ›wilde KZs‹, im Gegensatz zu denen, die der Strafvollstreckungsbehörde unterstanden. Ich habe meinen Einfluss auf einen Kollegen genutzt, der ein strammer Parteigenosse war, um Rudi da rauszuholen, weil uns allen klar war, dass er dort nicht lange überleben würde. Der Preis bestand darin, dass ich selbst in die Partei eintreten musste. Ich machte daraus dann eine Tugend und nutzte meinen Einfluss, um Menschen, die von den Nazis verfolgt wurden, heimlich zu helfen, indem ich ein doppeltes Spiel begann. Nach außen gab ich den strammen Nazi, versorgte aber den Widerstand mit den Informationen, die mir dadurch zugänglich waren. So gelang es mir auch, Rudi und Goldie die Flucht nach Amerika zu ermöglichen, später auch Goldies Eltern. Du weißt ja, dass ihr Vater als Jude geboren worden war, auch wenn er vor der Eheschließung zum Christentum konvertierte. Rudi, Goldie und ihre Eltern waren dann in Amerika in Sicherheit. Sie führten dort während des Krieges ein sicheres Leben und hatten nie die Sorgen, die wir hatten. Sie wurden Amerikaner und Rudi trat den amerikanischen Streitkräften bei. Er war am Ende der Geschichte der geachtete Amerikaner, ich hingegen wurde wegen meiner Parteizugehörigkeit aus dem Polizeidienst entlassen.«

Renate hörte mit großen Augen zu. »Das wusste ich alles gar nicht.«

»Nun ja, es wühlt oft unangenehme Erinnerungen auf. Immerhin hat Rudi seinen Einfluss als amerikanischer Offizier genutzt, um den britischen Besatzungstruppen mein doppeltes Spiel zu beweisen und zu belegen, dass ich eigentlich gegen die Nazis gearbeitet habe. Es gab Zeugen, darunter auch eine jüdische Familie, die das bestätigten, also konnte ich in den Polizeidienst zurückkehren. Rudi leidet nach wie vor darunter, dass er in der schwierigsten Zeit nicht für die Familie da war, während Goldie uns immer wieder gezeigt hat, dass sie sich für etwas Besseres hält und der Ansicht war, durch Rudis Einsatz für mich nach dem Krieg wäre die Familienschuld beglichen.«

»Du bist auch noch verbittert«, stellte Renate fest.

»Weißt du, ich dachte, ich wäre lange darüber hinweg. Aber jedes Mal, wenn Goldie auftaucht, kehren diese Erinnerungen zurück. Mir hat Rudi immerhin noch geholfen, wenngleich man sich fragen kann, ob der Erhalt eines Arbeitsplatzes genauso viel wert ist wie mehrere Menschenleben. Aber ich will nicht aufrechnen. Rudi bemüht sich, seine Schuldgefühle durch Großzügigkeit zu beseitigen. Ich akzeptiere das, und Henny und ich waren sogar auf seine Kosten vor zwei Jahren in Japan, um dort meinen Cousin Arthur, Lillis Bruder, zu besuchen. Wer kommt schon in diesen Tagen nach Japan?« Sie hörte Fredi leise lachen. »Allerdings hat Goldie nie etwas für Ella getan. Sie hat sie immer nur von oben herab behandelt, hielt sich stets für etwas Besseres. Ella sagte einmal zu mir, sie verstehe gar nicht, was Goldie sich so auf ihre billigen Filme einbilde, die Arbeit einer Kinderärztin sei viel wichtiger. Ich habe nur genickt, aber mir wurde auch klar, dass die beiden immer noch in einem Konkurrenzkampf sind, auch wenn ich nie begriffen habe, worum sie eigentlich konkurrieren.«

»Das weiß ich auch nicht«, gestand Renate. »Ich könnte mir aber vorstellen, dass dieser Konkurrenzkampf von Goldie ausgegangen ist und Ella sich einfach nur wehrt. Denn ich weiß, dass Goldie intelligent genug ist, um sich zu hinterfragen, und sie weiß, was sie Ella angetan hat. Aber sie kann sich nicht entschuldigen. Und ich glaube, sie hat tief in sich auch Probleme mit dem Selbstwertgefühl. Vielleicht denkt sie genau das, was Ella ausgesprochen hat. Dass Ella als Ärztin mehr wert ist als sie als Schauspielerin, die nie bis nach ganz oben gekommen ist. Goldie konnte mir gut erklären, warum sie mit ihrer Karriere in den B-Movies zufrieden ist, aber das, was wir vom Verstand her wissen, muss natürlich nicht das sein, was wir im Herzen fühlen.«

»So ist es wohl«, stimmte Fredi zu. »So gern ich auch weiter mit dir plaudern würde, ich muss mich leider wieder an meine Arbeit machen. Mal sehen, ob ich den zuständigen Staatsanwalt erreiche, um ihm von Kleinschmidts Angebot zu erzählen.«

»Das wäre schön«, sagte Renate, bevor sie sich voneinander verabschiedeten.

An diesem Abend musste Renate sich unbedingt von ihren frustrierenden Gedanken ablenken, die sich vor allem um die tote Frau Zierrauh drehten. Also fuhr sie nach Feierabend nicht direkt nach Hause, sondern nahm den großen Umweg nach Moorfleet in Kauf, um sich das Boehringer-Werk von außen anzusehen. Ihr Vater hatte dort lange Zeit gearbeitet, er war jedoch als Pharmazeut nur mit Medikamenten befasst gewesen.

Dass man dort inzwischen auch Pestizide herstellte, war ihr neu. Zwar glaubte sie nicht, dass sie von außen irgendetwas bemerken würde, die Fabrik lag allerdings in unmittelbarer Nähe der Norderelbe und zahlreicher kleiner Nebenarme, wo Kinder baden konnten. Es gab sicher noch andere Gründe, warum die Jungen mit einem ungeklärten Hautausschlag aus dem Wasser gekommen sein könnten, aber es juckte sie doch innerlich, das Werk zumindest von außen zu betrachten, vielleicht auch in Erinnerung an ihren Vater.

Sie rief kurz zu Hause an und teilte Matthias mit, warum sie später kommen würde.

»Viel Erfolg!«, wünschte er ihr.

Eine gute Stunde später hatte sie die Andreas-Meyer-Straße am anderen Ende der Stadt erreicht, wo das Boehringer-Werk stand. Die Zufahrt war nicht mit einer Schranke verschlossen und so bog sie dreist mit ihrer Isetta auf den Vorplatz ein. Doch als sie vor Ort einparkte, kam ihr sofort ein Parkwächter entgegen.

»Kann ich Ihnen helfen?«

Damit hatte sie nicht gerechnet. »Ich … ähm, ich war einfach neugierig«, rechtfertigte sie sich. »Wissen Sie, ich bin Ärztin und mein Vater war Pharmazeut und hat früher hier gearbeitet. Er ist leider beim Feuersturm gestorben. Heute überkam es mich nach meinem Dienst einfach, mir noch einmal den Ort seines früheren Wirkens anzusehen.«

Der Parkwächter schaute sie irritiert an, aber er war schon älter und da kam Renate ein Gedanke. »Sein Name war Doktor Ludwig Schwarz. Vielleicht haben Sie ihn sogar gekannt? Mein Name ist Doktor Renate Schwarz. Ich kann Ihnen auch meinen Ausweis zeigen, wenn Sie befürchten, ich wolle hier etwas Unrechtes tun. Es war nur die alte Nostalgie.«

»Ähm …«

»Jetzt halten Sie mich bestimmt für verrückt, oder?« Renate bemühte sich um ein gewinnendes Lächeln. »Ich wollte einfach nur mal sehen, wie die Firma, in der mein Vater so lange gearbeitet hat, heute aussieht. Er hat mich sogar einmal als kleines Mädchen mitgenommen und mir alles gezeigt. Ich wollte das auf einmal so gern noch mal anschauen, und sei es nur, von außen einen Blick darauf zu werfen.«

»Oh, das klingt gar nicht verrückt, mein Fräulein. Sie sind doch Fräulein, oder?«

»Noch«, erwiderte sie zwinkernd. »Ich bin verlobt.« Ein bisschen menschliche Nähe schaffen war nie verkehrt, wenn man Informationen suchte.

»Wissen Sie, ich hab im Krieg einen Granatsplitter ins Bein gekriegt, seither kann ich nicht mehr so lange stehen, aber herumlaufen geht noch, und da haben die mir die Möglichkeit gegeben, von der Produktion, wo man viel stehen muss, zum Pförtner und Parkwächter zu wechseln. Das rechne ich der Firma hoch an. Ihr Vater war Doktor Schwarz, sagen Sie?«

»Ja, genau. Kannten Sie ihn?« Hoffnung flammte in Renate auf. Falls er sich tatsächlich an ihren Vater erinnerte, wäre er sicher gleich viel entgegenkommender.

»Ich erinnere mich an einen Doktor Schwarz, der ab und zu in die Produktion kam. Ein hochgewachsener, schlanker Mann mit vollem dunkelblondem Haar, so wie Ihres. Ein sehr netter Mann.«

»Ja, das war er! Mein Vater hat auch immer von den vortrefflichen Arbeitsbedingungen und der Kollegialität geschwärmt«, sagte sie, obwohl ihr Vater nie viel von seiner Arbeit berichtet und sie auch nie mit in das Werk genommen hatte. Aber die Lüge schien ihr für den guten Zweck angemessen. »Ich wusste schon mit neun Jahren, was für ein ausgezeichneter Betrieb Boehringer ist.«

»Soll ich Ihnen mal ein bisschen was zeigen? Mein Name ist übrigens Hermann Krapp. Krapp wie Krupp, nur mit a.« Er lachte leise. »Natürlich kann ich Ihnen wirklich nur ein bisschen zeigen; in die eigentlichen Produktionsstätten dürfen keine Unbefugten.«

»Oh, das wäre großartig.« Renate jubilierte innerlich. Das hatte ja besser geklappt, als sie erwartet hatte.

Allerdings erwies sich die Führung als relativ unspektakulär. Sie sah den Eingangsbereich mit den Büroräumen, aber keine Produktionsstätten. Außer Hermann Krapp erinnerte sich niemand mehr an ihren Vater, die Bürodamen waren alle in ihrem Alter. Sie entdeckte auch nirgendwo einen direkten Zugang zu einem der zahlreichen Gewässer, die die Fabrik umgaben, aber das hatte nicht viel zu sagen. Die Produktionsstätten durfte sie ja nicht betreten. Dennoch fragte sie sich, ob sie sich auf diese ganze Sache vielleicht nur deshalb eingelassen hatte, weil sie Matthias ein wenig von seinem Lebensmut zurückgegeben hatte. Vielleicht war Irmgard Köhler tatsächlich verrückt, nicht im Sinne einer Geisteskrankheit, aber dass sie sich auf etwas versteift hatte, das es möglicherweise gar nicht gab. Wie auch immer, sie freute sich, dass sie Matthias immerhin erzählen konnte, dass sie einen Teil des Boehringer-Werks an der Elbe besichtigt hatte.

Am Ende der Führung bedankte sie sich ganz herzlich bei Hermann Krapp.

»Da nich für, wie der Hamburger sagt«, erwiderte der alte Mann lächelnd, als er sie zurück zu ihrer Isetta begleitete. »Und wenn Sie mal wieder Sehnsucht nach der guten alten Zeit haben, kommen Sie gern wieder vorbei, Fräulein Schwarz.«

»Das werde ich. Vielen herzlichen Dank, Herr Krapp.«

Sie stieg in ihre Isetta und fuhr mit einem seltsam nostalgischen Gefühl nach Hause, das so gar nicht zu ihrer Detektivarbeit passte.

Kapitel 24

Onkel Heinrich hatte den Brief, den Renate für ihn verfasst hatte, tatsächlich am folgenden Morgen an den Polizeipräsidenten geschickt. Matthias hatte Lilli davon erzählt und die beobachtete seither ihren Kollegen Wismar umso interessierter.

Als Renate an diesem Abend nach Hause kam, gab es aber noch keine weiteren Neuigkeiten. Stattdessen erzählte sie von ihrem Tag und auch von ihrem Besuch bei Boehringer.

Da Matthias die Querelen zwischen Goldie und dem Rest der Familie von Kindheit an persönlich verfolgt hatte, interessierte ihn Goldies Geschichte weniger als Renates Eindruck von Boehringer. Unwillkürlich hatte sie den Eindruck, dass er sich daran auf ähnliche Weise festgebissen hatte wie zuvor Irmgard Köhler. Ihr Blick huschte zu der Schiene, mit der sein Knie nach wie vor ruhiggestellt wurde – das Sinnbild für das Zerplatzen von Lebensträumen und einer Lücke, die wieder gefüllt werden musste.

»Ich glaube nicht, dass wir dort fündig werden«, sagte sie und erkannte seine Enttäuschung. »Die Produktionsstätten können wir nicht besichtigen und ich habe keine Abwasserrohre gesehen. Die müssten auch mindestens einen Kilometer lang sein und unterirdisch unter der öffentlichen Straße durchgeführt worden sein. Das kann man nicht unbemerkt machen. Möglicherweise müssen wir der Tatsache ins Auge blicken, dass wir die Ursache für den Hautausschlag der Jungen niemals herausfinden. Zumal sie danach ja auch nicht beim Arzt waren und es keine Dokumente gibt – nur die Angaben ihrer Tante, die wegen ihres Verhaltens in die Psychiatrie eingewiesen wurde.«

Matthias holte tief Luft. »Irmgard Köhler klang für mich nicht wie eine Verrückte.«

»Nein«, bestätigte Renate. »Aber für Außenstehende ist sie als Zeugin wegen ihrer seltsamen Verhaltensweisen und ihres Aufenthaltes in der Psychiatrie nicht ausreichend glaubwürdig.« Jetzt holte sie selbst tief Luft. »Weißt du, was mir heute im Gespräch mit Goldie klar geworden ist? Selbst wenn wir uns noch so viel Mühe geben, wir können nicht alle Probleme lösen. Manche Dinge müssen wir hinnehmen, wie sie sind.«

»Was willst du mir damit sagen?« Er sah sie skeptisch an.

»Ich habe den Eindruck, dass du diesen Kampf gegen die Verunreinigung der Elbe dazu nutzt, die Leere, die der Verlust deiner Fußballkarriere hinterlässt, aufzufüllen. Und ich habe Angst, dass du wieder in ein Loch fallen könntest, wenn wir keine Ursache finden.«

Zu ihrer Erleichterung lächelte Matthias und nahm sie sanft in die Arme. »Das musst du nicht«, sagte er zärtlich. »Vielleicht vor zwei Wochen noch, aber inzwischen ist mir klar geworden, dass es viel mehr als den Fußball gibt. Und dass ich tatsächlich gern Jura studieren würde. Das Gespräch mit Onkel Rudi hat mir gutgetan und mir in gewisser Weise auch die Klarheit gegeben, die mir noch gefehlt hat. Es ist wichtig, ein Ziel zu haben, und die Aussicht, irgendwann Jurist zu sein, gibt mir ein gutes Gefühl. Was ich damit dann später mache, ist noch völlig offen, aber ich möchte die Mittel an der Hand haben, gegen Ungerechtigkeiten vorgehen zu können. Dinge ansprechen und anprangern zu können. Das könnte ich vielleicht auch als Journalist, aber es gibt mit Sicherheit viele, die ihre Worte eleganter als ich setzen können, um Geschichten zu schreiben. Ich bin jemand, der sich gern auf reine Fakten beruft. Es liegt mir nicht so sehr, sie in emotionale Geschichten zu verpacken, wie es ein guter Journalist tun muss. Ich möchte lieber mit Paragrafen argumentieren, die unumstößlich sind. Und das, was Onkel Rudi erzählt, beeindruckt mich, auch wenn mir klar ist, dass die Gesetzeslage in Deutschland ganz anders ist. So reich wie in New York wird man hier als Anwalt nicht, aber man verdient doch genug für ein gutes Auskommen. Ich habe mir überlegt, dass ich mich fürs Wintersemester gern an der Uni einschreiben würde. Allerdings kann ich dann nicht mehr so viel hinzuverdienen. Und ich weiß nicht, ob es als Jurastudent angemessen ist, wenn ich weiter dreimal in der Woche im Pirol als Rausschmeißer arbeite.«

»Du setzt dort immerhin Recht und Gesetz durch.« Es erfüllte Renate mit ungeahnter Zuversicht, dass Matthias ein neues Lebensziel gefunden hatte. Eines, das ihn dauerhaft erfüllen konnte, anders als die von vornherein zeitlich begrenzte Fußballkarriere. Sie hatte befürchtet, er würde viel länger unter dem zerplatzten Lebenstraum leiden, sich wegen seiner Verletzung zu Hause eingesperrt und in seinem Bewegungsdrang eingeschränkt fühlen. Andererseits war Matthias nicht der Mann, der sich lange mit unleidlichem Gejammer gehen ließ. In seiner Familie hatte man gelernt, sich anzupassen und das Leben so zu nehmen, wie es sich einem darbot. Dafür hatte Fredi als Vater gewiss ebenso wie Henny als Mutter gesorgt, als sie die Kinder durch die Kriegszeit gebracht und ihnen später ermöglicht hatten, dennoch ihre Träume zu leben. Matthias hatte seinen Traum vom Fußball mit Einverständnis und Stolz seiner Eltern auskosten dürfen. Das mochte den Fall vielleicht umso härter machen, aber dafür erleichterte ihm diese Lebenseinstellung auch das Wiederaufstehen.

»Das stimmt.« Seine Antwort riss sie aus ihren Überlegungen. »Übrigens werde ich nächste Woche die Schiene los.« Er klopfte auf sein Bein. »Dann soll ich anfangen, vorsichtige Gehübungen mit vollständiger Belastung des Knies zu machen. Wenn alles gut läuft, kann ich vielleicht in drei Wochen wieder ganz normal gehen.«

»Das wäre wundervoll!« Renate kuschelte sich fester in seine Arme. »Dann können wir anfangen, uns mit unserer Hochzeit zu befassen.«

»Unsere Hochzeit?«

»Na ja, wenn du studierst und kein Geld hast, ist es besser, wenn wir verheiratet sind und du als mein Mann offiziell von mir unterhalten werden kannst. Dann kannst du deine kleine Wohnung auf St. Pauli aufgeben und wir kaufen uns ein neues Schlafzimmer und richten uns hier vernünftig ein.«

»Eigentlich habe ich immer von einem Haus im Grünen geträumt, wo unsere Kinder spielen können.«

»Noch haben wir keine Kinder und während du studierst, ist eine Schwangerschaft auch nicht angemessen; schließlich sorge ich dann ja für unseren Unterhalt. Um Kinder und eventuell ein Haus können wir uns immer noch kümmern, wenn du dein Studium weitestgehend absolviert hast und im Referendariat stehst.«

»Ich sehe schon, du bist die perfekte Planerin unserer Zukunft. Du planst auf lange Sicht, während ich bislang lieber im Hier und Jetzt gelebt habe.«

»Deshalb ergänzen wir uns ja so gut. Wir holen uns gegenseitig zurück auf den Boden der Tatsachen. Du mich, wenn ich zu weit in die Zukunft plane, und ich dich, wenn du die Zukunft völlig vergisst.«

Obwohl Renate inzwischen klar geworden war, dass sie das Rätsel um den geheimnisvollen Ausschlag der Kinder vielleicht niemals würde lösen können, brachte sie das Thema der Gewässerverschmutzung am folgenden Samstag beim monatlichen Treffen des Frauenvereins »Die Akademikerin« in der Kellermann-Villa an der Elbchaussee ins Gespräch. Vor allem suchte sie dabei den Rat von Edelgard Wessel, einer der wenigen Frauen, die als Journalistin für die renommierte Zeitschrift »Der Spiegel« arbeitete. Das von Rudolf Augstein 1947 gegründete Magazin hatte Renate von jeher fasziniert – wegen seiner kritischen Berichterstattung und der Tatsache, dass die Journalisten sich selbst als eine Instanz sahen, die Politik zu überwachen und auf Unrecht aufmerksam zu machen. Vor allem Matthias' Aussage, dass er auch als Journalist für das Recht hätte kämpfen können, wenn er besser formulieren könnte, hatte Renate auf die Idee gebracht, Edelgard von dem Vorfall zu erzählen. Vielleicht hätte Edelgard sogar Interesse daran, Irmgard Köhler selbst zu befragen. Kritische Fragen, ohne dass dahinter gleich eine juristische Beweisführung steckte, waren schließlich das Privileg der Journalisten.

Edelgard hörte aufmerksam zu, als Renate sie noch vor dem gemeinsamen Essen während des üblichen Sektempfangs ansprach.

»Ich weiß nicht, ob das Thema ohne Fotos von betroffenen Kindern genügend Leser findet«, sagte Edelgard schließlich. »Die meisten Leute interessiert es nicht, ob Fabriken irgendetwas in die Flüsse leiten, solange nicht sicher ist, dass es schädliche Folgen hat. Wir bräuchten entweder ein Fischsterben oder Bilder von kranken Kindern, von mir aus auch von Erwachsenen. Die Aussage einer ehemaligen Psychiatriepatientin genügt nicht. Ich würde meine Reputation verlieren, wenn ich mich auf nicht belegbare Aussagen einer mutmaßlich Geisteskranken beziehe.«

Renate seufzte. Insgeheim hatte sie so eine Aussage befürchtet. »Aber was ist, wenn diese Frau recht hat? Wenn da wirklich etwas war, aber niemand es ernst nimmt?«

»Dann wird es weitere Fälle geben«, meinte Edelgard. »Uns bleibt nichts anderes übrig, als die Augen offen zu halten. Und wenn es bei diesem einmaligen Fall bleibt, dann ist er es auch nicht wert, dass man ein Fass aufmacht. Jetzt kommt der Sommer. Sollten tatsächlich irgendwelche schädlichen Zuleitungen existieren, wird es auffallen.«

»Und wenn die Abwasser nur in der kalten Jahreszeit eingeleitet werden?«

»Solange sie keinen Schaden anrichten, wird es niemanden interessieren. Es ist nicht verboten, Abwasser in die Flüsse zu leiten. Das machen die Schiffe ja ständig.«

Renate nickte. Auf einmal wurde ihr bewusst, wie viel Unterschied es machte, ob man mit einer Person sprach, die sich selbst betroffen fühlte, oder es in Ruhe einer unbeteiligten Person berichtete. Unbeteiligte neigten dazu, alles zu rationalisieren und ohne Emotionen zu beurteilen. Bei Matthias war das nur deshalb anders gewesen, weil er dringend nach einem neuen Lebenssinn gesucht hatte. Vielleicht hätte er sich sonst genauso verhalten wie Edelgard gerade.

»Ich werde das Thema dennoch im Auge behalten«, versprach die Journalistin. »Und wenn ich noch einmal von solchen Ereignissen höre, melde ich mich bei Ihnen. Wichtig wären tatsächlich ärztliche Atteste oder noch besser Fotografien.«

Renate nickte. Sie wollte sich gerade nach ihrer Freundin, der Apothekerin Hannelore, umsehen, als ein neuer Gast im Foyer der Villa erschien. Doch es war kein Mitglied des Vereins, sondern ausgerechnet Goldie!

Renate blieb fast der Mund offen stehen, als sie Ellas Schwägerin erkannte. Hastig versuchte sie, sich hinter einer der Säulen zu verstecken, doch es war zu spät. Goldie hatte sie bereits entdeckt und eilte mit einem lautstarken »Hallo!« sowie einem fröhlichen Winken auf sie zu.

»Was machst du denn hier?« Renate konnte ihre Entgeisterung kaum verbergen.

»Na, ich dachte, ich muss mir doch mal Ellas Verein anschauen. Es ist Henny so rausgerutscht, als sie und Fredi bei uns im Vier Jahreszeiten zum Essen waren. Ihr hättet mir doch ruhig von Ellas großartigem Verein erzählen können.«

»Du bist nicht Mitglied«, sagte Renate und sah sich unauffällig um, ob Ella ihre ungeliebte Schwägerin schon bemerkt hatte.

»Nun, ich dachte, eine erfolgreiche Frau aus Amerika dürfte auch mal bei einem eurer Treffen zu Gast sein. Das ist doch schön, wenn ich Ellas Verein kennenlernen darf.«

In der Nähe des Eingangs zum Speisesaal entdeckte Renate Hannelore und nutzte die Gelegenheit. »Entschuldige mich bitte, ich werde noch von einer Freundin erwartet.« Mit diesen Worten ließ sie Goldie stehen. Sie wollte nicht, dass Ella eventuell dachte, sie hätte Goldie angeschleppt.

»Gott sei Dank, dass ich dich gefunden habe«, raunte sie Hannelore zu, als sie die Freundin erreicht hatte.

Hannelore schaute sie überrascht an. »Was ist denn passiert?«

Renate nickte unauffällig in Goldies Richtung und fasste die Ereignisse in wenigen Worten zusammen.

»Oha«, sagte Hannelore. »Das wird wohl noch explosiv werden.«

Renate nickte, denn soeben hatte Ella Goldie bemerkt. Renate und Hannelore taten demonstrativ so, als wären sie in ein intensives Gespräch vertieft und würden nichts bemerken, obwohl sie die Situation genau beobachteten.

»Was machst du denn hier?«, rief Ella. »Du bist kein Mitglied.«

»Ich weiß«, erwiderte Goldie. »Aber ich habe Sophia Kellermann gebeten, dass ich heute hier sein darf.«

»Wie bitte?«

»Nun ja, nachdem Henny herausgerutscht ist, dass du heute bei deinem Verein bist, habe ich ein wenig nachgehakt, was das für ein Verein ist, und als ich hörte, dass die Treffen in der Kellermann'schen Villa stattfinden, habe ich Sophia angerufen. Sie hat sich noch an mich erinnert – aus der guten alten Zeit in Hamburg vor unserer Flucht. Ich habe ihr mein Dilemma erzählt, dass ich mich gern mit dir versöhnen würde, du mir aber aus dem Weg gehst.«

»Warum hast du nicht einfach respektiert, dass ich dir aus dem Weg gehe?« Ella funkelte sie aufgebracht an.

»Weil es mir wichtig ist.«

»Das glaube ich dir nicht. Du willst dich nur wieder in den Mittelpunkt drängen, überall mitmischen, deine Nase reinstecken und alles schlechtmachen, was andere aufgebaut haben. So warst du schon immer. Das verwöhnte Töchterlein, dem die Eltern alles ermöglicht haben, das nie Verantwortung übernehmen musste, auf alle anderen herabgesehen hat und selbst immer nur nach Bewunderung heischte. Aber die wirst du hier nicht kriegen.« Mit diesen Worten drehte Ella sich um und ließ Goldie stehen.

Goldie sah sich hilflos um und sofort taten Hannelore und Renate wieder so, als hätten sie nichts mitgekriegt und würden intensiv über irgendetwas diskutieren.

Kurz darauf wurde der Speisesaal geöffnet.

»Ich bin gespannt, was sie uns dieses Mal Leckeres auftischen«, sagte Hannelore. »Ich habe den ganzen Tag gefastet, damit ich heute Abend hemmungslos zuschlagen kann.«

Renate lächelte. Hannelore aß gern und gut, was man ihr auch ansah. Sie war etwas pummelig, aber auf eine Weise, die ihr gut stand.

Goldie ging trotz der heftigen Abfuhr von Ella in den Speisesaal, als gehörte sie dazu.

Nachdem alle im Saal versammelt waren, wollte Ella, wie es ihrer Rolle als Vereinsvorsitzender entsprach, eine kurze Rede halten.

Doch Goldie war schneller und schlug mit einem Teelöffel gegen ihr Sektglas. »Meine lieben Damen des Vereins ›Die Akademikerin‹«, begann sie mit ihrem amerikanischen Akzent, der Renate in diesem Moment besonders aufgesetzt vorkam. »Ich freue mich, dass ich heute hier sein darf, auch wenn ich keine Akademikerin bin.«

Ella machte ein Gesicht, als würde sie Goldie am liebsten den Hals umdrehen, aber ihre Freundin Sophia Kellermann legte ihr beruhigend die Hand auf die Schulter. Ella warf Sophia einen verärgerten Blick zu, sagte aber nichts weiter.

»Es ist nicht leicht, hier vor euch allen zu stehen«, sprach Goldie weiter. »Und doch ist es wichtig. Wichtig für mich, weil ich sonst keinen anderen Weg mehr sehe, um gehört zu werden. Ich habe etwas zu sagen, was mich schon lange belastet – etwas, das ich hätte viel früher sagen sollen.

Ich möchte ehrlich sein: In den vergangenen Jahren habe ich mich falsch verhalten. Ich habe dich, liebe Ella, auf eine Weise behandelt, die weder gerecht noch mitfühlend war. Ich habe dich herabgesetzt und dir Hindernisse in den Weg gelegt, die dir das Leben schwer gemacht haben. Besonders dein Wunsch zu studieren war mir ein Dorn im Auge. Es hat lange gedauert, bis mir das überhaupt bewusst geworden ist. Vielleicht war es Neid, vielleicht Hochmut oder schlichtweg Unverständnis. Heute weiß ich, dass es keine Entschuldigung gibt, nur das Eingeständnis meines Fehlers.

Du hattest Träume, Mut und ein Ziel, und ich habe dir das streitig machen wollen. Vielleicht aus Angst, du könntest größer oder besser werden, als ich es mir zutraue. Vielleicht, weil ich selbst mit meinem eigenen Leben haderte. Doch was auch immer mich antrieb, es war falsch.

Es tut mir leid. Ich sage das heute vor euch allen, weil ich will, dass diese Worte Gewicht haben. Dass sie echt sind. Es tut mir leid für die Verletzungen, die ich dir zugefügt habe, für die Zweifel, die ich in dir gesät habe. Und auch dafür, dass ich nicht früh genug erkannt habe, wie stark du bist, wie klug und wie wertvoll.

Du bist ein Beispiel dafür, dass man trotz aller Widrigkeiten seinen Weg gehen kann. Und ich hoffe von Herzen, dass du eines Tages auch über meinen Fehler hinwegsehen kannst. Nicht, weil ich es verdiene, sondern weil ich es mir wünsche – für uns beide.

Heute stehe ich hier, um ein Stück von dem wiedergutzumachen, was ich zerstört habe.

Liebe Ella, ich hoffe, dass du mir verzeihen kannst – nicht heute, vielleicht auch nicht morgen, aber irgendwann. Und dass wir, beide Frauen mit starkem Willen, unsere Geschichte vielleicht neu schreiben können. Nicht als Gegnerinnen, sondern als Verbündete.

Ich danke euch allen, dass ihr mir zugehört habt. Und dir, liebe Ella, danke ich besonders dafür, dass du trotz allem immer deine Würde bewahrt hast.«

Es war totenstill im Raum geworden, als Goldie sich nun wieder setzte. Alle Blicke waren auf Ella gerichtet.

»Du bist eine gute Schauspielerin«, sagte Ella schließlich. »Das beweist diese Rede. Du suchst dir ein Publikum, das dich nicht kennt, und tust so, als wären alle deine Angriffe nur gegen mich gerichtet gewesen. Tatsächlich hättest du diese Entschuldigung nicht hier vortragen sollen, sondern, wenn überhaupt, bei deiner Ankunft aus Amerika vor unserer Familie. Stattdessen hattest du dort nichts Besseres zu tun, als deine alten Verhaltensweisen zu zeigen. Deshalb glaube ich dir kein Wort mehr. Du willst mich hier vor dem Verein unter Druck setzen, dir zu verzeihen, vor Menschen, die nicht wissen, wie du dich seit bald dreißig Jahren regelmäßig verhalten hast. Du tarnst es als hilflosen Versuch, eine Situation zu bereinigen, aber in Wirklichkeit spielst du schon wieder eine Rolle, stellst dich als reumütig dar und spielst mir damit den Schwarzen Peter zu, wenn ich dir jetzt nicht vergebe. Deine vollendet formulierten Worte, die den Eindruck erwecken sollen, du hättest Geduld, um auf eine Vergebung zu warten, sind bloße rhetorische Kunstgriffe, mit denen du mich nicht beeindrucken kannst. Man kann sich Verzeihung für schlechte Taten nicht durch wohlgesetzte Worte verdienen, vor allem nicht in einem Rahmen, in dem man die Person, deren Verzeihung man erbittet, wieder unter Druck setzt. Bei schwächeren Charakteren hättest du damit womöglich Erfolg, bei mir nicht. Zum Lohn für deine eben erbrachte schauspielerische Leistung kannst du gern mit uns essen, aber Vergebung muss man durch Taten erwerben.«

Goldie starrte Ella verwirrt an, ganz so, als hätte sie mit dieser harschen Abfuhr nicht gerechnet. Dann nickte sie kurz und verließ schweigend den Speisesaal.

»Der schauspielerische Auftritt war wohl doch nicht so gekonnt«, raunte Hannelore Renate zu, dann fing sie an, laut zu applaudieren.

»Ella, dein Mut ist beeindruckend«, rief sie dabei. »Du erkennst, wenn man dich moralisch erpressen will, eine Verzeihung auszusprechen, die noch nicht verdient wurde. Ich bin stolz, dass du unsere Vereinsvorsitzende bist.«

Und auf einmal applaudierten alle, auch Renate. Sie wusste nicht genau, was sie für Goldie empfand. Es war eine Mischung aus Mitleid und Schadenfreude, denn dieser Auftritt war vermutlich tatsächlich genau das gewesen, für das Ella es gehalten hatte. Und genau wie Hannelore verspürte sie großen Stolz auf Ella, die den Mut hatte, offen zu sagen, was sie dachte, anstatt gute Miene zum bösen Spiel zu machen. Ob sie wohl auch so einen großen Applaus bekommen hätte, wenn Goldie nicht gekränkt den Saal verlassen hätte? Wenn sie die Demütigung ertragen und wirklich versucht hätte, sich Ellas Verzeihung zu verdienen, anstatt sie zu erzwingen?

Renate musste sich eingestehen, dass sie nach wie vor nicht schlau aus Goldie wurde. Was von dem, was sie sagte, war ehrlich gemeint, und was war die Rolle, die sie spielte?

Kapitel 25

Am späten Abend erzählte Renate Matthias von Goldies unerwartetem Auftritt im Verein.

Zu ihrem Erstaunen brach Matthias in lautes Gelächter aus.

»So schadenfroh?«, fragte sie ihn.

»Vielleicht«, gab er zu. »Aber vor allem freue ich mich über Ellas Stärke. Heute hat sie Goldie all die Bosheiten heimgezahlt, indem sie sie auf diese Weise auflaufen ließ. Ich glaube, das ist der erste Schritt zur Heilung. Sie hat Goldie so gedemütigt, wie sie selbst stets gedemütigt wurde, wie Goldie uns alle immer wieder gedemütigt hat.«

»Glaubst du, Goldie hat es absichtlich getan oder einfach nur, weil sie von Natur aus taktlos ist?«

»Spielt das eine Rolle?«

»Ja, das eine ist bösartiger Vorsatz, das andere Unfähigkeit.«

Matthias senkte nachdenklich den Blick. »Ich glaube nicht, dass sie bösartig ist, sie muss auch liebenswerte Seiten haben, sonst wäre Onkel Rudi nicht so lange mit ihr zusammengeblieben. Aber sie ist sehr egozentrisch. Du bist doch die Psychiaterin, Renate. Gibt es eine Erklärung, warum Menschen sich derart benehmen?«

»Es gibt verschiedene Theorien«, erwiderte sie. »Manche glauben, eine übermäßige Verwöhnung in der Kindheit mache Menschen zu selbstbezogenen Egoisten. Das könnte auf Goldie zutreffen. Sie war ja nach allem, was ich bislang weiß, das einzige Kind ihrer wohlhabenden Eltern. Aber es gibt noch eine andere Theorie. Die besagt, dass Menschen, die tief in sich voller Selbstzweifel sind, nach außen hin besonders grandios erscheinen müssen und andere entwerten und kleinmachen, damit sie ihre eigenen Minderwertigkeitsgefühle nicht spüren müssen. Und so etwas hat Goldie in ihrer Entschuldigungsrede angedeutet.«

»Aber warum sollte sie sich irgendwem unterlegen fühlen?«, grübelte Matthias. »Sie hatte doch immer alles, was sie sich wünschte. Sie ist die reiche Tante aus Amerika, sie ist die Schauspielerin.«

Renate dachte an ihre erste Begegnung mit Goldie zurück, als die sie »die Neue in der Familie« genannt hatte. Renate hatte sich über diese Bezeichnung gewundert, sie etwas unpassend gefunden, aber dann erst einmal nicht weiter darüber nachgedacht, weil diese merkwürdige Spitze zu Goldies ebenso seltsam überheblicher Art gepasst hatte. Doch wenn sie jetzt alles, was sie wusste, Revue passieren ließ, erschien es ihr eher wie eine Projektion. Goldie hatte ihr das übergestülpt, was sie selbst lange Zeit empfunden hatte. Die Neue in der Familie. Sie war ein so schillernder Schmetterling gewesen, von Anfang an, dass sie nie wirklich in die bodenständige Familie Studt gepasst hatte. Und nach allem, was Matthias ihr von Onkel Rudis Jugendjahren erzählt hatte, war Rudi ihr Pendant in der Familie. Nicht bodenständig, sondern immer auf der Suche nach etwas Neuem, nach Herausforderungen und einer Karriere. Das verband ihn mit seiner Frau und beide hatten sich gemeinsam diesen Traum in Amerika erfüllt. Sie waren wer, hatten alles erreicht, was sie sich gewünscht hatten. Na ja, fast alles, denn auch wenn

Goldie behauptete, sie sei froh, in der gemütlicheren Welt der B-Movies zu Hause zu sein, konnte Renate sich gut vorstellen, dass sie ihre Karriere als Schauspielerin doch gern mit einem der begehrten Oscars gekrönt hätte. Dann hätte sie allen bewiesen, was für eine gute Schauspielerin sie war. Vielleicht auch sich selbst. Komisch, dachte Renate, als ihr diese Gedanken kamen. Ob Goldie wirklich nur von der Anerkennung anderer lebt, weil sie sich selbst für das, was sie ist, nicht genügend lieben kann? Umso schmerzhafter musste dann Ellas Zurückweisung heute gewesen sein. Das würde auch erklären, warum Goldie das nicht einfach dickfellig an sich abperlen lassen konnte, wie man es von ihr erwartete, sondern verletzt den Saal und die ganze Versammlung verlassen hatte, vielleicht noch den Applaus, den man Ella bezeugte, als Begleitmusik des Abschieds in den Ohren, während ihr ein Diener ihren Mantel gereicht hatte. Bei dieser Vorstellung fröstelte es Renate und die kurze Schadenfreude, die sich von Anfang an mit Mitleid gemischt hatte, war vollständig verschwunden. Plötzlich kam Goldie ihr wie der bemitleidenswerteste Mensch der Welt vor, obwohl sie ja selbst Schuld an ihrem Elend hatte.

»Worüber denkst du nach?«, erkundigte sich Matthias, dem aufgefallen war, wie sehr Renate in sich versunken war.

»Wie gekränkt Goldie nun wohl sein muss. Meinst du, sie wird sich noch einmal melden?«

»Wir haben sie ja nicht gekränkt. Ehrlich gesagt, mir ist es egal, aber ich bin morgen noch einmal mit Onkel Rudi verabredet, um mich mit ihm über den Anwaltsberuf zu unterhalten. Ich weiß ja, dass es in Amerika ganz anders ist, aber er hat auch in Deutschland studiert, bevor er in Amerika noch einmal die Universität besuchte.«

»Soll ich dich wieder ins Vier Jahreszeiten fahren?«, bot Renate an. »Ich gehe dann so lange an der Alster spazieren, bis ich dich wieder abholen kann.«

»Nein, du bist selbstverständlich mit eingeladen«, sagte Matthias. »Ich habe allerdings erst vorhin mit Onkel Rudi telefoniert, als du beim Vereinstreffen warst. Tut mir leid, dass ich dir das nicht gleich gesagt habe. Deine Erzählung von Goldie war nur zu köstlich.«

Renate nickte langsam, wusste aber nicht so recht, ob sie wirklich mitkommen sollte. Denn ihr war klar, dass sie dann auch Goldie wiedersehen würde. Vermutlich würde Rudi ihr sogar vorschlagen, etwas mit Goldie zu unternehmen, während er sich mit Matthias austauschte. Ob sie die gekränkte Frau so kurz nach dieser Niederlage wiedersehen wollte? Nun gut, sie war angehende Psychiaterin, sie würde auch damit fertigwerden. Und vielleicht hielt Goldie ihre Fassade dann wieder aufrecht. Oder sie hätte die Möglichkeit, auf eine ganz eigene Weise hinter die Fassade zu blicken und mehr über den Menschen Goldie zu erfahren. Und das wiederum war etwas, das sie sehr interessierte.

***

Am Sonntagmorgen schliefen sie lange aus, dann frühstückten sie in Ruhe und machten sich anschließend auf den Weg zum Hotel Vier Jahreszeiten.

»Ich bin so froh, wenn ich die Schiene nächste Woche loswerde und endlich wieder mit meinem eigenen Auto fahren kann«, stieß Matthias hervor, während er sich in die Isetta neben Renate hievte.

»Jetzt ist ja auch bald regelmäßig Cabrioletwetter«, erwiderte Renate in Erinnerung an sein schönes Karmann-Ghia-Cabriolet, mit dem sie schon im letzten Sommer viele Ausflüge gemacht hatten.

»Genau«, sagte Matthias. »Ohne die Krücken bin ich endlich wieder ein ganzer Mensch.«

»Jetzt bist du durch die zusätzlichen Hilfsmittel sogar etwas mehr als ein ganzer Mensch«, neckte Renate ihn liebevoll. Matthias lachte.

Am Sonntag herrschte viel Betrieb rings um die Alster und Renate musste ein wenig suchen, bevor sie einen Parkplatz fand. Zum Glück konnte sie sich mit ihrer Isetta in eine winzige Lücke zwischen zwei großen Mercedeslimousinen direkt vor dem Hotel quetschen, sodass Matthias keinen allzu weiten Weg auf sich nehmen musste.

Als sie ihm beim Aussteigen half und die Gehhilfen anreichte, wuchs ihr Unbehagen, denn sie scheute sich mehr vor der erneuten Begegnung mit Goldie, als sie es sich zuvor hatte eingestehen wollen. Natürlich wäre es interessant, mehr über das Seelenleben dieser Frau zu erfahren, aber tief in ihrem Inneren fürchtete sie auch Vorwürfe, vielleicht weil sie Goldie nicht vor dieser Demütigung beschützt, sondern sich dem Applaus bei Goldies Abschied angeschlossen hatte. Dass sie selbst ein wenig schadenfroh gewesen war, obwohl sie wusste, was es Goldie bedeutet hätte, hier Verzeihung und Absolution zu erfahren.

Doch als sie Rudi und Goldie im Restaurant des Vier Jahreszeiten zum Mittagessen trafen, wirkte Goldie so munter wie eh und je. War das die Schauspielerin in ihr, die eine Kränkung ganz schnell verbergen konnte, oder war sie doch dickfelliger als gedacht?

Diesmal gab es Gemüsesuppe als Vorspeise und Rinderrouladen mit Rotkohl und Kartoffeln als Hauptgang.

»Wo sind Martha und Paul?«, fragte Renate, der sofort auffiel, dass die Großeltern fehlten.

»Mama wusste, dass wir heute über Matthias' Karriereambitionen sprechen wollen, und meinte, es wäre besser, wenn daraus keine große Familiensache würde, das könnte hemmend wirken.« Onkel Rudi lachte. »Ich habe ihnen ein Taxi bestellt, mit dem sie in ein gutes Restaurant an die Landungsbrücken gefahren wurden, ganz in der Nähe unserer alten Wohnung am Johannisbollwerk, die im Krieg zerstört wurde. Sozusagen eine kleine Rückkehr in die alten Tage. Papa ist ja nicht mehr so mobil und ein Taxi, um damit ins Restaurant zu fahren, ist bei ihrem Einkommen nicht drin. Sie haben sich sehr gefreut.«

»Das glaube ich«, sagte Renate. »Du bist sehr großzügig.«

»Das ist das Mindeste, was ich tun kann, nachdem ich in den schwersten Zeiten nicht in Deutschland war und für die Familie sorgen konnte.« Seine Stimme war deutlich leiser geworden, so als wollte er nicht, dass die Menschen an den Nachbartischen seine Scham mitbekamen.

Aus irgendeinem Grund drohte die Stimmung zu kippen, bleiern und düster zu werden. Renate spähte hilflos zu Matthias, doch der hatte das entweder nicht bemerkt oder war unfähig, die Stimmung zu heben. Goldie nestelte in ihrer kleinen Handtasche, bis sie einen Lippenstift gefunden hatte, und zog ihre Lippen nach, obwohl die Farbe noch glänzte.

»Wie geht es dir?«, entfuhr es Renate unwillkürlich, obwohl sie sich doch vorgenommen hatte, nichts anzusprechen, das für Goldie peinlich werden könnte.

»Gut, danke.« Sie lächelte Renate mit frischen knallroten Lippen an. Zu rot, dachte Renate. Man sieht sofort, dass sie bemalt sind, es fehlt die Kunst, sie natürlich aussehen zu lassen. Renate selbst bevorzugte Lippenstifte in dezenteren Farben, die ihr natürliches Lippenrot betonten, anstatt es komplett zu überdecken.

»Das freut mich«, erwiderte sie. Belanglose Worte, die den wahren Elefanten im Raum umschifften. Der Elefant im Raum. Ein Sprichwort, das sie von Onkel Heinrich gelernt hatte. Es stammte aus einer russischen Kurzgeschichte, die Dostojewski in einem seiner Romane erwähnte, und berichtete von einer

Szene, in der ein Museumsbesucher so sehr auf die kleinen Exponate konzentriert war, dass ihm der große, präparierte Elefant entging.

Genauso wie ich auf Goldies Lippen konzentriert bin, dachte Renate und sah ihr deshalb in die Augen. Im Spiegel der Seele konnte sie lesen, dorthin schaute sie auch stets bei ihren Patienten, obgleich viele ihrem Blick lieber auswichen.

Doch Goldie war auch hier ganz die Schauspielerin. Ihre Augen leuchteten, hielten ihrem Blick stand, aber es wirkte dennoch wie eine Maske. Was war echt und was gespielt? Nun, bei einem normalen Mittagessen würde sie es wohl nicht erfahren.

Endlich hatte Matthias seine Sprache wiedergefunden und stellte Fragen zum Jurastudium.

»Man kann Deutschland und Amerika natürlich nicht vergleichen und ich weiß nicht, ob die Studienbedingungen in Hamburg heute noch so sind wie in den Zwanzigerjahren, als ich dort immatrikuliert war«, meinte Onkel Rudi. »In Deutschland gibt es für alles Paragrafen, die musst du kennen. In Amerika sind es Grundsatzurteile, man hat mehr Freiheiten im angloamerikanischen Recht, mehr Kreativität. Aber du kannst dir diese Freiheiten auch im deutschen Recht nehmen, wenn du die Paragrafen kennst und sie geschickt auslegst. Nicht umsonst nennt man Juristen ja despektierlich auch Rechtsverdreher. Zu meiner Zeit gab es noch wenige Prüfungen, man musste regelmäßig Hausarbeiten schreiben. Da befasste man sich dann mit einer juristischen Fragestellung, was von den Professoren bewertet wurde. Mir ist das leichtgefallen. Ich hatte nebenher immer noch genug Zeit, das Leben zu genießen. Das war in Berlin nicht anders als in Hamburg.«

»Warum musstest du nach Berlin wechseln?«, mischte sich Renate ein. »Ich habe gehört, da gab es einen Skandal, aber keiner hat mir Näheres erzählt.«

»Nein?« Rudi lächelte. »Das wundert mich, das war doch lange Zeit das Gesprächsthema Nummer eins in der Familie. Aber vielleicht ist es den anderen nach all den Jahren langweilig geworden.«

»Das war dann schon vor meiner Geburt«, überlegte Matthias. »Ich weiß auch nicht viel darüber.«

»Nun ja, ich hatte damals eine Freundin«, sagte Rudi. »Astrid war ihr Name. Sie war ein paar Jahre älter als ich, Witwe, hatte eine eigene Wohnung. Das war für unsere heimliche Liaison ganz praktisch. Allerdings war sie auch die Sekretärin meines Universitätsprofessors, deshalb mussten wir unsere Beziehung geheim halten. Ich wusste allerdings nicht, dass sie parallel eine Beziehung zum Professor hatte. Und als sie von ihm schwanger wurde, hat er sie sitzen lassen. Sie wollte dann, dass ich sie heirate. Sie war dermaßen verzweifelt, dass sie mir damit drohte, zu meinen Eltern zu gehen und dort zu behaupten, ich wäre der Vater des Kindes.« Rudi atmete schwer. »Ich war so verletzt, dass ich sie in ihrer Verzweiflung habe stehen lassen. Angeblich hat sie sich dann kurz darauf an ihrer Garderobe erhängt.«

»Mein Gott«, rief Renate. »Und du hattest Schuldgefühle?«

»Nein, ich hatte Zweifel. Die Garderobe war viel zu wackelig, als dass sie das ausgehalten hätte. Und auch die Polizei hatte den Verdacht, dass ein Mord dahinterstecken könnte. Es gab mehrere Indizien, die auf ihren Chef hinwiesen. Er wurde sogar wegen Mordes vor Gericht gestellt und ich sagte als Zeuge aus. Allerdings reichten die Beweise nicht aus und er wurde aus Mangel an Beweisen freigesprochen. Astrids Tod galt offiziell als Selbstmord und ich hatte mir diesen Professor zum Feind gemacht. Deshalb musste ich die Universität verlassen und bin nach Berlin übergesiedelt.«

»Und dort hast du mich dann in der Silvesternacht von 1929 auf 1930 kennengelernt«, sagte Goldie mit einem liebevollen Lächeln und strich ihm sanft über die Schulter.

»Ja, so hatte auch das größte Unglück meines Lebens noch eine positive Seite«, erwiderte er. »Ich habe gern in Berlin studiert. In den Zwanzigern und frühen Dreißigern, bevor die Nazis an die Macht kamen, war Berlin eine echte Weltstadt, voller Glamour und Freiheit. In Hamburg haben wir zwar die Große Freiheit auf der Reeperbahn, aber verglichen mit Berlin war Hamburg provinziell. Inzwischen hat sich das umgekehrt. Durch die Teilung ist Berlin nun provinziell geworden.«

»Warst du denn seit der Teilung noch mal in Berlin?«

»Ja, wir hatten vor ein paar Jahren mal eine Zwischenlandung in Tempelhof, wo ich die Gelegenheit nutzen wollte, einen Kollegen aus der Militärzeit zu treffen, der inzwischen in Berlin stationiert ist und dort einen guten Posten hat. Ich war erschüttert von dem, was geblieben ist. Nicht nur die Kriegsschäden, sondern auch das kleinkarierte Leben in einer völlig zerstörten Stadt, die sich nur langsam wieder aufrappelt, aber politisch in der Bedeutungslosigkeit verschwunden ist. So wie Deutschland allgemein, seit es so ein kleines Kaff am Rhein zu seiner Hauptstadt gemacht hat, nur damit Adenauer es nach Bonn näher zur Arbeit hat.«

»Nun ja, Bonn soll ja bloß ein Provisorium sein«, warf Matthias ein. »Irgendwann, wenn die Teilung aufgehoben ist, wird Berlin wieder Hauptstadt.«

»Nach allem, wie sich der Kalte Krieg fortentwickelt, fürchte ich, dass die Teilung nur noch schärfer wird«, widersprach Rudi. »Wir können froh sein, wenn es keinen Atomkrieg gibt.«

»Du siehst immer so schwarz«, kritisierte Goldie. »Keiner hat Interesse an einem Atomkrieg.«

»Das hoffe ich.« Rudi atmete tief durch. Dann sah er seine Frau an. »Wie war denn dein Besuch beim Frauenverein?«

Renate zuckte bei dieser Frage kaum merklich zusammen. Hatte Goldie ihrem Mann noch nichts von ihrer Demütigung erzählt, sodass er jetzt so unbedarft fragte? Sie konnte sich lebhaft vorstellen, dass Goldie alles Mögliche unternommen hatte, um sich an jenem ersten Abend nicht damit auseinandersetzen zu müssen und ihren Mann abzulenken.

»Erfrischend ehrlich«, antwortete Goldie erstaunlich gefasst. »Ella hat gesagt, was sie denkt, und uns damit peinliche Momente falscher Vergebungsbekundungen erspart. Im ersten Moment war es hart, nachdem ich mich vor allen geöffnet hatte, aber im Endeffekt ist Ehrlichkeit doch besser.«

»Oh«, kommentierte Rudi nur.

»Nun ja, ich habe es versucht, aber Worte reichen in diesem Fall nicht aus. Dafür schwelt es zu lange, und das war auch meine Schuld.«

»Ja, Probleme, die durch Taten geschaffen wurden, kann man wohl nur durch Taten wiedergutmachen«, stimmte Rudi ihr zu. »Allerdings ist es sehr schwer, etwas zu finden, das Ella wirklich beweisen würde, dass es dir mit dem Wunsch nach Versöhnung ernst ist.«

»Ich glaube nicht, dass es da etwas gibt«, entgegnete Goldie. »Ella hat alles im Leben erreicht, was sie sich wünscht.« Sie seufzte leise, beinahe so, als beneidete sie Ella darum, obwohl sie selbst doch auch sehr erfolgreich und finanziell deutlich bessergestellt war.

Renate dachte an Goldies Rede vor dem Frauenverein zurück. *Du hattest Träume, Mut und ein Ziel, und ich habe dir das streitig machen wollen. Vielleicht aus Angst, du könntest größer oder besser werden, als ich es mir zutraue. Vielleicht, weil ich selbst mit meinem eigenen Leben haderte. Doch was auch immer mich antrieb, es war falsch*, hatte sie gesagt. »Warum haderst du mit deinem Leben?«, bohrte sie deshalb nach.

Goldie hob überrascht den Blick. »Wie kommst du darauf, dass ich mit meinem Leben hadere?«

»Weil du genau das gestern in deiner Rede gesagt hast.« Sie wiederholte die Worte. »Oder war das nur ein rhetorisches Stilmittel?«

Goldie senkte den Blick. Renate wusste nicht, ob sie bloß Zeit zum Nachdenken brauchte oder sich ertappt fühlte. Denn wenn es lediglich Rhetorik gewesen war, war klar, warum Ella so reagiert hatte. Zugleich fiel ihr auf, dass das allgemeine Interesse sich schon wieder auf Goldie konzentrierte, obwohl Matthias doch eigentlich mit seinem Onkel über die Juristerei sprechen wollte. Goldie schaffte es immer wieder, sich in den Mittelpunkt zu rücken, oder sie brachte andere dazu, sie dort hinzustellen. Warum? War das ein Ausdruck ihrer Persönlichkeit? All das erinnerte sie an die narzisstische Persönlichkeit, die schon von Freud beschrieben worden war. Menschen, die schlecht mit Kritik umgehen konnten und ständig Beachtung brauchten. Menschen, deren Selbstwertgefühl fragmentiert war, die sich nur dann großartig fühlen konnten, wenn sie von außen Bewunderung oder Beachtung erhielten. Ohne diese Bewunderung verkümmerten sie wie Blumen ohne Sonnenlicht. Es gab Theorien, dass diese Menschen in ihrer Kindheit von ihren Eltern nicht um ihrer selbst willen geliebt worden waren, sondern nur für die Funktion, die sie erfüllten. Wenn sie gute Leistungen erbrachten, erhielten sie Liebe, wenn sie nichts schafften, wurden sie übersehen oder getadelt. Einfach nur dafür geliebt zu werden, dass sie das Kind ihrer Eltern waren, weil Elternliebe bedingungslos sein sollte, hatten sie laut dieser Theorie nie erfahren. Aber passte das auf Goldie? Nach allem, was Renate wusste, war sie die einzige Tochter einer wohlhabenden Familie, deren Eltern stets alles für sie getan hatten, damit sie ihre Träume verwirklichen konnte. Sie war maßlos verwöhnt worden und hatte deshalb wenig Empathie für die Not anderer. Das hatte im Grunde auch zu dem Zerwürfnis mit Rudis Familie geführt. Sie hatte ihre und Rudis Bedürfnisse über die der Familie gestellt und das für ihr gutes Recht gehalten. So sehr, dass Absprachen nichts mehr gegolten hatten. Interessant war vor diesem Hintergrund natürlich auch, warum Rudi dermaßen empfänglich für dieses Verhalten gewesen war, warum er damals für seine Frau der Familie die Loyalität aufgekündigt hatte. Gab es in ihm auch solche Züge? Sie hatte ihn als warmherzig und zugewandt erlebt. Die Ehe zwischen ihm und Goldie war stabil und sie waren beide erfolgreich im Leben, sie waren die reichen Verwandten aus Amerika, die jeder beneiden könnte. Allerdings wurden sie nicht beneidet. Das war Renate zuvor gar nicht so bewusst gewesen. Sie hatte nie gehört, dass jemand wehmütig seufzend gesagt hätte, so gut wie Rudi müsste es ihnen auch gehen. Bedeutete das, dass die Familie um den Preis wusste, den er dafür gezahlt hatte? Dass materieller Reichtum niemals die innere Leere füllen konnte, die es möglicherweise gab? Rührten Goldies Bosheiten daher? Weil sie Ella um die Liebe ihrer Familie beneidete, obwohl sie doch selbst scheinbar alles von ihren reichen Eltern bekommen hatte?

Der Kellner, der den Hauptgang brachte, enthob nicht nur Goldie einer Antwort, sondern riss auch Renate aus ihren Gedanken.

Die Rinderroulade war ausgezeichnet, mit Zwiebeln, Gurke und Speck gefüllt und nicht mit Hackfleisch, wie es bei einigen inzwischen in Mode gekommen war.

Während des Essens versuchte Matthias, das Gespräch wieder auf die Rechtswissenschaften zu lenken, und Onkel Rudi antwortete geduldig. Renate ertappte sich jedoch dabei, dass sie Goldie beobachtete, die sich ganz in ihr Essen und die korrekte Handhabung von Messer und Gabel vertieft hatte, als würde es ihr sonst schwerfallen, das Fleisch zu schneiden. Ganz so, als wollte sie sich unsichtbar machen. Bei diesem Verhalten blieb es auch noch während des Nachtischs.

Nachdem das Essen beendet war, schlug Renate deshalb das vor, wovor sie sich ursprünglich gefürchtet hatte. Einen Spaziergang mit Goldie an der Alster, damit die Männer sich ungestört unterhalten konnten. Jetzt fürchtete sie sich nicht mehr, denn ihre Neugier hatte gesiegt. Sie fragte sich, ob Goldie sich ihr öffnen würde, wenn sie unter vier Augen miteinander sprachen. Ob es ihr gelingen würde, das Rätsel von Goldies Verhalten zu lösen? Vielleicht konnte sie auf diese Weise doch noch zur Versöhnung beitragen.

Zu ihrer Erleichterung sagte Goldie tatsächlich zu. Ob sie sich wohl auch nach einem Gespräch ohne weitere Zeugen sehnte? Immerhin war Renate angehende Psychiaterin und Goldie bereits in Amerika therapieerfahren. Das machte es leichter, als einfach nur so mit der Verlobten des angeheirateten Neffen über persönliche Dinge zu sprechen.

Es war ein wunderschöner Frühsommertag und viele Hamburger nutzten die Gelegenheit, am Jungfernstieg zu flanieren. Die Außensitzplätze des Alsterpavillons waren vollständig besetzt und gerade näherte sich ein weißer Alsterdampfer dem Anlegesteg.

»Weißt du, dass ich noch nie mit einem Alsterdampfer gefahren bin?«, sagte Goldie plötzlich. »Obwohl ich doch einige Jahre in Hamburg gelebt habe und sogar am Schauspielhaus ein paar Rollen hatte. Leider gehörte ich wegen meines Vaters nicht zum festen Ensemble.«

»War er dagegen?« Renate war überrascht.

»Nein, natürlich nicht, ganz im Gegenteil, er hat mich immer sehr unterstützt. Aber da er als Jude geboren worden war, galt er für die Nazis als Jude, obwohl er noch vor meiner Geburt konvertiert ist, und ich als Halbjüdin. Anfang der Dreißiger, vor der Machtergreifung, hatten die zwar noch keine Macht, aber durchaus Einfluss.«

»Und woher wussten die Mitarbeiter des Schauspielhauses, dass dein Vater konvertiert war? Das steht doch nicht in großen Lettern auf deiner Stirn geschrieben.«

Goldie senkte den Blick. »Nun ja … Ich habe den Fehler gemacht, den Namen meines Vaters zu nennen. Er war ein großer Bauunternehmer in Berlin und da gab es schon früh Gerüchte, dass er als Jude geboren wurde.«

»Du hast also mit ihm angegeben«, stellte Renate mitleidlos fest.

»So würde ich das nicht nennen. Ich habe seinen Namen erwähnt und Neider haben dann Nachforschungen angestellt und sie gegen mich verwendet.«

»Noch bevor die Nazis an die Macht kamen?«

»Ja, der Konkurrenzdruck im Schauspielgewerbe ist groß.«

Renate sagte nichts dazu. Sie konnte nicht beurteilen, ob Goldie recht hatte oder nicht. Falls sie sich allerdings im Schauspielhaus so benommen hatte wie bei ihrem Auftritt bei Matthias' Eltern, dürfte die Herkunft ihres Vaters vermutlich die geringste Rolle gespielt haben.

»Wollen wir eine Alsterrundfahrt machen?«, schlug sie stattdessen vor.

»O ja, sehr gern.« Goldie strahlte.

Sie gingen gemeinsam zum Schalter, wo man die Fahrkarten kaufen konnte. Es gab Vergnügungsrundfahrten, aber auch ganz normale Fahrten, um von einem Anleger zum anderen zu kommen. Renate erinnerte sich, dass es vor dem Krieg sogar Anleger in den Alsterkanälen gegeben hatte, aber die waren im Krieg zum großen Teil zerstört und nicht wieder errichtet worden. Sie schlug Goldie eine touristische Alsterrundfahrt vor, bei der man an Bord auch einen Kaffee trinken konnte.

Der Ausflugsdampfer war ebenfalls sehr gut besetzt, aber es gelang den beiden, einen Fensterplatz zu ergattern, wo sie etwas abseits der Massen saßen und sich weiterhin gut unterhalten konnten.

»Du sagtest, dein Vater hat dich immer unterstützt«, schloss Renate an das vorherige Gespräch an einer unverfänglicheren Stelle wieder an, nachdem sie sich einen Kaffee hatten bringen lassen.

»Ja, das hat er. Und er tut es noch heute.« Sie lächelte versonnen. »Er ist einundachtzig Jahre alt, aber noch geistig rege und so dankbar, dass Mama und er uns über einige Umwege nach Amerika folgen konnten. Fredi hat das organisiert. Er hat sehr viel für uns alle getan.«

Renate war überrascht, dass Goldie das so unumwunden zugab.

»Dafür haben wir ihm und Henny ja auch die Reise nach Japan zu seinem Cousin Arthur und dessen Frau spendiert«, fuhr Goldie fort. Natürlich, das passte zu ihr. Sie musste sich selbst gleich wieder in ein vermeintlich gutes Licht rücken und begriff nicht, dass sie den guten Eindruck von Dankbarkeit damit sofort zerstörte. Als wenn eine Reise nach Japan so viel wog wie gerettete Leben.

»Es war bestimmt schwer«, bemerkte Renate stattdessen. »Ich bin davon überzeugt, dass deine Eltern in Berlin sehr glücklich waren und du eine wunderbare Kindheit hattest.«

»Ja, die hatte ich in der Tat. Ich habe alles bekommen, was ich mir wünschte, allerdings …« Goldies Erzählung stockte auf einmal.

Renate wartete, ob sie wohl weitersprechen würde, aber Goldie sagte nichts mehr. Also hakte Renate nach, indem sie fragte: »Wo war der Wermutstropfen, der dich jetzt zum Schweigen bringt?«

»Ich war so behütet, dass ich keine Gelegenheit hatte, echte Freundinnen zu finden. Meine Eltern hielten die staatlichen Schulen für ungeeignet für ihr zartes kleines Mädchen, also erhielt ich bis zu meinem zwölften Lebensjahr Privatunterricht. Der war sehr gut, ich lernte gewiss mehr als andere Kinder, leider legte der Lehrer mehr Wert auf Französisch als auf Englisch, sodass ich später in Amerika anfangs Probleme hatte, weil mein Schulenglisch nicht gut genug war, um als Schauspielerin zu arbeiten.«

»Du hattest bis zu deinem zwölften Lebensjahr keine Freundinnen?« Renate konnte ihr Entsetzen kaum verbergen.

»Nun ja, ich durfte zum Ballettunterricht, da traf ich andere Mädchen, aber meine Mutter wollte nicht, dass ich andere Kinder besuche, weil man dort ja nie wisse, was einen erwartet. Ich sollte auch keine Kinder mitbringen, weil meine Mutter meinte, die würden dann nur neidisch auf uns werden.«

»Oh«, sagte Renate. »Hattest du gleichaltrige Cousinen oder Cousins, mit denen du spielen konntest?«

»Meine Mutter war Einzelkind. Und die Familie meines Vaters hatte den Kontakt abgebrochen, nachdem er konvertiert war. Es gab niemanden. Mein Vater hat sich sehr in seine Arbeit gestürzt, deshalb war er ja so ein erfolgreicher Unternehmer. Und meine Mutter hat mit mir viele Ausflüge gemacht. In Museen und Kunstgalerien, aber auch ins Theater. Als ich zum ersten Mal im Theater war, wusste ich, dass ich Schauspielerin werden wollte. Ich wollte endlich die Rollen anderer Menschen kennenlernen, nicht länger unter dieser beschützenden Glasglocke verharren. Als Schauspielerin konnte ich andere Lebensformen erproben, ohne mich in Gefahr zu begeben.«

»In welche Gefahr?«

»Na ja, überfallen zu werden oder mir von anderen Kindern Krankheiten zu holen.«

»Das waren die Sorgen deiner Mutter? Du könntest überfallen werden oder dir Krankheiten holen?«

»Ja, ich war ihre kleine Prinzessin und sie wollte mich vor allem schützen. Sie hat es nur gut gemeint. Sie kannte es ja nicht anders, sie war von ihren Eltern genauso erzogen worden. Ein anständiges Mädchen gibt sich nicht mit dem Pöbel ab.«

»Oh«, sagte Renate noch einmal. »Aber mit zwölf bist du dann in eine richtige Schule gekommen?«

»Ja, in eine private Mädchenschule. Da hatte ich dann zum ersten Mal die Möglichkeit, Freundschaften zu schließen, aber leider waren die Mädchen dort sehr oberflächlich. Wenn ich ein Mädchen nett fand und es mit nach Hause brachte, hat meine Mutter es erst einmal auf Herz und Nieren geprüft und ausgefragt. Und am Ende hat sie mir erklärt, warum das kein richtiger Umgang für mich ist.«

»Das klingt ja schrecklich!«, entfuhr es Renate.

»Meine Mutter hat es nur gut gemeint«, wiederholte Goldie. »Sie wollte mich vor Enttäuschungen bewahren. Sie erzählte mir, wie sie selbst als Kind oft ausgenutzt worden war.«

»Ich dachte, sie wurde genauso erzogen wie du. Wo konnte sie dann andere Kinder kennenlernen?«

»Kinder von Dienstboten, mit denen sie sich heimlich zum Spielen traf, obwohl es verboten war.«

»Nun ja, das waren dann ja auch keine Gleichrangigen. Bei einem Abhängigkeitsverhältnis kann man keine Freundschaft erwarten.«

»Mag sein, aber woher hätte meine Mutter es besser wissen sollen?«

Renate nickte. »Das stimmt.«

»Ich bin froh, dass Rudi den einzig richtigen Weg gegangen ist, um meiner Mutter seinen Wert zu beweisen.« Goldie seufzte liebevoll, während sie das sagte, beinahe so, als wäre es nur ein laut gewordener Gedanke.

»Wie ist ihm das gelungen?«, forschte Renate, denn sie hatte plötzlich das Gefühl, die Antwort auf diese Frage wäre wichtig, um die Dynamik der Familie vollständig zu verstehen.

»Mein Vater mochte ihn von Anfang an«, berichtete Goldie. »Aber meine Mutter hatte so ihre Bedenken, weil er aus einer Arbeiterfamilie stammte. Seine Großväter waren beide einfache Hafenarbeiter gewesen. Und er erzählte das voller Stolz, denn sein Vater war trotzdem Maschinenbauingenieur geworden und seine Mutter Krankenschwester. Ich konnte seinen Stolz gut verstehen, zumal er selbst ja nun angehender Anwalt war. Aber meine Mutter hat nie viel darauf gegeben, wenn Familien sich hochgearbeitet haben. Für sie waren das Emporkömmlinge, denn wirklich vornehme Menschen erbten.«

»Lebt deine Mutter noch?«

»Ja, und inzwischen weiß sie, dass Rudi die beste Partie war, die ich machen konnte. Aber wenn er damals nicht für unsere Familie eingetreten wäre und meinem Vater das Auto abgekauft hätte, anstatt sich an die Abmachungen mit seiner Schwester zu halten, hätte sie ihm das wohl nie verziehen. Und meine Mutter hatte eine unnachahmliche Weise, Menschen in meinem Umfeld so lange schlechtzumachen, bis ich es selbst glaubte und mich zurückzog.«

»Dieses Auto war der Grund, warum Rudi seine Schulden bei der Familie nicht begleichen konnte und Ella beinahe ihren Traum, Medizin zu studieren, hätte aufgeben müssen?«

»Ja«, bestätigte Goldie. »Allerdings ist es doch nicht schlimm, Krankenschwester zu sein. Der Unterschied zum Arzt ist nicht so groß, abgesehen vom Ansehen.«

»Ich fürchte, da irrst du dich gewaltig«, widersprach Renate. »Und wenn du das immer noch denkst und weiterhin der Meinung bist, das alles wäre nicht so schlimm, verstehe ich auch, warum Ella deine Entschuldigung nicht angenommen hat. Es kam nicht aus deinem Herzen, dass es dir um ihretwillen leidtut, sondern du wolltest ihre Verzeihung für dich, damit es dir besser geht.«

»Aber das ist doch der Grund, warum man jemanden um Verzeihung bittet. Man hat Schuldgefühle und möchte sie loswerden.«

»Hast du denn Schuldgefühle?«, fragte Renate nun ganz direkt.

»Ja, natürlich«, kam es etwas zu schnell von Goldie.

»Warum hast du Schuldgefühle, wenn du denkst, dass es für Ella doch gar nicht so schlimm war?«

Goldie starrte Renate irritiert an. »Na ja, weil … weil ich nicht länger Zwist in der Familie möchte. Ich möchte, dass man mich genauso respektiert wie alle anderen.«

»Dann hast du keine Schuldgefühle«, stellte Renate fest. »Du hast das Bedürfnis, dass man dich mag. Aber du tust nichts dafür. Du hast es mit einer Entschuldigung wegen einer alten Sache versucht, aber die alte Sache ist eigentlich gar nicht mehr der Grund dafür, dass man dich nicht ausreichend wertschätzt. Der wahre Grund liegt darin, dass dir die notwendige Empathie fehlt, dich in andere hineinzuversetzen und zu verstehen, was dein Verhalten bei ihnen auslöst.«

»Ich kann mich sehr gut in andere hineinversetzen!«, rief Goldie empört. »Als Schauspielerin ist das mein tägliches Brot.«

»Nein«, beschied Renate. »Du kannst Gefühle darstellen, die du in dem Moment gar nicht hast. Du spielst sie vor. Das ist das tägliche Brot einer Schauspielerin. Du hast bei deiner Entschuldigungsrede auch gesagt, dass es wichtig für dich sei. Für dich, nicht für Ella. Für Ella ist es nicht mehr wichtig. Sie hat trotz allem das Leben, das sie sich wünscht. Und wenn du alle Jubeljahre vorbeikommst, betrachtet man dich wie eine Kuriosität, das schwarze Familienschaf, die überkandidelte Amerikanerin, die ihre deutschen Wurzeln so weit verdrängt hat, dass sie sogar ihre Muttersprache mit amerikanischem Akzent spricht. Du unterhältst die Familie auf diese Weise, manchmal verärgerst du sie auch. Du gehörst dazu, aber du wirst nicht bewundert. Du wirst belächelt.«

Goldie holte tief Luft und Renate war sich sicher, dass sie aufgestanden wäre und sie stehen gelassen hätte, wenn sie sich nicht auf einem Alsterdampfer befunden hätten. Sie hatte Goldie bis ins Mark getroffen, zum allerersten Mal, denn sie hatte das ausgesprochen, was alle dachten, Goldie eingeschlossen, aber niemals jemand zu formulieren gewagt hatte, um den brüchigen Familienfrieden zu bewahren.

»Manchmal schmerzt die Wahrheit sehr«, fuhr Renate fort. »Aber wenn du wirklich eine Aussöhnung mit Ella und der Familie willst, ist Ehrlichkeit wichtig. Gehe ich recht in der Annahme, dass du die Geschichte deiner Kindheit noch niemandem sonst erzählt hast?«

»Nur Rudi«, gestand sie.

»Das erklärt, warum Rudi dich versteht und eure Liebe so lange allen Widrigkeiten standgehalten hat. Und ich bin mir sicher, wenn Ella dieses Detail der ganzen Geschichte kennen würde, das, was du mir hier anvertraut hast, dann wäre es auch für sie leichter, Verständnis für dein Handeln zu haben. Um zu verzeihen, benötigt man zunächst einmal Verständnis dafür, warum jemand so gehandelt hat. Zwar bedeutet alles zu verstehen nicht, alles zu verzeihen, aber es ist ein erster Schritt.«

Goldie holte tief Luft. »Leider habe ich meine Chance vertan. Und das, was ich dir eben gesagt habe, hätte ich niemals vor einer so großen Bühne aussprechen können.«

Renate nickte. »Und vermutlich wird Ella dir aus dem Weg gehen. Zu schade, dass ihr nicht mehr so lange in Hamburg bleiben könnt, bis Matthias und ich heiraten.«

Goldie hob den Blick. »Wann wollt ihr heiraten?«

»Das ist noch offen, aber wenn Matthias sich als Jurastudent immatrikuliert und seine Wohnung aufgeben muss, wollen wir vorher geheiratet haben, damit alles seine Ordnung hat. Er kann dann offiziell bei mir einziehen und ich verdiene als Ärztin genug für uns beide.«

»Wenn ihr morgen noch das Aufgebot bestellt, könntet ihr in zwei Wochen heiraten«, überlegte Goldie. »Ich denke nicht, dass sich die Mindestfristen geändert haben. Die Mindestfrist lag früher bei acht Tagen, auch wenn die meisten Leute das Aufgebot schon Wochen vorher bestellen.«

»Und es muss ein Termin beim Standesamt frei sein«, erklärte Renate, die sich überrumpelt fühlte. »Das ist doch sehr kurzfristig.«

»Aber wenn du Matthias wirklich heiraten willst, wäre es doch schön, wenn die Hochzeit stattfinden könnte, während wir noch in Hamburg sind. Ich werde Rudi bitten, die Feier im Vier Jahreszeiten auszurichten. Und eure Hochzeitsreise könnt ihr zu uns in die USA machen. Wir schenken euch den Flug und ihr könnt bei uns wohnen, wir haben viele Gästezimmer.«

»Ähm, ich bekomme nicht so kurzfristig Urlaub.«

»Ihr müsst die Hochzeitsreise ja nicht sofort antreten«, sagte Goldie. »Sucht euch einen Termin aus und dann buchen wir für euch den Flug. Ihr müsst auch nicht so lange bleiben, wenn das mit dem Urlaub schwierig ist. In einer Woche kann man schon viel sehen.«

Goldie war Feuer und Flamme. Renate dachte daran, dass sie Matthias ja selbst vorgeschlagen hatte zu heiraten, sobald die Schiene weg wäre und er auf seiner Hochzeit wieder gehen könnte. Warum dann nicht gleich jetzt, wenn ihnen sich damit die Möglichkeit bot, auch die Verwandtschaft aus Amerika dabeizuhaben, und Onkel Rudi sich als so großzügig erweisen würde, die Kosten im Vier Jahreszeiten zu übernehmen?

»Wäre die Hochzeitsreise auch über Weihnachten möglich?«, fragte Renate. »Ich habe gehört, Weihnachten soll es in New York unglaublich sein.«

»Wann immer ihr wollt«, antwortete Goldie. »Dann bist du also einverstanden?«

Renate nickte. »Ja, wir können unsere Männer gleich nach unserer Rückkehr fragen. Nicht dass Rudi aus allen Wolken fällt, weil sein Scheckbuch überstrapaziert wird.«

»Keine Sorge, er kann es sich leisten, ohne dass wir am Hungertuch nagen müssen.« Goldie lachte fröhlich wie ein kleines Mädchen, und Renate fragte sich, ob diese ganze Hochzeitsplanung wohl auch ein Versuch war, sich erneut mit Ella auszusprechen, denn natürlich würde Ella mit ihrer Familie zur Hochzeit ihres Neffen mit ihrer Vereinskameradin kommen.

Wenn wir jetzt in einem Hollywoodfilm wären, würden die beiden sich auf der Hochzeit versöhnen, dachte sie bei sich. Allerdings wusste sie zu gut, dass derartige Wunder meist auf den Film beschränkt blieben.

Kapitel 26

Matthias war ebenso erstaunt wie Rudi, als Goldie ihnen bei ihrer Rückkehr freudestrahlend die Pläne für die baldige Hochzeit verkündete. »Das ist sehr kurzfristig«, meinte er. »Und ich weiß nicht, ob ich es Onkel Rudi zumuten kann, die Hochzeit auszurichten, denn ich wollte meine Freunde vom Fußballverein einladen. Das wäre eine sehr große Feier.«

»Ich hoffe, du heiratest nur einmal im Leben«, sagte Rudi, »und dafür bin ich gern bereit, die Kosten zu übernehmen. Das Schicksal hat es mit Goldie und mir gut gemeint, aber das wäre alles nicht machbar gewesen, wenn dein Vater uns nicht die Flucht nach Amerika ermöglicht hätte. Also ist es nur recht und billig, auch wenn man mit Geld niemals das Geschenk des Lebens aufwiegen kann.«

»Das ist wirklich sehr großzügig«, freute sich Matthias. »Und da es von Herzen kommt, nehmen wir dieses Angebot sehr gern an.«

»Ich hoffe nur, wir bekommen wirklich so schnell einen Termin beim Standesamt«, gab Renate zu bedenken. »Für eine kirchliche Hochzeit wäre es zu kurzfristig, aber wir sind ohnehin keine großen Kirchgänger, also wäre es auch etwas geheuchelt, in der Kirche zu heiraten, wenn man sonst nicht einmal an Weihnachten zum Gottesdienst geht.«

»Ach, wenn das Standesamt eure größte Sorge ist, das nehme ich gern in die Hand«, zwitscherte Goldie. »Sagt mir nur, welches für euch zuständig ist, dann rufe ich dort an.«

»Du bist ja sehr davon überzeugt, alles regeln zu können«, sagte Renate. »Aber wir haben hier sehr sture Beamte.«

»Ja, die kenne ich. Aber glaub mir, ich habe ein Händchen für solche Dinge.«

»Das hat sie wirklich«, bestätigte Rudi. »Sie kann Menschen um den Finger wickeln.«

Renate dachte daran, wie Goldie sogar Doktor Kleinschmidt für sich eingenommen hatte. Wenn sie den schon für sich gewinnen konnte, welche Chancen hatte dann ein einfacher Standesbeamter, sich ihrem Charme zu entziehen?

»Wie wäre es mit übernächstem Freitag?«

Renate zog schnell ihren kleinen, ledergebundenen Taschenkalender aus der Handtasche. »Das wäre der fünfte Juni«, sagte sie. »Das passt, meinen nächsten Dienst habe ich erst am Wochenende darauf.«

»Und man kann es sich auch gut merken«, frohlockte Goldie. »Auf fünf folgt sechs, also wisst ihr immer, welcher Tag es war. Vor allem Männer haben ja Probleme, ihren Hochzeitstag im Kopf zu behalten.«

»Ich kann mir sehr gut Zahlen merken«, echauffierte sich Matthias. »Ich weiß sogar, dass du am achten Juli 1908 geboren wurdest.«

»Oh, das ist nicht sehr charmant, eine Dame daran zu erinnern, dass sie schon über fünfzig ist.« Goldie drohte spaßhaft mit dem Finger und alle lachten.

***

Onkel Heinrich war sehr überrascht von der schnellen Entwicklung der Dinge. »Ich wusste zwar, dass ihr bald heiraten wolltet, aber so schnell …« Er seufzte.

»Immerhin musst du nun nicht die Hochzeit ausrichten, wie es sonst dem Vater der Braut zukäme«, erwiderte Renate mit einem Lächeln.

»Na ja«, sagte Matthias, »dieser Brauch stammt aus der Zeit, als es die letzte Geldausgabe der Brauteltern für ihre Tochter war, die dann in den Haushalt des Ehemannes zog, um dort künftig versorgt zu werden. Bei uns ist es ja umgekehrt.«

»Oh, dann bringst du auch eine Mitgift mit?«, witzelte Onkel Heinrich.

»Genügen mein Auto und mein Bausparvertrag?« Matthias sah ihm zwinkernd in die Augen.

»Ja, ich denke schon.« Onkel Heinrich lächelte. »Ich freue mich sehr für euch beide. Und auch, dass du dann endlich diese Krücken los bist, obwohl du es mit dem Tanzen auf der Feier nicht übertreiben solltest.«

***

Bereits am folgenden Tag meldete Renate bei Frau Lembke einen Urlaubstag für den 5. Juni an.

»Ich hoffe, es bleibt dabei«, erklärte sie der Chefarztsekretärin, die für die Entgegennahme der Urlaubswünsche zuständig war. »Meine künftige Tante, die amerikanische Schauspielerin, hat versprochen, ihren Charme beim Standesamt einzusetzen, damit wir diesen Termin bekommen.«

»Ach, wenn die reizende Dame sich dessen annimmt, habe ich gar keine Sorgen«, entgegnete Frau Lembke. »Selbst Doktor Kleinschmidt spricht nur in den höchsten Tönen von ihr.«

»Ja, sie ist sehr großzügig.« Renate nickte nachdenklich, obgleich Frau Lembke sie nicht sehen konnte. »Sie wollen uns sogar die Hochzeit ausrichten, deshalb musste es so schnell gehen, solange sie noch in Hamburg sind. Onkel Rudi will alles im Vier Jahreszeiten feiern.«

»Oha, dann ist er wirklich der reiche Onkel aus Amerika?«

»Sieht so aus. Auch wenn es mir ein wenig unangenehm ist, mir all das schenken zu lassen.«

»Sie müssen ja immerhin noch ein Brautkleid kaufen.«

»Wir heiraten nur standesamtlich, nicht kirchlich. Und ich ziehe ein elegantes Kostüm vor, anstatt viel Geld für ein weißes Kleid auszugeben, das man nur einmal im Leben trägt. Mir schwebt da schon ein cremefarbenes Kostüm vor, das ich neulich im Alsterhaus gesehen habe.«

»Das Alsterhaus hat auch eine schöne Abteilung für Brautmoden. Vielleicht überlegen Sie es sich ja noch.«

»Ich glaube nicht.« Renate lachte in den Telefonhörer. »Ich bin da doch eher pragmatisch.«

Frau Lembke erwiderte ihr Lachen und versprach, den Urlaubstag zu notieren.

Als Renate kurz darauf auf die Station kam, um nach ihren Patientinnen zu sehen, stellte sie zu ihrer Freude fest, dass es Frau Nolte deutlich besser ging. Die junge Mutter hatte außerhalb der Besuchszeit wie üblich Besuch von ihrer Mutter, die die abgepumpte Milch abholen wollte, und wirkte deutlich aufgelockerter.

»Ich möchte gern wieder nach Hause zu meinem Baby«, sagte sie zu Renate.

»Wenn Sie sich besser fühlen und sich den Umgang mit dem Kind zutrauen, spricht nichts dagegen«, erwiderte Renate. Dann sah sie Frau Noltes Mutter an. »Was denken Sie? Sie kennen Ihre Tochter am besten.«

»Sie wirkt wieder so, wie es sein sollte. Ich würde sie gern mit nach Hause nehmen. Das Baby braucht schließlich seine

Mutter. Wenn ich herkomme, passt unsere Nachbarin netterweise auf die Kleine auf.«

»Gut, dann werde ich kurz mit dem Oberarzt Rücksprache halten, weil er der Entlassung zustimmen muss, und wenn er es bestätigt, mache ich die Entlassungspapiere fertig.«

Es war Renate unangenehm, Doktor Kleinschmidt anzurufen. Zu schade, dass Doktor Walter noch immer erkrankt war. Renate hoffte sehr, dass er bald wiederkommen würde, denn normalerweise war man bei den Masern doch nur ein bis zwei Wochen krank. Allerdings wusste sie, dass es bei Erwachsenen manchmal kompliziertere Verläufe gab.

»Ah, Fräulein Schwarz«, antwortete Doktor Kleinschmidt verdächtig freundlich am Telefon. »Ich muss sagen, ich bin sehr beeindruckt, wie schnell Ihr künftiger Schwiegervater seine Kontakte spielen ließ. Ich habe vor einer Stunde einen Anruf von der Staatsanwaltschaft bekommen, mit dem man vorfühlen wollte, ob ich bereit wäre, ein Gutachten über Herrn Zierrauh zu verfassen.«

»Mein künftiger Schwiegervater?«, hakte Renate irritiert nach.

»Frau Lembke hat mir bereits von Ihrem Urlaubswunsch aufgrund der Hochzeitspläne erzählt. Und dieser junge Fußballstar ist doch der Sohn von Hauptkommissar Studt, nicht wahr? Herzlichen Glückwunsch. Ich hoffe, Sie bleiben uns noch ein wenig erhalten und widmen sich nicht sofort der Familiengründung.«

»Keine Sorge, das ist in den nächsten Jahren nicht geplant«, entgegnete sie, ohne nähere Einzelheiten preiszugeben. Es ärgerte sie ohnehin schon, dass sie darüber mit Kleinschmidt reden musste.

»Das ist gut, ich würde eine fähige Mitarbeiterin wie Sie ungern verlieren.«

Hatte ihm jemand was in seinen Morgenkaffee gegossen? Oder war er von Außerirdischen entführt und durch einen Roboter ersetzt worden, wie in diesem amerikanischen Science-Fiction-Film, den sie vor ein paar Monaten mit Matthias im Kino gesehen hatte?

»Ähm, ich rufe Sie an, weil Frau Nolte sich besser fühlt und gern entlassen werden würde.«

»Halten Sie sie für ausreichend stabil?«

»Ja.«

»Gut, dann haben Sie meinen Segen. Entlassen Sie die junge Mutter zu ihrer Familie. Sie machen gute Arbeit. Ich denke, bis Doktor Walter zurück ist, kommen Sie auch gut allein klar.«

Doktor Kleinschmidt musste von Außerirdischen ausgetauscht worden sein, kein Zweifel! Vermutlich musste der echte Oberarzt jetzt in einem Weltraum-Zoo sein Dasein fristen.

»Ähm, ja, das werde ich machen«, sagte sie. »Wissen Sie zufällig schon, wann Doktor Walter zurückkommt?«

»Er hat sich noch eine Lungenentzündung zugezogen. So ist das, wenn Eltern ihre Kinder zu sehr behüten, dann holen sie alle Kinderkrankheiten in dreifacher Stärke nach. Aber ich denke, in spätestens zwei Wochen ist er wieder auf dem Damm. Falls nicht, kann er froh sein, dass er kein Pferd ist, denn dem hätte man sonst den Gnadenschuss gegeben.« Kleinschmidt lachte gehässig. Ein Beweis dafür, dass es doch keine Außerirdischen gab. Seltsam war nur, dass er so freundlich zu ihr war. Ob Frau Lembke ihm erzählt hatte, dass die reiche Verwandtschaft aus Amerika ihr eine Hochzeitsfeier im Vier Jahreszeiten ausrichten wollte? Er hatte ja schon Goldie alles durchgehen lassen. »Radfahrer« nannte ihr Onkel solche Figuren. Nach unten treten und nach oben buckeln. Und wenn sie an Kleinschmidts Geschichte dachte, dass er schon unter den Nazis Karriere gemacht hatte, passte das. Er biederte sich bei den vermeintlich höhergestellten Amerikanern an, wie es viele ehemalige Nazis in der Nachkriegszeit getan hatten, um Vorteile zu haben. Die ganzen widerlichen Mitläufer, die ihr Fähnlein immer nach dem Winde hängten. Nun gut, wenn es dazu führte, dass Kleinschmidt ihr gegenüber etwas freundlicher war, wollte sie sich nicht beklagen.

***

Als sie am Abend nach Hause kam, gab es gleich mehrere gute Neuigkeiten. Goldie hatte es tatsächlich geschafft, den 5. Juni als Tag für die Hochzeit zu reservieren. Matthias hatte am folgenden Tag einen Termin im Universitätskrankenhaus für eine Nachuntersuchung und um die Schiene loszuwerden. Danach würde er zwar anfangs noch die Gehhilfen zur Entlastung benötigen, sollte aber immer mehr im Alltag darauf verzichten.

Doch die in Renates Ohren schönste Nachricht war ein kleiner Familienklatsch, den Lilli Matthias am frühen Nachmittag per Telefon aus ihrem Büro bei der Sitte zugetragen hatte.

»Dein Brief hat Früchte getragen«, sagte Matthias. »Schneller als erwartet. Wismar muss wohl vorher schon mal übel aufgefallen sein, jedenfalls wurde er zu seinem Vorgesetzten zitiert, weil es eine offizielle Beschwerde über ihn gegeben hatte. Lilli hat dann durch ihre guten Kontakte zur Sekretärin des Dezernatsleiters erfahren, dass Wismar für sein eigenmächtiges Verhalten einen ernsten Rüffel bekommen hat. Wenn er Leute in seiner Freizeit beschatte, dürfe er sich nicht hinter seiner Polizeimarke verstecken, erst recht nicht, wenn es um einen unbescholtenen Arzt gehe. Dass der zufälligerweise einen Bekannten habe, der wegen homosexueller Umtriebe ins Visier der Sitte geraten sei, berechtige ihn noch lange nicht dazu, alle unbescholtenen Männer seines Umfeldes heimlich und ohne Auftrag zu beobachten. Wismar soll danach nur noch halb so groß gewesen sein. Lilli ist davon überzeugt, dass er die Papenhuder Straße in Zukunft meiden wird. Und sie freut sich, denn bei der nächsten Beförderungsrunde wird sie wohl Hauptkommissarin werden, obwohl sie eine Frau ist. Das hat Wismar sich damit auch verscherzt.«

»Das ist wunderbar!«, rief Renate. »Ich hoffe so sehr, dass Lilli die Beförderung erhält.«

»Ich auch«, bestätigte Matthias. »Irmgard Köhler hat übrigens auch noch mal angerufen«, sagte er dann. »Sie wollte wissen, ob wir etwas Neues über die Verunreinigung der Elbe herausgefunden haben.« Er seufzte. »Da musste ich sie leider enttäuschen, aber ich habe ihr versprochen, dass wir es weiter beobachten werden, auch wenn wir nicht sofort eine Antwort finden. Ich habe ihr außerdem erzählt, dass du bei Boehringer warst und dort nichts Verdächtiges entdecken konntest. Da meinte sie, dein Besuch sei überflüssig gewesen, weil man einer Fremden ja nicht die ganzen Schweinereien aus der Produktion zeigen würde. Das hat sie wirklich gesagt. Schweinereien. Ich hoffe, sie macht nun nicht wieder komische Sachen, die sie in die Psychiatrie bringen, um auf das vermeintliche Unrecht aufmerksam zu machen.«

»Ich glaube nicht«, meinte Renate. »Sie hat sicher begriffen, dass das alles noch verschlimmert. Ruf sie morgen doch noch mal an und bitte sie einfach, weiterhin die Augen offen zu halten, wenn wieder so ein Vorfall bekannt wird. Dann ist sie beschäftigt und kann uns gleich informieren, sobald sie etwas hört oder sieht. Und sie begreift dann auch, dass eigenständige Nackttänze oder große Reden auf dem Rathausmarkt ihre Glaubwürdigkeit nur erschüttern und es den Tätern leichter machen, weiterhin Abwässer in die Elbe zu leiten.«

»Schade, dass wir nicht alle Probleme so leicht lösen können wie das mit Wismar«, sagte Matthias. »Der Zwist zwischen

Goldie und Ella wird sich wohl auch nicht mehr aus der Welt schaffen lassen.«

»Wer kann das schon wissen?«, fragte Renate. »Aber es ist nicht unsere Aufgabe, uns um alle Probleme der Welt zu kümmern. Wir haben ein viel wichtigeres Problem gemeistert. Du hast wieder ein Ziel im Leben, du weißt, was du willst, und es kommt mir so vor, als läge die Zeit der Fußballkarriere schon ganz weit hinter dir.«

Matthias holte tief Luft. »Das wird sich an unserem Hochzeitstag wohl noch einmal ganz anders anfühlen. Ich habe Uwe gefragt, ob er mein Trauzeuge wird. In dieser schwierigen Zeit war er immer für mich da, wenn ich ihn brauchte, auch wenn es nur Kleinigkeiten waren. Aber genau das zeichnet Freundschaft ja aus. Er hat zugesagt. Wenn die Vereinskameraden dabei sind und von den Erlebnissen auf dem Fußballfeld erzählt wird, werde ich bestimmt ganz wehmütig.«

»Wenn es anders wäre, hättest du den Sport auch nie geliebt«, sagte Renate. »Du musstest einen großen Lebenstraum begraben, aber dafür hast du nun einen neuen Traum. Weißt du, Fußball ist so ähnlich wie die Schauspielerei. Beides dient dazu, Menschen zu unterhalten und ihnen Freude zu machen. Es ist wichtig. Aber als Jurist kannst du tatsächlich etwas bewirken, Dinge verändern, die jenseits der Unterhaltungskultur liegen. Unterhaltung kann auch von Regimen missbraucht werden, um Unrecht zu verschleiern, so wie es die Nazis getan haben. Juristen können aber aufpassen, dass alles im rechtlichen Gleichgewicht bleibt, damit nie wieder ein Unrechtsstaat auf unserem Boden entsteht.«

»Dann stehen Juristen im Schatten, im Licht sind diejenigen, die das Volk unterhalten.«

»Nicht unbedingt. Wer ins Licht treten will, braucht Träume und Ziele. Du kannst Dinge im Leben erreichen, die viel nachhaltiger sind als zeitlich begrenzter Ruhm auf dem Fußballplatz.«

Noch während sie das sagte und Matthias' zustimmendes Nicken sah, dachte sie wieder an Goldie und an ihre Rede vor Ella. Das, was sie zunächst für einen rhetorischen Kniff gehalten hatte, den Neid auf Ella, auch wenn es feiner formuliert worden war, war für sie zu einer Tatsache geworden. Goldie hatte zwar den Beruf ergriffen, den sie immer gewollt hatte, aber er war mit Einschränkungen verbunden. Und die Freiheit, in den verschiedenen Rollen all das zu erleben, was sie im wahren Leben nicht hatte haben können, wurde mit zunehmendem Alter immer geringer. Sie war nun über fünfzig und wurde damit im Allgemeinen nur noch für Großmutterrollen besetzt, für genau das Frauenbild, das sie immer verachtet hatte, während Ella mit dem Altern keine Probleme hatte, denn eine Ärztin reifte mit dem Alter, wurde wertvoller und respektierter, während eine Schauspielerin verblühte, sofern sie nicht den Sprung zur Charakterdarstellerin geschafft hatte. Im Grunde blieb Goldie von ihrer Karriere jetzt auch nur noch das, was Matthias vom Fußballplatz geblieben war. Wehmütige Erinnerungen an eine große Zeit. Und das in einem Alter, in dem Ella mitten im Leben stand und noch immer das Gefühl hatte, alles erreichen zu können, was sie sich vornahm. Ob daraus auch der Wunsch nach Versöhnung resultierte? Wenn die Karriere nicht mehr genügend Befriedigung gab, blieb einem nur noch die Familie. Natürlich hatte Goldie Rudi und auch ihre Tochter Margot und den Schwiegersohn, der Rudi im Augenblick in der Anwaltspraxis vertrat. Aber jemand, der stets den Mittelpunkt gesucht hatte, wollte gleichzeitig in der Großfamilie einen festen, respektierten Platz einnehmen. Lange Zeit hatte sie sich diese Aufmerksamkeit als Familienbiest gesucht. Als sie noch erfolgreiche Schauspielerin gewesen war, konnte sie die Ablehnung der Familie als Neid relativieren und sich in ihrem vermeintlichen Ruhm sonnen. Doch mit zunehmendem Alter funktionierte diese Strategie nicht mehr. Je länger Renate darüber nachdachte, umso mehr bedauerte sie Goldie. Ihr Mitleid hielt sich allerdings in Grenzen, denn es lag in Goldies eigener Verantwortung, etwas zu ändern. Schon seltsam, dachte Renate, dass Goldie ihren Kinderspitznamen zeitlebens behalten hatte. Niemand im familiären Umfeld nannte sie bei ihrem Taufnamen Leonore, der war nur als Künstlername sichtbar, aber auch dann in Verbindung mit ihrem Kosenamen Goldie, als Leonore Gold. Goldie war vermutlich niemals erwachsen geworden, aus Goldie niemals Leonore geworden, nur für die Bühnenwelt.

In diesem Moment schwor sich Renate, dass sie ihren Kindern keine albernen Spitznamen geben würde, die sie am Erwachsenwerden hindern könnten.

Kapitel 27

Renate war dankbar, dass Matthias und Goldie sich um die Hochzeitsvorbereitungen kümmerten. Sie musste nur am folgenden Nachmittag etwas früher Feierabend machen, um im Alsterhaus das cremefarbene Kostüm zu kaufen, das sie sich schon so lange gewünscht hatte. Dazu erstand sie einen farblich passenden Hut mit einem diskreten Augenschleier sowie weiße Sommerhandschuhe und ein Paar weiße Pumps, die sie gleich fünf Zentimeter größer erscheinen ließen. Eine modische Ausstattung, die sie auch später noch für elegante Sonntagsausflüge nutzen konnte.

Onkel Heinrich freute sich, dass Renate in ihrer Wohnung bleiben und Matthias bei ihr einziehen würde. Und er war sehr erleichtert, dass sich die Sorgen um Oberkommissar Wismar in Luft aufgelöst hatten. »Wer weiß, wie das ausgegangen wäre, wenn Lilli uns nicht gewarnt hätte«, sagte er zu Renate. »Und wenn du nicht diesen großartigen Brief verfasst hättest.«

»Du hättest es auch allein geschafft«, versicherte sie ihm. »Aber wozu hat man Familie, wenn man dann doch alles allein machen muss? Ich freue mich, dass ich diesmal etwas für dich tun konnte, nachdem du dein Leben lang so viel für mich getan hast.«

»Du hast mir vom Tag deiner Geburt an so viel Liebe und Freude gegeben«, sagte Onkel Heinrich, »du musst mir weiß Gott nichts zurückgeben. Du bist der größte Schatz in meinem Leben. Und nun gewinne ich durch Matthias auch noch den Sohn hinzu, den ich nie hatte.«

Renate war so gerührt, dass sie Onkel Heinrich fest umarmte. Selten zuvor hatte sie sich so glücklich gefühlt. All ihre Sorgen hatten sich in Luft aufgelöst, beruflich lief es gut, sogar Doktor Kleinschmidt schien gezähmt. Ob das von Dauer war, würde die Zukunft zeigen. Sie hatte jedoch keine Angst mehr vor seinen Launen. Sie hatte sich durchgesetzt – in jeder Hinsicht. Aber am glücklichsten war sie darüber, dass Matthias wieder Freude am Leben hatte.

Als er endlich die Schiene los war, versuchte er gleich, Treppen zu steigen, musste sich aber sofort die empörten Warnrufe von Renate und Onkel Heinrich anhören.

»Lass es langsam angehen, wir wollen doch nicht, dass du deine Hochzeit versäumst, weil du dann wieder im Krankenhaus bist«, ermahnte ihn Onkel Heinrich.

»Schon gut, schon gut«, wehrte Matthias ab. »Ich nehme ja den Fahrstuhl.«

Die Liste der Hochzeitsgäste war sehr lang, nicht nur Matthias' Vereinskollegen waren eingeladen, sondern auch Renates Freundinnen aus dem Frauenverein. Hannelore sollte Renates Trauzeugin werden und war sehr stolz darauf.

»Matthias' Onkel tut mir ein wenig leid, der muss ja ein Vermögen ausgeben«, meinte sie, als Renate ihr alles berichtet hatte.

»Er hat es sich so ausgesucht«, erklärte Renate. »Zuerst war es uns auch unangenehm, aber ich glaube, er braucht diese Geste. Es ist seine Art, sich bei der Familie dafür zu revanchieren, dass sie ihm 1934 zur Flucht nach Amerika verholfen haben, als er von den Nazis wegen seiner Anwaltstätigkeit ins KZ Glasmoor gesteckt worden war. Er hatte dann in Amerika ein gutes Leben und hat viel Geld verdient, während die Familie in Deutschland unter dem Krieg und der schlechten Zeit leiden musste.«

»Ella wird es womöglich für einen Affront halten, weil sie sich Goldie nicht mehr entziehen kann«, meinte Hannelore.

Renate nickte, behielt jedoch für sich, dass diese Feier eigentlich Goldies Idee gewesen war, denn plötzlich fragte sie sich, ob genau das Goldies Plan gewesen war. Eine erneute Situation zu schaffen, vor der Ella sich nicht drücken konnte. Hoffentlich irrte sie sich. Sie wollte nicht, dass ihre Hochzeitsfeier lediglich ein Mittel zum Zweck war, damit Goldie ihre Interessen doch noch durchsetzen konnte.

Am Abend erzählte sie Matthias und Onkel Heinrich beim gemeinsamen Essen von ihrer Befürchtung.

»Das halte ich für gut möglich«, gab ihr Onkel ihr recht. »Allerdings wird auf der Feier so viel Trubel sein, dass Goldie sich nicht in den Mittelpunkt drängen kann. Fredi und ich werden kurze Reden anlässlich eurer Hochzeit halten, dann wird gegessen und die, die etwas beweglicher sind«, er lächelte Matthias gutmütig zu, »können das Tanzbein schwingen. Du wirst dich allerdings zurückhalten.«

»Nicht mal den Eröffnungstanz?«, fragte Matthias. »Wir könnten doch einen ganz langsamen Walzer nehmen.«

»Und du humpelst dann schmerzvoll über die Tanzfläche? Nein, das kommt nicht infrage!«, beschied Onkel Heinrich. »Man kann nicht alles im Leben haben. Aus ärztlicher Sicht muss ich dir das verbieten.«

»Was sagt meine künftige Frau Doktor?« Matthias schmachtete Renate mit treuem Hundeblick an.

»Das Gleiche. Aus ärztlicher Sicht können wir es dir nicht erlauben. So viel Verantwortungsbewusstsein muss sein. Ich werde auch nicht tanzen, wir begnügen uns dann damit, ein bisschen Hof zu halten, so wie Franz-Josef und Sissi in den gleichnamigen Filmen.«

»Die haben aber mitgetanzt.«

»Und wozu hat es geführt? Denk nur an die Szene, als Sissi beim Tanz mit dem ungarischen Grafen ohnmächtig wird.«

»Ich bin ja nicht schwanger«, gab Matthias zurück.

»Nein, aber dein Knie verwandelt dich noch eine Weile in ein Humpelstilzchen.«

Onkel Heinrich brach bei Renates Bemerkung in schallendes Gelächter aus.

Matthias guckte kurz verdutzt, stimmte dann aber auch in das Gelächter ein. »Ich mag deinen Humor so sehr«, sagte er liebevoll.

***

Die Tage bis zur Hochzeit kamen Renate unwirklich vor, da sie Schwierigkeiten hatte, sich auf etwas anderes zu konzentrieren. Sie erfüllte ihre Pflichten als Stationsärztin und war froh, als Doktor Walter etwas früher als erwartet zurückkehrte. Er hatte an Gewicht verloren und sah noch etwas blass aus, wirkte aber ansonsten munter und guter Dinge.

»Kinder sind robuster, als man glaubt«, sagte er. »Mein Sohn war nach drei Tagen wieder obenauf, während ich dachte, ich sterbe. Dabei spricht man doch immer so abfällig über Kinderkrankheiten, als wäre das nichts Schlimmes.«

»Ja, aber als Ärzte wissen wir, dass Kinderkrankheiten für Erwachsene gefährlich werden können. Ich habe mal ein Buch gelesen, in dem die Indianer in Amerika in den Reservaten massenweise an Masern und Grippe gestorben sind, weil sie diese Krankheiten nicht kannten.«

»Ich kann mich jetzt sehr gut in diese Menschen hineinversetzen.« Doktor Walter seufzte. »Aber nun habe ich es überstanden. Also, was habe ich verpasst?«

Renate gab ihm einen kurzen Überblick. Am schwersten fiel es ihr, ihm die Geschichte von Frau Zierrauh zu erzählen.

»Das ist schrecklich«, rief er. »Ich hoffe, der Mann kommt dafür lebenslang ins Gefängnis.«

»Doktor Kleinschmidt wird ihn begutachten, und da er selbst sehr erschüttert über diese Tat war, bin ich davon überzeugt, dass sein Gutachten dazu beitragen wird, das Gericht von Zierrauhs Schuld zu überzeugen.«

»Gibt es schon einen Termin für das Gerichtsverfahren?«

Renate schüttelte den Kopf. »Ich glaube nicht. Wie ich Doktor Kleinschmidt verstanden habe, wurde auch erst einmal vorab angefragt, ob er ein Gutachten erstellen könnte. Ich glaube nicht, dass er bereits den offiziellen Auftrag hat. Das müssten Sie ihn sonst fragen, wenn Sie ihn das nächste Mal sehen.«

Zum Glück blieben Renate in den Tagen vor ihrer Hochzeit komplizierte Patientenkonstellationen erspart. Im Gegenteil, es schien, als wäre vieles einfacher, sogar die Manikerin Fräulein Brose kehrte langsam wieder auf ihr normales Verhaltensniveau zurück und konnte am Donnerstag, den 4. Juni, entlassen werden.

Vor den Patientinnen hatte Renate ihre Hochzeitspläne geheim gehalten. Es gab eine Grenze, die sie nur ungern überschritt, obwohl sie im Fall von Irmgard Köhler deutlich weiter gegangen war als üblich. Sie selbst hatte zu Irmgard nur noch wenig Kontakt, aber Matthias telefonierte ab und zu mit ihr. Es ging immer um Umweltthemen, um die Sauberkeit von Gewässern oder Abgasen, die aus Fabrikschornsteinen in die Luft geblasen wurden. Wenn er ihr von den Gesprächen mit

Irmgard Köhler berichtete, war Renate jedes Mal aufs Neue überrascht, wie differenziert Irmgard, die inzwischen wieder als Schneiderin arbeitete, sich mittlerweile mit diesen Themen auseinandersetzte. Der Kontakt zu Matthias tat ihr gut und für ihn selbst war es auch der Wendepunkt in seiner Lebenskrise gewesen. Ein neues Ziel und ein neuer Lebensweg hatten sich aufgetan. Obwohl es ihnen nach wie vor nicht gelungen war, die wahre Ursache für den Ausschlag der Kinder nach dem Bad in der Elbe herauszufinden, hatte es sie doch für die Belange der Umwelt sensibilisiert, obgleich es sonst kaum jemanden interessierte. Doch Renate war sich sicher, dass sich das eines Tages ändern würde.

Kapitel 28

Endlich rückte der Hochzeitstag zum Greifen nahe. Renate konnte in der Nacht zuvor kaum schlafen und Matthias ging es ähnlich. Er hatte sich für die Hochzeit einen eleganten dunklen Anzug gekauft, den er – wie Renate ihr Kostüm – auch zu anderen gehobenen Anlässen tragen konnte. Jetzt fragte er sich aber mitten in der Nacht, ob die Ärmel nicht etwas zu lang waren.

»Und da sagt man immer, Frauen wären das modebewusstere Geschlecht.«

»Ich würde ihn gern noch mal anprobieren«, beharrte Matthias auf seinem Wunsch.

»Warum? Es ist kurz nach Mitternacht, daran können wir nun auch nichts mehr ändern. Und ich bin handwerklich nicht geschickt genug, um sie dir selbst umzunähen.«

»Das meine ich ja auch gar nicht, aber ich fühle mich besser, wenn ich sehe, dass ich mich getäuscht habe.«

»Also schön«, knickte Renate ein und öffnete den Kleiderschrank, wo ihre Hochzeitsgarderobe auf ihren großen Tag wartete.

Matthias nahm das Jackett vom Bügel und probierte es über seinem Schlafanzugoberteil an. »Ich habe es befürchtet«, seufzte Matthias. »Meine Schlafanzugjacke verschwindet ganz darunter.«

»Ja, und?«

»Die Ärmel eines Jacketts müssen so bemessen sein, dass der Hemdsärmel noch etwa einen Zentimeter hervorschaut. Und wenn man den Daumen ausstreckt, sollte der Abstand von der Daumenspitze bis zum Ärmelsaum nicht mehr als zwölf Zentimeter betragen.«

»Du kannst eine Schlafanzugjacke ja nicht mit einem Oberhemd vergleichen.«

»Du meinst, ich sollte das Hemd auch noch mal anprobieren?«

»Nein, das bleibt sauber zusammengelegt im Schrank bis morgen früh. Aber wenn du so genau weißt, wie viele Zentimeter man von der Daumenspitze bis zum Ärmelsaum braucht, können wir das gern ausmessen.« Renate holte ein Maßband aus der Schublade.

»So, nun streck die Hand aus. Und auch den Daumen.«

Matthias gehorchte.

»Genau zwölf Zentimeter«, stellte Renate fest. »Du kannst das Jackett also ganz beruhigt ausziehen und wieder in den Schrank hängen.«

Matthias nickte erleichtert. »Weißt du noch, wo die Ringe sind?«

»In meinem Schmuckkasten«, antwortete Renate. »Nun sag nicht, dass du das vergessen hast. Andernfalls müsste ich dich mal auf beginnende Alterssenilität untersuchen lassen und dann war es das mit dem Jurastudium.«

»Das wäre eher selektives Vergessen, aus Angst, an unserem wichtigen Tag etwas falsch zu machen«, rechtfertigte sich Matthias.

»War das beim Fußball auch so?« Renate runzelte die Stirn. »Von wegen ›Uwe, es ist das Endspiel, sag mir noch mal, welches unser Tor ist‹?«

Matthias lachte. »Zum Glück nicht. Kein Fußballspiel war jemals so wichtig wie unsere Hochzeit.«

»Tatsächlich? Und was wäre, wenn du in der Nationalmannschaft gewesen wärst, einen Tag vor dem WM-Finale?«

»Das wäre vergleichbar gewesen«, gab er zu. »Aber das ist leider nicht passiert und wird auch niemals passieren.« Er seufzte wehmütig und Renate bedauerte, dass sie ihn ungewollt an seinen unerfüllten Lebenstraum erinnert hatte. Doch noch bevor sie etwas sagen konnte, nahm er sie in die Arme und flüsterte ihr lächelnd ins Ohr: »Weißt du, was der Vorteil unserer Hochzeit im Gegensatz zu einem WM-Finale ist?«

»Dass wir keinen Ball dabeihaben?«

»Nein, dass ich schon heute weiß, dass wir nur gewinnen können. Denn nichts wäre schlimmer, als ein Finale zu verlieren. Aber morgen Abend werden wir genauso glücklich sein wie heute in der Nacht der Vorfreude.«

Sie kuschelte sich in seine Arme und flüsterte zurück: »Dann lass uns jetzt noch ein bisschen die Augen zumachen, damit wir morgen nicht schon im Standesamt einschlafen.«

***

Am nächsten Morgen klingelte der Wecker viel zu früh. Renate hatte das Gefühl, aus dem Tiefschlaf gerissen zu werden, widerstand aber der Versuchung, sich noch eine halbe Stunde länger hinzulegen, denn heute brauchte sie deutlich länger im Badezimmer, um sich fertig zu machen.

Matthias nutzte die Zeit, die sie im Bad war, um eine Kanne Kaffee zu kochen. Dafür war sie ihm sehr dankbar. Andere Männer hätten vielleicht noch eine Runde geschlafen und alles der Frau überlassen, aber Matthias war ihr in allem ein echter Partner.

Eine Stunde später saßen sie bereits in Onkel Heinrichs Opel, der den Chauffeur für das Brautpaar machte.

Zunächst traf man sich vor dem Standesamt. Hannelore und Uwe erwarteten sie bereits als Trauzeugen.

Renate reichte Hannelore schnell die Schachtel mit den beiden Trauringen. »Pass gut darauf auf«, raunte sie der Freundin augenzwinkernd zu.

Auch Matthias' Familie war vollständig versammelt, sogar Großvater Paul, der durch die Ereignisse der letzten Wochen deutlich aufgeblüht war. Renate hoffte sehr, dass sich sein Zustand noch eine Weile halten würde und dass es nicht das letzte Strahlen vor dem unausweichlichen Ende war. Aber selbst wenn, jetzt, in diesem Moment war er dabei, schien körperlich stabil und vor allem glücklich.

Wie es üblich war, nahmen Renate und Matthias am Tisch vor dem Standesbeamten, der sich als »Herr Schmidt« vorstellte, Platz.

»Sehr geehrter Herr Studt, sehr geehrtes Fräulein Schwarz, sehr geehrte Trauzeugen und Gäste, wir haben uns heute hier versammelt, um die Ehe zwischen Ihnen, Matthias Studt, und Ihnen, Renate Schwarz, zu schließen.

Die Ehe ist nicht nur ein Bund zwischen zwei Personen, sondern eine rechtsverbindliche Grundlage des gemeinsamen Lebens. Sie ist gleichzeitig ein Versprechen, in guten wie in schlechten Zeiten, in Gesundheit und Krankheit füreinander einzustehen, sich gegenseitig zu achten, zu unterstützen und in Liebe verbunden zu bleiben.

Bevor ich Sie frage, ob Sie diesen Bund eingehen wollen, möchte ich Sie darauf hinweisen, dass die Ehe gemäß dem Bürgerlichen Gesetzbuch der Bundesrepublik Deutschland

Rechte und Pflichten mit sich bringt. Es ist die Grundlage für eine Partnerschaft, die auf Vertrauen, Fürsorge und Verantwortung basiert.

Ich frage Sie daher, Herr Studt: Wollen Sie die hier anwesende Renate Schwarz zu Ihrer Ehefrau nehmen, sie lieben, achten und ehren und die eheliche Gemeinschaft mit ihr führen, solange Sie beide leben?«

»Ja, das will ich«, sagte Matthias mit fester Stimme.

»Und ich frage Sie, Fräulein Schwarz: Wollen Sie den hier anwesenden Matthias Studt zu Ihrem Ehemann nehmen, ihn lieben, achten und ehren und die eheliche Gemeinschaft mit ihm führen, solange Sie beide leben?«

»Ja, ich will«, sagte Renate und fühlte sich auf einmal überglücklich.

»Nun können Sie die Ringe tauschen, als Symbol Ihrer gegenseitigen Liebe und Treue.«

Hannelore zog die Schachtel mit den Ringen hervor und hielt sie Matthias und Renate offen entgegen. Zunächst steckte Matthias Renate den Ring an, dann schob sie ihm seinen Ring über den Finger.

»Da Sie beide diese Fragen vor mir und den anwesenden Zeugen bejaht und die Ringe getauscht haben, erkläre ich Sie kraft Gesetzes zu rechtmäßig verbundenen Ehegatten. Ich wünsche Ihnen im Namen des Standesamts Hamburg alles Gute für Ihre gemeinsame Zukunft.«

»Vielen Dank«, sagte Renate und unterschrieb die Heiratsurkunde. Sie musste kurz innehalten, damit sie nicht wie gewohnt mit »Schwarz« unterzeichnete, sondern mit ihrem neuen Ehenamen »Studt«. Matthias folgte, dann waren die beiden Trauzeugen an der Reihe.

Nachdem die Zeremonie vollzogen war, verließen sie das Standesamt. Renate war erstaunt, welch ein Anblick sich ihr auf der Straße bot, denn einige Mitglieder des Frauenvereins standen auf der einen Seite und Matthias' alte Mannschaftskameraden auf der anderen Seite Spalier und applaudierten. Nicht wenige Passanten schauten sich neugierig um. In diesem Moment dachte Renate, dass ein weißes Brautkleid vielleicht doch angemessener gewesen wäre, aber mit ihrem kleinen Strauß aus roten und rosa Rosen war sie auch so gut als Braut zu erkennen.

»Jetzt geht es ins Hotel Vier Jahreszeiten«, rief Onkel Rudi, der sich bislang im Hintergrund gehalten hatte. »Alle sind herzlich eingeladen. Wer nicht motorisiert ist, darf sich auf meine Kosten ein Taxi nehmen.«

»Sehr großzügig!«, riefen die Gäste und applaudierten erneut.

»Langsam frage ich mich, ob dein Onkel in New York eine Hypothek auf sein Haus aufnehmen muss, um die Kosten wieder reinzuholen«, raunte Renate ihrem frischgebackenen Ehemann zu.

»Ach, ich denke, er kann es sich leisten. Und falls nicht, dann wird er schon eine Lösung für das Problem finden. Er hat es sich ja selbst eingebrockt, also hält sich mein Mitleid in Grenzen.«

Rund zwanzig Minuten später traf der Autokorso aus Privatwagen und Taxis vor dem Hotel Vier Jahreszeiten ein.

Rudi hatte einen der großen Festsäle gemietet und Renate hatte immer mehr das Gefühl, dass er sich finanziell womöglich übernahm. Aber wer war sie, dass sie das beurteilen konnte? Rudolf Studt war ein cleverer Anwalt, der wusste, was er sich leisten konnte und was nicht.

Auf dem Tisch stand eine dreistöckige Hochzeitstorte, überzogen mit weißem Zuckerguss und viel Sahne, obendrauf thronte ein Brautpaar aus Marzipan.

Doch bevor man sich daranmachte, die große Torte anzuschneiden, war es die Aufgabe von Onkel Heinrich und Matthias' Vater Fredi, eine Rede auf das Brautpaar zu halten.

Onkel Heinrich machte den Anfang.

»Meine Damen und Herren«, er nickte all den Gästen zu, die er nicht persönlich kannte, »liebe Familie, Freunde und natürlich liebes strahlendes Brautpaar!

Heute stehe ich hier – nicht nur als stolzer Onkel der Braut, der die Ehre hatte, in den schwersten Zeiten unseres Lebens in die Vaterrolle für mein geliebtes kleines Mädchen schlüpfen zu dürfen, sondern auch als jemand, der sich fragt, wie dieses kleine Mädchen, das von Anfang an so wissbegierig war, dass es stundenlang mein Mikroskop nutzte, um darunter Blätter und Insekten zu betrachten, sogar große, dicke, tote Spinnen, vor denen sie sich nie geekelt hat, plötzlich zu einer wunderschönen Frau und jetzt Ehefrau geworden ist. Manchmal dachte ich schon, mein Einfluss auf das kleine Mädchen ohne den Ausgleich einer Mutter wäre so stark, dass sie wohl eher zu einem Jungen werden würde. Andererseits wurde mir im Laufe der Zeit immer klarer, dass das Gegenteil der Fall ist. Wissbegierde, Mut und Intelligenz waren schon immer die Stärke der Frauen, und wenn wir uns in diesem Kreise umschauen, sehen wir viele kluge Frauen, die im Beruf ihren sogenannten Mann stehen und es zum Teil sogar besser als die Männer machen. Natürlich nicht auf dem Fußballplatz«, fügte er hinzu und nickte in die Richtung von Matthias' Vereinskameraden, »der Fußball bleibt vorerst noch das letzte Refugium der puren Männlichkeit.« Alle lachten. »Aber wer weiß«, fügte Onkel Heinrich dann mit einem schelmischen Blick hinzu, »was passiert, wenn Matthias eines Tages hier an meiner Stelle steht und die Brautrede für eine künftige Tochter hält? Vielleicht schwärmt er dann davon, wie sie als Fußballspielerin den WM-Titel der Frauen für uns heimgeholt hat.«

Wieder Gelächter, denn Fußball war eine der wenigen Sportarten, die keine Damensparte in ihren Vereinen besaßen.

»Lieber Matthias, ich habe nur eine Frage an dich: Weißt du wirklich, worauf du dich eingelassen hast?« Onkel Heinrich machte eine kurze rhetorische Pause und alle lachten erneut.

»Aber im Ernst, wenn ich dich anschaue, sehe ich einen Mann, der bereit ist, meine Renate glücklich zu machen. Und das ist gut so, denn sie verdient nur den besten aller Männer. Sie ist intelligent, stark und manchmal ein bisschen stur – das hast du vielleicht schon bemerkt, aber das ist auch ihre große Stärke, wenn sie sich als Ärztin in der Männerwelt durchsetzen will.

Wir alle wissen, dass eine Ehe Arbeit bedeutet. Aber ich sage: Wenn du immer Ja sagst, wenn sie recht hat – was übrigens immer der Fall ist –, und wenn du lernst, wie man Blumen ohne Anlass kauft, dann wirst du es weit bringen.

Zum Schluss möchte ich noch sagen: Liebe Renate, ich bin so stolz auf dich. Du hast einen Mann gefunden, der dich liebt und ehrt. Und lieber Matthias, willkommen in der Familie. Du bist jetzt einer von uns – ob du willst oder nicht. Auf das Paar!«

Alle applaudierten und Matthias gab Renate einen liebevollen Kuss auf die Wange. Dann ging es weiter mit Fredi, der nun als Vater des Bräutigams sprechen sollte.

»Liebe Familie, Freunde und geschätzte Gäste, vor allem natürlich unser wundervolles Brautpaar, als stolzer Vater des Bräutigams stehe ich heute hier, um ein paar Worte zu sagen – und keine Sorge, ich halte mich kurz, denn ich bin ein großer Freund von Hochzeitstorten und wir sollten sie anschneiden, ehe sie vertrocknet.«

Alle lachten.

»Heute ist ein besonderer Tag. Nicht nur für meinen Sohn, der es tatsächlich geschafft hat, die Liebe seines Lebens zu finden – nein, es ist auch ein Tag, an dem ich als Vater eine kleine Erleichterung verspüre, denn trotz all der schweren Zeiten, die du, lieber Matthias, in den letzten Wochen durchlitten hast, als du deinen Lebenstraum als Fußballspieler wegen einer Verletzung vorzeitig begraben musstest, hast du neue Ziele im Leben gefunden. Und du, liebe Renate, hast maßgeblich dazu beigetragen. Das Geheimnis einer guten Ehe, so wie Henny und ich sie nun schon seit mehr als dreißig Jahren führen, liegt darin, dass jeder seinen Platz hat, jeder gleichermaßen wichtig ist und man sich aufeinander verlassen kann. Loyalität zueinander und Treue sind das Geheimrezept jeder guten Ehe. Und so kann man auch die düstersten Tage gemeinsam durchstehen, um sich eine neue, strahlende Zukunft aufzubauen.«

Während ihr Schwiegervater das sagte, fragte Renate sich, ob er wohl mehr an seine eigene Ehe dachte, wo beide genau das immer gelebt hatten, oder ob er wirklich ganz bei ihr und Matthias war. Wie auch immer, er hatte recht.

»Liebe Renate, ich habe dich von Anfang an gemocht. Mit deiner Eloquenz passt du perfekt in unsere Familie. Und da dein Onkel nun schon Matthias in seiner Rede für eure Familie requiriert hat, bleibt mir wohl nichts anderes mehr übrig, als festzustellen, dass wir seit heute alle eine große Familie sind, die zueinander gehört und füreinander eintritt. In diesem Zuge möchte ich auch noch einmal meinem Bruder Rudi danken, der mit seiner Frau Leonore, die wir in der Familie Goldie nennen, aus Amerika zu Besuch ist und sich spontan bereit erklärt hat, dem Klischee des reichen Onkels aus Amerika gerecht zu werden und die Hochzeitsfeier zu finanzieren. Lieber Rudi, ich hoffe, du musst nun in New

York nicht dein Haus verkaufen und in einem Pappkarton auf der Straße leben.«

Alle lachten, Rudi am lautesten.

»Nun, eine Ehe ist ein Abenteuer, das ich aus eigener Erfahrung sehr empfehlen kann. Es gibt Höhen und Tiefen, aber wenn ihr stets daran denkt, euch gegenseitig zu respektieren, einander zuzuhören und auch mal über euch selbst zu lachen, dann wird eure Ehe genauso beständig und erfüllt sein wie die von uns ›alten Hasen‹.

Zum Schluss möchte ich nur sagen: Ich bin froh, dass ihr euch gefunden habt und euch gegenseitig so glücklich macht. Ein Hoch auf das Paar!«

Alle applaudierten und wer noch vom Empfang ein Sektglas in der Hand hatte, erhob es feierlich. Renate küsste Matthias auf die Wange und dann ging es daran, die große Torte anzuschneiden.

Es war eine sehr ausgelassene, heitere Runde. Nachdem die ersten Stücke der Hochzeitstorte gegessen waren, löste sich die feste Sitzordnung auf und die Gäste kamen miteinander ins Gespräch. So mancher begeisterte Fußballprofi hörte nun interessiert zu, was die Damen aus dem Verein »Die Akademikerin« beizutragen hatten. Es war eine Feier voller gegenseitigem Respekt und Rührung.

Natürlich gab es auch Geschenke. Von den Schwiegereltern erhielten sie eine Wigomat, eine moderne Kaffeemaschine.

»Ich habe von meinen Kindern ein ähnliches Modell für mein Büro bekommen«, erzählte Fredi. »Und ich schätze sie sehr. Da ihr beide berufstätig seid, wird sie euch morgens eine Menge Arbeit abnehmen.«

»Vielen Dank, das ist wunderbar!«, rief Renate fröhlich aus und umarmte erst ihren Schwiegervater, dann ihre Schwiegermutter.

Das Geschenk von Onkel Heinrich war nicht nur zu groß, um es vor Ort zu überreichen, es war noch nicht einmal geliefert worden, da die Frist sehr kurz gewesen war. Er hatte Renate und Matthias eine Constructa-Waschmaschine gekauft und überreichte ihnen symbolisch den Firmenprospekt. »Ich denke, das ist einfacher, als wenn ihr euch auch eine Haushälterin nehmt wie ich, die dann alles in die Reinigung trägt.«

»Das stimmt«, freute sich Renate. »Vielen lieben Dank, das ist ein großartiges und großzügiges Geschenk!«

Auch Matthias bedankte sich von ganzem Herzen und Onkel Heinrich meinte: »Als technisch versierter Mann, der während seines Studiums ja auch etwas mehr Zeit hat als die arbeitende Renate, wirst du das zu schätzen wissen.«

Matthias und Renate lachten.

Und so bekamen sie auch von den anderen Gästen überwiegend Haushaltsgegenstände, sodass Renate sich am Schluss fragte, ob sie das alles in ihrer Wohnung unterbringen könnten. Aber sie war glücklich und für jedes einzelne Geschenk dankbar.

Von Rudi und Goldie gab es wie schon angekündigt die Flugreise nach Amerika.

»Ihr könnt euch einen Termin aussuchen, der euch genehm ist. Und dann könnt ihr bei uns mindestens eine Woche verbringen, je nachdem, wie viel Urlaub Renate bekommt«, sagte Rudi.

»Vielleicht solltest du zusätzlich noch unbezahlten Urlaub nehmen«, schlug Goldie vor. »Dann könnten wir von New York auch noch bis nach Los Angeles einmal quer durch das Land reisen und ich zeige dir meine kleine Wohnung in Hollywood.«

»Ich werde mal sehen, was machbar ist«, versprach Renate. Auf der einen Seite war sie neugierig, so viel wie möglich von Amerika zu sehen, andererseits brauchten sie ihr Gehalt nun, da Matthias als Student ja mehrere Jahre nur wenig hinzuverdienen konnte. Aber hier und jetzt war nicht der Zeitpunkt, das zu klären.

Im weiteren Verlauf der Feier spielte eine kleine Kapelle auf und es wurde getanzt. Renate merkte, dass es Matthias schwerfiel, sich zurückzuhalten, aber er war vernünftig genug, sein Knie zu schonen. Renate blieb aus Solidarität bei ihm sitzen und lehnte die Aufforderungen mit genau diesem Hinweis dankend ab. Die Männer hatten allesamt Verständnis dafür und so nutzte Renate die Gelegenheit, den Trubel zu betrachten. Die Jugendrichterin Elfriede Koch, die Renate vor einiger Zeit im Umgang mit ihrem Kollegen beraten hatte, tanzte ausgelassen nacheinander mit mehreren von Matthias' Vereinskollegen. Fredi und Henny tanzten, als wären sie wieder jung. Es hätte Renate nicht gewundert, wenn Oma Martha und Opa Paul sich ebenfalls dazugesellt hätten, allerdings war Paul trotz des Aufblühens viel zu schwach, um längere Strecken ohne Hilfe zu gehen, geschweige denn zu tanzen. Aber es war sehr rührend, die beiden Händchen haltend am Rand der Tanzfläche zu beobachten. Sie hatten noch im vorigen Jahrhundert geheiratet und wirkten nach wie vor verliebt. Im vorigen Jahrhundert, wie das klang … Unendlich lange her.

Da wurde ihr plötzlich bewusst, dass sie beim nächsten Jahrhundertwechsel, der zugleich ein neues Jahrtausend einläuten würde, erst achtundsechzig wäre. Vielleicht würden sie und Matthias in dieser fernen Zukunft selbst der Hochzeit eines Enkelkindes beiwohnen und die jungen Leute würden denken, was für einen rührenden Anblick die beiden alten Leute aus dem letzten Jahrtausend boten. Bei dem Gedanken musste sie unwillkürlich lachen.

»Worüber freust du dich so?«, wollte Matthias wissen.

»Dass es deinen Großeltern noch so gut geht und sie den Tag genießen können.« Sie nickte in Richtung der beiden.

»Ja, das ist wirklich wundervoll. Und was lernen wir daraus? Auch im hohen Alter gibt es immer noch schöne Erlebnisse, an denen man sich genauso freut wie als junger Mensch.«

»Du klingst auf einmal so weise«, neckte Renate ihn.

»Das macht die Ehe mit mir«, gab er mit todernster Miene zurück, und Renate musste erneut lachen.

Plötzlich fiel ihr Blick auf Goldie, die soeben mit Rudi von der Tanzfläche gekommen war, zeitgleich mit Ella und deren Mann Harald. Ob sie Ella wohl auf der Tanzfläche beobachtet hatte? Renate fiel auf, dass Goldie Ella musterte, sich aber zurückhielt, auf sie zuzugehen. Vermutlich dachte sie noch immer an die schmerzhafte Abfuhr, die sie auf der Vereinsversammlung bekommen hatte.

Matthias war ihrem Blick gefolgt. »Glaubst du, Goldie versucht es erneut bei Tante Ella?«

»Ich weiß es nicht«, gestand Renate. »Es scheint ihr sehr wichtig zu sein, Dinge zu klären, aber sie weiß inzwischen, dass Worte nicht reichen werden.«

Um sich nicht nur auf Goldie zu konzentrieren, schaute Renate sich auch nach den anderen Gästen um. Onkel Heinrich unterhielt sich gerade angeregt mit Matthias' Großeltern. Dabei fiel Renate auf, wie viel jünger Oma Martha im Vergleich zu ihrem Mann wirkte. Während man um Opa Paul nach wie vor bangen musste, ob er das Weihnachtsfest wohl noch erleben würde, erschien Martha trotz ihrer einundachtzig Jahre noch immer voller Energie und Tatkraft. Beide hatten bereits ein gesegnetes Alter erreicht und Renate hoffte, dass sie ihnen beide noch lange erhalten bleiben würden.

Noch während Renate sich diesen Betrachtungen hingab, war Ella bei ihr und Matthias erschienen.

»Ich freue mich so sehr für euch beide«, sagte sie. »Auch wenn du als Fußballversehrter ja im Moment nicht tanzen kannst.« Sie zwinkerte ihrem Neffen liebevoll zu.

»Fußballversehrter, was für eine interessante Wortneuschöpfung«, bemerkte Matthias mit einem amüsierten Kopfschütteln.

»Immer noch besser als Kriegsversehrter, oder?«, gab seine Tante keck zurück.

»Manchmal habe ich den Eindruck, Fußball ist die Fortsetzung des Krieges mit friedlichen Mitteln«, erwiderte er grinsend.

»Wie großartig, euch hier so glücklich zu sehen!«, hörte Renate plötzlich Goldies Stimme, als hätte die nur auf diesen Moment gewartet. Ella wandte ruckartig den Kopf in Goldies Richtung, sagte aber nichts.

»Es ist wunderbar, dass die ganze Familie und alle Freunde und Bekannten heute hier versammelt sind«, fuhr Goldie fort. »Es ist schön, dass wir alle wieder zusammen sind.«

»Ja«, sagte Ella. »Und es ist sehr großzügig von Rudi, dass er das alles finanziert.«

»Nach allem, was die Familie für Rudi und mich getan hat, ist es das Mindeste«, erwiderte Goldie mit erstaunlich bescheidener Stimme. Renate wusste nicht, ob es ernst gemeint war oder zu ihrem Auftritt gehörte.

»Ja«, stimmte Ella erstaunlich selbstbewusst zu. »Deshalb nimmt die Familie es ja auch an, ohne sich beschämt zu fühlen.«

Goldie sah ihrer Schwägerin in die Augen, Ella hielt dem Blick stand.

»Ach, Goldie«, sagte Ella schließlich. »Ich weiß nicht, was du wirklich von mir willst. In all den Jahren ist es dir nie in den Sinn gekommen, dein Verhalten zu hinterfragen oder gar zu versuchen, dich zu entschuldigen. Warum ausgerechnet jetzt mit solcher Vehemenz?«

»Weil ich gemerkt habe, dass ich nicht länger das Familienbiest sein will, über das alle ihre Witze machen. Ich möchte ein vollwertiges, geachtetes Mitglied sein.« Auf einmal wirkte Goldie so verletzlich, dass Renate befürchtete, sie würde gleich in Tränen ausbrechen.

»Aber du bist doch ein vollwertiges Familienmitglied«, gab Ella zurück. »Und dass du das Familienbiest bist, ist ja die Rolle, die du selbst gewählt hast. Es liegt an dir, das durch dein Verhalten zu ändern. Einfache Entschuldigungen ändern nichts, wenn du dich weiterhin so benimmst, wie wir dich kennen und insgeheim auch schätzen. Denn jede Familie braucht doch ihr kleines Biest, über das man die Augen verdrehen und lachen kann, ohne das die Welt aber viel langweiliger wäre, nicht wahr?« Sie legte Goldie sanft die Hand auf die Schulter und lächelte sie beinahe liebevoll an. In diesem Moment brach Goldie wirklich in Tränen aus, aber es war keine Enttäuschung, sondern Renate erkannte sofort, wie gerührt Goldie sich fühlte. Ella nahm sie in den Arm. »Das wurde auch Zeit, irgendwer muss schließlich auf einer Hochzeit weinen, damit die Ehe glücklich wird.«

Renate und Matthias mussten unwillkürlich lachen und sogar Goldies Tränen versiegten und wichen einem zarten Lächeln. Leider hatten die Tränen ihre Wimperntusche verschmiert. Renate wartete, ob Ella Goldie darauf hinweisen würde, aber die sagte kein Wort, obwohl sie es sicher bemerkt hatte. Es gab in diesem Konflikt also nicht nur ein Familienbiest, dachte Renate.

»Goldie, du solltest vielleicht mal kurz die Waschräume aufsuchen und dein Make-up wieder in Ordnung bringen«, empfahl sie ihr deshalb.

»Ja, das solltest du unbedingt«, pflichtete Ella nun ganz eifrig bei.

Goldie holte einen Taschenspiegel aus ihrer Handtasche und kreischte auf. »Ich sehe ja furchtbar aus!«

»Ja, deshalb ja«, meinte Renate.

»Aber ich kann doch so nicht durch die Menschenmengen gehen!«

»Dann halte dir doch deine Handtasche vors Gesicht, so wie ein Prominenter, der vor Gericht steht und nicht fotografiert werden will«, schlug Ella vor.

Matthias lachte, während Goldie Ella böse anfunkelte und dann mit gesenktem Haupt durch die Gästegrüppchen pflügte, um möglichst schnell die Waschräume zu erreichen.

»Warum hast du es ihr verraten?«, wollte Ella wissen.

»Weil ich es gemein gefunden hätte, es ihr nicht zu sagen. Auf meiner Hochzeit sollen alle glücklich sein, natürlich auch die Frau des Mannes, der uns alles finanziert hat.«

»Ja, du hast recht«, gab Ella zu. »Ehrlich gesagt, ich weiß gar nicht, ob ich eine sanfte, liebenswerte Goldie ertragen könnte. Ich habe nach ihrer Entschuldigungsrede und meinem Ärger darüber lange nachgedacht, was ich mir eigentlich gewünscht hätte. Und da habe ich gemerkt, dass ich sie trotz allem, oder vielleicht gerade deswegen, am liebsten so mag, wie sie ist. In ihrer ureigensten Rolle.«

»Ich glaube, das hat sie heute begriffen. Vor allem, dass du sie trotz allem magst. Sonst hätten die Tränen ja nicht ihre Gesichtskunst zerstört.«

»Jetzt kommst du auch schon mit Wortneuschöpfungen. Gesichtskunst.« Matthias lachte.

»Immerhin war es genügend Farbe für zwei Kunstwerke, die ihr über die Wangen gelaufen ist und weitere Spuren im Make-up hinterließ«, stellte Ella trocken fest. »Insofern ist das doch eine perfekte Bezeichnung.«

Das gemeinsame Lachen hatte etwas Befreiendes und kam Renate auf einmal viel ehrlicher vor als jede tränenreiche Verzeihung und das Versprechen, von nun an nur noch liebevoll miteinander umzugehen. Das passte nicht zu Goldie, aber ebenso wenig zu Ella. Die Beziehung der beiden war eine gesunde Hassliebe, wobei »Hass« vermutlich zu stark war. Eine

Zankliebe, dachte Renate, und ertappte sich dabei, dass dies schon die dritte Wortneuschöpfung des Tages war.

Zugleich wusste sie, dass sie glücklich war. Glücklich mit Mattias und auch seiner ganzen Familie, inklusive der Zankliebe. So musste es sein. Sie freute sich auf die gemeinsame Zukunft und all die Erlebnisse, die in der Zukunft noch vor ihr lagen.

Nachwort

Wie in jedem guten Roman mischen sich auch hier Fiktion und reale Begebenheiten, die im Rahmen dieses Nachworts erklärt werden sollen.

Es ging mir vor allem um ein Sittengemälde der späten 1950er-Jahre und die Rolle der Frau. Obwohl Frauen laut Grundgesetz gleichberechtigt waren, waren sie dies im Bürgerlichen Gesetzbuch noch lange nicht. Sobald eine Frau heiratete, war laut Gesetz der Ehemann das unumschränkte Familienoberhaupt. Vergewaltigung in der Ehe war kein Straftatbestand, denn der entsprechende Paragraf im Strafgesetzbuch führte an, dass es nur strafbar sei, eine Frau gegen ihren Willen zum außerehelichen Geschlechtsverkehr zu nötigen. Erst 1997 wurde sie auch in der Ehe strafbar. Gewalt gegen Ehefrauen wurde von der Gesellschaft der 1950er-Jahre nicht als Straftat gesehen, sondern als Familienproblem. Und in der Kindererziehung war sie nach wie vor ein legitimes Mittel, auch in Schulen war es noch erlaubt, Kinder zu schlagen.

Wenn von häuslicher Gewalt betroffene Frauen Glück hatten, wurden sie bedauert. Wenn sie Pech hatten, hieß es, sie müssten ihrem Mann einfach mehr entgegenkommen. Andererseits gab es damals auch schon Fälle, in denen Frauen

Männer misshandelten. Aber da diese Männer überwiegend Spott anstatt Mitgefühl ernteten, brachten es nur die wenigsten zur Anzeige. Eine Alternative bestand darin, die gewalttätige Frau für verrückt zu erklären. Die Familie Zierrauh ist dafür ein Beispiel, auch für die Katastrophen, zu denen es führen kann, wenn es keine angemessenen Hilfen gibt.

Die Figur der Irmgard Köhler steht für den Wandel, den Aktivisten im Laufe der Zeit durchgemacht haben. Heute sind die Mitglieder von »Femen«, Frauen, die mit nackten Brüsten demonstrieren und sich dabei Botschaften auf die Brüste schreiben, kein Fall mehr für die Psychiatrie, auch wenn sie nach wie vor von vielen belächelt werden oder mit Anzeigen wegen Erregung öffentlichen Ärgernisses rechnen müssen, weil sie ihre Brüste entblößen.

Bereits Ende der 1950er-Jahre war vielen Leuten bewusst, dass die Umwelt in Gefahr war, aber Umweltschutz hatte noch keine Lobby. Erst 1974 wurde das Umweltbundesamt gegründet und mehr auf den Schutz der Umwelt geachtet. Zu dieser Zeit konnte man in der Elbe schon nicht mehr baden und zahlreiche Fische starben.

Die Firma Boehringer war tatsächlich schuld an einem großen Dioxin-Umweltskandal, der aber erst am 18. Juni 1984 zur Schließung des Boehringer-Werks in Hamburg-Moorfleet in der Andreas-Meyer-Straße nahe der Norderelbe führte, wo zahlreiche Tonnen mit Dioxin gefunden wurden. Wenige Wochen zuvor waren auf Altlasten-Deponien auf der Veddel und in Georgswerder mit Dioxin verseuchte Abfälle entdeckt worden, die nachweislich von Boehringer stammten. Das Gift war im Boden, im Grundwasser, in der Luft und sogar in der Milch der Kühe, die in der Umgebung grasten. Insgesamt waren rund eintausendsechshundert Arbeiter der Firma dem Dioxin ausgesetzt. Viele von ihnen erkrankten in den Folgejahren an Krebs oder anderen Krankheiten, die mit Dioxin in Verbindung gebracht werden. Schon 1953 waren bei Boehringer die ersten Arbeiter an der sogenannten Chlorakne erkrankt, einer typischen Erscheinung einer Dioxin-Vergiftung. Boehringer ließ die Produktion damals vorübergehend stoppen, nahm sie jedoch 1957 mit einem neuen, als unbedenklich beurteilten Verfahren wieder auf. Die dioxinhaltigen Produktionsabfälle schaffte das Unternehmen auf die Altlasten-Deponie auf der Veddel, später auf die Mülldeponie in Georgswerder. Die Sanierung ist bis heute nicht abgeschlossen. In einem Bericht des NDR vom 18.06.2024 zum vierzigsten Jahrestag der Schließung des Werkes* wird angegeben, dass die vollständige Reinigung des Grundwassers erst im Jahr 2056 erreicht werden wird.

Vor diesem Hintergrund ist es gut möglich, dass bereits damals bei Badenden Fälle von Chlorakne aufgetreten sein könnten, beispielsweise der ungeklärte Hautausschlag von Irmgard Köhlers Neffen und seinen Freunden. Im Roman lasse ich Matthias und Renate im Dunkeln tappen, denn zu Zeiten, als es noch kein Internet gab, war es schwierig, Informationen zu finden, und Firmen ließen sich nicht in die Karten schauen, weniger aus Angst vor Strafverfolgung als vor Industriespionage. Da es in den 1950er-Jahren noch nicht verboten war, Abwässer einfach in die Umwelt abzulassen, und den meisten Menschen nicht klar war, wie gefährlich diese Substanzen waren, wurde es keiner größeren Öffentlichkeit bekannt. Zudem wollten die Menschen sich im Wirtschaftswunderland lieber am Wiederaufbau erfreuen, nachdem der schreckliche Krieg endlich vorüber war, anstatt sich mit neuen Problemen zu befassen.

Stattdessen neigte man dazu, Menschen, die Probleme in auffälliger Weise anprangerten, in die Psychiatrie zu schicken. Eine Greta Thunberg wäre 1959 in Deutschland wegen Schulschwänzens ihren Eltern übergeben worden. Hätten die Eltern ihr Kind in seinem Protest und dem »Schulstreik fürs Klima« weiter unterstützt, kann man davon ausgehen, dass sie entweder selbst in die Psychiatrie eingewiesen worden wären oder ihnen zumindest das Sorgerecht entzogen worden und Greta »zu ihrem eigenen Schutz« in ein Heim gesteckt worden wäre.

Zu jenem Zeitpunkt gab es noch keine Psychiatriereform und kein Betreuungsrecht, sodass es den behandelnden Ärzten überlassen war, darüber zu entscheiden, ob und wie lange jemand in einer psychiatrischen Anstalt blieb. Erst in den 1970er-Jahren änderte sich das im Rahmen der Psychiatriebewegung. In Hamburg wurde das Psychisch-Krankengesetz (PsychKG) eingeführt, das genau darlegt, wann jemand gegen seinen Willen behandelt werden darf. So muss, wenn jemand psychisch auffällig wird, innerhalb der ersten vierundzwanzig Stunden ein Vormundschaftsrichter den Fall prüfen. Die Patienten bekommen einen kostenlosen Anwalt zur Seite gestellt und können Widerspruch gegen die Entscheidung einlegen. Die Unterbringungen sind dann meist auf ein bis vier Wochen begrenzt und dürfen nur erfolgen, sofern eine akute Eigen- oder Fremdgefährdung vorliegt. Absonderliches Verhalten, das niemanden gefährdet, begründet keine Unterbringung.

Auch die männliche Homosexualität war damals noch strafbar. Ein homosexueller Arzt musste damit rechnen, seine Approbation zu verlieren, weil man seinerzeit davon ausging, dass Homosexuelle die Jugend verderben und Knaben missbrauchen. Homosexualität wurde vielfach mit Pädophilie gleichgesetzt und als abartig verfolgt. Wer einen Mann gesellschaftlich ruinieren wollte, musste ihm nur Homosexualität nachweisen oder zumindest glaubhaft unterstellen. Es ist belegt, dass sich manche Polizeibeamte dadurch Beförderungen versprachen, wenn sie Homosexuelle aus angesehenen Berufen überführten, um die Gesellschaft zu schützen. Vor diesem Hintergrund war Renates Onkel Heinrich tatsächlich in Gefahr. Man konnte diese Attacken am besten durch Gegenangriffe abwehren, so wie es im Roman durch den von Renate verfassten Brief dargestellt ist.

Bedenkt man, wie engstirnig die Welt noch in den 1950ern war, wird einem erst bewusst, wie groß die Umwälzungen Ende der 1960er-Jahre waren und auch in den 1970ern, als eine neue Generation langsam das Zepter in die Hand nahm und das Land nach ihren eigenen Vorstellungen zu einer besseren Welt gestalten wollte.

Ein Großteil dessen, was für uns heute selbstverständlich ist, hätte im Jahr 1959 als verrückt gegolten und im schlimmsten Fall eine Zwangseinweisung in die Psychiatrie auf unbestimmte Zeit bedeutet.

* Quelle: https://www.ndr.de/geschichte/chronologie/Als-1984-ein-Dioxin-Skandal-Hamburg-erschuetterte,dioxinskandal128.html [zuletzt abgerufen am 05.05.2025]

Folge der Autorin auf Amazon

Wenn dir dieses Buch gefallen hat, folge Melanie Metzenthin auf Amazon. Dann erhältst du eine Benachrichtigung, wenn die Autorin ihr nächstes Buch veröffentlicht. Um der Autorin zu folgen, gehe bitte folgendermaßen vor:

Desktop:

1) Suche auf Amazon.de oder in der Amazon App nach dem Namen der Autorin.
2) Klicke auf den Namen der Autorin, um auf die Autorenseite zu gelangen.
3) Klicke auf den »Folgen«-Button.

Smartphone und Tablet:

1) Suche auf Amazon.de oder in der Amazon App nach dem Namen der Autorin.
2) Klicke auf einen Titel der Autorin.
3) Klicke auf den Namen der Autorin, um auf die Autorenseite zu gelangen.
4) Klicke auf den »Folgen«-Button.

Kindle eReader und Kindle App:

Wenn du dieses Buch auf einem Kindle eReader oder in der Kindle App liest, wird dir automatisch angeboten, der Autorin zu folgen, nachdem du die letzte Seite des Buches gelesen hast.

Printed in France by Amazon
Brétigny-sur-Orge, FR

43471908R00182